1Q84

옮긴이 **양윤옥**

일본문학 전문번역가. 옮긴 책으로 『여자 없는 남자들』『중국행 슬로보트』『일식』『장송』『센티멘털』『소설 읽는 방법』『가면의 고백』『무지개여, 모독의 무지개여』『납장미』『철도원』『칼에 지다』『슬프고 무섭고 아련한』『장미 도둑』『나미야 잡화점의 기적』『붉은 손가락』『유성의 인연』 등이 있다. 『일식』으로 2005년 일본 고단샤가 수여하는 노마문예번역상을 수상했다.

1Q84 BOOK 3 (VOL.2)
by Haruki Murakami

Copyright ⓒ 2010 by Haruki Murakami
All rights reserved.
Originally published in Japan by SHINCHOSHA Publishing Co., Ltd., Tokyo.
Korean translation rights arranged with Haruki Murakami, Japan
through THE SAKAI AGENCY and SHINWON AGENCY CO.

Korean translation copyright ⓒ 2016 MUNHAKDONGNE Publishing Corp.

이 책의 한국어판 저작권은 신원 에이전시와 THE SAKAI AGENCY를 통해
저자와 독점 계약한 (주)문학동네에 있습니다.
저작권법에 의해 한국 내에서 보호를 받는 저작물이므로 무단 전재 및 무단 복제를 금합니다.

문학동네 세계문학
1Q84 BOOK3 하

문고판 1쇄 2016년 6월 1일
문고판 14쇄 2024년 6월 20일

지은이 무라카미 하루키 | 옮긴이 양윤옥

펴낸곳 (주)문학동네 | 펴낸이 김소영
출판등록 1993년 10월 22일 제2003-000045호
주소 10881 경기도 파주시 회동길 210
전자우편 editor@munhak.com | 대표전화 031) 955-8888 | 팩스 031) 955-8855
문의전화 031) 955-1927(마케팅) 031) 955-1917(편집)
문학동네카페 http://cafe.naver.com/mhdn
인스타그램 @munhakdongne | 트위터 @munhakdongne
북클럽문학동네 http://bookclubmunhak.com

ISBN 978-89-546-4053-4 04830
     978-89-546-4047-3 (세트)

www.munhak.com

MURAKAMI HARUKI

1Q84

BOOK 3
10月-12月

下

무라카미 하루키 장편소설
양윤옥 옮김

문학동네

일러두기

1. 본문 중의 주석은 모두 옮긴이주입니다.
2. 본문에 나오는 방점과 고딕체는 모두 원서의 표시에 따른 것입니다.

제*16*장 우시카와

Q

유능하고 참을성 있고 무감각한 기계

다음 날 아침, 우시카와는 전날과 마찬가지로 창가 바닥에 자리를 잡고 커튼 틈새로 감시를 계속했다. 전날 저녁에 귀가할 때와 거의 똑같은 얼굴들이, 혹은 완전히 똑같아 보이는 얼굴들이 아파트를 나갔다. 그들은 여전히 음울한 얼굴을 하고 등을 잔뜩 웅크리고 있었다. 새로운 하루에 대해, 그것이 아직 시작되지도 않은 때부터 지켜워하고 지쳐버린 것처럼 보였다. 그들 속에 덴고의 모습은 없었다. 하지만 우시카와는 카메라 셔터를 눌러 앞을 지나가는 한 사람 한 사람의 얼굴을 기록해나갔다. 필름이라면 얼마든지 있고, 제대로 촬영하기 위해서는 연습이 필요하다.

아침 출근시간대가 끝나고, 나가야 할 사람이 다 나가는 걸 지켜본 뒤에 우시카와는 집을 나와 근처 공중전화 부스에 들어갔다. 그리고 요요기의 입시학원 전화번호를 돌려 덴고와 통화하고 싶다고 말했다. 전화를 받은 여직원은 "가와나 선생님은 열흘쯤 전부터 휴가

중이십니다"라고 말했다.

"어디 병이라도 나셨습니까?"

"아뇨. 집안에 아픈 분이 계셔서 지바 현으로 간다고 했어요."

"언제쯤 돌아올까요?"

"거기까지는 아직 모르겠습니다." 여직원은 말했다.

우시카와는 고맙다고 말하고 전화를 끊었다.

덴고의 가족이라면 분명 아버지밖에 없다. NHK 수금원을 하던 아버지. 어머니에 대해 덴고는 아직 아무것도 알지 못한다. 그리고 우시카와가 아는 한, 그 아버지와 덴고는 계속해서 사이가 좋지 않았을 터였다. 그런데도 병든 아버지를 돌봐주기 위해 덴고는 벌써 열흘 넘게 학원 일을 쉬고 있다. 그런 점이 아무래도 좀 이해가 되지 않았다. 아버지에 대한 덴고의 반감이 왜 이렇게 급속히 누그러들었을까. 아버지는 어떤 병에 걸렸고, 지바 현의 어떤 병원에 입원하고 있을까. 조사할 방법이 없는 건 아니지만, 그러자면 한나절은 잡아야 한다. 그동안에 감시는 중단된다.

우시카와는 망설였다. 덴고가 도쿄에 없다면 이 아파트 현관을 감시할 이유도 없다. 감시를 일단 중단하고 다른 방향을 모색하는 게 현명할지도 모른다. 덴고의 아버지가 입원한 병원을 알아보는 것도 좋다. 혹은 아오마메에 대한 조사를 좀더 진척시켜도 좋다. 대학시절과 회사에 근무하던 무렵의 동급생이나 동료를 만나 개인적인 일들을 물어볼 수도 있을 것이다. 뭔가 새로운 단서를 발견할지도 모른다.

하지만 한참 고민한 끝에 우시카와는 이대로 아파트 감시를 계속하기로 마음을 정했다. 첫째로, 지금 감시를 중단하면 애써 자리잡은 생활 리듬이 깨져버린다. 모든 것을 처음부터 다시 시작하지 않으면 안 된다. 둘째로, 지금 여기서 덴고 아버지의 행방이나 아오마메의 교우관계를 조사해봤자 수고에 비해 실제 얻는 건 많지 않을 깃 같다. 직접 발로 뛰는 조사는 어느 포인트까지는 효과적이지만, 그 지점을 넘어서면 묘하게 막혀버린다. 우시카와는 그것을 경험으로 알고 있었다. 셋째로, 우시카와의 직감이 그곳에서 움직이지 말 것을 강력히 요구하고 있었다. 동요하지 말고 침착하게 자리를 잡고 앉아, 지나가는 것들을 열심히 관찰하고 하나도 놓쳐서는 안 된다. 우시카와의 비뚤어진 머리통 속에 들어 있는, 옛날부터 꾸밈없는 직감이 그렇게 알리고 있었다.

덴고가 있건 말건 아무튼 이 아파트의 감시를 계속하자. 여기에 머물면서 덴고가 돌아오기 전에 일상적으로 현관을 드나드는 주민들의 얼굴을 한 사람도 남김없이 모두 외워버리자. 누가 주민인지를 파악하면, 당연히 누가 주민이 아닌지도 한눈에 알아볼 수 있다. 나는 육식동물이다, 라고 우시카와는 생각한다. 육식동물은 한없이 강한 참을성이 있어야 한다. 현장과 일체가 되어 사냥감에 대한 온갖 정보를 확보하지 않으면 안 된다.

열두시 조금 전, 사람들의 출입이 가장 적은 시간에 우시카와는 밖으로 나왔다. 얼굴을 가리기 위해 니트 모자를 쓰고 머플러를 코밑까지 둘렀지만, 그래도 그의 풍모는 사람들의 눈길을 끌었다. 베이지색 니트 모자는 그의 큼직한 머리에 씌워지자 버섯의 갓처럼 넓적해졌다. 초록색 머플러는 그 아래 똬리를 틀고 있는 큰 뱀처럼 보였다. 변장으로서는 거의 효과가 없었다. 게다가 모자도 머플러도 전혀 어울리지 않았다.

우시카와는 역 앞 사진관에 가서 필름 두 통을 현상해달라고 맡겼다. 그러고는 메밀국숫집에 들어가 튀김국수를 주문했다. 따뜻한 식사를 하는 건 오랜만이었다. 우시카와는 튀김국수를 천천히 음미하면서 먹고 국물을 마지막 한 방울까지 깨끗이 마셨다. 다 먹고 나자 땀이 날 만큼 온몸이 훈훈해졌다. 그는 다시 니트 모자를 쓰고 머플러를 목에 두르고, 아파트로 돌아왔다. 그리고 담배를 피우면서 사진을 바닥에 늘어놓고 정리에 들어갔다. 저녁에 귀가하는 인물과 아침에 나가는 인물을 견줘보고, 겹치는 얼굴이 있으면 한데 모았다. 기억하기 쉽게 한 사람 한 사람에게 적당한 이름을 붙였다. 펠트펜으로 사진에 그 이름을 적어넣었다.

아침 출근시간이 끝나면 아파트 현관을 드나드는 주민은 거의 없었다. 대학생으로 보이는 젊은 남자가 숄더백을 어깨에 메고 오전 열시쯤에 급한 걸음으로 나갔다. 칠십 전후의 노인과 삼십대 중반의 여자가 나갔다가, 각자 슈퍼마켓 봉투를 안고 돌아왔다. 우시카와는 그들의 사진도 찍었다. 점심 전에 우편배달부가 와서 현관 우편함에 편지들을 나누어 넣고 돌아갔다. 종이박스를 들고 택배 기사가 들어왔다가 오 분 뒤에 맨손으로 나갔다.

한 시간마다 우시카와는 카메라 앞을 벗어나 오 분쯤 스트레칭을 했다. 그동안 감시는 중단되지만, 혼자서 모든 출입자를 커버하는 건 애초에 불가능하다. 그보다는 몸이 굳어버리지 않도록 정기적으로 움직여주는 게 더 중요하다. 장시간 같은 자세를 유지하면 근육이 퇴화해서 여차할 때 재빨리 반응할 수 없다. 우시카와는 벌레가 된 '잠자'처럼, 퉁퉁하고 비틀어진 몸을 방바닥에서 재주껏 움직여 근육을 최대한 풀었다.

심심풀이 삼아 AM라디오를 이어폰으로 들었다. 한낮의 라디오 방송은 주부와 고령자를 주요 청취자로 해서 제작된다. 출연자들은 맥빠진 농담을 하면서 별 의미도 없이 웃어대고, 진부하고 어리석은 의견을 늘어놓고, 귀를 틀어막고 싶은 음악을 틀었다. 그리고 아무도 원하지 않을 것 같은 상품을 소리 높여 광고했다. 적어도 우시카와에 게는 그렇게 느껴졌다. 그래도 우시카와는 뭐가 됐든 사람 목소리를 듣고 싶었다. 그래서 꾹 참고 그런 방송을 들었다. 인간은 어째서 이런 어리석은 방송을 제작하고 일부러 전파를 사용하여 그걸 광범위한 지역에 살포하지 않으면 안 되는 걸까.

하지만 그렇게 말하는 우시카와도 딱히 고상하고 생산적인 작업을 하고 있는 건 아니다. 싸구려 아파트 방에 틀어박혀 커튼 뒤에 숨어서 사람들을 몰래 촬영하고 있다. 다른 사람들을 잘난 척 비판할 수 있는 입장이 아니다.

그게 꼭 지금만 그런 것도 아니다. 변호사로 일할 때도 거의 비슷했다. 세상에 도움이 되는 일을 했던 기억이 없다. 가장 큰 고객은 폭력조직과 연결된 중소 금융업자였다. 우시카와는 그들이 벌어들인 돈을 어떻게 하면 가장 효과적으로 분산시킬 수 있는지를 궁리하고, 그 절차를 밟았다. 요컨대 모양만 갖춘 돈세탁이었다. 강제적인 재개발사업의 일단도 맡았다. 오래도록 그곳에 살아온 주민들을 내쫓고 넓은 택지를 조성하여 건설업자에게 전매한다. 거액의 돈이 굴러들어온다. 여기에도 역시 폭력조직이 얽혀 있었다. 탈세혐의로 기소된 사람들의 변호도 그의 특기였다. 의뢰인의 대부분은 일반 변호사가 주춤할 만한 수상쩍은 종류의 인간들이었다. 우시카와는 의뢰가 들어오면(그리고 그것이 어느 정도 돈이 되기만 하면) 상대가 누구든 망설이지 않았고, 솜씨도 뛰어났다. 그럭저럭 괜찮은 성과도 올렸다. 그래서 일이 없어서 난처한 적은 없었다. 교단 '선구'와의 관계도 그때 맺어진 것이다. 왜 그런지 리더가 개인적으로 그를 마음에 들어했다.

일반 변호사들이 하는 일을 평범하게 하고 있었다면, 우시카와는 도저히 생계를 이어갈 수 없었을 것이다. 대학을 졸업하고 곧바로 사법시험에 합격하여 변호사 자격을 따기는 했지만, 기댈 만한 커넥션도 없고 배경도 없었다. 특이한 용모 때문에 유력한 변호사 사무실에서는 채용해주지 않았다. 개인 사무실을 열었어도, 평범한 일만 했면 의뢰가 거의 들어오지 않았을 것이다. 우시카와처럼 도저히 평범하다고 할 수 없는 용모를 가진 변호사를 굳이 높은 보수를 주고 고용할 사람은 세상에 그리 많지 않다. 텔레비전 법정 드라마의 영향 때문인지, 우수한 변호사는 모두 지적이고 용모가 단정하다고 세상 사람들은 생각한다.

그래서 자연스럽게 그는 뒷골목 세계와 관계를 맺었다. 뒷골목 세계의 사람들은 우시카와의 용모를 전혀 신경 쓰지 않았다. 오히려 그 특이성은 그들에게 믿음을 주고 흔쾌히 받아들여지는 요인 중 하나였다. 정상적인 세계에서는 받아들여지지 않는다는 점에서, 그들과 우시카와는 비슷한 처지였기 때문이다. 그들은 우시카와의 빠른 두뇌회전과 우수한 실무능력과 무거운 입을 인정해주었고, 큰돈이 움직이는(하지만 공공연히 드러낼 수는 없는) 일을 맡기고 통 크게 성공 보수를 내놓았다. 우시카와도 재빠르게 요령을 파악하여 아슬아슬한 선에서 법망을 피해가는 방법을 체득해갔다. 그는 감이 좋았고, 주의 깊은 성격이기도 했다. 하지만 어느 날, 마(魔)가 끼었다고 할까, 지나치게 욕심을 내어 어림짐작으로 움직이다가 예민한 선을 넘어서고 말았다. 가까스로 형사처벌을 면하기는 했지만, 그 일로 도쿄 변호사협회에서 제명당하고 말았다.

우시카와는 라디오를 끄고 세븐스타를 한 대 피웠다. 연기를 폐속 깊이 들이마시고 천천히 토해냈다. 빈 복숭아 통조림 깡통을 재떨이 대신 사용했다. 앞으로도 이런 식으로 살아간다면 죽을 때도 한심한 꼴로 죽을 것이다. 머지않아 발을 헛디뎌 나 혼자 어딘가 어두운 곳으로 떨어지고 말 것이다. 내가 지금 이 세계에서 사라져버린다 해도 그걸 알아차릴 사람은 아무도 없으리라. 어둠 속에서 비명을 질러도, 그 목소리는 어느 누구의 귀에도 가 닿을 리 없다. 하지만 그래도 어떻든 죽을 때까지는 살아가는 수밖에 없고, 살아가자면 내 나름의 방식으로 살아가는 수밖에 없다. 별로 칭찬받을 만한 일은 아니라 해도, 그것 말고는 살아갈 방법이 없으니까. 그리고 그 별로 칭찬받을 만한 게 못 되는 일에 관해서라면, 우시카와는 아마도 이 세상 어느 누구보다도 유능했다.

두시 반에 야구모자를 쓴 소녀가 아파트 현관으로 나왔다. 그녀는 손에 든 것 없이 빠른 걸음으로 우시카와의 시야를 가로질러갔다. 그는 당황하여 손안의 모터드라이브 스위치로 셔터를 세 번 눌렀다. 그 소녀의 모습을 보는 건 이번이 처음이었다. 마르고 팔다리가 긴, 얼굴이 아름다운 소녀다. 자세가 반듯해서 발레리나처럼도 보였다. 나이는 열여섯 아니면 열일곱, 색바랜 청바지에 하얀 운동화를 신고 남성용 가죽점퍼를 입었다. 머리칼은 한데 모아 점퍼 칼라 안에 밀어넣었다. 소녀는 현관을 나가 몇 걸음 걸어가다가 멈춰 서서, 눈을 가늘게 뜨고 정면의 전봇대 위를 한참이나 올려다보았다. 그러고는 시선을 땅바닥으로 돌리고 다시 걸음을 옮겼다. 도로를 왼편으로 꺾어 우시카와의 시야에서 사라졌다.

그 소녀는 누군가와 닮았다. 우시카와가 알고 있는 누군가와. 최근에 본 적이 있는 누군가와. 생김새로 봐서는 텔레비전 탤런트인지도 모른다. 그렇지만 우시카와는 뉴스 외에는 텔레비전은 거의 보지 않고, 미소녀 탤런트에 관심을 가진 적도 없다.

우시카와는 기억의 액셀러레이터를 바닥까지 꾸욱 밟아 두뇌를 풀가동했다. 눈을 가늘게 뜨고 걸레를 쥐어짜듯이 뇌세포를 비틀어올렸다. 신경이 지끈지끈 아팠다. 그리고 돌연, 그 누군가가 후카다 에리코라는 것을 깨달았다. 그는 후카다 에리코를 실물로 본 적은 없다. 신문 문화면에 실린 사진을 봤을 뿐이다. 그래도 그 소녀가 몸에 두른 초연한 투명함은 그 작은 흑백사진에서 받은 인상과 완전히 똑같았다. 그녀와 덴고는 물론 「공기 번데기」의 리라이팅을 통해 서로를 알고 있을 터였다. 그녀가 덴고와 개인적으로 친해져서, 그의 집에 몸을 숨기고 있다는 것도 있을 수 없는 일은 아니다.

우시카와는 거기까지 생각하고는 거의 반사적으로 니트 모자를 쓰고 감색 피코트를 입고 머플러를 목에 둘둘 감았다. 그리고 아파트 현관을 나서서 소녀가 걸어간 쪽으로 뛰었다.

　그녀는 상당히 걸음이 빨랐다. 따라잡는 건 어려울지도 모른다. 하지만 소녀는 완전히 맨손이었다. 그리 멀리 나갈 생각이 아니라는 뜻이다. 미행하다가 자칫 소녀의 주의를 끄는 위험을 감수하느니, 돌아올 때까지 여기서 얌전히 기다리는 게 나을 것이다. 그렇게 생각하면서도 우시카와는 소녀의 뒤를 쫓지 않을 수 없었다. 그 소녀에게는, 논리 따위와는 상관없이 우시카와를 뒤흔드는 무언가가 있었다. 해질녘의 어느 순간, 신비한 색조를 띤 빛이 사람의 마음속에 특별한 기억을 불러일으키는 것처럼.

　한참을 급하게 걸어간 끝에 우시카와는 소녀의 모습을 찾아냈다. 후카에리는 길가에 서서 작은 문구점 안을 열심히 들여다보고 있었다. 아마 거기에 그녀의 관심을 끄는 것이 있는 모양이었다. 우시카와는 애써 태연하게 소녀에게 등을 돌리고 자동판매기 앞에 섰다. 주머니에서 동전을 꺼내 따뜻한 캔커피를 샀다.

　이윽고 소녀가 다시 걸음을 옮겼다. 우시카와는 반쯤 마신 캔 커피를 발치에 내려놓고 충분히 거리를 두며 뒤를 밟았다. 그가 보기에, 소녀는 오로지 걷는다는 행위에 신경을 집중하고 있었다. 잔물결 하나 없는 넓은 호수 위를 걸어서 건너는 듯한 걸음걸이다. 이런 특별한 걸음걸이라면 물에 빠지는 일도, 구두를 적시는 일도 없이 호수 위를 걸을 수 있다. 그런 비법을 터득하고 있는 것 같다.

　이 소녀는 분명 뭔가를 갖고 있다. 보통사람이 갖지 못한 특별한 무언가를. 우시카와는 그렇게 느꼈다. 후카다 에리코에 대해 그는 그리 많이 알지 못한다. 지금까지 얻은 지식이라고는, 그녀가 리더의 외동딸이며 열 살 때쯤에 '선구'에서 홀로 도망나와 에비스노라는 고명한 학자의 집에 몸을 의탁해 그곳에서 자랐고, 이윽고 「공기 번데기」라는 소설을 써서 가와나 덴고의 손을 빌려 그것을 베스트셀러의 반열에 올렸다는 것 정도다. 지금은 행방불명으로 경찰에 실종신고가 들어와 있고, 그 일 때문에 '선구' 본부는 얼마 전에 경찰의 수색을 받았다.

소설 「공기 번데기」는 교단 '선구'에게 상당히 불리한 것인 모양이었다. 우시카와도 그 책을 사서 주의 깊게 읽어봤지만 어떤 부분이 어떻게 불리한 것인지, 거기까지는 알지 못했다. 소설 자체는 재미도 있고 상당히 잘 씌어 있었다. 문장은 읽기 쉽고 단정하며 마음을 끄는 부분도 있었다. 하지만 결국은 그저 무난한 환상소설이 아닌가, 우시카와는 그렇게 생각했다. 또한 그것이 세상의 일반적인 감상이기도 할 터였다. 죽은 산양의 입에서 리틀 피플이 나와 공기 번데기를 만들고, 주인공이 마더와 도터로 분리되면서 달이 두 개가 된다. 그런 환상적인 이야기의 과연 어느 부분에 세상에 알려져서는 곤란한 정보가 숨겨져 있다는 것인가. 하지만 교단 사람들은 그 책에 관해 어떻게든 손을 써야 한다고 작정한 것 같았다. 적어도 한때는 그렇게 생각하고 있었다.

하지만 후카다 에리코가 한창 세상의 주목을 받는 때에 어떤 형태로든 그녀에게 손을 댄다는 건 너무도 위험한 일이었다. 그래서 그 대신(이라고 우시카와는 추측한다) 자신에게 교단의 외부 에이전트로서 덴고와 접촉해보라는 지시를 내렸다. 그 몸집 큰 학원강사와 뭔가 커넥션을 만들어보라는 명령이었다.

우시카와의 입장에서 보면 덴고는 전체적인 흐름에서 한낱 조연일 뿐이다. 편집자의 의뢰를 받아 「공기 번데기」라는 응모 원고를 읽기 쉽고 맥락이 맞는 작품으로 써줘 썼다. 솜씨는 제법 훌륭했지만, 역할 자체는 어디까지나 보조적이다. 왜 그들이 덴고에게 그토록 관심을 가지는지, 우시카와는 아무래도 이해할 수 없었다. 하지만 우시카와는 밑에서 움직이는 병졸에 지나지 않는다. 명령이 떨어지면, 예, 알겠습니다, 하고 실행에 옮길 뿐이다.

그러나 우시카와가 지혜를 짜내 마련한 선심성 제안을 덴고가 깨끗이 일축해버리는 바람에 커넥션을 만드는 계획은 좌절되었다. 그렇다면 다음에는 어떤 작전을 써볼까 궁리하던 참에 갑작스럽게 후카다 에리코의 부친인 리더가 죽어버렸다. 그래서 그 일은 중단되었다.

현재 '선구'가 어떤 방향을 잡았고 무엇을 추구하는지, 우시카와는 아는 바가 없다. 리더를 잃은 지금, 과연 누가 교단의 주도권을 쥐었는지도 알지 못한다. 하지만 어떻든 그들은 아오마메를 찾아내 리더를 살해한 의도를 알아내고 배후관계를 밝히려 하고 있다. 아마도 엄한 처벌과 복수를 위해서일 것이다. 그리고 그들은 거기에 사법당국은 개입시키지 않을 생각이다.

후카다 에리코에 대해서는 어떨까. 교단은 소설 「공기 번데기」에 대해 지금은 어떻게 생각하고 있을까. 그 책은 아직도 그들에게 계속 위협적인 것일까.

후카다 에리코는 걸음을 늦추지 않고, 뒤도 돌아보지 않고, 마치

제 둥지로 돌아가는 비둘기처럼 어딘가를 향해 일직선으로 가고 있었다. 그 어딘가가 '마루쇼'라는 중간 규모의 슈퍼마켓이라는 게 곧 판명되었다. 후카에리는 거기서 바구니를 들고 진열대마다 돌면서 통조림이며 신선한 식재료를 골랐다. 양상추 하나를 사면서도 손에 들고 다양한 각도에서 세세하게 음미했다. 시간깨나 걸리겠다고 우시카와는 생각했다. 그래서 일단 슈퍼마켓을 나와 길 건너편 버스정류장에서 버스를 기다리는 척하며 입구를 감시하기로 했다.

하지만 아무리 기다려도 소녀는 나오지 않았다. 우시카와는 점점 걱정이 되었다. 어쩌면 다른 출입구로 나갔는지도 모른다. 하지만 우시카와가 둘러본 바로는 그 슈퍼마켓의 출입구는 한 군데뿐이었다. 분명 물건을 사는 데 시간이 오래 걸리는 것뿐이다. 양상추를 들고 깊은 생각에 잠긴 소녀의 묘하게 깊이 없는 진지한 눈매를 우시카와는 떠올렸다. 그래서 좀더 참을성 있게 기다리기로 했다. 버스 세 대가 왔다가 떠나갔다. 그때마다 우시카와만 홀로 남겨졌다. 신문을 들고 오지 않은 걸 우시카와는 후회했다. 신문을 펼쳐들고 있으면 얼굴을 감출 수 있다. 누군가의 뒤를 밟을 때는 신문이나 잡지가 필수품이다. 하지만 어쩔 수 없다. 부랴부랴 방을 뛰쳐나왔으니.

후카에리가 마침내 슈퍼마켓 밖으로 나왔을 때, 손목시계는 세시 삼십오분을 가리키고 있었다. 소녀는 우시카와가 서 있는 버스정류장 쪽에는 눈길도 주지 않고, 왔던 길을 빠른 걸음으로 돌아갔다. 우시카와는 거리를 두고 그 뒤를 쫓았다. 두 개의 쇼핑 봉투는 상당히 무거워 보였지만, 소녀는 양팔에 가뿐하게 안고 물웅덩이를 이동하는 소금쟁이처럼 쭉쭉 걸어갔다.

신기한 소녀다. 그 뒷모습을 지켜보며 우시카와는 새삼 생각했다. 마치 진기한 이국의 나비를 보는 것 같다. 그냥 바라보는 건 괜찮다. 하지만 손을 대서는 안 된다. 손을 대자마자 그것은 자연스러운 생명을 잃고 본래의 선명함을 잃는다. 그리고 그것은 이국의 꿈을 꾸는 것을 멈춰버린다.

후카에리의 은신처를 알아냈다고 '선구' 사람들에게 연락을 해야 할까, 우시카와는 머릿속에서 빠르게 계산했다. 판단하기 어려운 문제다. 지금 여기서 후카에리를 내준다면 나름대로 점수는 딸 수 있을지 모른다. 적어도 그것이 마이너스 재료가 될 리는 없다. 그가 착실히 활동하며 제법 쏠쏠한 성과를 올리고 있다는 걸 교단에 보여줄 수는 있다. 하지만 후카에리의 처분에 휘말려 있는 사이에 원래의 목적인 아오마메를 찾아낼 기회를 놓쳐버릴지도 모른다. 그래서는 본전까지 날아가는 꼴이다. 어떻게 할까. 그는 피코트 호주머니에 두 손을 찌르고 코끝을 머플러에 파묻은 채, 올 때보다 더 멀리 거리를 두고 후카에리의 뒤를 밟았다.

내가 이 소녀의 뒤를 밟는 건 그저 그 모습을 바라보고 싶기 때문인지도 모른다. 우시카와는 문득 그렇게 생각했다. 슈퍼마켓 봉투를 안고 걸어가는 그녀를 보고 있는 것만으로도 그의 가슴은 무겁고 뻑뻑하게 조여왔다. 두 개의 벽 사이에 끼여 꼼짝도 할 수 없는 사람처럼, 어디로 나아갈 수도 물러설 수도 없었다. 폐의 움직임이 불규칙하고 답답해서 마치 미지근한 돌풍 속에 놓인 듯 숨쉬기가 지독히 힘들었다. 지금까지 한 번도 맛본 적이 없는 기묘한 느낌이었다.

적어도 앞으로 한동안은 이 소녀를 가만히 내버려두자고 우시카와는 마음을 정했다. 처음 계획대로 아오마메에게만 초점을 맞추자. 아오마메는 살인자다. 어떠한 이유에서건 그녀는 처벌받을 만한 짓을 했다. 그녀를 '선구'에 넘긴다는 것에 우시카와는 마음이 아프지 않았다. 하지만 이 소녀는 숲속 깊은 곳에 사는 부드럽고 말없는 생명체. 영혼의 그림자 같은 옅은 색채의 날개를 지니고 있다. 멀리서 바라보기만 하자.

후카에리가 종이봉투를 안고 아파트 현관 안으로 사라진 뒤, 한참 틈을 두었다가 우시카와도 안으로 들어섰다. 방에 돌아와 머플러와 모자를 벗고 다시 카메라 앞에 앉았다. 겨울바람을 맞은 뺨이 차갑게 얼어 있었다. 담배를 한 대 피우고, 미네랄워터를 마셨다. 뭔가 매운 것을 잔뜩 먹은 뒤처럼 지독히 목이 말랐다.

황혼이 찾아왔다. 가로등에 불이 켜지고 사람들이 귀가할 시간이 가까워졌다. 우시카와는 피코트를 입은 채 셔터 리모컨 스위치를 움켜쥐고 아파트 현관을 바라보았다. 오후 햇살의 기억이 서서히 옅어지면서 텅 빈 방은 급속히 썰렁해졌다. 어제보다 더 추운 밤이 될 것 같다. 역 앞 전자제품 매장에서 전기스토브나 전기담요를 사와야겠다고 우시카와는 생각했다.

후카다 에리코가 다시 아파트 현관 앞에 나타났을 때, 손목시계의 바늘은 네시 사십오분을 가리키고 있었다. 검은 터틀넥 스웨터에 청바지, 아까와 똑같은 옷차림이다. 하지만 가죽점퍼는 입지 않았다. 몸에 딱 붙는 스웨터는 그녀의 가슴 모양을 선명하게 드러내고 있다. 가느다란 몸매인데도 가슴은 크다. 파인더를 통해 그 아름다운

봉긋함을 보고 있는 사이, 우시카와는 또다시 옥죄이듯이 호흡이 가빠지는 것을 느꼈다.

겉옷을 입지 않은 걸 보면 이번에도 멀리 나갈 생각은 없는 모양이다. 소녀는 아까와 마찬가지로 현관 앞에 멈춰 서서 눈을 가늘게 뜨고 전봇대 위를 올려다보았다. 주위는 어두워져가고 있었지만, 찬찬히 바라보면 아직 사물의 윤곽을 분간할 수 있다. 그녀는 잠시 그곳에서 뭔가를 찾고 있었다. 하지만 찾는 것이 눈에 띄지 않는 눈치다. 그녀는 전봇대를 올려다보는 것을 관두고 새처럼 고개만 돌려 주위를 둘러보았다. 우시카와는 리모컨 스위치를 눌러 소녀의 사진을 찍었다.

마치 그 소리를 알아들은 것처럼, 후카에리가 문득 카메라 쪽을 향했다. 그리고 우시카와는 파인더를 통해 후카에리와 마주보는 모양새가 되었다. 우시카와 쪽에서는 물론 후카에리의 얼굴이 또렷하게 보였다. 그는 망원렌즈를 들여다보고 있다. 하지만 동시에 후카에리도 렌즈 맞은편에서 우시카와의 얼굴을 지그시 들여다보고 있다. 그녀의 눈은 렌즈 속에 있는 우시카와의 모습을 포착했다. 반들거리는 칠흑의 눈동자에 우시카와의 얼굴이 똑똑히 비친다. 그런 묘하게 직접적인 접촉감이 있었다. 그는 침을 꿀꺽 삼켰다. 아니, 그럴 리 없다. 그녀의 위치에서는 아무것도 보이지 않을 터이다. 망원렌즈는 위장했고, 타월로 감싼 셔터 소리는 거기까지 들리지 않는다. 그래도 소녀는 현관 앞에 서서 우시카와가 잠복하고 있는 방향을 보고 있었다. 감정이 결여된 그 시선을 흔들림 없이 우시카와에게 쏟고 있었다. 별빛이 이름도 없는 바윗덩어리를 비추듯이.

오랫동안—어느 정도의 시간인지 우시카와는 알지 못한다—두 사람은 서로를 응시했다. 그러고는 돌연 그녀는 몸을 틀듯이 돌아서더니 빠른 걸음으로 현관 안으로 들어갔다. 봐야 할 것은 모두 다 봤다는 듯이. 소녀의 모습이 사라지자 우시카와는 일단 폐를 텅 비운 뒤에 잠시 시간을 두었다가 새로운 공기로 채웠다. 싸늘한 공기가 무수한 가시가 되어 가슴 안쪽을 쿡쿡 찔렀다.

사람들이 귀가하여 어젯밤과 마찬가지로 현관 불빛 아래를 차례차례 지나갔지만 우시카와는 더이상 카메라 파인더를 들여다보지 않았다. 그의 손은 셔터 리모컨을 쥐고 있지 않았다. 그 소녀의 여지없이 솔직한 시선이 그의 몸에서 온갖 힘을 쥐어뜯어간 것 같았다. 어떻게 그런 시선이 있을 수 있을까. 그것은 잘 벼려진 긴 강철바늘처럼 그의 가슴을 일직선으로 찔렀다. 등까지 뚫고 나갈 만큼 깊숙이.

그 소녀는 알고 있다. 자신이 그녀를 은밀히 바라보고 있다는 것을. 카메라로 몰래 찍었다는 것도 알고 있다. 어떻게인지는 모르겠지만 후카에리는 그것을 아는 것이다. 아마도 한 쌍의 특별한 더듬이를 통해 그녀는 그런 기척을 감지해내는 것이리라.

술이 몹시도 마시고 싶었다. 가능하다면 위스키를 잔에 넘치도록 따라 그대로 단숨에 들이켜고 싶었다. 밖으로 사러 나갈 생각까지 했다. 바로 근처에 주점이 있다. 하지만 결국 포기했다. 술을 마셔본들 뭐가 달라지는 것도 아니다. 그녀는 파인더 너머에서 나를 보았다. 이곳에 숨어 사람들을 몰래 촬영하는 내 비뚤어진 머리통과 지저분한 영혼을, 이 아름다운 소녀는 알아본 것이다. 그 사실은 어떻게도 달라지지 않는다.

우시카와는 카메라 앞을 떠나 벽에 몸을 기대고 얼룩진 컴컴한 천장을 올려다보았다. 모든 것이 허망하게 느껴졌다. 자신이 외톨이라는 것을 이토록 통감한 적은 없었다. 어둠을 이토록 어둡게 느낀 적도 없었다. 그는 주오린칸의 단독주택을 떠올리고, 잔디 정원과 개를 떠올리고, 아내와 두 딸아이를 떠올렸다. 그곳을 비추던 햇빛을 떠올렸다. 두 딸아이 안으로 흘러갔을 터인 자신의 유전자를 생각했다. 비뚤어진 추한 머리통과 뒤틀린 영혼을 가진 유전자를.

　무슨 짓을 해봐도 소용없다는 마음이 들었다. 그는 주어진 카드를 모두 다 써버린 것이다. 애초에 그리 대단한 패도 아니었다. 하지만 노력하고 또 노력해서 그 불충분한 손안의 패를 최대한 이용해왔다. 머리를 풀가동하며 판돈을 교묘히 주고받았다. 한때는 그걸로 꽤 잘 풀리는 것 같기도 했다. 하지만 이제 손안에는 한 장의 카드도 없다. 테이블의 불은 꺼지고, 모였던 사람들은 모두 어딘가로 돌아가버렸다.

　결국 그날 저녁에는 한 장의 사진도 찍지 않았다. 벽에 기대어 눈을 감고 몇 개비의 세븐스타를 피우고, 또다시 복숭아 통조림을 따서 먹었다. 시계가 아홉시를 가리키자 세면실에 들어가 이를 닦고 옷을 벗고 침낭 속에 기어들어 벌벌 떨면서 잠을 청했다. 사무치게 추운 밤이었다. 하지만 그 떨림은 추위 때문만은 아니었다. 냉기는 그의 몸 안에서 생겨나는 것 같았다. 나는 대체 어디로 가려는 걸까, 우시카와는 어둠 속에서 스스로에게 물었다. 애당초 나는 어디에서 온 것일까.

　소녀의 시선에 찔린 아픔은 아직도 가슴에 남아 있다. 어쩌면 영원히 사라지지 않을지도 모른다. 아니면 그것은 오래전부터 그곳에 있었던 것이고, 나는 단지 여태껏 그 존재를 깨닫지 못했던 것뿐인지도.

　다음 날 아침, 우시카와는 치즈와 크래커에 인스턴트커피로 아침 식사를 마치고 마음을 추스른 뒤 다시 카메라 앞에 앉았다. 전날과 마찬가지로 아파트를 나서는 사람들을 관찰하고 사진을 몇 장 찍었다. 하지만 그곳에는 덴고의 모습도, 후카다 에리코의 모습도 없었다. 등을 웅크린 사람들이 새로운 하루 속에 타성적으로 발을 들이미는 광경이 보일 뿐이다. 하늘은 맑고 바람이 드센 아침이었다. 사람들은 하얀 입김을 내뿜고, 바람이 그것을 흩어놓았다.

　쓸데없는 생각은 하지 말자고 우시카와는 마음먹었다. 살갗을 좀 더 두껍게 하고, 마음의 껍질을 단단하게 만들고, 하루하루를 하나씩 규칙적으로 쌓아나가는 것이다. 나는 단지 기계에 지나지 않는다. 유능하고 참을성 있고 무감각한 기계. 한쪽 입으로 새로운 시간을 들이쉬고, 그것을 헌 시간으로 바꾸어 다른 한쪽 입으로 토해낸다. 존재하는 것, 그 자체가 이 기계의 존재 이유이다. 다시 한번 그런 불순물 없는 순수한 사이클─언젠가 끝을 맞이할 터인 영구운동─에 복귀해야 한다. 그는 의지를 단단히 다지고 마음의 뚜껑을 덮는 것으로 후카에리의 이미지를 뇌리에서 떨쳐버리려 했다. 소녀의 예리한 시선이 남기고 간 가슴의 통증은 그새 많이 가셔서, 이제는 이따금 찾아오는 둔한 동통으로 바뀌었다. 그러면 됐어, 우시카와는 생각했다. 그러면 됐어. 얼마나 다행인가. 나는 복잡한 디테일을 가진 단순한 시스템인 것이다.

점심 전에 우시카와는 역 앞에 있는 대형 전자제품 매장에 가서 작은 전기스토브를 샀다. 그리고 지난번의 그 메밀국숫집에 들어가 신문을 펼치고 따뜻한 튀김국수를 먹었다. 방에 돌아오기 전에 아파트 입구에 서서 후카에리가 어제 열심히 올려다보던 전봇대 근처를 보았다. 하지만 그의 주의를 끌 만한 것은 아무것도 없었다. 거뭇거뭇한 굵은 전선줄이 허공에서 뱀처럼 뒤엉켜 있었고, 변압기가 놓여 있을 뿐이다. 소녀는 그곳의 무엇을 응시하고 있었을까. 혹은 거기에서 무엇을 찾고 있었을까.

방에 돌아와 전기스토브를 켰다. 스위치를 누르자 곧바로 오렌지색 불이 들어오고 살갗에 친밀한 온기가 느껴졌다. 충분한 난방이라고는 도저히 말할 수 없지만, 이거 하나가 있느냐 없느냐는 큰 차이다. 우시카와는 벽에 기대앉아 가볍게 팔짱을 끼고 조그만 양지에서 짧은 잠을 잤다. 꿈도 뭣도 없는, 순수한 공백 같은 잠이었다.

나름대로 달고 깊은 잠을 깨운 것은 노크 소리였다. 누군가 문을 두드리고 있다. 눈을 뜨고 주위를 둘러보았을 때, 자신이 지금 어디 있는지 순간적으로 알아차리지 못했다. 곁에 놓인 삼각대와 미놀타 일안 리플렉스 카메라를 보고서야 이곳이 고엔지의 아파트 방이라는 게 생각났다. 누군가 그 방의 문을 주먹으로 두드리고 있다. 왜 문을 두드리는 거야. 우시카와는 급하게 의식을 그러모으며 이상하다고 생각했다. 문 앞에 초인종이 달려 있다. 손끝으로 그걸 누르기만 하면 된다. 간단한 일이다. 그런데도 그 누군가는 굳이 문을 두드리고 있었다. 그것도 상당히 강하게. 그는 얼굴을 찌푸리며 손목시계를 들여다보았다. 한시 사십오분. 물론 오후 한시 사십오분이다. 바깥은 환하다.

우시카와는 물론 그 노크에 응하지 않았다. 그가 이곳에 있다는 건 아무도 모른다. 누군가 찾아올 예정도 없다. 아마 외판원이거나 신문 구독 권유 같은 것일 터이다. 그쪽에서는 우시카와를 원하는지 모르지만, 우시카와는 그들을 원하지 않는다. 그는 벽에 몸을 기댄 채 문을 노려보며 침묵을 지켰다. 저러다가 포기하고 다른 데로 가겠지.

하지만 그 누군가는 포기하지 않았다. 간격을 두고 몇 번이나 노크를 거듭했다. 일련의 노크가 있고, 십 초나 십오 초쯤 쉬고, 그러고는 다시 노크가 이어졌다. 주저하지도 동요하지도 않는 단호한 노크로, 그 소리는 부자연스러울 만큼 균일했다. 그것은 일관되게 우시카와의 응답을 요구하고 있었다. 우시카와는 점점 불안해졌다. 어쩌면 저 문 앞에 와 있는 게 후카다 에리코인지도 모른다. 비열하게 숨어서 도둑촬영을 하는 우시카와를 비난하고 추궁하기 위해 찾아왔는지도 모른다. 그렇게 생각하자 심장의 고동이 빨라졌다. 그는 두툼한 혀로 잽싸게 입술을 핥았다. 하지만 그의 귀에 들리는 것은 아무리 생각해도 성인 남자의 크고 단단한 주먹이 스틸 문짝을 두드리는 소리다. 소녀의 손이 아니다.

아니면 후카다 에리코가 누군가에게 우시카와의 행위를 신고해서 그 누군가가 찾아왔는지도 모른다. 이를테면 아파트 관리업체의 담당자라든가, 아니면 경찰이라든가. 만일 그렇다면 일이 몹시 귀찮아진다. 하지만 관리업체 사람이라면 비상열쇠를 갖고 있을 것이고, 경찰이라면 자신들이 경찰이라는 것을 먼저 밝힐 것이다. 게다가 그들은 일부러 노크 같은 건 하지 않는다. 그냥 초인종을 누르기만 하면 된다.

"고즈 씨." 남자 목소리가 말했다. "고즈 씨."

고즈는 전에 이 집에 살던 사람의 이름이라는 게 생각났다. 우편함의 명패도 아직 그대로다. 그러는 게 우시카와에게는 유리했기 때문이다. 이 남자는 고즈라는 사람이 아직도 이 집에 사는 줄로 알고 있다.

"고즈 씨." 목소리는 말했다. "당신이 거기 있다는 거 다 알고 있어요. 그런 식으로 방에 틀어박혀 숨죽이고 있으면 몸에 좋지 않아요."

중년남자의 목소리다. 그다지 큰 소리는 아니다. 약간 탁한, 쉰 목소리다. 하지만 그 중심에는 단단한 심지 같은 것이 있었다. 바짝 구워 서서히 건조시킨 벽돌이 가진 단단함이다. 그 때문일 것이다. 목소리는 아파트 전체에 울려퍼질 만큼 우렁찼다.

"고즈 씨, 나는 NHK 사람이에요. 이달 수신료를 받으러 왔습니다. 문 좀 열어주시겠습니까?"

우시카와는 물론 NHK 수신료를 낼 생각이 없었다. 실제로 방을 보여주고 설명하면 일은 간단하다. 보시오, 텔레비전 같은 건 어디에도 없잖습니까, 라고. 하지만 우시카와처럼 특이한 용모의 중년남자가 가구 하나 없는 집에 대낮부터 혼자 틀어박혀 있는 꼴을 보면 수상하게 생각하지 않을 리가 없다.

"고즈 씨, 텔레비전을 보는 사람은 수신료를 반드시 내야 한다고 법률로 정해져 있어요. 가끔 '나는 NHK 같은 거 안 본다. 그러니 수신료는 못 내겠다'는 식으로 말씀하시는 분들이 있습니다. 하지만 그런 말은 안 통해요. NHK를 보건 안 보건 텔레비전이 있으면 수신료를 내야 합니다."

그냥 NHK 수금원이다, 우시카와는 생각했다. 마음대로 떠들게 놔두면 된다. 상대해주지 않으면 저러다가 가버릴 것이다. 하지만 집 안에 사람이 있다는 것을 어떻게 저토록 확신할 수 있을까. 한 시간 쯤 전에 집에 돌아온 뒤로 우시카와는 밖에 나가지 않았다. 소리도 거의 내지 않았고, 커튼도 닫힌 채였다.

"고즈 씨, 당신이 안에 계시다는 건 다 알고 있어요." 남자는 우시카와의 마음속을 들여다보기라도 한 것처럼 말했다. "어떻게 그런 걸 아느냐고 이상하게 생각하시지요? 그런데 다 알아요. 당신은 분명 거기 있고, NHK 수신료를 내기 싫어서 가만히 숨을 죽이고 있어요. 나는 그걸 손바닥 보듯이 다 압니다."

노크 소리가 한 차례 균일하게 이어졌다. 관악기의 호흡처럼 잠깐 쉬고, 그러고는 다시 똑같은 리듬으로 두드린다.

"알겠습니다, 고즈 씨. 당신은 끝까지 시치미를 떼기로 작심하신 모양이군요. 좋아요, 오늘은 이만 물러가겠습니다. 나도 할 일이 많은 사람이거든요. 하지만 다시 또 찾아뵙겠습니다. 거짓말 아니에요. 온다고 하면 반드시 옵니다. 나는 보통 평범한 수금원하고는 달라요. 받아야 할 것을 받을 때까지 절대로 포기하지 않습니다. 그건 분명하게 정해져 있는 일이에요. 달이 차고 기울거나 사람이 태어나고 죽는 것과 똑같이. 당신은 그걸 피해갈 수 없어요."

긴 침묵이 흘렀다. 이제 가버린 모양이라고 생각하는 찰나, 수금원이 다시 말을 이었다.

"가까운 시일 내에 찾아뵙겠습니다, 고즈 씨. 기대하세요. 당신이 예상도 못 할 때, 또 문을 두드릴 겁니다. 탕탕, 하는 소리가 나면 그건 나예요."

더이상의 노크는 없었다. 우시카와는 귀를 기울였다. 복도를 건너가는 발소리가 들린 것 같기도 했다. 곧바로 카메라 앞으로 이동하여 커튼 틈새로 아파트 현관을 주시했다. 수금원이 아파트에서 수금 작업을 마치고 이제 곧 그곳으로 나올 터였다. 어떻게 생긴 사람인지 확인해둘 필요가 있다. NHK 수금원이라면 제복을 입고 있을 테니 금세 알 수 있다. 어쩌면 진짜 수금원이 아닌지도 모른다. 누군가 수금원을 사칭하여 문을 열게 하려는 것인지도 모른다. 어떻든 상대는 지금까지 본 적이 없는 사람일 것이다. 그는 셔터 리모컨 스위치를 오른손에 움켜쥐고, 수금원일 듯한 사람이 현관에 나타나기를 기다렸다.

하지만 그로부터 삼십 분 동안, 아파트 현관을 드나든 사람은 한 명도 없었다. 이윽고 몇 번이나 본 적이 있는 중년여자가 현관에 나타나 자전거를 타고 나갔다. 우시카와는 그녀에게 '턱아줌마'라고 이름 붙였다. 턱살이 늘어졌기 때문이다. 반시간쯤 지나서, 턱아줌마가 자전거 바구니에 쇼핑 봉투를 싣고 돌아왔다. 그녀는 자전거는 보관소에 다시 넣어두고, 봉투를 안고 아파트로 들어갔다. 그뒤를 이어 초등학생 남자애가 귀가했다. 우시카와는 그 아이를 '여우'라고 명명했다. 여우처럼 눈이 치켜올라갔기 때문이다. 하지만 수금원일 듯한 인물은 끝내 나타나지 않았다. 우시카와는 뭐가 뭔지 영문을 알 수 없었다. 아파트 출입구는 거기 한 군데밖에 없다. 그리고 우시카와는 단 일 초도 그 현관문에서 눈을 떼지 않았다. 수금원이 나오지 않았다는 건, 그가 아직 안에 있다는 것이다.

　우시카와는 그뒤에도 쉬지 않고 현관을 감시했다. 화장실에도 가지 않았다. 해가 떨어지고, 주위가 컴컴해지고, 현관에 불이 켜졌다. 그래도 수금원은 나오지 않았다. 여섯시를 넘긴 참에 우시카와는 포기했다. 그리고 화장실에 가서 오래 참았던 소변을 보았다. 그 사람은 틀림없이 아직 이 아파트 안에 있다. 어째서인지는 모르겠다. 이치에 맞지 않는다. 하지만 그 기묘한 수금원은 이 건물 안에 머물기로 한 것이다.

　한층 쌀쌀해진 바람이 얼어붙은 전깃줄 사이로 날카로운 소리를 내며 지나갔다. 우시카와는 전기스토브를 켜고 담배를 한 대 피웠다. 그리고 수수께끼의 수금원에 대해 추리를 펼쳤다. 그는 왜 그처럼 도발적인 말을 해야 했는가. 집 안에 사람이 있다는 것을 어떻게 그토록 확신하고 있었는가. 그리고 왜 아파트에서 나오지 않았는가. 여기서 나가지 않았다면 지금 그는 어디에 있는가.

　우시카와는 카메라 앞을 벗어나, 벽에 몸을 기대고 전기스토브의 오렌지색 열선을 오래도록 지그시 노려보고 있었다.

제*17*장 아오마메
Q
한 쌍의 눈밖에 갖고 있지 않다

전화벨이 울린 것은 바람이 세차게 부는 토요일이었다. 시각은 오
후 여덟시에 가까웠다. 아오마메는 다운재킷을 입고 무릎에 담요를
덮고 베란다 의자에 앉아 가림판 사이로 수은등에 비친 미끄럼틀을
지켜본다. 양손은 얼지 않도록 담요 안에 넣었다. 사람 없는 미끄럼
틀은 빙하기에 사멸한 거대동물의 뼈대처럼 보인다.

추운 밤에 오래도록 밖에 앉아 있는 건, 태아를 위해서는 그리 바
람직한 일이 아닐지도 모른다. 하지만 이 정도 추위라면 별 문제 없
을 거라고 아오마메는 생각한다. 아무리 몸의 바깥이 차가워져도 양
수는 혈액과 거의 동일한 따스함을 유지한다. 세상에는 이곳과는 비
교할 수도 없을 만큼 춥고 힘겨운 장소가 많다. 그런 곳에서도 여자
들은 게으름 피우는 일 없이 아이를 낳는다. 그리고 무엇보다 이 추
위는 덴고를 만나기 위해 참고 견뎌내야 하는 추위인 것이다.

커다란 노란색 달과 작은 초록색 달이 여느 때처럼 겨울 하늘에

나란히 떠 있다. 다양한 모양과 크기의 구름들이 재빠르게 흘러간다. 구름은 하얗고 촘촘하고 윤곽이 또렷해서, 눈 녹은 강을 타고 바다를 향해 가는 단단한 얼음덩어리처럼 보이기도 한다. 어디선가 나타나 어디론가 사라지는 그런 한밤의 구름을 보고 있으면, 자신이 세계의 끝 가까운 곳까지 실려온 느낌이 들었다. 이곳은 이성(理性)의 극북(極北)이다. 아오마메는 그렇게 생각한다. 여기보다 더 북쪽으로는 더이상 아무것도 존재하지 않는다. 그 앞에는 그저 허무의 혼돈이 펼쳐져 있을 뿐이다.

유리문을 아주 작은 틈새만 남기고 닫아두었기 때문에 전화벨 소리는 무척 작게 들려온다. 그리고 아오마메는 깊은 생각에 빠져 있었다. 하지만 그녀의 귀는 그 소리를 놓치지 않는다. 벨은 세 번 울리고 멎었다가 이십 초 뒤에 다시 울린다. 다마루에게서 온 전화다. 담요를 걷고 하얗게 흐려진 유리문을 열고 안으로 들어간다. 방 안은 어둡고 적당히 난방이 되어 있다. 그녀는 찬 기운이 남아 있는 손가락으로 수화기를 든다.

"프루스트는 읽고 있나?"

"좀처럼 책장이 안 넘어가요." 아오마메는 대답한다. 마치 암호를 주고받듯이.

"취향에 안 맞았나?"

"아니, 그런 건 아니에요. 하지만 뭐라고 할까, 이곳과는 전혀 다른 세계에 대해 묘사한 이야기처럼 느껴져요."

다마루는 말없이 다음 말을 기다린다. 그는 서두르지 않는다.

"다른 세계라고 할까—내가 살고 있는 이 세계에서 몇 광년이나 떨어진 어느 소행성에 대한 아주 상세한 보고서를 읽는 것 같은 느낌이에요. 거기에 묘사된 정경 하나하나를 받아들이고 이해하는 건 가능해요. 그것도 꽤 선명하고 극명하게. 하지만 이곳에 있는 정경과 그 정경이 잘 이어지지 않아요. 물리적으로 너무 멀리 떨어져 있으니까. 그래서 한참 읽다가 다시 앞으로 돌아가서 똑같은 곳을 몇 번이나 읽게 돼요."

아오마메는 다음에 이을 말을 찾는다. 다마루는 여전히 기다리고 있다.

"하지만 따분한 건 아니에요. 치밀하고 아름다운 묘사이고, 그 고독한 소행성의 성립과정 같은 것도 나름대로 이해했어요. 다만 좀처럼 책장이 안 넘어간다는 얘기죠. 강 상류를 향해 보트를 젓고 있는 것처럼요. 한참 노를 젓다가 잠깐 손을 멈추고 뭔가 생각하는 사이에, 문득 깨닫고 보면 보트는 다시 원래 자리에 돌아와 있어요." 아오마메는 말한다. "하지만 지금의 내게는 그런 읽을거리가 더 좋을지도 모르죠. 줄거리를 따라 앞으로 나아가는 독서보다 오히려 더 좋을지도. 뭐랄까, 거기에는 시간이 불규칙하게 흔들리는 느낌이 있어요. 앞이 뒤여도 괜찮고, 뒤가 앞이어도 상관없는 듯한."

아오마메는 보다 정확한 표현을 찾으려 한다.

"뭔가 타인의 꿈을 바라보는 것 같아요. 감각의 동시(同時)적인 공유는 있어요. 하지만 그 동시라는 게 어떤 것인지 파악이 안 돼요. 감각은 아주 가까이에 있는데, 실제 거리는 지독히 멀리 떨어져 있어요."

"그런 감각은 프루스트가 의도했던 것일까?"

아오마메는 물론 그런 건 알지 못한다.

제17장 아오마메 33

"어떻든 다른 한편에서는," 다마루는 말한다. "이 현실세계에서는 시간은 착실히 앞으로 나아가고 있어. 정체되지도 않고 거꾸로 돌아가지도 않아."

"물론. 현실세계에서 시간은 앞으로 나아가죠."

아오마메는 그렇게 말하면서 유리문으로 시선을 던진다. 정말로 그럴까? 시간은 확실하게 앞을 향해 나아가고 있는 걸까.

"계절은 바뀌어 1984년도 이제 곧 끝나가려 하고 있어." 다마루는 말한다.

"올해 안에는 『잃어버린 시간을 찾아서』를 아마 끝까지 읽지 못할 거 같아요."

"괜찮아." 다마루는 말한다. "마음껏 시간을 들여 읽어봐. 오십 년도 더 전에 씌어진 소설이야. 일 분 일 초를 다투는 정보로 채워진 것도 아니니까."

그럴지도 모른다, 하고 아오마메는 생각한다. 하지만 그렇지 않을지도 모른다. 그녀는 이제 시간이라는 것을 그다지 믿을 수 없다.

다마루는 묻는다. "그래서, 네 안에 있는 것은 건강하게 잘 지내나?"

"지금으로서는 아무 문제 없이."

"다행이군." 다마루는 말한다. "그나저나 이곳 저택 주위를 어슬렁거리던 정체불명의 대머리 땅딸보 남자 이야기는 들었지?"

"들었어요. 그 사람, 아직도 출몰해요?"

"아냐, 이제 이 근처에는 나타나지 않아. 이틀 동안 주변을 어슬렁거리더니 그뒤로 사라졌어. 하지만 그자는 임대물건을 찾는 척 인근 부동산중개소를 돌면서 세이프하우스에 대한 정보를 수집했어. 아무튼 유난히 눈에 띄는 외모야. 게다가 꽤 요란한 옷을 입고 있었어. 그자와 얘기했던 사람들은 다들 똑똑히 기억하고 있었어. 덕분에 족적을 더듬기가 쉬웠지."

"조사나 정탐에는 적합하지 않군요."

"맞는 말이야. 그런 일에는 전혀 적합하지 않은 풍모야. 후쿠스케 인형처럼 머리통이 아주 큼직해. 하지만 제법 수완이 뛰어난 사람 같아. 직접 발로 뛰면서 요령껏 정보를 수집했어. 어디로 찾아가서 뭘 물어야 하는지, 절차를 빠삭하게 꿰고 있어. 나름대로 머리회전도 빠른 것 같아. 필요한 건 하나도 빠뜨리지 않고, 필요하지 않은 건 하지 않아."

"그리고 세이프하우스에 대해 상당한 정보를 수집했다."

"그곳이 가정폭력으로 고통받는 여성들을 위한 피난처이고, 마담이 무상으로 제공한 장소라는 걸 파악했어. 마담이 네가 근무하던 스포츠클럽의 회원이라는 것도, 네가 마담의 개인지도를 위해 이 저택에 자주 왔다는 것도 이미 파악했을 거야. 만일 내가 그자라면 그 정도는 충분히 알아냈을 테니까."

"그 사람이 당신과 비교될 만큼 우수하다는 건가요?"

"현실적인 수고를 아끼지 않고, 정보를 수집하는 요령을 터득했고, 논리적으로 생각하는 훈련을 쌓았다면 그 정도는 누구라도 할 수 있지."

"그런 사람이 세상에 그리 많지는 않겠죠."

"조금은 있지. 일반적으로 프로라 불리는 사람들."

아오마메는 의자에 자리를 잡고 손끝으로 콧등을 쓰다듬는다. 거기에는 바깥의 냉기가 아직 남아 있다.

"그리고 그 사람은 더이상 저택 주변에는 나타나지 않는다." 그녀는 물었다.

"자신의 모습이 지나치게 눈에 띈다는 걸 그자는 잘 알고 있어. 감시카메라가 작동중이라는 것도 알고. 그래서 짧은 시간에 최대한 정보를 수집한 뒤에 다른 사냥터로 옮긴 거야."

"즉 그 사람은 나와 마담의 관계를 눈치 챘다. 그게 스포츠클럽의 트레이너와 부유한 클라이언트 이상의 의미라는 것도, 거기에 세이프하우스가 관련되어 있다는 것도. 그리고 우리가 모종의 프로젝트를 진행시키고 있다는 것도."

"아마도." 다마루는 말한다. "내가 본 바로, 그자는 일의 핵심에 접근하고 있어. 조금씩."

"하지만 이야기를 들어보니, 그 사람은 큰 조직의 일원이라기보다 오히려 단독으로 행동하는 듯한 느낌이 들어요."

"그래, 나도 대략 비슷한 생각이야. 뭔가 특별한 꿍꿍이가 없는 한, 큰 조직에서는 그렇게 눈에 띄는 외모를 가진 사람을 내밀한 조사에 투입하지 않아."

"그렇다면 그 사람은 무엇 때문에, 누구를 위해 그런 조사를 하고 있을까요?"

"글쎄." 다마루는 말한다. "알고 있는 건 그자가 유능하고 위험한 인물이라는 것뿐이야. 그 이상은 현재로는 그저 추측일 뿐이야. 어떤 형태로든 '선구'와 관련이 있다는 게 내 조심스러운 추측이지만."

아오마메는 그 조심스러운 추측에 대해 생각한다. "그리고 그 사람은 사냥터를 바꿨다."

"그래. 어디로 옮겼는지는 잘 모르겠어. 하지만 논리적으로 추정해보면, 그뒤로 그자가 갈 만한 곳, 혹은 목표로 삼을 만한 곳은 지금 네가 숨어 있는 그곳이야."

"하지만 이곳을 찾아내는 건 불가능에 가깝다고 당신이 내게 말했어요."

"맞아. 마담과 그 맨션의 관련성은 아무리 조사해도 떠오를 가능성이 없어. 연결고리는 철저히 지워버렸어. 하지만 그건 단기간에 국한된 얘기야. 농성이 길어지면 이윽고 어디선가 빈틈이 생기는 법이지. 생각지도 못한 곳에서. 이를테면 네가 휘적휘적 밖에 나갔다가 우연히 목격되는 수도 있어. 하나의 가능성을 말하자면."

"나는 밖에 나간 적이 없어요." 아오마메는 딱 잘라 말한다. 그건 물론 진실이 아니다. 그녀는 두 번 이 방을 나갔다. 한번은 덴고를 찾아 맞은편 어린이공원까지 내달렸을 때. 또 한번은 출구를 찾기 위해 수도고속도로 3호선 산겐자야 근처 대피 공간까지 택시를 탔을 때. 하지만 그런 사정을 다마루에게 털어놓을 수는 없다.

"그렇다면 그자는 이곳을 어떻게 찾아내려고 할까요?"

"만일 내가 그자라면, 다시 한번 너의 개인정보를 샅샅이 조사해볼 거야. 네가 어떤 사람이고 어디서 왔으며 지금까지 무엇을 했는가, 지금 어떤 생각을 품고 있는가, 무엇을 원하는가, 무엇을 원하지 않는가. 조금이라도 많은 정보를 수집해서 책상 위에 늘어놓고 철저히 검증하고 분석하겠지."

"나를 발가벗기는 거군요?"

"그래, 환하고 차가운 빛 아래 너를 벗겨놓는 거야. 핀셋이나 확대경으로 구석구석 조사해서 너의 생각이나 행동패턴을 찾아내겠지."

"잘은 모르겠지만, 그런 개인적인 패턴 분석이 결과적으로 지금 내가 있는 곳을 알려줄 수 있을까요?"

"그건 모르지." 다마루는 말했다. "알려줄 수도 있고 알려주지 못할 수도 있어. 케이스 바이 케이스야. 단지 나라면 그렇게 할 것이라는 얘기야. 그거 말고는 달리 할 일이 생각나지 않으니까. 어떤 사람이든 사고나 행동에는 반드시 패턴이 있고, 그런 패턴이 있으면 거기에 약점이 생기지."

"무슨 학술조사 같군요."

"패턴이 없으면 인간은 살아갈 수 없어. 음악에서의 테마 같은 거야. 하지만 그건 동시에 인간의 사고나 행동에 틀을 만들고 자유를 제약해. 우선순위를 바꾸고, 어떤 경우에는 논리성을 왜곡하지. 이번 일에 적용해서 말하자면, 너는 지금 그곳에서 움직이기를 거부하고 있어. 적어도 올해 말까지는, 보다 안전한 장소로 옮기지 않겠다고 해. 왜냐하면 너는 거기에서 뭔가를 찾고 있기 때문이야. 그 뭔가를 찾아낼 때까지는 그곳을 떠날 수 없어. 혹은 떠나고 싶지 않아."

아오마메는 침묵한다.

"그것이 무엇인지, 네가 그것을 얼마나 강하게 원하는지, 자세한 사정은 나도 모르고 굳이 물어볼 마음도 없어. 하지만 내가 보기에는 그 무언가가 현재로는 네가 안고 있는 개인적인 약점이라는 거야."

"그럴지도 모르죠." 아오마메는 인정한다.

"후쿠스케 머리는 아마 그 부분을 치고 들어올 거야. 너를 속박하

는 그 개인적인 요인을 가차없이. 놈은 그것이 돌파구라고 생각할 거
야. 그자가 내 예상만큼 뛰어나서 정보의 조각을 더듬어 거기까지 도
달할 수 있다면 그렇다는 말이지만."

"도달하지 못할 거예요." 아오마메는 말한다. "나와 그 무언가를
연결하는 통로를 발견하는 건 불가능해요. 그건 내 마음속에만 있는
거니까."

"백 퍼센트 확신을 갖고 그렇게 말할 수 있나?"

아오마메는 생각한다. "백 퍼센트의 확신은 아니에요. 98퍼센트
정도죠."

"그렇다면 나머지 2퍼센트에 대해 심각하게 걱정해보는 게 좋아.
아까도 말했지만, 내가 보기에 그자는 프로야. 우수하고 끈기가 있어."

아오마메는 아무 말도 하지 않는다.

다마루가 말한다. "프로라는 건 사냥개와 같아. 보통사람은 맡지
못하는 냄새를 맡고, 보통사람은 듣지 못하는 소리를 듣지. 보통사람
과 똑같이 해서는 프로가 될 수 없어. 설령 프로가 되더라도 그리 오
래 버티지 못해. 그러니 주의하는 게 좋아. 너는 주의 깊은 사람이야.
그건 나도 잘 알아. 하지만 지금까지보다 한층 더 주의하는 게 좋아.
가장 중요한 일은 퍼센티지로 결정되는 게 아니니까."

"한 가지 질문이 있는데." 아오마메는 말한다.

"뭘까."

"만일 후쿠스케 머리가 다시 그쪽에 나타난다면 당신은 어떻게 할
생각이죠?"

다마루는 잠시 침묵한다. 예상하지 못했던 질문인 모양이다. "아

마 아무것도 안 하겠지. 그냥 내버려둘 거야. 이 주위에서 그자가 할 수 있는 일은 거의 아무것도 없어."

"하지만 만일 그자가 뭔가 비위에 거슬리는 짓을 하기 시작한다면?"

"이를테면 어떤 짓?"

"모르겠어요. 아무튼 당신이 귀찮게 느낄 만한 짓."

다마루는 목구멍에서 짧게 소리를 낸다. "그때는 뭔가 메시지를 보내야지."

"프로끼리의 메시지군요?"

"그런 셈이지." 다마루는 말한다. "하지만 구체적인 행동에 들어가기 전에, 그자가 어떤 자들과 한팀으로 움직이는지 확인해볼 필요가 있어. 만일 백업이 있다면 거꾸로 내가 위험에 처할 테니까. 그런 것을 분명하게 파악한 다음이 아니면 움직일 수 없어."

"풀에 뛰어들기 전에 수심을 확인한다."

"말하자면."

"하지만 당신은 그 사람이 단독으로 행동하고 있다고 판단하는군요. 백업은 없을 거라고."

"그래, 나는 그렇게 보고 있어. 하지만 경험적으로 말하면, 내 감도 가끔 틀리는 경우가 있어. 그리고 나는 유감스럽게도 뒤통수에는 눈이 달려 있지 않아." 다마루는 말한다. "어쨌든 주의 깊게 주변을 살펴봐. 수상한 사람은 없는지, 풍경이 달라지지는 않았는지, 평소와는 다른 일이 일어나고 있지 않은지. 어떤 작은 변화라도 좋으니, 뭔가 감이 잡히면 연락해."

"알았어요. 주의할게요." 아오마메는 말한다. 두말할 것도 없는 일이다. 나는 덴고의 모습을 찾기 위해 어떤 사소한 것도 놓치지 않으려 노력하고 있다. 하지만 나 역시 한 쌍의 눈밖에 갖고 있지 않다. 다마루의 말이 옳다.

"내가 할 말은 그 정도야."

"마담은 건강하시죠?" 아오마메는 묻는다.

"건강하셔." 다마루는 말한다. 그러고는 덧붙인다. "다만 약간 말수가 줄어드신 것도 같고."

"원래부터 말이 많은 분이 아니었죠."

다마루는 목구멍 속에서 작게 신음한다. 그의 목구멍에는 특별한 감정을 나타내기 위한 기관이 구비되어 있는 것 같다. "좀더, 라는 얘기야."

온실의 캔버스체어에 혼자 앉아, 조용히 날아다니는 나비를 싫증내지도 않고 바라보는 노부인의 모습을 아오마메는 상상한다. 발치에는 큼직한 물뿌리개가 놓여 있다. 노부인이 얼마나 고요하게 호흡하는지, 아오마메는 잘 알고 있다.

"다음에 보내는 짐에 마들렌*을 한 상자 넣어주지." 다마루는 끝으로 말한다. "그게 어쩌면 시간의 흐름에 좋은 영향을 미칠지도."

"고마워요." 아오마메는 말한다.

---

* 프루스트의 『잃어버린 시간을 찾아서』에서 주인공의 기억을 되살리는 데 결정적인 계기가 된 과자.

아오마메는 주방에 나가 코코아를 준비한다. 감시를 위해 다시 베란다에 나가기 전에 몸을 따스하게 덥혀둘 필요가 있다. 손잡이 달린 작은 냄비에 우유를 데워 코코아 가루를 푼다. 그것을 큼직한 컵에 덜고 미리 만들어둔 휘핑크림을 띄운다. 식탁 앞에 앉아 다마루와의 대화를 한마디씩 떠올리면서 천천히 그것을 마신다. 환하고 차가운 빛 아래에서, 비뚤어진 후쿠스케 머리의 손에 의해 나는 벌거벗겨지려 하고 있다. 그는 유능한 프로이고, 그리고 위험하다.

다운재킷에 머플러를 목에 두르고, 반쯤 마신 코코아 잔을 손에 들고 아오마메는 베란다로 돌아온다. 가든체어에 앉아 담요로 무릎을 덮는다. 미끄럼틀에는 여전히 아무도 없다. 다만 때 마침 공원을 나가는 어린아이의 모습이 눈에 들어온다. 이런 시간에 혼자 공원에 찾아온 아이가 있다니, 이상한 일이다. 니트 모자를 쓴, 땅딸막한 체구의 어린아이다. 하지만 베란다 가림판 틈새로 내려다보는 급경사 각도인데. 그 어린아이는 한순간 아오마메의 시야를 재빨리 지나쳐, 곧바로 건물 뒤편으로 사라진다. 어린아이치고는 머리통이 지나치게 큰 것처럼 보였지만, 그건 잘못 본 것인지도 모른다.

하지만 아무튼 그건 덴고는 아니다. 아오마메는 더이상 마음 쓰는 일 없이 다시 미끄럼틀에 시선을 던지고, 차례차례 흘러가는 하늘의 구름 떼를 바라본다. 코코아를 마시고, 그 컵으로 손바닥을 녹인다.

아오마메가 그 순간에 목격한 것은 물론 어린아이가 아니라 바로 우시카와였다. 조금 더 환한 곳이었다면, 혹은 조금 더 오래 볼 수 있었다면 그 크기가 소년의 머리 크기가 아니라는 것을 그녀는 당연히 알아차렸을 것이다. 그리고 그 키 작은 후쿠스케 머리가 다마루가 지적했던 자와 동일 인물이라는 데 생각이 미쳤을 것이다. 하지만 아오마메가 그의 모습을 목격한 건 불과 몇 초였고, 바라본 각도도 완전하지 못했다. 또한 다행스럽게도 똑같은 이유에서 우시카와 역시 베란다에 나와 있는 아오마메의 모습을 눈치채지 못했다.

여기서 몇 가지 '만일'이 우리의 머릿속에 떠오른다. 만일 다마루가 이야기를 조금 더 짧게 끝냈더라면, 만일 아오마메가 그뒤 뭔가 생각에 잠겨 코코아를 끓이지 않았더라면, 그녀는 미끄럼틀 위에서 하늘을 올려다보는 덴고의 모습을 발견했을 것이다. 그리고 곧장 방을 뛰쳐나가 이십 년 만의 해후에 성공했을 것이다.

동시에, 만일 그렇게 되었다면 덴고를 감시하던 우시카와는 그것이 아오마메라는 걸 곧바로 알아차렸을 것이고, 아오마메의 은신처를 파악하여 즉각 '선구'의 이인조에게 연락했을 것이다.

그러므로 그때 아오마메가 덴고의 모습을 발견하지 못한 게 불운이었는지 아니면 행운이었는지, 그건 어느 누구도 판단할 수 없다. 어쨌건 덴고는 지난번과 마찬가지로 미끄럼틀 위에 올라가 하늘에 떠 있는 크고 작은 두 개의 달과 그 앞을 가로지르는 구름을 한동안 바라보았다. 우시카와는 조금 떨어진 그늘에서 그런 덴고를 감시하고 있었다. 그동안 아오마메는 베란다를 떠나 다마루와 전화 통화를 하고, 그러고는 코코아를 타서 마셨다. 그렇게 이십오 분쯤의 시간이 흘렀다. 어떤 의미에서는 결정적인 이십오 분이다. 아오마메가 다운재킷을 입고 코코아 잔을 손에 들고 베란다로 돌아왔을 때, 덴고는 이미 공원을 떠난 후였다. 우시카와는 곧바로 덴고의 뒤를 밟지 않았다. 혼자 공원에 남아 확인해야 할 일이 있었기 때문이다. 그것을 마치자 우시카와는 빠른 걸음으로 공원을 나갔다. 그 마지막 몇 초 동안을 아오마메는 베란다에서 목격한 것이다.

구름은 여전히 빠른 속도로 하늘을 건너갔다. 그것은 남쪽으로 흘러 도쿄 만 위를 지나 다시 광대한 태평양으로 나갈 것이다. 그뒤에 구름이 어떤 운명을 더듬어가게 될지는 아무도 알지 못한다. 사후의 영혼이 어떻게 되는지 아무도 알지 못하는 것과 마찬가지로.

어쨌든 테두리는 좁혀졌다. 하지만 아오마메도 덴고도 자신들의 바로 곁에서 테두리가 급속히 좁혀졌다는 것을 알지 못한다. 우시카와는 얼마간 그런 움직임을 감지했다. 그 자신이 그 테두리를 좁히고자 활발히 움직였으니까. 하지만 그런 그도 아직 전체상을 파악하지 못했다. 가장 중요한 점을 그는 미처 알지 못했다. 자신과 아오마메 사이의 거리가 불과 몇십 미터로 좁혀졌다는 것을. 그리고 이건 참으로 우시카와답지 않은 일이지만, 공원을 떠날 때 그의 머릿속은 혼란에 빠져 있어서 조리 있게 뭔가를 생각할 수 없는 상태였다.

열시가 되자 추위는 한층 심해졌다. 아오마메는 그만 포기하고 자리에서 일어나 난방이 잘된 방으로 들어온다. 옷을 벗고 따뜻한 욕조에 들어간다. 뜨거운 물에 들어가 몸에 스민 냉기를 녹이면서 손바닥을 아랫배에 댄다. 아주 조금 볼록해진 게 느껴진다. 눈을 감고 그곳에 있는 작은 것의 기척을 감지하려고 한다. 시간이 그리 많이 남지 않았다. 아오마메는 어떻게 해서든 덴고에게 알려야 한다. 그의 아이를 잉태했다는 것을. 사력을 다해 그것을 보호하고 있다는 것을.

옷을 갈아입고 침대에 들어 어둠 속에서 몸을 옆으로 누이고 잠이 든다. 깊은 잠에 빠져들기 전의 한순간, 노부인의 꿈을 꾼다. 아오마메는 '버드나무 저택'의 온실에 있고, 노부인과 함께 나비를 바라본다. 온실은 자궁처럼 어슴푸레하고 따스하다. 그녀가 옛 집에 남겨두고 온 고무나무도 그곳에 놓여 있다. 손질이 잘되어 몰라볼 만큼 싱싱해지고 선명한 초록을 되찾았다. 본 적도 없는 남국의 나비가 그 두툼한 잎사귀에 앉아 있다. 나비는 컬러풀한 큼직한 날개를 접고 마음 푹 놓고 잠이 든 듯하다. 아오마메는 그것을 기쁘게 생각한다.

꿈속에서 아오마메의 배는 상당히 불룩해져 있다. 출산이 임박한 모양이다. 그녀는 작은 것의 심장 박동 소리를 알아들을 수 있다. 그녀 자신의 심장 소리와 작은 것의 심장 소리가 한데 섞여 기분 좋은 복합 리듬을 만들어낸다.

노부인은 아오마메 곁에 앉아, 항상 그랬듯이 등을 꼿꼿이 세우고 입술을 단정히 다물고 고요히 호흡하고 있다. 두 사람은 말을 나누지 않는다. 잠든 나비를 깨우지 않기 위해서다. 노부인은 한없이 초연하고, 옆에 아오마메가 있다는 것조차 알지 못하는 것처럼 보인다. 물론 아오마메는 자신이 노부인의 두터운 보호를 받고 있다는 것을 알고 있다. 그래도 불안은 아오마메의 마음을 떠나지 않는다. 무릎 위에 놓인 노부인의 양손은 너무도 가늘고 위태로워 보인다. 아오마메의 손이 무의식중에 더듬더듬 권총을 찾는다. 하지만 그것은 어디에도 눈에 띄지 않는다.

그녀는 꿈속으로 깊숙이 빨려들면서, 한편으로는 그것이 꿈이라는 것을 알고 있다. 아오마메는 이따금 그런 꿈을 꾼다. 생생하고 선명한 현실 속에 있으면서도 그것이 현실이 아니라는 것을 안다. 그것은 세세하게 그려진 또다른 소행성의 정경인 것이다.

그때 누군가 온실 문을 연다. 불길한 냉기를 품은 바람이 들이친다. 커다란 나비가 잠에서 깨어나 날개를 펴고 고무나무에서 파르르 날아오른다. 누구일까. 고개를 돌려 그쪽을 보려 한다. 하지만 그녀가 그 모습을 보기 전에 꿈은 끝이 난다.

눈을 떴을 때 아오마메는 땀을 흘리고 있다. 차갑고 불쾌한 땀이다. 축축한 파자마를 벗고 타월로 몸을 닦고, 새 티셔츠를 걸친다. 잠시 침대 위에 일어나 앉는다. 뭔가 좋지 않은 일이 일어나려는 것인지도 모른다. 누군가가 이 작은 것을 노리고 있는지도 모른다. 그 누군가가 바로 저 앞까지 다가왔는지도 모른다. 한시라도 빨리 덴고를 찾아야 한다. 하지만 매일 밤 이렇게 어린이공원을 감시하는 것 외에 지금 그녀가 할 수 있는 일은 아무것도 없다. 주의 깊게, 참을성 있게, 게으름 피우지 않고 세상을 바라본다. 좁게 구획된 세계의 한 획을. 그 미끄럼틀 위의 한 점을. 하지만 그래도 여전히 사람은 뭔가를 놓치는 법이다. 오직 한 쌍의 눈밖에 갖고 있지 않으니까.

아오마메는 울고 싶었다. 하지만 눈물은 나지 않는다. 그녀는 다시 침대에 누워 손바닥을 아랫배에 대고 잠이 찾아오기를 조용히 기다린다.

제*18*장 뎬고
Q
바늘로 찌르면 붉은 피가 나는 곳

　"그뒤로 사흘 동안 아무 일도 일어나지 않았어." 고마쓰는 말했다. "그저 내주는 밥을 먹고, 밤이 오면 좁은 침대에서 자고, 아침이 되면 일어나서 방 안쪽 작은 화장실에서 볼일을 봤지. 화장실에 문짝은 달려 있었지만 잠금장치는 없었어. 아직 늦더위가 심할 때였는데, 송풍구에 에어컨이 연결되어 있는지 덥다고 느낀 적은 없었어."

　뎬고는 아무 말 없이 고마쓰의 이야기를 듣고 있었다.

　"밥은 하루 세 번 갖다줬어. 몇시인지는 몰라. 손목시계는 빼앗겼고, 방에 창문이 없으니 낮인지 밤인지도 알 수 없어. 귀를 기울여봐도 소리 하나 안 들려. 아마 내 소리도 밖에서 안 들렸을 거야. 도대체 어떤 곳에 끌려왔는지 짐작도 못 했어. 그저 사람 사는 곳에서 한참 떨어진 곳이라는 막연한 느낌만 있었지. 아무튼 사흘 동안 그곳에 있으면서 아무 일도 없었어. 사흘이라는 것도 확실치 않아. 밥이 아홉 번 나왔고, 그걸 차례차례 먹었다 뿐이지. 방 안의 전등이 세 번

꺼졌고, 세 번 잤어. 내가 원래 잠이 얕고 불규칙한 편인데, 그때는 웬일로 수월하게 아주 푹 잤어. 생각해보면 이상한 얘기지만, 아무튼 거기까지는 알겠지?"

덴고는 말없이 고개를 끄덕였다.

"그 사흘 동안, 나는 말을 한 마디도 못 했어. 밥을 갖다준 건 젊은 남자였어. 마른 편이고 야구모자에 하얀 마스크를 썼어. 체조용 트레이닝복 같은 걸 입고, 지저분한 운동화를 신었어. 그 남자가 쟁반에 식사를 내오고, 다 먹었을 때쯤 빈 그릇을 가지러 와. 일회용 종이식기에 흐늘흐늘한 플라스틱 나이프와 포크와 스푼. 식사는 흔한 레토르트 식품인데, 맛있다고는 못 해도 아예 못 먹을 정도는 아니었어. 양은 많지 않아. 배가 고파서 남김없이 다 먹었어. 그것도 신기한 일이야. 평소에는 식욕이 없어서 걸핏하면 밥 먹는 것도 잊어버리는데 말이야. 마실 건 우유하고 미네랄워터. 커피도 홍차도 안 주더라구. 싱글 몰트도 생맥주도 없었어. 담배도 안 돼. 뭐, 별수 없지. 리조트 호텔에 쉬러 간 것도 아니고."

고마쓰는 거기서 문득 생각난 듯 빨간색 말보로 담뱃갑을 꺼내 한 개비를 물고 종이성냥으로 불을 붙였다. 연기를 천천히 폐깊숙이 들이켜었다 토해내고, 그러고는 얼굴을 찌푸렸다.

"밥을 갖다준 남자는 처음부터 끝까지 한마디 말이 없었어. 아마 위에서 대화를 금한 모양이지. 그자가 잡무를 맡은 말단이라는 건 틀림없어. 그래도 뭔가 무술에 능통한 사람 같더라구. 몸놀림에서 만만치 않은 기미가 느껴졌거든."

"고마쓰 씨 쪽에서도 질문을 안 했어요?"

"말해봤자 대답하지 않을 게 뻔했으니까. 아무 말 없이 해주는 대로 가만있었어. 주는 대로 밥 먹고 우유 마시고, 불 꺼지면 침대에 가서 자고, 다시 불 켜지면 눈 뜨고. 아침이면 그 젊은 남자가 전기면도기와 칫솔을 놓고 가는 거야. 그걸로 수염을 밀고 이를 닦아. 쓰고 나면 도로 가져갔어. 화장지 외에는 방 안에 비품이라는 게 하나도 없어. 샤워도 못 하고 옷도 갈아입지 못했지만, 샤워하고 싶다, 옷 갈아입고 싶다, 하는 마음도 안 들더라구. 방 안에 거울도 없었는데 그것도 딱히 불편할 건 없었어. 무엇보다 힘든 건 심심하다는 거야. 아무튼 눈 뜨고 일어나 다시 눈 감고 잘 때까지 주사위처럼 네모난 하얀 방에서 나 혼자 말 한마디 없이 앉아 있으니 당연히 심심해서 견딜 수가 없지. 나는 하다못해 룸서비스 메뉴라도 좋으니 활자라는 게 옆에 있어야 마음이 침착해지는 활자중독자거든. 근데 책도 없고 신문도 없고 잡지도 없어. 텔레비전도 라디오도 없거니와 게임기도 없어. 이야기할 상대도 없어. 의자에 앉아 바닥이며 벽이며 천장을 지그시 노려보는 것밖에 아무 할 일이 없는 거야. 그거 정말 기분이 묘하더군. 그렇잖아, 길을 가다가 정체 모를 놈들에게 붙잡혀 클로로포름 같은 냄새에 정신을 잃고, 그길로 어딘가에 실려와 창문 없는 괴상한 방에 감금된 거야. 어떻게 생각해도 심상치 않은 상황이지. 그런데도 머리가 돌아버릴 만큼 따분한 거야."

고마쓰는 손가락 사이에서 연기를 피워올리는 담배를 잠시 감개무량하게 바라보더니, 재떨이에 재를 떨었다.

"분명 내 신경을 망가뜨리려고 일부러 사흘 동안 조용히 그 좁은 방에 가둬둔 거 같아. 그런 쪽으로 치밀하게 계산한 거야. 어떻게 하면 인간의 신경이 약해지는지, 기분이 우울해지는지, 그런 노하우를 아는 거지. 나흘째 되던 날—즉 네번째 아침식사가 끝난 다음이라는 얘기야—두 남자가 들어왔어. 이자들이 나를 납치한 자들일 거라고 생각했지. 갑자기 덮치는 바람에 나도 경황이 없어서 상대의 얼굴까지는 제대로 못 봤어. 하지만 그 두 남자를 보니까 그때 일이 조금씩 생각나더라구. 다짜고짜 차 안에 밀어넣고 팔이 떨어질 만큼 등뒤로 꺾어놓고 약품이 묻은 수건을 코와 입에 들이댔어. 그러는 내내 둘 다 한마디 말이 없었어. 정말 눈 깜짝할 사이의 일이었어."

고마쓰는 그때 일을 떠올리며 얼굴을 가볍게 찌푸렸다.

"한 사람은 키가 그리 크지 않고 탄탄한 체격에 머리는 박박밀었어. 햇볕에 그을린 얼굴에 광대뼈가 나왔고. 또 한 사람은 키가 크고 팔다리가 길고 볼이 홀쭉하고 머리를 뒤로 묶었어. 나란히 보니까 꼭 개그 콤비 같더군. 호리호리하니 긴 놈하고, 땅딸막하고 턱수염 기른 놈. 하지만 한눈에 상당히 위험한 놈들이라는 감이 오더라구. 필요하다면 망설임 없이 무슨 짓이든 할 타입이야. 하지만 거드름을 피우거나 위세를 부리는 건 없었어. 거동 자체는 온화해. 그러니 더 무섭지. 눈이 지독히 차가운 인상이야. 양쪽 다 검은 면바지에 하얀 반소매 셔츠 차림. 둘 다 이십대 중반에서 후반, 스킨헤드 쪽이 약간 연상으로 보였어. 양쪽 다 손목시계를 차고 있지 않았고."

덴고는 말없이 다음 이야기를 기다렸다.

"말을 하는 건 스킨헤드였어. 호리호리한 포니테일 쪽은 말 한마디 없이 등을 쭉 펴고 꼼짝 않고 문 앞에 서 있었어. 스킨헤드와 내가 주고받는 이야기에 귀를 기울이는 것 같기도 하고, 어쩌면 아무것도 듣지 않는 것 같기도 하고. 아무튼 스킨헤드는 들고 온 파이프 의자를 내려놓고 나하고 마주앉았어. 따로 의자가 없었으니까 나는 침대에 앉았고. 아무튼 표정이라는 게 없는 남자야. 물론 입을 움직여서 말을 하긴 하는데, 얼굴의 나머지 부분은 놀랍도록 움직이질 않아. 영락없이 복화술 인형처럼."

스킨헤드가 가장 먼저 고마쓰에게 던진 말은, 왜 이곳에 끌려왔는지, 우리가 누구인지, 이곳이 어딘지 대강 추측할 수 있겠느냐는 것이었다. 전혀 모르겠다고 고마쓰는 대답했다. 스킨헤드는 깊이가 결락된 눈빛으로 잠시 고마쓰의 얼굴을 보았다. 그러고는 "하지만 꼭 해보라고 한다면, 당신은 어떤 식으로 추측할까요?"라고 물었다. 말투는 정중하지만 거기에는 불문곡직 밀어붙이는 느낌이 있었다. 목소리는 냉장고에 오랫동안 넣어둔 금속 자처럼 한없이 딱딱하고 차가웠다.

고마쓰는 잠시 망설인 뒤에, 꼭 추측해보라고 한다면 그건 「공기번데기」 건이 아닐까 싶다고 솔직히 말했다. 그 일 말고는 짚이는 게 전혀 없다. 만일 그런 거라면 당신들은 '선구' 관계자들이고, 이곳은 교단 부지일 것이다. 가설의 영역을 넘지 않는 얘기지만.

스킨헤드는 고마쓰가 한 말에 대해 긍정도 부정도 하지 않았다. 아무 말 없이 고마쓰의 얼굴을 빤히 보았다. 고마쓰도 묵묵히 입을 다물고 있었다.

"그러면 그 가설을 바탕으로 얘기해볼까요." 스킨헤드는 조용히 운을 뗐다. "우리가 지금부터 하는 이야기는 어디까지나 당신이 세운 그 가설의 연장선상에서 하는 겁니다. 만일 그런 것이라면―이라는 전제하의 이야기지요. 아시겠지요?"

"좋습니다." 고마쓰는 말했다. 그들은 가능한 한 멀리 에둘러 이야기를 진행하려 하고 있다. 나쁘지 않은 징후다. 산 채로 돌려보내지 않을 생각이라면 그런 번거로운 절차를 밟을 필요는 없다.

"당신은 출판사에 근무하는 편집자로, 후카다 에리코의 소설 「공기 번데기」를 담당하고 출판했다. 맞습니까?"

그렇다고 고마쓰는 인정했다. 그건 주지의 사실이다.

"우리가 알아본 바로는, 「공기 번데기」가 문예지 신인상을 수상하게 된 데는 모종의 부정행위가 있었다. 그 응모원고는 심사위원회에 부쳐지기 전에 당신의 지시에 따라 제삼자의 손을 빌려 대폭 수정됐다. 은밀히 고쳐 쓴 그 작품이 신인상을 수상했고, 세상의 화젯거리가 되고, 단행본으로 출판하여 베스트셀러가 되었다. 틀림없습니까?"

"그건 생각하기 나름입니다." 고마쓰는 말했다. "편집자의 충고에 따라 응모원고를 수정하는 건 전례가 전혀 없는 일도 아니고……"

스킨헤드는 손을 들어 고마쓰의 말을 가로막았다. "편집자의 충고에 따라 필자가 원고에 손을 대는 건 부정행위라고 할 수 없다. 네, 맞는 말입니다. 하지만 상을 타기 위해 제삼자가 개입해서 문장을 고치는 건 아무리 생각해도 신의에 어긋나는 행위입니다. 게다가 페이퍼 컴퍼니를 이용하여 책의 인세도 분배했죠. 법률적으로는 어떻게 해석되는지 모르겠지만, 적어도 사회적으로나 도의적으로 당신은 엄격히 규탄받아야 할 겁니다. 변명의 여지가 없어요. 신문이나 잡지는 시끄럽게 떠들어댈 것이고, 당신네 출판사는 신용이 추락하겠지요. 고마쓰 씨도 그런 정도는 잘 알고 계실 겁니다. 우리는 상세한 부분까지 진상을 파악했고, 그걸 구체적인 증거와 함께 세상에 발표할 수도 있습니다. 그러니 시시한 말돌리기는 하지 않는 게 좋아요. 그런 건 통하지 않습니다. 서로 시간 낭비죠."

고마쓰는 말없이 고개를 끄덕였다.

"만일 그렇게 된다면 당신은 물론 출판사를 사직해야 하고, 그뿐만 아니라 업계에서도 퇴출될 겁니다. 당신이 파고들 만한 여지는 어디에도 없어요. 적어도 공식적으로는."

"그렇겠죠." 고마쓰는 인정했다.

"하지만 현재 이 사실을 알고 있는 사람의 수는 한정되어 있습니다." 스킨헤드는 말했다. "당신과 후카다 에리코와 에비스노 씨, 그리고 리라이팅을 담당한 가와나 덴고 씨. 그리고 그밖에 몇몇 사람."

고마쓰는 단어를 신중하게 고르며 말했다. "가설에 따라 말하자면, 당신이 말한 '그밖에 몇몇 사람'이라는 건 교단 '선구' 쪽 사람들이겠군요."

스킨헤드는 슬쩍 고개를 끄덕였다. "가설에 따른다면 그렇게 되겠지요. 사실이 어떻든."

스킨헤드는 잠시 틈을 두면서 그 전제가 고마쓰의 머릿속에 스며들기를 기다렸다. 그러고는 다시 말을 이었다. "만일 그 가설이 옳다면, 그들은 당신을 여기서 어떻게라도 다룰 수 있을 겁니다. 당신을 귀한 손님으로 언제까지고 이 방에 실컷 머물게 해드릴 수도 있겠지요. 수고도 별로 들지 않아요. 혹은 시간을 좀더 절약하고 싶다면 그밖의 선택도 몇 가지 생각할 수 있을 겁니다. 그중에는 피차 그다지 유쾌하다고 하기 어려운 선택도 포함되겠지요. 어쨌든 그들은 그럴 만한 힘과 수단을 갖고 있습니다. 거기까지는 대강 이해하시겠지요."

"충분히 이해했다고 생각합니다." 고마쓰는 대답했다.

"좋습니다." 스킨헤드는 말했다.

스킨헤드가 말없이 손가락 하나를 쳐들자, 포니테일이 밖으로 나갔다가 잠시 후에 전화기를 들고 돌아왔다. 그 코드를 바닥 콘센트에 연결하고 수화기를 고마쓰에게 내밀었다. 스킨헤드는 고마쓰에게 출판사에 전화를 하라고 말했다.

"지독한 감기에 걸렸는지 고열이 나서 지난 며칠 동안 계속 누워 있었다. 한동안 출근할 수 없을 것 같다. 그 말만 하고 전화를 끊어주십시오."

고마쓰는 동료를 호출해서 그 말을 간단히 전하고 상대의 질문에는 대답하지 않은 채 전화를 끊었다. 스킨헤드가 고개를 끄덕이자 포니테일이 바닥의 코드를 뽑아 전화기를 들고 방을 나갔다. 스킨헤드는 자신의 양쪽 손등을 점검하듯이 한동안 바라보고 있었다. 그러고는 고마쓰를 향해 말했다. 그의 목소리에는 이제 희미하나마 친절함 같은 것마저 엿보였다.

"오늘은 여기까지입니다." 스킨헤드는 말했다. "그다음 얘기는 다시 날을 잡아서 하지요. 그때까지 오늘 이야기한 것에 대해 잘 생각해보십시오."

그리고 방을 나갔다. 그뒤로 열흘 동안 고마쓰는 그 좁은 방에서 침묵과 함께 보냈다. 하루에 세 번, 항상 똑같은 마스크를 쓴 젊은 남자가 항상 똑같이 맛없는 식사를 날라다주었다. 나흘째부터는 파자마 같은 목면 옷이 주어졌지만, 샤워는 끝까지 시켜주지 않았다. 화장실에 딸린 작은 세면대에서 얼굴을 씻은 게 고작이었다. 날짜 감각은 점점 더 흐릿해져갔다.

분명 야마나시 교단 본부에 끌려온 거라고 고마쓰는 짐작했다. 텔레비전 뉴스에서 그곳을 본 적이 있다. 깊은 산중에 높은 벽으로 에워싸인 치외법권 지역 같은 곳이다. 도망치는 것도, 도움을 청하는 것도 불가능하다. 가령 살해된다 해도(그것이 아마도 '피차 그다지 유쾌하다고 하기 어려운 선택'이라는 말의 의미일 것이다) 사체조차 발견되지 않은 채 끝날 터였다. 죽음이 그토록 현실성을 갖고 고마쓰에게 다가온 건 태어나서 처음이었다.

회사에 전화를 걸게 한 뒤로 열흘째 되는 날에(아마도 열흘, 하지만 확신은 없다) 마침내 그 두 사람이 다시 나타났다. 스킨헤드는 지난번에 만났을 때보다 약간 여윈 것 같았고, 그래서 광대뼈가 더욱 두드러졌다. 한없이 차가웠던 눈에는 이제 핏발이 섰다. 그는 지난번과 마찬가지로, 들고 온 파이프 의자에 앉아 테이블을 끼고 고마쓰와 마주했다. 오랫동안 스킨헤드는 입을 열지 않았다. 충혈된 눈으로 그저 똑바로 고마쓰를 보고 있었다.

포니테일의 모습은 달라진 것이 없었다. 그는 지난번과 똑같이 등을 곧게 펴고 문 앞에 서서 표정 없는 눈으로 허공의 한 점을 응시하고 있었다. 두 사람 모두 검은 바지에 하얀 셔츠를 입고 있었다. 아마제복 같은 것이리라.

"지난번에 이어서 이야기를 해볼까요." 이윽고 스킨헤드가 입을 열었다. "우리는 당신을 여기에서 어떻게라도 다룰 수 있다는 얘기였지요."

고마쓰는 고개를 끄덕였다. "그 안에는 피차 그다지 유쾌하다고 하기 어려운 선택도 포함되어 있다고 했죠."

"역시 기억력이 좋으시군요." 스킨헤드는 말했다. "그렇습니다. 유쾌하지 않은 결말도 일단 시야에 있습니다."

고마쓰는 말없이 있었다. 스킨헤드는 계속했다.

"하지만 그건 어디까지나 이론적으로 그렇다는 얘기입니다. 실제로는 그들도 가능하면 극단적인 선택은 하고 싶지 않을 겁니다. 만일 고마쓰 씨가 이 시점에 홀연히 사라져버리면 또다시 귀찮은 상황이 벌어질 수 있겠지요. 후카다 에리코가 사라졌을 때와 마찬가지로. 당신이 사라진다 해도 섭섭해할 사람은 그리 많지 않을지도 모르지만, 편집자로서의 실력은 높은 평가를 받고 있고, 업계에서 상당히 두드러진 위치인 것 같더군요. 그리고 헤어진 부인 역시 다달이 들어오던 돈이 들어오지 않으면 불평 한마디쯤은 하고 싶어지겠지요. 그런 건 그들에게도 그다지 바람직한 전개라고 할 수 없습니다."

고마쓰는 마른기침을 하고 침을 꿀꺽 삼켰다.

"그들도 당신 개인을 비난하려는 게 아니고, 또한 처벌하려는 것도 아닙니다. 소설 「공기 번데기」를 출판하면서 특정 종교단체를 공격할 의도가 없었다는 건 잘 알고 있습니다. 처음에는 「공기 번데기」와 그 교단의 관계조차 알지 못했겠지요. 당신은 애초에 장난기와 공명심에서 이 사기극을 계획했습니다. 그러던 중에 적지 않은 액수의 돈도 얽히게 되었지요. 일개 샐러리맨이 이혼 위자료와 아이 양육비를 계속 지불하는 건 무척 힘든 일이니까요. 그리고 당신은 가와나 덴고라는, 이 또한 사정을 전혀 알지 못하는 소설가 지망 학원강사를 이 계획에 끌어들였습니다. 계획 자체는 기발하고 재미있었어요. 하지만 선택한 작품과 그 상대가 좋지 않았습니다. 그리고 당초 예정했던 것보다 이야기가 지나치게 커져버렸지요. 당신은 엉겁결에 최전방의 지뢰밭에 들어서버린 민간인 같은 사람입니다. 앞으로 갈 수도 뒤로 물러설 수도 없어요. 그렇지 않습니까, 고마쓰 씨?"

"얘기가 그렇게 되나요." 고마쓰는 애매하게 대답했다.

"아직 상황을 잘 모르시는 것 같군요." 고마쓰를 바라보는 스킨헤드의 눈이 미묘하게 가늘어졌다. "알고 있다면, 그런 식으로 남의 일처럼 말할 수는 없을 텐데요. 상황을 명확히 합시다. 당신은 실제로 지뢰밭 한가운데 서 있습니다."

고마쓰는 말없이 고개를 끄덕였다.

스킨헤드는 눈을 감고 십 초쯤 틈을 둔 뒤에 다시 눈을 떴다. "이런 상황에 몰려서 당신들도 난처하겠지만, 그들 쪽에서도 난처한 문제를 떠안게 된 겁니다."

고마쓰는 마음을 단단히 먹고 입을 열었다. "한 가지 질문을 해도 될까요?"

"내가 대답할 수 있는 것이라면."

"「공기 번데기」의 출간으로 인해 결과적으로 우리가 그 종교단체에 약간의 폐를 끼치게 되었다. 그런 얘기인가요?"

"약간이 아닙니다." 스킨헤드는 말했다. 그의 얼굴이 슬쩍 일그러졌다. "목소리는 이제 그들을 향해 말하는 것을 멈춰버렸어요. 그것이 무엇을 의미하는지, 당신이 아십니까?"

"모릅니다." 고마쓰는 건조한 목소리로 대답했다.

"좋습니다. 나도 더이상 구체적인 설명은 할 수 없고, 또한 당신도 그건 알지 못하는 게 좋아요. 목소리는 이제 그들을 향해 말하는 것을 멈춰버렸다. 지금 여기서 내가 말할 수 있는 건 그것뿐입니다." 스킨헤드는 잠시 틈을 두었다. "그리고 그 불행한 사태는 소설 「공기번데기」가 활자의 형태로 세상에 발표되면서 발생한 겁니다."

고마쓰는 질문했다. "후카다 에리코와 에비스노 선생은 「공기 번데기」를 세상에 내보내면 그런 '불행한 사태'가 발생하리라는 것을 예측하고 있었나요?"

스킨헤드는 고개를 저었다. "아니, 에비스노 씨는 거기까지는 알지 못했을 겁니다. 그리고 후카다 에리코가 어떤 의도를 갖고 있었는지는 명확하지 않아요. 하지만 그건 의도적인 행위는 아니라는 게 그들의 추측입니다. 만일 거기에 어떤 의도가 있었다 해도, 그건 그녀의 의도가 아니었을 겁니다."

"사람들은 「공기 번데기」를 단순한 판타지소설로 보고 있어요." 고마쓰는 말했다. "여고생이 쓴, 별 문제 없는 환상 이야기로요. 실제로 이야기가 지나치게 비현실적이라는 비판도 적잖이 있었어요. 뭔가 중요한 비밀, 혹은 구체적인 정보가 그 속에 폭로되어 있다고는 아무도 생각하지 않아요."

"그렇겠지요." 스킨헤드는 말했다. "세상 대부분의 사람들은 전혀 알지 못해요. 하지만 그런 문제가 아닙니다. 그 비밀은 어떤 형태로든 공표되어서는 안 되는 것이었어요."

포니테일은 변함없이 문 앞에 서서 정면 벽을 노려보며, 그 너머의 다른 어느 누구도 볼 수 없는 풍경을 조망하고 있었다.

"그들이 원하는 건 목소리를 되찾는 것입니다." 스킨헤드는 신중하게 단어를 고르며 말했다. "수맥은 고갈된 게 아닙니다. 다만 눈에 보이지 않는 곳으로 깊숙이 숨어버린 것이지요. 그것을 다시 부활시키는 건 몹시 어려운 일이지만, 전혀 불가능한 일은 아닙니다."

스킨헤드는 고마쓰의 눈을 깊숙이 들여다보았다. 그 눈 속에 있는 어떤 깊이를 측정하는 것처럼 보였다. 방의 어느 공간에 특정한 가구가 들어갈 수 있는지 눈짐작으로 길이를 재보는 사람처럼.

"앞서도 말씀드렸듯이, 당신은 지뢰밭 한가운데로 들어서고 말았습니다. 앞으로 갈 수도 없고 뒤로 물러설 수도 없어요. 자, 그 상황에서 그들이 해줄 수 있는 건, 당신이 어떻게 하면 그 장소에서 무사히 탈출할 수 있는지, 그 길을 당신에게 가르쳐주는 것입니다. 그렇게 하면 당신은 목숨을 건질 수 있고, 그들도 귀찮은 틈입자를 온화한 방법으로 처리할 수 있어요."

스킨헤드는 다리를 꼬았다.

"부디 조용히 물러나주시기 바랍니다. 당신의 오체가 산산조각이 나건 말건 그들은 상관없어요. 하지만 지금 여기서 지뢰 터지는 소리가 났다가는 일이 귀찮아져요. 그러니 고마쓰 씨, 당신에게 퇴로를 가르쳐드리지요. 후방의 안전한 장소로 안내하겠습니다. 그 대가로 당신에게 바라는 건 「공기 번데기」의 출판을 중단하라는 것입니다. 더이상 증쇄하지 않고, 문고본도 만들지 않는다. 물론 새로운 홍보도 하지 않는다. 후카다 에리코와는 앞으로 어떤 관련도 갖지 않는다. 어떻습니까, 그런 정도는 당신 힘으로 할 수 있겠지요."

"간단한 일은 아니지만, 아마 못 할 건 없겠지요." 고마쓰는 말했다.

"고마쓰 씨, 아마라는 수준의 이야기를 하려고 일부러 당신을 여기까지 모셔온 게 아닙니다." 스킨헤드의 눈이 좀더 벌겋고 날카로워졌다. "지금 시중에 나와 있는 책을 모조리 회수하라는 얘기가 아닙니다. 그런 짓을 했다가는 매스컴이 또 떠들어대겠지요. 그리고 당신에게는 그럴 만한 힘이 없다는 것도 알고 있어요. 그런 게 아니라 가능한 한 조용히 일을 정리해달라는 겁니다. 이미 터진 일은 어쩔 수 없다. 한번 손상된 것은 원래대로 복구되지 않는다. 다만 당분간은 가능한 한 세상의 이목을 끌지 않도록 하는 것, 그게 그들이 바라는 겁니다. 아시겠습니까?"

고마쓰는 알았다는 뜻으로 고개를 끄덕였다.

"고마쓰 씨, 앞서 말씀드렸듯이 당신들 쪽에서도 세상에 공표되면 곤란할 몇 가지 사실이 있습니다. 그게 알려지면 당사자 모두가 사회적 제재를 받을 겁니다. 그러니까 서로의 이익을 위해 휴전협정을 맺자는 겁니다. 그들은 더이상 당신에게 책임을 추궁하지 않는다. 안전을 보장한다. 그리고 당신도 소설 「공기 번데기」에는 앞으로 일절 관여하지 않는다. 그리 나쁜 거래는 아닐 겁니다."

고마쓰는 거기에 대해 생각했다. "좋습니다. 「공기 번데기」의 출판은 내가 책임지고 실질적으로 중단하는 방향으로 끌고 가지요. 약간 시간이 걸릴지도 모르지만 어떻게든 방법을 찾아낼 수 있을 겁니다. 그리고 나 개인에 대해 말하자면, 이번 일을 깨끗이 잊어버리는 건 물론 가능합니다. 가와나 덴고도 마찬가지일 겁니다. 그는 처음부터 이 일에 소극적이었어요. 내가 억지로 끌고 들어온 거나 마찬가지죠. 게다가 그의 역할은 이미 끝났어요. 그리고 후카다 에리코 역시 별 문제가 없을 겁니다. 더이상 소설을 쓸 생각이 없다고 했으니까요. 다만 에비스노 선생이 어떻게 나올지는 나도 예측을 못 하겠군요. 그가 최종적으로 바라는 것은 친구인 후카다 다모쓰 씨가 무사히 살아 있는지, 지금 어디서 무엇을 하고 있는지, 그걸 확인하는 겁니다. 내가 무슨 말을 하건 후카다 씨의 소식을 알아낼 때까지 에비스노 선생은 포기하지 않을 수도 있어요."

"후카다 다모쓰 씨는 돌아가셨습니다." 스킨헤드는 말했다. 억양 없는 조용한 목소리였지만 거기에는 지독히 묵직한 것이 담겨 있었다.

"돌아가셨다?" 고마쓰는 말했다.

"바로 얼마 전의 일입니다." 스킨헤드는 말했다. 그리고 크게 숨을 들이쉬고 그것을 천천히 토해냈다. "사인은 심장발작, 한순간의 일이어서 고통은 없으셨을 겁니다. 사정이 있어서 사망신고는 하지 않고 교단 내부에서 비밀리에 장례를 치렀습니다. 종교적인 이유로 유해는 교단 내에서 소각하고 유골은 곱게 빻아 산에 뿌렸습니다. 법적으로 본다면 사체손괴에 해당하지만, 정식으로 입건하기는 어렵겠지요. 하지만 이건 진실입니다. 우리는 인간의 생과 사에 관한 일로 거짓말을 하지 않습니다. 에비스노 씨에게는 부디 그렇게 전해주십시오."

"자연사였습니까?"

스킨헤드는 깊숙이 고개를 끄덕였다. "후카다 씨는 우리에게는 참으로 귀중한 인물이었습니다. 아니, 귀중하다는 흔한 말로는 도저히 표현할 수 없는 거대한 존재였습니다. 그의 죽음은 아직 몇몇 관계자에게만 알려졌지만, 모두 깊이 애도하고 있습니다. 부인은, 즉 후카다 에리코의 어머니 되시는 분은 몇 년 전에 위암으로 세상을 떠나셨습니다. 화학요법을 거부한 채 교단 안에 있는 치료소에서 돌아가셨어요. 남편이신 다모쓰 씨가 마지막까지 간병을 하셨습니다."

"하지만 역시 사망신고는 하지 않았다?" 고마쓰는 물었다.

부정의 말은 없었다.

"그리고 후카다 다모쓰 씨는 얼마 전에 돌아가셨다."

"그렇습니다." 스킨헤드는 말했다.

"그건 소설 「공기 번데기」가 출간된 뒤의 일입니까?"

스킨헤드는 일단 테이블 위로 시선을 떨구고, 그러고는 얼굴을 들어 다시 한번 고마쓰를 보았다. "그렇습니다. 「공기 번데기」가 출간된 뒤에 후카다 씨는 사망하셨습니다."

"그 두 개의 사건 사이에 인과관계가 있을까요?" 고마쓰는 마음먹고 그렇게 물었다.

스킨헤드는 한참 침묵했다. 어떻게 대답해야 할지 생각을 정리하는 것이다. 이윽고 마음을 정한 듯 입을 열었다. "좋습니다. 에비스노 선생을 이해시키기 위해서라도 사실을 명확히 해두는 게 낫겠군요. 사실을 말하자면, 다름아닌 후카다 다모쓰 씨가 교단의 리더이자 '목소리를 듣는 자'였습니다. 딸인 후카다 에리코가 「공기 번데기」를 발표하자 목소리는 그에게 말하기를 중단했고, 그때 후카다 씨는 자신의 존재를 스스로 종식시켰던 것입니다. 그건 자연사였습니다. 보다 정확히 말하자면, 그는 자신의 존재를 스스로 자연스럽게 종식시킨 것이지요."

"후카다 에리코는 리더의 딸이다." 고마쓰는 중얼거리듯이 말했다.

스킨헤드는 짧고 간결하게 고개를 끄덕였다.

"그리고 후카다 에리코가 결과적으로 아버지를 죽음으로 몰아넣었다." 고마쓰는 말을 이었다.

스킨헤드는 다시 한번 고개를 끄덕였다. "그렇습니다."

"하지만 교단은 지금도 존속하고 있다."

"교단은 존속하고 있습니다." 스킨헤드는 대답하고, 빙하 속에 갇힌 고대의 작은 돌맹이 같은 눈으로 지그시 고마쓰를 바라보았다. "고마쓰 씨, 「공기 번데기」의 출판은 교단에 작지 않은 재앙을 몰고 왔습니다. 하지만 그들은 그 일로 당신을 처벌할 생각은 없어요. 이제 새삼 처벌해봤자 얻을 게 없기 때문이지요. 그들에게는 달성해야 할 사명이 있고, 그것을 위해서는 조용한 고립이 필요합니다."

"그러니 각자 뒤로 물러서서 이번 일은 잊어버리자는 거군요."

"간단히 말하자면."

"그걸 전하기 위해 당신들은 일부러 나를 납치해야 했다?"

스킨헤드의 얼굴에 처음으로 표정 비슷한 것이 떠올랐다. 우스움과 동정의 중간쯤에 자리하는, 극히 엷은 감정이 엿보였다. "이런 수고를 들여 당신을 여기까지 모셔온 건 그들이 진지하다는 것을 전하고 싶었기 때문입니다. 극단적인 일은 하고 싶지 않지만, 그럴 필요가 있다면 주저하지 않는다, 이걸 피부로 실감해주셨으면 합니다. 만일 당신이 약속을 파기한다면 유쾌하다고 하기 어려운 결과를 낳게 될 겁니다. 그건 충분히 이해하셨겠지요?"

"이해했습니다." 고마쓰는 말했다.

"고마쓰 씨, 솔직히 말해 당신은 운이 좋았어요. 짙은 안개 때문에 제대로 못 봤는지도 모르지만, 사실 당신은 벼랑 끝 아슬아슬한 지점까지 갔었어요. 그건 분명하게 기억해두는 게 좋습니다. 지금 그들은 당신에게 상관할 여유가 없어요. 그들은 더 중요한 문제를 안고 있습니다. 그런 의미에서도 당신은 운이 좋았지요. 그러니 아직 그 행운이 이어지는 동안에……"

그는 그렇게 말하고 두 손을 빙글 돌려서 손바닥을 위로 향했다. 비가 내리는지 확인하려는 사람처럼. 고마쓰는 거기에 이어질 다음 말을 기다렸다. 하지만 더이상 말은 없었다. 말을 마치자 스킨헤드의 얼굴에 갑자기 피로의 기색이 짙게 떠올랐다. 그는 천천히 몸을 일으키더니 파이프 의자를 접어 옆구리에 끼고는 뒤도 돌아보지 않고 그 정육면체 방을 나갔다. 무거운 문이 닫히고 자물쇠를 채우는 건조한 소리가 울렸다. 그뒤에 고마쓰 혼자만 남겨졌다.

"그후 다시 나흘쯤, 나는 그 네모난 방에 갇혀 있었어. 중요한 이야기는 이미 끝났다. 용건은 전달되었고 합의는 성립되었다. 그런데도 왜 계속 나를 가둬두는지, 그 이유는 알 수 없었어. 그 두 사람은 다시는 나타나지 않았고 잡무를 맡은 젊은 남자는 역시 한 마디도 입을 열지 않았어. 나는 또다시 전혀 달라진 게 없는 식사를 하고, 전기면도기로 수염을 깎고, 천장과 벽을 바라보며 시간을 보냈어. 불이 꺼지면 자고, 불이 켜지면 깨고. 그러면서 스킨헤드가 했던 말을 머릿속에서 곱씹었어. 그때 실감한 건 우리는 운이 좋았다는 거야. 스킨헤드의 말이 맞아. 그들은 마음만 먹으면 그야말로 뭐든지 할 수 있어. 마음먹으면 얼마든지 냉혹해질 수 있어. 거기 갇혀 있는 동안 그걸 피부로 실감했어. 아마도 그것 때문에 이야기를 다 끝낸 뒤에도 나흘씩이나 계속 가둬뒀겠지. 매우 정교한 솜씨야."

고마쓰는 하이볼 잔을 손에 들고 마셨다.

"다시 한번 클로로포름 같은 냄새를 맡았고, 눈을 떴을 때는 새벽이었어. 진구가이엔의 벤치에 누워 있더라구. 9월도 후반에 접어들면 새벽에는 싸늘하잖아. 덕분에 진짜로 감기에 걸렸어. 의도한 것은 아니었겠지만, 그뒤 사흘 동안 고열로 내내 누워 있었어. 하지만 그 정도로 끝난 건 정말 운이 좋았다고 생각해야겠지."

거기서 고마쓰의 이야기는 끝난 모양이었다. 덴고는 물었다. "그 일을 에비스노 선생에게는 말씀드렸습니까?"

"응, 풀려나고 열이 떨어진 며칠 뒤에 에비스노 선생의 산꼭대기 집에 다녀왔어. 그리고 대강 지금과 똑같은 이야기를 했어."

"선생은 뭐라시던가요?"

고마쓰는 하이볼의 마지막 한 모금을 마시고 한 잔을 더 주문했다. 덴고에게도 두 잔째를 권했다. 덴고는 고개를 저었다.

"에비스노 선생은 그 일을 몇 번이나 되물으면서 세세하게 질문을 했어. 대답할 수 있는 건 물론 했지. 원하면 몇 번이고 똑같은 이야기를 반복할 수 있었어. 스킨헤드와 이야기한 뒤로 나흘 동안 나 혼자 그 방에 갇혀 있었으니까. 말을 나눌 상대는 없고 시간은 넘쳐났지. 그러니 스킨헤드가 한 말을 머릿속에서 곱씹으면서 세세한 부분까지 정확히 기억할 수 있었어. 그야말로 인간 녹음기처럼."

"하지만 후카에리의 부모님이 세상을 떠났다는 건 어디까지나 그쪽에서 주장하는 말에 지나지 않아요. 그렇죠?" 덴고는 물었다.

"맞는 말이야. 그건 그들이 주장하는 말이고, 어디까지가 사실인지 확인할 도리는 없어. 사망신고도 하지 않았으니까. 하지만 그 말을 하던 스킨헤드의 모습으로 봐서는 엉터리로 하는 소리는 아닌 것 같았어. 그자가 자기 입으로도 말했듯이, 그들에게 인간의 생과 사는 신성한 것이야. 내 이야기가 끝나자 에비스노 선생은 혼자 아무 말 없이 생각에 잠겨 있었어. 그분은 대단히 오래, 깊이 생각하시잖아. 그러고는 아무 말 없이 자리를 떴고, 다시 방에 돌아올 때까지 한참이나 시간이 걸렸어. 선생은 어느 정도는 어쩔 수 없는 일이라고 두 사람의 죽음을 받아들이는 것 같더라구. 그들이 이미 이 세상에 없다는 것을 내심 예측하고 미리 각오하고 있었는지도 모르지. 하지만 막상 친한 친구가 죽었다는 소식을 들으면 아무리 각오를 했어도 마음에 큰 상처를 입는 건 마찬가지야."

덴고는 아무 장식도 없는 그 휑뎅그렁한 응접실과 깊고 차가운 침묵, 이따금 창밖에서 들려오던 날카로운 새소리를 떠올렸다. "그래서 결국 우리는 뒤로 물러서서 지뢰밭을 벗어나기로 한 건가요?" 덴고는 물었다.

새로운 하이볼 잔이 나왔다. 그걸로 고마쓰는 목을 축였다.

"그 자리에서 결론을 내린 건 아니야. 생각할 시간이 필요하다고 에비스노 선생은 말했어. 하지만 그자들의 말대로 하는 것 외에 대체 어떤 선택을 할 수 있겠나? 나는 물론 곧바로 행동에 들어갔어. 「공기 번데기」는 내가 손을 써서 증쇄 중지, 사실상 절판시키기로 결정했어. 문고본도 내지 않을 거야. 지금까지 상당한 부수를 판매했고, 회사로서는 충분한 돈을 벌었어. 손해난 건 없어. 물론 회사에서 하는 일이니까 회의니 사장 결재니 해서 그리 쉽지 않았지만, 고스트라이터 스캔들로 번질 가능성을 슬쩍 내비쳤더니 위에서 바짝 겁을 먹고 결국 내 말대로 해줬어. 앞으로 당분간 회사에서 찬밥 신세겠지만, 그거야 나한테 항상 있는 일이고."

"후카에리의 부모님이 사망했다는 그들의 말을 에비스노 선생은 곧이곧대로 받아들이셨군요?"

"아마도." 고마쓰는 말했다. "단지 그것을 현실로 받아들이고 몸에 스며들기까지 잠시 시간이 필요한 것이겠지. 그리고 적어도 내가 본 바로는, 그들은 상당히 진지했어. 어느 정도 양보를 해서라도 더 이상의 트러블을 피할 수 있기를 진심으로 바라고 있어. 그렇기 때문에 납치 같은 험악한 짓까지 감행한 거야. 그야말로 우리 쪽에 분명하게 메시지를 보내려고 한 거지. 교단 내에서 후카다 부부의 사체를 비밀리에 소각했다는 것도, 그들은 얼마든지 입 다물고 덮어둘 수 있었어. 이제 새삼 그걸 입증하기는 어렵다 해도 역시 사체손괴는 중대한 범죄니까. 하지만 나한테 군이 그런 얘기를 했어. 즉 거기까지 자기들의 깊은 내막을 보여준 거야. 그런 의미에서도 스킨헤드가 한 말은 상당 부분 진실이야. 세부는 어떻든, 큰 줄기에서는."

덴고는 고마쓰가 한 말을 정리해보았다. "후카에리의 아버지는 '목소리를 듣는 자'였다. 즉 예언자로서의 역할을 했다. 하지만 딸 후카에리가 「공기 번데기」를 발표하고 그것이 베스트셀러에 오른 일로 인해 목소리는 그를 향해 말하는 것을 멈췄고, 후카에리의 아버지는 그 결과 자연사했다."

"혹은 자연스럽게 자신의 목숨을 끊었다." 고마쓰가 말했다.

"그리고 현재 그 교단은 새로운 예언자를 획득하는 것이 무엇보다 중요한 사명이다. 목소리가 말하기를 멈추면 그 공동체는 존재기반을 잃는다. 그래서 더이상 우리 따위에 상관할 여유가 없다. 요약하면 그런 얘기인가요?"

"아마도."

"소설 「공기 번데기」에는 그들에게 매우 중요한 의미를 가진 정보가 들어 있었다. 그것이 활자화되어 세상에 유포되자 목소리는 침묵했고 수맥은 땅속 깊이 숨어버렸다. 그런데 그 중요한 정보라는 건 구체적으로 무엇을 가리키는 걸까요?"

"그 네모난 방에 갇혀 있던 마지막 나흘 동안, 나는 혼자 그 점에 대해 곰곰이 생각해봤어." 고마쓰는 말했다. "「공기 번데기」는 그리 긴 소설이 아냐. 거기에 묘사된 것은 리틀 피플이 출몰하는 세계지. 주인공인 열 살 소녀는 고립된 커뮤니티에 살고 있다. 리틀 피플은 한밤중에 은밀히 찾아와 공기 번데기를 만든다. 공기 번데기 속에는 소녀의 분신이 들어 있고, 거기서 마더와 도터의 관계가 생겨난다. 그 세계에는 두 개의 달이 떠 있다. 큰 달과 작은 달, 아마도 마더와 도터의 상징이겠지. 소설 속에서 주인공은―모델은 아마 후카에리 자신이겠지만―마더이기를 거부하고 커뮤니티에서 도망쳐나온다. 도터가 뒤에 남겨진다. 그리고 도터가 그뒤에 어떻게 되었는지, 그 소설 속에는 묘사되어 있지 않아."

덴고는 유리잔 속에서 녹아드는 얼음을 잠시 바라보고 있었다.

"'목소리를 듣는 자'에게는 도터의 중개가 필요하겠죠." 덴고는 말했다. "도터를 매개로 했을 때 비로소 그는 목소리를 들을 수 있어요. 혹은 그 소리를 지상의 언어로 번역할 수 있어요. 목소리가 발하는 메시지에 올바른 형태를 부여하려면 그 양쪽이 있어야 하는 거죠. 후카에리의 말을 빌리자면, 리시버와 퍼시버예요. 그러기 위해서는 우선 공기 번데기를 만드는 작업이 필요합니다. 공기 번데기라는 장치를 통해 비로소 도터를 낳을 수 있기 때문이죠. 그리고 도터를 만들어내기 위해서는 올바른 마더가 필요하고요."

"그게 덴고 군의 견해로군."

덴고는 고개를 저었다. "견해라고 할 정도는 아닙니다. 고마쓰 씨가 말한 소설의 줄거리를 듣다보니 그런 생각이 들었을 뿐이죠."

덴고는 그 소설을 고쳐 쓸 때도, 그리고 그후에도 마더와 도터의 의미에 대해 계속 고민했지만, 어떻게 해도 그 전체상을 파악하기가 어려웠다. 하지만 고마쓰와 이야기하는 사이에 세세한 조각들이 점차 하나로 연결되어갔다. 그래도 여전히 의문은 남는다. 어째서 요양소의 아버지 침대 위에 공기 번데기가 나타나고, 그 안에 소녀인 아오마메가 있었던 것일까.

"상당히 흥미로운 시스템이야." 고마쓰는 말했다. "하지만 마더 쪽은 도터와 떨어져 있어도 별 문제가 없는 건가?"

"아마도 도터가 없다면 마더는 완벽한 존재라고 할 수 없겠죠. 우리가 보고 있는 후카에리가 그렇듯이, 구체적으로 지적할 수는 없지만 거기에는 어떤 요소가 결여되어 있어요. 그건 그림자를 잃어버린 사람하고 비슷하다고 할 수 있겠지요. 마더가 없는 도터가 어떻게 되는지는 저도 모르겠어요. 아마 그녀들도 역시 완전한 존재는 아닐 겁니다. 그녀들은 어쨌든 분신에 지나지 않으니까. 하지만 후카에리의 도터는, 마더가 곁에 없더라도 무녀의 역할을 할 수 있었는지도 모르죠."

고마쓰는 잠시 일자로 다문 입 끝을 슬쩍 치켜올렸다. 그러고는 입을 열었다. "이봐 덴고, 자네 혹시 「공기 번데기」에 나오는 이야기가 모두 실제로 있었던 일이라고 생각하는 거야?"

"그런 건 아닙니다. 일단 그렇게 상정하고 있을 뿐이에요. 모조리 사실이었다고 가정하고 거기서부터 이야기를 진행해보자는 거죠."

"좋아." 고마쓰는 말했다. "그러니까 후카에리의 분신은 본체에서 멀리 떨어져 있어도 무녀로서 기능할 수 있었다?"

"그렇기 때문에 교단은 도망친 후카에리의 소재를 알면서도 그녀를 굳이 다시 데려가려고 하지 않았어요. 왜냐하면 그녀의 경우는, 마더가 곁에 없어도 도터가 직책을 수행할 수 있었으니까요. 멀리 떨어져 있어도 그녀들은 강하게 연결되어 있었는지도 모르죠."

"그렇군."

덴고는 말을 이었다. "제가 상상하기로 그들은 분명 복수(複數)의 도터를 갖고 있어요. 리틀 피플이 기회를 잡아서 복수의 공기 번데기를 만들었을 거예요. 단 한 명의 퍼시버만으로는 불안할 테니까. 아니면 올바르게 기능하는 도터의 수는 한정되어 있을 수도 있겠죠. 힘이 강한 중심적인 도터와 힘이 약한 보조적인 도터가 있어서, 그들이 하나의 집단으로 기능하는 것인지도 모릅니다."

"후카에리가 남겨두고 온 도터가 올바르게 기능하는 중심적인 도터였다는 건가?"

"그럴 가능성이 높아요. 후카에리는 이번 일에서는 항상 중심에 서 있었어요. 태풍의 눈처럼."

고마쓰는 눈을 가늘게 뜨고 테이블 위에서 양손을 깍지 꼈다. 마음만 먹으면 그는 짧은 시간에 효과적으로 사색할 줄 안다.

"이봐 덴고, 사실은 우리가 보고 있는 후카에리가 도터이고, 교단에 남아 있는 게 마더라는 가설은 성립될 수 없을까?"

고마쓰의 말은 덴고를 흠칫 놀라게 했다. 지금까지 거기에는 생각이 미치지 못했다. 덴고에게 후카에리는 어디까지나 하나의 실체였다. 하지만 그 말을 듣고 보니 분명 그럴 가능성도 있었다. 내게는 생리가 없다. 그래서 임신할 걱정은 없다. 후카에리는 그날 밤, 일방적인 기묘한 성교 뒤에 그렇게 말했다. 만일 그녀가 분신에 지나지 않는다면, 그건 분명 자연스러운 일이다. 분신은 스스로 재생산할 수 없다. 그럴 수 있는 건 마더뿐이다. 하지만 덴고는 아무래도 그 가설을, 자신이 후카에리가 아니라 그 분신과 성교했다는 가능성을 받아들일 수 없었다.

덴고는 말했다. "후카에리에게는 확실한 퍼스널리티가 있습니다. 독자적인 행동규범도 있어요. 그건 분신이라면 가질 수 없는 거예요."

"하긴." 고마쓰도 동의했다. "자네 말이 맞아. 다른 건 몰라도 후카에리에게는 퍼스널리티와 행동규범이 있어. 나도 거기에는 동의하지 않을 수 없지."

하지만 여전히 후카에리에게는 비밀이 감춰져 있다. 그 아름다운 소녀 안에는 그가 해독하지 않으면 안 될 중요한 암호가 새겨져 있다. 덴고는 그렇게 느꼈다. 누가 실체이고 누가 분신인가. 아니면 실체와 분신이라는 구별 자체가 잘못된 것인가. 혹은 후카에리는 경우에 따라 실체와 분신을 구분해가며 쓸 수 있는 건가.

"그밖에도 아직 모르겠는 것들이 몇 가지 있어." 고마쓰는 그렇게 말하더니 양손을 펼쳐 테이블에 얹고 그것을 바라보았다. 중년남자치고는 길고 섬세한 손가락이었다. "목소리가 말하기를 멈추고, 우물의 수맥이 고갈되고, 예언자는 죽었어. 그다음에 도터는 어떻게 되는 거지? 설마 옛 인도의 미망인처럼 순사할 리는 없고."

"리시버가 없어지면 퍼시버의 역할은 끝나죠."

"그건 어디까지나 자네의 가설을 밀고 나간다면 그렇다는 얘기지." 고마쓰는 말했다. "후카에리는 그런 결과가 오리라는 것을 다 알면서 「공기 번데기」를 썼다는 건가? 그건 의도적인 건 아니었을 거라고 그자가 내게 말했어. 적어도 그녀의 의도는 아니었을 거라고. 하지만 그자는 어떻게 그런 걸 알 수 있었을까?"

"물론 자세한 진상은 저도 모르죠." 덴고는 말했다. "하지만 후카에리가 어떤 이유에서든 의도적으로 부친을 죽음으로 몰아넣었다고는 생각하기 어려워요. 어쩌면 그 부친은 딸과는 상관없이 어떤 다른 이유에 의해 죽음으로 향했던 게 아닐까요? 후카에리가 맡은 역할은 오히려 그 이유에 대한 하나의 대항책이었는지도 모르죠. 혹은 그 부친은 목소리에서 해방되기를 원했을 수도 있어요. 어디까지나 저 혼자만의 근거 없는 추측일 뿐이지만."

고마쓰는 코 양옆에 주름을 잡은 채 오래도록 생각에 잠겼다. 그러고는 한숨을 내쉬며 주위를 둘러보았다. "정말 기묘한 세계로군.

어디까지 가설이고 어디서부터 현실인지, 그 경계가 갈수록 모호해져. 이봐 덴고, 자네는 소설가로서 현실이라는 것을 어떻게 정의하겠나?"

"바늘로 찌르면 붉은 피가 나는 곳이 현실세계예요." 덴고는 대답했다.

"그렇다면 틀림없이 이곳은 현실세계네." 고마쓰는 말했다. 그리고 팔뚝 안쪽을 손바닥으로 슥슥 비볐다. 그곳에는 정맥이 파랗게 도드라져 있었다. 그다지 건강해 보이지 않는 혈관이다. 술과 담배와 불규칙한 생활과 문예 살롱적인 음모에 오랜 세월 시달려온 혈관이다. 고마쓰는 남은 하이볼을 단숨에 비우고, 남겨진 얼음을 허공에서 달그랑 흔들었다.

"말이 나온 김에 자네의 가설을 좀더 들어볼 수 있을까? 점점 재미있어지는데."

덴고는 말했다. "그들은 '목소리를 듣는 자'의 후계자를 찾고 있습니다. 하지만 그것뿐만이 아니라 올바르게 기능하는 도터도 동시에 찾아야 할 겁니다. 새로운 리시버에는 새로운 퍼시버가 필요할 테니까."

"즉 올바른 마더도 새로 찾아야 한다는 얘기로군. 그렇다면 공기 번데기도 다시 만들어야겠지. 상당히 규모가 큰 작업이 되겠는데?"

"그렇기 때문에 그들도 필사적이겠죠."

"그렇군."

"하지만 전혀 방법이 없지는 않을 겁니다." 덴고는 말했다. "분명 그들 나름대로 목표로 삼은 대상이 있을 거예요."

고마쓰는 고개를 끄덕였다. "나도 그런 인상을 받았어. 그래서 그들은 한시라도 빨리 우리를 떼어내고 싶어했어. 어떻게든 자기들의 작업을 방해하지 않게 하려고. 우리가 상당히 거슬렸던 모양이야."

"우리의 어떤 점이 그렇게도 거슬렸을까요?"

고마쓰는 고개를 저었다. 그도 그건 모르겠다는 뜻이다.

덴고는 말했다. "목소리는 지금까지 어떤 메시지를 그들에게 보냈을까요? 그리고 목소리와 리틀 피플은 어떤 관계일까요?"

고마쓰는 다시 힘없이 고개를 저었다. 그것도 두 사람의 상상을 뛰어넘는 것이었다.

"자네, 영화 〈2001 스페이스 오디세이〉 봤나?"

"봤습니다." 덴고는 말했다.

"우리는 마치 그 영화 속의 원숭이 같아." 고마쓰는 말했다. "검고 긴 털북숭이 원숭이, 의미 없는 소리를 부르짖으며 모놀리스(monolith) 주위를 빙빙 도는 놈들 말이야."

두 명의 새로운 손님이 들어왔다. 단골인지 카운터 의자에 앉아 칵테일을 주문했다.

"아무튼 한 가지 확실한 게 있어." 고마쓰는 이야기를 마무리하듯이 말했다. "자네의 가설은 설득력이 있고, 나름대로 앞뒤가 맞아. 자네와 무릎을 맞대고 이야기하는 건 항상 즐거운 일이야. 하지만 그건 그렇고, 우리는 이 무시무시한 지뢰밭에서 물러설 거야. 앞으로 우리가 후카에리나 에비스노 선생과 만날 일도 없어. 「공기 번데기」는 그저 순수한 판타지소설이고, 거기에 구체적인 정보 따위는 하나도 없어. 그 목소리가 어떤 것이건, 그것이 전하는 메시지가 무엇이건, 우리는 더이상 관계없어. 그렇게 해두자."

"보트에서 내려와 지상의 생활로 돌아간다."

고마쓰는 고개를 끄덕였다. "맞아. 나는 날마다 회사에 출근해서 문예지를 위해, 있으나마나 별 차이도 없는 원고를 여기저기 뛰어다니면서 따올 거야. 자네는 입시학원에서 전도유망한 젊은이들에게 수학을 가르치고 틈틈이 장편소설을 쓰는 거야. 자네나 나나 그런 평화로운 일상으로 복귀하는 거지. 급류도 없거니와 폭포도 없어. 하루하루가 흘러가고 우리는 온화하게 나이를 먹는 거야. 어때, 이의 있어?"

"그것 말고는 선택의 여지도 없잖아요."

고마쓰는 손가락 끝으로 코 옆의 주름을 폈다. "그래. 그것 말고는 선택의 여지가 없어. 나는 이제 두 번 다시 납치 같은 건 당하고 싶지 않아. 그런 네모난 방에 감금되는 건 딱 한 번으로 충분해. 게다가 거기 또 들어갔다가는 두 번 다시 태양을 못 볼지도 몰라. 그 이인조와 또다시 얼굴을 마주한다는 건 생각만 해도 심장판막이 떨려. 눈빛만으로 사람을 자연사시킬 것 같은 놈들이야."

고마쓰는 카운터를 향해 잔을 높이 쳐들어 세 잔째의 하이볼을 주문했다. 그러고는 새 담배를 입에 물었다.

"고마쓰 씨, 그건 그렇고 왜 지금까지 제게 그 이야기를 하지 않으셨죠? 그 납치사건 이후로 벌써 한참이 지났어요. 두 달 이상이나요. 좀더 일찍 알려주셨어도 좋았을 텐데요."

"글쎄, 어째서였을까." 고마쓰는 슬그머니 고개를 갸웃하며 말했다. "정말 그래. 자네에게 이 일을 말해야 한다고 생각하면서도 나는 왠지 자꾸 미루기만 했어. 왜 그랬을까. 죄책감 때문인지도 모르겠어."

"죄책감?" 덴고는 놀라서 말했다. 그런 단어가 고마쓰의 입에서 나올 줄은 생각해본 적도 없다.

"나도 죄책감 정도는 가질 줄 알아." 고마쓰는 말했다.

"무엇에 대한 죄책감인데요?"

고마쓰는 거기에는 대답하지 않았다. 눈을 가늘게 뜨고, 불을 붙이지 않은 담배를 입술 사이에서 잠시 굴리고 있었다.

"그래서, 후카에리는 부친이 사망한 것을 알고 있습니까?" 덴고가 물었다.

"아마 알 거야. 언제인지는 모르지만 에비스노 선생이 어느 시점엔가 그 소식을 전했겠지."

덴고는 고개를 끄덕였다. 분명 후카에리는 오래전부터 알고 있었을 것이다. 그런 생각이 들었다. 알지 못한 건 자신뿐이었던 것이다.

"그리고 우리는 보트에서 내려와 지상의 생활로 돌아간다." 덴고는 말했다.

"그래. 지뢰밭에서 물러나는 거야."

"하지만 고마쓰 씨, 그렇게 마음먹는다고 해서 쉽게 원래의 생활로 복귀할 수 있을까요?"

"노력하는 수밖에." 고마쓰는 말했다. 그리고 성냥을 그어 담배에 불을 붙였다. "자네는 구체적으로 마음에 걸리는 점이라도 있어?"

"많은 것들이 주위에서 이미 싱크로를 시작했다. 그게 제 느낌이에요. 그중 몇 가지는 이미 형태를 바꿨어요. 그리 쉽게 원래의 생활로 돌아갈 수 없을지도 모르겠어요."

"만일 거기에 무엇과도 바꿀 수 없는 우리의 목숨이 걸려 있다 해도?"

텐고는 애매하게 고개를 저었다. 자신이 언제부턴가 강력하고 일관된 흐름에 휘말려든 것을 텐고는 느끼고 있었다. 그 흐름은 그를 어딘가 낯선 장소로 데려가려 하고 있었다. 하지만 그것을 고마쓰에게 구체적으로 설명할 수는 없다.

텐고는 그가 현재 쓰고 있는 장편소설이 「공기 번데기」에 그려진 세계를 그대로 계승한 것이라는 말을 고마쓰에게 털어놓지 않았다. 고마쓰는 그것을 환영하지 않을 터였다. '선구' 관계자들도 틀림없이 환영하지 않을 일이다. 자칫 잘못하면 그는 또다른 지뢰밭에 발을 들이게 된다. 어쩌면 주위 사람들까지 끌고 들어가게 될지도 모른다. 하지만 이야기는 그 자체의 생명력과 목적을 품고 거의 자동적으로 앞으로 나아가고 있었고, 텐고는 이미 그 세계에 꼼짝없이 포함되어 있다. 텐고에게 그곳은 가공의 세계가 아니었다. 그것은 나이프로 살갗을 베면 진짜 붉은 피가 흘러나오는 현실세계였다. 그 하늘에는, 크고 작은 두 개의 달이 나란히 떠 있었다.

제*19*장 우시카와

Q

그는 할 수 있고 보통사람들은 할 수 없는 것

바람 없는 조용한 목요일 아침이었다. 우시카와는 언제나처럼 여섯시 전에 일어나 차가운 물로 얼굴을 씻었다. NHK 라디오 뉴스를 들으며 이를 닦고 전기면도기로 수염을 밀었다. 냄비에 물을 끓여 컵라면에 붓고, 그걸 다 먹고는 인스턴트커피를 마셨다. 침낭을 둘둘 말아 벽장에 밀어넣고 창가 카메라 앞에 자리를 잡았다. 동쪽 하늘이 환하게 밝아오고 있었다. 따스한 하루가 될 것 같다.

아침에 출근하는 주민들의 얼굴은 이제 완전히 머리에 각인되었다. 일일이 사진을 찍을 것도 없다. 일곱시에서 여덟시 반 사이에 그들은 총총걸음으로 아파트를 나가 역으로 향한다. 친숙한 얼굴들이다. 아파트 앞길에서 무리지어 등교하는 초등학생들의 떠들썩한 소리가 우시카와의 귀에 들려왔다. 아이들의 목소리에 딸들이 아직 어렸을 때가 떠올랐다. 우시카와의 두 딸은 초등학교 생활을 마음껏 누렸다. 피아노도 배우고 발레도 배우고 친구도 많았다. 자신에게 그런 평범한 어린 자녀가 있다는 사실을 우시카와는 끝까지 잘 받아들일 수 없었다. 어떻게 내가 그런 아이들의 아버지일 수 있는가.

출근시간이 지나자 아파트를 드나드는 사람은 거의 없었다. 아이들의 떠들썩한 소리도 사라졌다. 우시카와는 들고 있던 셔터 리모컨을 내려놓고, 벽에 몸을 기대고 세븐스타를 피우며 커튼 틈새로 현관을 바라보았다. 언제나 그렇듯이 열시 넘어서 우편배달부가 빨간 소형 오토바이를 타고 와서 현관 우편함에 편지들을 능숙하게 구분해서 넣고 갔다. 우시카와가 본 바로는 그중 반쯤은 정크 메일이다. 대개는 뜯지도 않고 버려질 것이다. 태양이 중천에 떠오르면서 온도가 급상승해 행인들 대부분이 코트를 벗어들고 있었다.

후카에리가 아파트 현관에 나타난 건 열한시 넘어서였다. 그녀는 전날과 똑같이 검은 터틀넥 스웨터 위에 회색 반코트를 입고 청바지에 운동화, 그리고 짙은 선글라스를 썼다. 큼직한 초록색 숄더백은 가슴에 비스듬히 멨다. 가방에는 잡다한 것이 들어있는지 일그러진 모양으로 부풀어 있었다. 우시카와는 기대고 있던 벽에서 급히 삼각대에 세팅해둔 카메라 앞으로 이동하여 파인더를 들여다보았다.

소녀는 이곳을 떠날 생각이다, 우시카와는 그걸 깨달았다. 소지품을 모두 가방에 챙겨넣고 다른 곳으로 옮겨가려 하고 있다. 두 번 다시 이곳에 돌아올 생각이 없다. 그런 기척이 느껴졌다. 그녀가 떠나기로 결정한 건 내가 이곳에 숨어 있는 것을 눈치 챘기 때문인지도 모른다. 그렇게 생각하니 심장의 고동이 빨라졌다.

소녀는 현관을 나선 참에 멈춰 서서 지난번과 마찬가지로 하늘을 올려다보았다. 뒤엉킨 전깃줄과 변압기 사이에서 뭔가를 찾고 있었다. 선글라스 렌즈가 햇살을 받아 반짝 빛났다. 그녀가 그 무언가를 찾았는지, 아니면 찾지 못했는지, 선글라스 때문에 표정을 읽을 수 없었다. 한 삼십 초 정도 소녀는 꼼짝도 하지 않고 하늘을 올려다보고 있었다. 그러고는 문득 생각난 듯이 고개를 돌리고, 우시카와가 숨어 있는 창문으로 시선을 던졌다. 그녀는 선글라스를 벗어 코트 호주머니에 찔러넣었다. 그리고 미간을 찌푸리며 창문 귀퉁이에 위장해둔 망원렌즈에 눈의 초점을 맞췄다. 이 소녀는 알고 있다. 우시카와는 다시금 생각했다. 내가 이곳에 숨어 있다는 것을, 자신이 은밀히 관찰당하고 있다는 것을, 저 소녀는 알고 있는 것이다. 그리고 반대로 렌즈를 통해 파인더를 거슬러 우시카와를 관찰하고 있다. 물이 구부러진 배수관을 역류하듯이. 양팔에 소름이 돋는 게 느껴졌다.

후카에리는 이따금 눈을 깜박였다. 그 두 개의 눈꺼풀은, 자립한 고요한 생물처럼 천천히 사려 깊게 오르내렸다. 그러나 그 외의 부분은 움직이지 않는다. 그녀는 거기 서서, 키가 큰 고고한 새처럼 목을 기울이고, 그저 똑바로 우시카와를 응시하고 있었다. 우시카와는 그 소녀에게서 눈을 돌릴 수가 없었다. 세계 전체가 거기서 움직임을 일단 정지당한 것처럼. 바람도 없고, 소리는 공기를 진동시키는 것을 멈추고 있었다.

이윽고 후카에리는 우시카와를 응시하는 것을 멈췄다. 다시 얼굴을 들고 조금 전에 보던 하늘 쪽으로 시선을 던졌다. 하지만 이번에는 몇 초 만에 관찰을 끝냈다. 역시 표정은 변함이 없다. 코트 주머니에서 색이 짙은 선글라스를 꺼내 다시 쓰고, 그대로 길로 나갔다. 그녀의 발걸음은 매끄럽고 망설임이 없었다.

즉시 뛰어나가 소녀의 뒤를 밟아야 할 것이다. 덴고는 아직 돌아오지 않았으니 소녀의 행선지를 확인하기 위한 시간적인 여유는 있다. 어디로 옮기려는지 알아둬서 손해될 일은 없을 터였다. 하지만 우시카와는 왠지 자리에서 일어설 수 없었다. 몸이 마비된 것처럼. 파인더 너머로 날아온 소녀의 예리한 시선이 우시카와의 온몸에서 행동에 나서는 데 필요한 힘을 통째로 앗아간 것 같았다.

뭐 됐어, 우시카와는 바닥에 주저앉은 채 스스로에게 말했다. 내가 찾아야 할 사람은 어디까지나 아오마메다. 후카다 에리코는 흥미롭기는 하지만 본줄기에서는 벗어난 존재다. 우연히 등장한 조연에 지나지 않는다. 이곳을 나갈 거라면 어디든 마음대로 가라지.

후카에리는 길로 나서자 빠른 걸음으로 역 쪽으로 향했다. 한번도 뒤를 돌아보지 않았다. 우시카와는 햇볕에 바랜 커튼 틈새로 그 뒷모습을 지켜보았다. 소녀의 등에서 좌우로 흔들리는 초록색 숄더백이 보이지 않게 되자 그는 방바닥을 기다시피 해서 카메라 앞을 떠나 벽에 털썩 기댔다. 그리고 몸에 정상적인 힘이 돌아오기를 기다렸다. 세븐스타를 입에 물고 라이터로 불을 붙였다. 연기를 깊이 들이마셨다. 하지만 담배에서는 맛이 느껴지지 않았다.

힘이 좀처럼 회복되지 않았다. 언제까지고 팔다리에 저릿한 감각이 남아 있었다. 그리고 문득 깨닫고 보니, 그의 내부에는 기묘한 공간이 생겨나 있었다. 그것은 순수한 공동(空洞)이었다. 그 공간이 의미하는 것은 오직 결락이며 틀림없는 무(無)였다. 우시카와는 자신의 내부에 생겨난 그 낯선 공동에 주저앉은 채 일어설 수 없었다. 가슴에 둔한 통증이 느껴졌지만, 정확히 표현하면 그건 아픔이 아니다.

결락과 비결락의 접점에 생긴 압력차 같은 것이다.

　그는 그 공동의 밑바닥에 오랫동안 주저앉아 있었다. 벽에 기댄 채, 맛이 느껴지지 않는 담배를 피우고 있었다. 그 공간은 조금 전에 떠난 소녀가 뒤에 남겨두고 간 것이었다. 아니, 그게 아닌지도 모른다, 우시카와는 생각한다. 이것은 원래 내 안에 있었던 것이고, 그녀는 그게 존재한다는 사실을 그저 내게 알려주었을 뿐인지도 모른다.

　우시카와는 자신이 후카다 에리코라는 소녀에 의해, 말 그대로 온몸이 뒤흔들렸다는 것을 깨달았다. 그녀의 꿈쩍도 하지 않는 깊고 예리한 시선에 의해, 몸뿐만 아니라 우시카와라는 존재 자체가 근본부터 뒤흔들린 것이다. 마치 격렬한 사랑에 빠진 사람처럼. 우시카와가 그런 감각을 느낀 것은 태어나서 처음이었다.

　아니, 그럴 리 없다, 그는 생각한다. 왜 내가 그 소녀에게 사랑을 느낀단 말인가. 애초에 나와 후카다 에리코만큼 어울리지 않는 조합은 세상에 다시없을 것이다. 굳이 세면실에 가서 거울을 들여다볼 것도 없다. 아니, 외면뿐만이 아니다. 처음부터 끝까지 온갖 면에서 나만큼 그녀와 머나먼 지점에 있는 인간이 또 있을 리 없다. 성적인 면에서 그녀에게 끌린 것도 아니었다. 성적인 욕구에 대해 말하자면, 우시카와는 한 달에 한두 번씩 잘 아는 창부를 상대하는 것만으로도 충분했다. 전화를 걸어 호텔방으로 불러들여 살을 섞는다. 이발소에 가는 것과 마찬가지다.

　이건 아마도 영혼의 문제일 것이다. 깊이 생각한 끝에 우시카와는 그같은 결론에 이르렀다. 후카에리와 그 사이에 생겨난 것은, 말하자면 영혼의 교류였다. 거의 믿기 어려운 일이지만, 그 아름다운 소녀와 우시카와는 위장된 망원렌즈의 양쪽 편에서 서로를 응시하면서, 서로의 존재를 깊고 어두운 곳에서 이해했다. 아주 짧은 시간이지만, 그와 소녀 사이에 영혼의 상호명시(相互明示)라고 할 것이 이루어졌던 것이다. 그리고 소녀는 어딘가로 떠나고, 우시카와는 그 텅 빈 동굴에 홀로 남겨졌다.

소녀는 내가 커튼 틈새로 망원렌즈를 사용하여 그녀를 몰래 관찰한다는 것을 알고 있었다. 역 앞 슈퍼마켓까지 뒤를 밟은 것도 알고 있었을 것이다. 그때 한 번도 뒤를 돌아보지 않았지만 내 존재를 알고 있었던 게 틀림없다. 그래도 그녀의 눈빛에는 우시카와의 행동을 나무라는 기미는 없었다. 그녀는 아득히 깊은 곳에서 나를 이해했던 것이다. 우시카와는 그렇게 느꼈다.

소녀는 나타나고, 떠나갔다. 우리는 서로 다른 방향에서 다가와, 우연히 진로가 교차하고, 찰나의 순간 시선을 맞추고, 그리고 서로 다른 방향으로 멀어져갔다. 내가 후카다 에리코를 만날 일은 이제 두 번 다시 없을 것이다. 이건 오직 한 번밖에 일어날 수 없는 일이다. 설령 그녀와 재회하는 일이 있더라도, 지금 여기서 일어났던 것 이상의 그 무엇을 그녀에게 바랄 것인가. 우리는 이제 다시 멀리 동떨어진 세계의 양끝에 서 있다. 그 사이를 이어주는 말 따위는 어디에도 없다.

우시카와는 벽에 몸을 기댄 채, 커튼 틈새로 사람들의 출입을 체크했다. 어쩌면 후카에리가 마음을 바꿔 다시 돌아올지도 모른다. 방에 중요한 물건을 깜박 놓고 온 게 생각날지도 모른다. 하지만 물론 소녀는 돌아오지 않았다. 그녀는 결심을 하고 다른 곳으로 옮겨간 것이다. 무슨 일이 있어도 다시 이곳에 돌아올 리 없다.

우시카와는 그날 오후 내내 깊은 무력감에 휩싸여 있었다. 그 무력감은 형태도 없고 무게도 없었다. 혈액의 움직임이 느리고 둔해졌다. 시야에 엷은 안개가 서리고, 팔다리 관절이 나른하게 삐걱거렸다. 눈을 감으면 후카에리의 시선이 남기고 간 욱신거림이 갈비뼈 안쪽에 느껴졌다. 아픔은 바닷가로 서서히 밀려오는 온화한 물결처럼 다가왔다가 멀어져갔다. 다시 다가왔다가 멀어져갔다. 이따금은 얼굴을 찡그리지 않을 수 없을 만큼 깊은 아픔이기도 했다. 하지만 동시에 그것은 지금까지 경험한 적이 없는 따스함을 그에게 가져다주었다. 우시카와는 그것을 깨달았다.

아내도 두 딸도, 잔디 정원이 있는 주오린칸의 단독주택도, 우시카와에게 이런 따스함을 가져다준 적은 없었다. 그의 마음에는 항상 덜 녹은 동토 덩어리 같은 것이 있었다. 그는 그 단단하고 차가운 심지와 함께 인생을 살아왔다. 그것을 차갑다고 느낀 일조차 없었다. 그것이 그에게는 이른바 '상온(常溫)'이었기 때문이다. 하지만 아무래도 후카에리의 시선이 그 얼음 심지를 일시적이나마 녹여버린 것 같았다. 그와 동시에 우시카와는 마음속에서 둔중한 아픔을 느끼기 시작했다. 그 심지의 차가움이 지금까지 그곳에 있는 아픔을 둔감하게 마비시켜왔던 것이리라. 말하자면 정신의 방어작용 같은 것. 하지만 지금 그는 그 아픔을 받아들였다. 어떤 의미로는 그것을 환영하고 있기도 했다. 그가 느끼는 따스함은 아픔과 짝을 이루어 찾아온 것이니까. 아픔을 받아들이지 않는 한, 따스함도 찾아오지 않는다. 그건 교환거래 같은 것이다.

오후의 조그만 양달 안에서 우시카와는 그 아픔과 따스함을 동시에 맛보았다. 고요한 마음으로, 꼼짝도 하지 않고. 바람 없는 온화한 겨울날이었다. 길 가는 사람들은 보드라운 햇빛 속을 지나갔다. 하지만 해는 서서히 서쪽으로 기울어 건물 뒤로 숨어버리고 양달도 사라져버렸다. 오후의 따스함은 상실되고, 이윽고 냉랭한 밤이 찾아오려 하고 있었다.

우시카와는 깊은 한숨을 내쉬고, 그때까지 기대고 있던 벽에서 가까스로 몸을 떼어냈다. 아직 얼마간 저릿함은 남아 있지만 방 안에서 움직이는 데는 별 지장이 없다. 그는 슬금슬금 일어나 팔다리를 쭈욱 늘이고, 굵고 짧은 목을 다양한 방향으로 돌렸다. 양손을 몇 번이고 쥐었다 폈다 했다. 그러고는 방바닥에서 늘 하던 스트레칭을 했다. 몸 안의 관절이 둔한 소리를 내고, 근육이 조금씩 원래의 유연성을 되찾아갔다.

사람들이 회사나 학교에서 돌아올 시각이다. 감시 업무를 속행해야 한다. 우시카와는 그렇게 자신을 타일렀다. 이건 좋으니 싫으니 할 문제가 아니다. 올바르다느니 올바르지 않다느니 할 문제도 아니다. 일단 시작한 일은 끝까지 해내지 않으면 안 된다. 나 자신의 명운이 걸려 있는 것이다. 언제까지고 이 공동 밑바닥에서, 정처 없는 생각에 잠겨 있을 수는 없다.

우시카와는 다시 카메라 앞에 억지로나마 앉았다. 주위는 완전히 어두워져서 벌써 현관 조명이 켜져 있었다. 시간이 되면 불이 켜지도록 타이머로 세팅해놓은 모양이다. 사람들은 초라한 둥지로 돌아가는 이름 모를 새들처럼 아파트 현관으로 들어왔다. 그 속에 가와나 덴고의 얼굴은 없었다. 하지만 그는 머지않아 이곳으로 돌아올 것이다. 아무리 그래도 그렇게 오래도록 아버지 간병만 하고 있을 수는 없다. 아마도 다음 주가 시작되기 전에 도쿄로 돌아와 직장에 복귀할 게 틀림없다. 앞으로 며칠 사이에. 아니, 오늘내일이라도. 우시카와의 감은 그렇게 말하고 있었다.

나는 돌의 축축한 뒷면에서 꿈틀거리는 버러지처럼 구질구질하고 더러운 존재인지도 모른다. 좋다. 그건 기꺼이 인정하자. 하지만 동시에 나는 한없이 유능하고 한없이 참을성 강한, 집요한 버러지다. 그리 쉽게 포기하지 않는다. 단서 하나만 있으면 그것을 끝까지 따라간다. 수직의 높은 벽을 한없이 기어올라간다. 다시 가슴속에 차가운 심지를 되찾아야 한다. 지금 내게는 그게 필요하다.

우시카와는 카메라 앞에서 양손을 슥슥 맞비볐다. 그리고 양손의 열 손가락이 이상 없이 움직이는지 다시 확인했다.

세상의 보통사람들이 할 수 있는데 내가 할 수 없는 일은 너무도 많다. 그건 확실하다. 테니스도 스키도 그중 하나다. 회사에 취직하는 것도, 행복한 가정을 꾸려가는 것도. 하지만 한편으로, 나는 할 수 있고 보통사람들은 할 수 없는 일도 조금쯤은 있다. 그리고 나는 그 조금쯤의 일을 아주 잘할 수 있다. 관객의 박수나 날아오는 동전까지는 바라지 않는다. 하지만 세상을 향해 어쨌든 내 솜씨를 보여드려야 하지 않겠는가.

아홉시 반에 우시카와는 그날의 감시 업무를 마쳤다. 통조림 치킨 수프를 냄비에 덜어 휴대연료에 데운 뒤, 한 스푼씩 소중하게 먹었다. 차가운 롤빵 두 개도 함께 먹었다. 사과를 하나 껍질째 썰어먹었다. 소변을 보고, 이를 닦고, 침낭을 바닥에 펴고, 위아래 속옷 차림으로 그 안으로 기어들었다. 지퍼를 목까지 올리고 벌레처럼 몸을 둥글게 말았다.

그렇게 우시카와의 하루는 끝이 났다. 수확이라 할 만한 것은 없었다. 굳이 말하자면 후카에리가 짐을 챙겨 떠나는 것을 확인한 정도다. 그녀가 어디로 갔는지는 모른다. 어딘가다. 우시카와는 침낭 속에서 고개를 젓는다. 나와는 상관없는 어딘가다. 오래지 않아 침낭 안에서 언 몸이 녹고, 그와 동시에 의식이 희미해지면서 깊은 잠이 찾아왔다. 이윽고 얼어붙은 조그만 핵이 그의 영혼에 다시 단단히 자리를 잡았다.

다음 날, 딱히 특기할 만한 일은 아무것도 일어나지 않았다. 그다음 날은 토요일이었다. 그날도 따뜻하고 온화한 하루였다. 많은 사람들은 점심 전까지 잠을 잤다. 우시카와는 창가에 앉아 라디오를 조그맣게 틀어놓고, 뉴스를 듣고 교통정보를 듣고 일기예보를 들었다.

열시 전에 큼직한 까마귀 한 마리가 날아와 인적 없는 현관 계단에 잠시 앉아 있었다. 까마귀는 주위를 주의 깊게 둘러보고 몇 번 고개를 끄덕이는 듯한 몸짓을 했다. 굵고 큼직한 부리가 허공을 오르내리고, 요염한 검은 날개는 햇빛을 받아 빛났다. 늘 오는 우편배달부가 빨간 소형 오토바이를 타고 오자, 까마귀는 부루퉁해서 날개를 크게 펼치고 날아갔다. 날아오를 때 딱 한 번 짧게 울었다. 우편배달부가 우편물을 각각의 우편함에 나눠 넣고 돌아가자 이번에는 참새 떼가 찾아왔다. 새들은 다급하게 현관 앞 여기저기를 뒤적이다가 주위에 이렇다 할 게 하나도 없다는 것을 알자 곧바로 다른 장소로 옮겨 갔다. 그다음에는 줄무늬 고양이 한 마리가 찾아왔다. 근처 단독주택에서 기르는 고양이인지, 목에 벼룩 잡는 목걸이를 차고 있었다. 한 번도 본 적 없는 고양이다. 고양이는 시든 화단 안에 들어가 소변을 보고는 그 냄새를 맡았다. 뭔가 마음에 들지 않는지, 무척이나 언짢게 수염을 파르르 떨었다. 그리고 꼬리를 곧추세운 채 건물 뒤편으로 자취를 감췄다.

점심때까지 몇 명의 주민이 현관을 지나 밖으로 나갔다. 차림새를 보니 어딘가로 놀러 가거나 혹은 근처에 잠깐 장을 보러 가거나, 둘 중 하나인 것 같았다. 우시카와는 이제 그들의 얼굴을 한 사람 한 사람, 거의 대부분 기억하고 있었다. 하지만 우시카와는 그런 사람들의 인품이나 생활에 대해서는 요만큼도 관심이 없었다. 어떤 사람들인지 상상해보는 일조차 없었다.

당신들의 인생은 당신들에게는 분명 소중한 의미가 있겠지. 세상 무엇과도 바꿀 수 없는 것이기도 할 거야. 그래, 그건 알겠어. 하지만 나한테는 있으나마나 전혀 아무 상관 없는 인생이야. 나한테 당신들은 무대에 그려진 풍경 앞을 스쳐가는 흐늘흐늘한 종이인형일 뿐이야. 내가 당신들에게 바라는 건 오직 하나, '제발 내 일을 방해하지 마. 그대로 종이인형으로 있어줘'라는 것뿐이야.

"세상이 그런 거라고요. 배아줌마." 우시카와는 눈앞을 지나가는 서양 배 모양의 부푼 엉덩이를 가진 중년여자에게, 제멋대로 붙인 이름으로 말을 건넸다. "당신은 그냥 종이인형이에요. 실체 같은 건 있지도 않아요. 그거 알고 있었어요? 하긴 종이인형치고는 제법 살집이 있으시네."

하지만 그런 생각을 하다보니 차츰 그 풍경에 포함된 사물 모두가 '의미 없는 것'이고 '있으나마나한 것'으로 느껴졌다. 혹은 그곳에 있는 풍경 자체가 애초에 실제하지 않는 것인지도 모른다. 실체도 없는 종이인형에게 속고 있는 건, 실은 자신 쪽인지도 모른다. 그렇게 생각하자 우시카와는 점점 불안해졌다. 가구 없는 휑한 방에 틀어박혀 어제도 오늘도 비밀 감시만 하고 있는 탓이다. 신경이 이상해질 만도 하다. 그는 가능한 한 소리를 내어 생각을 하기로 마음먹었다.

"안녕하세요, 긴귀 씨." 그는 파인더 속에 보이는, 큰 키에 호리호리한 노인을 향해 말했다. 양쪽 귀 끝이 마치 뿔처럼 백발 사이로 튀어나왔다. "산책 나가십니까? 네, 걷는 건 건강에 좋지요. 날씨도 좋으니 마음껏 즐기십시오. 나도 팔다리 쭉 뻗고 느긋하게 산책이나 하고 싶은 마음이 굴뚝같지만, 유감스럽게도 여기에 주저앉아 이 변변찮은 아파트 현관을 하루 종일 감시해야 한답니다."

노인은 카디건에 올 바지를 입고 등을 꼿꼿이 펴고 있었다. 충직한 하얀 개를 거느리고 있으면 좋은 그림이 될 것 같지만, 아파트에서 개를 기르는 건 허용되지 않는다. 노인이 사라지자 우시카와는 이유도 없이 깊은 무력감에 휩싸였다. 이 감시는 결국 고생만 하고 결국 허사로 끝날지도 모른다. 내 직감 따위는 그야말로 한 푼어치의 가치도 없고, 나는 어디에도 가 닿지 못한 채 이 공허한 방 안에서 신경만 마모되어갈 것이다. 지나가는 아이들이 자꾸 쓰다듬어서 길가 돌부처의 머리가 닳아져버리듯이.

우시카와는 점심때가 지나서 사과 하나를 먹고 크래커에 치즈를 얹어 먹었다. 매실장아찌가 든 주먹밥도 하나 먹었다. 그러고는 벽에 몸을 기대고 잠시 잠을 잤다. 꿈도 없는 짧은 잠이었지만, 눈을 떴을 때는 자신이 어디에 와 있는지 생각이 나지 않았다. 그의 기억은 정확한 네 귀퉁이를 가진 순수한 빈 상자였다. 그 상자 안에 채워져 있는 건 공백뿐이다. 우시카와는 그 공백을 빙 둘러보았다. 하지만 잘 보니 그건 공백이 아니었다. 그것은 어슴푸레한 방 한 칸으로, 휑하니 썰렁하고 가구 하나 없었다. 눈에 익지 않은 장소다. 옆의 신문지 위에는 사과 속이 하나 놓여 있다. 우시카와의 머리는 혼란에 빠졌다. 내가 왜 이런 기묘한 곳에 와 있는 거지?

그러고는 이윽고 자신이 덴고가 사는 아파트의 현관을 감시하고 있다는 게 생각났다. 그렇지, 저기 망원렌즈를 단 미놀타 일안 리플렉스가 있어. 혼자서 산책을 나간 백발의 긴귀 영감도 생각났다. 새들이 해가 저물면 숲에 돌아오듯이, 텅 빈 상자 안에 서서히 기억들이 돌아왔다. 두 가지의 솔리드한 사실이 그곳에 떠올랐다.

(1) 후카다 에리코는 이곳을 떠났다.
(2) 가와나 덴고는 아직 이곳에 돌아오지 않았다.

3층 가와나 덴고의 방에는 지금 아무도 없다. 창문에는 커튼이 쳐졌고, 정적만이 사람 없는 공간을 뒤덮고 있다. 이따금 작동하는 냉장고의 온도조절장치 외에 그 정적을 깨는 건 없다. 우시카와는 그런 광경을 별 목적도 없이 상상했다. 아무도 없는 방을 상상하는 것은 사후의 세계를 상상하는 것과 얼추 비슷하다. 그러고는 문득, 편집증적으로 문을 두드리던 NHK 수금원이 머리에 떠올랐다. 내내 지켜봤지만, 그 수수께끼의 수금원이 이 아파트를 나간 기척은 없었다. 혹시 그 수금원이 우연히도 이 아파트 주민이었던 걸까. 아니면 이 아파트에 사는 누군가가 NHK 수금원을 사칭하여 다른 주민을 괴롭히는 건가. 만일 그렇다 쳐도, 대체 무엇 때문에 그런 짓을 한단 말인가. 그건 지나치게 병적인 가설이다. 하지만 그밖에 어떤 것으로 이 기묘한 사태를 설명할 수 있을까. 우시카와는 짐작도 할 수 없다.

가와나 덴고가 아파트 현관에 나타난 것은 그날 오후 네시 전이었다. 토요일 해질녘이 멀지 않은 시간이다. 그는 오래 입어온 윈드브레이커의 옷깃을 세우고 남색 야구모자에 여행용 가방을 어깨에 메고 있었다. 그는 현관 앞에 멈춰 서지도, 주위를 둘러보지도 않고 곧장 건물 안으로 들어왔다. 우시카와의 의식은 아직 약간 멍한 상태였지만, 시야를 지나가는 그 큼직한 체구를 놓치지는 않았다.

"여어, 어서 오시게, 가와나 씨." 우시카와는 그렇게 중얼거리며 모터드라이브로 카메라 셔터를 세 번 눌렀다. "아버님은 좀 어떠신가. 몹시 피곤하겠군. 푹 쉬라고. 집에 돌아온다는 건 좋은 일이야. 이런 보잘것없는 아파트라도 말이지. 아참 그렇지, 후카다 에리코는 자네가 없는 사이에 짐을 챙겨서 어딘가로 가버렸어."

하지만 물론 그의 목소리는 덴고에게는 들리지 않는다. 그저 혼잣말로 하는 소리일 뿐이다. 우시카와는 손목시계를 들여다보고 노트에 메모했다. 가와나 덴고, 여행지에서 귀가, 오후 세시 오십육분.

가와나 덴고가 아파트 입구에 나타남과 동시에 어디선가 문이 활짝 열리면서 우시카와의 의식에 현실감이 돌아왔다. 대기가 진공을 가득 채우듯이, 한순간에 신경은 날카롭게 벼려지고 신선한 활력이 온몸에 퍼졌다. 그는 그곳에 있는 구체적인 세계에, 한 개의 유능한 부품으로 조립되었다. 딸각, 하는 상쾌한 세팅 소리가 귀에 들려왔다. 혈액순환이 빨라지고, 적량의 아드레날린이 온몸에 분배되었다. 이게 좋아, 이래야지, 하고 우시카와는 생각했다. 이것이 나의 본모습이고, 세계의 본모습인 것이다.

덴고가 다시 현관에 나타난 건 일곱시를 지났을 때였다. 해가 저물자 바람이 불기 시작하더니 주위가 급격히 추워졌다. 그는 요트파카 위에 가죽점퍼를 걸치고 색 바랜 청바지를 입고 있었다. 현관을 나서자, 멈춰 서서 잠깐 주위를 둘러보았다. 하지만 그는 아무것도 발견하지 못했다. 우시카와가 숨어 있는 이 방 쪽으로도 시선을 던졌지만, 감시자의 모습을 포착하지는 못했다. 후카다 에리코와는 다르다, 우시카와는 생각했다. 그녀는 특별한 존재다. 다른 사람에게 보이지 않는 것이 보인다. 하지만 덴고, 자네는 좋든 싫든 평범한 사람이야. 자네에게는 여기 있는 내 모습이 보이지 않아.

주위의 풍경이 평소와 다름없다는 것을 확인하자 덴고는 가죽점퍼의 지퍼를 목까지 올리고, 양손을 호주머니에 찌르고 길을 나섰다. 우시카와는 즉시 니트 모자를 쓰고, 목에 머플러를 두르고, 구두를 페어 신고 덴고의 뒤를 좇았다.

덴고가 외출하면 곧바로 뒤를 밟을 생각이었기 때문에 준비에 시간은 걸리지 않았다. 미행은 물론 위험한 선택이었다. 우시카와의 두드러진 체형과 용모가 한순간이라도 덴고의 눈에 띄었다가는 금세 들통날 게 뻔하다. 하지만 주위는 완전히 어두워졌고, 거리를 두면 쉽게 들키지는 않을 터였다.

덴고는 천천히 걸음을 옮기며 몇 차례 뒤를 돌아보았지만, 우시카와는 충분히 조심하고 있었기 때문에 들키는 일은 없었다. 그 큼직한 등판은 뭔가 깊은 생각에 잠긴 것처럼 보였다. 후카에리가 떠난 것에 대해 생각하고 있는지도 모른다. 방향으로 보면 역으로 가는 것 같다. 이제부터 전철을 타고 어딘가 가려는 것인가. 그렇다면 미행하기는 어려워진다. 역은 너무 환하고, 토요일 밤이라서 타고 내리는 승객이 많지 않다. 우시카와의 모습은 치명적일 만큼 눈에 두드러질 것이다. 그럴 경우에는 미행은 포기하는 게 현명하다.

하지만 덴고는 역으로 가는 게 아니었다. 잠시 걷던 그는 역과는 반대 방향으로 모퉁이를 돌아 인적 없는 길을 잠시 걸어가더니, '무기아타마'라는 주점 앞에 섰다. 젊은 사람들을 상대하는 스낵바 같은 곳이다. 덴고는 손목시계로 시각을 확인하고 몇 초 망설이다가 그 가게 안으로 들어갔다. '무기아타마?' 하고 우시카와는 생각했다. 그리고 고개를 저었다. 참내, 저런 괴상한 단어를 가게 이름이랍시고 붙여놓다니.

우시카와는 전봇대 뒤에 서서 주위를 둘러보았다. 덴고는 분명 그 가게에서 가볍게 한잔하면서 저녁을 먹을 생각이다. 그렇다면 최소한 삼십 분은 걸린다. 자칫하면 한 시간쯤 뭉그적거리고 있을지도 모른다. '무기아타마'에 누가 드나드는지 살펴보면서 시간을 때울 만한 적당한 장소를 찾아 두리번거렸다. 하지만 주위에는 우유판매점과 작은 천리교 집회장과 쌀가게가 있을 뿐이다. 다른 가게들은 모두 다 셔터를 내렸다. 이거 큰일이군, 우시카와는 생각했다. 강한 북서풍이 하늘의 구름을 힘차게 날려보내고 있었다. 한낮의 온화한 따스함이 거짓말 같았다. 이런 찬바람을 맞으며 삼십 분이고 한 시간이고 멀거니 길가에 서 있는 건 당연히 우시카와에겐 환영할 만한 일이 아니었다.

이대로 돌아갈까, 우시카와는 생각했다. 덴고는 여기서 저녁식사를 하는 것뿐이다. 고생스럽게 미행할 필요도 없다. 자신도 어딘가 식당에 들어가 따뜻한 음식을 먹고 그대로 방에 돌아가면 된다. 그러면 잠시 뒤에 덴고도 집으로 돌아올 것이다. 그건 우시카와에게는 매력적인 선택이었다. 난방이 잘된 식당에 들어가 닭고기덮밥을 먹는 장면을 상상했다. 최근 며칠 동안 변변한 음식을 먹어보지 못했다. 오랜만에 따뜻한 청주를 곁들이는 것도 좋다. 날씨가 이렇게 춥지 않은가. 한 걸음만 식당 밖으로 나오면 술기운도 금세 깰 것이다.

하지만 또다른 시나리오도 있었다. 덴고는 '무기아타마'에서 누군가를 만나기로 약속을 했는지도 모른다. 그럴 가능성을 무시할 수 없었다. 덴고는 아파트를 나와 망설임 없이 곧장 그 주점으로 향했다. 안에 들어가기 전에는 손목시계로 시각도 확인했다. 누군가 거기서 그를 기다리고 있는지도 모른다. 혹은 그 누군가는 지금 '무기아타마'를 향해 오고 있는지도 모른다. 그렇다면 우시카와는 그 누군가를 놓칠 수 없다. 설령 양쪽 귀가 꽁꽁 얼어붙는다 해도, 길가에 서서 '무기아타마'에 드나드는 사람들을 감시하는 수밖에 없다. 우시카와는 일찌감치 마음을 돌리고, 닭고기덮밥과 따끈한 술을 머릿속에서 떨어내버렸다.

약속한 상대가 후카에리인지도 모른다. 혹은 아오마메인지도 모른다. 우시카와는 그렇게 생각하고 새삼 각오를 다졌다. 뭐니뭐니 해도 강한 참을성이 내 자산이다. 눈곱만큼이라도 가능성이 있으면 그것을 승패의 갈림길로 알고 붙들고 늘어진다. 비를 맞아도, 바람을 맞아도, 햇볕이 쨍쨍 내리쬐어도, 몽둥이로 내리쳐도 그 손을 놓지 않는다. 한번 놓아버리면 다음에 언제 다시 그것을 잡을 수 있을지는 아무도 모른다. 그가 당면한 극심한 고통을 견뎌낼 수 있는 것은, 그보다 더 극심한 고통이 세상에 존재한다는 것을 몸으로 배워왔기 때문이다.

우시카와는 벽에 몸을 기대고 전봇대와 일본공산당 입간판 뒤에 숨어 '무기아타마'의 입구를 지켜보았다. 초록색 머플러를 코 밑까지 둘둘 감고, 피코트 호주머니에 양손을 찔러넣었다. 이따금 호주머니에서 티슈를 꺼내 코를 푸는 것 외에는 꿈쩍도 하지 않았다. 고엔지 역의 안내방송이 간간이 바람을 타고 들려왔다. 지나가는 사람들 중에는 어둠 속에 숨어 있는 우시카와의 모습을 보고 흠칫 놀라 종종걸음을 치는 자도 있었다. 하지만 어둠 속이었기 때문에 얼굴까지는 보이지 않는다. 그 땅딸막한 체구가 불길한 장식물처럼 그곳에 시커멓게 떠올라서 사람들을 두렵게 한 것뿐이다.

덴고는 안에서 과연 무엇을 마시고 무엇을 먹을까. 그런 생각을 할수록 배가 고프고 몸은 얼어붙었다. 하지만 상상하지 않을 도리가 없었다. 무엇이든 좋다. 꼭 데운 술이 아니어도 좋다. 닭고기덮밥이 아니어도 좋다. 어딘가 따뜻한 곳에 들어가, 남들 비슷한 식사를 하고 싶었다. 바람이 들이치는 어둠 속에서 길 가는 시민들에게 수상쩍은 시선을 받는 것에 비하면 웬만한 건 다 참을 수 있었다.

하지만 우시카와에게는 선택의 여지가 없었다. 덴고가 식사를 마치고 나오기를 찬바람 속에서 꽁꽁 언 채로 기다리는 것 말고 그가 택할 길은 없었다. 주오린칸의 단독주택과 그곳에 있었던 식탁을 우시카와는 생각했다. 그 식탁에는 매일 저녁 따뜻한 식사가 나왔을 터였다. 하지만 그것이 어떤 것이었는지, 이제는 생각도 나지 않는다. 나는 그 무렵 대체 뭘 먹었던가. 마치 전생 이야기 같다. 옛날옛날, 오다큐 선 주오린칸 역에서 걸어서 십오 분 거리에 새로 지은 단독주택과 따뜻한 식탁이 있었습니다. 어린 두 여자아이가 피아노를 치고, 작은 잔디 정원이 있고, 혈통서 딸린 강아지가 그곳에서 뛰어놀았습니다.

덴고는 삼십오 분 뒤에 혼자서 가게를 나왔다. 그래, 나쁘지 않아. 좀더 지독한 고생을 할 수도 있었다. 우시카와는 그렇게 자신을 다독였다. 비참하고 기나긴 삼십오 분이었지만, 비참하고 기나긴 한 시간 반보다는 훨씬 낫다. 몸은 꽁꽁 얼어버렸지만, 아직 귀까지 얼어붙은 건 아니다. 덴고가 가게 안에 있는 동안 '무기아타마'에는 우시카와의 주의를 끌 만한 손님의 출입은 없었다. 젊은 커플 한 쌍이 들어갔을 뿐이다. 나온 손님은 없다. 덴고는 혼자서 술을 마시고 가벼운 식사를 했을 것이다. 우시카와는 왔을 때와 마찬가지로 거리를 충분히 두고 덴고의 뒤를 밟았다. 덴고는 아까 왔던 길을 다시 돌아갔다. 이대로 아파트로 돌아갈 생각이리라.

하지만 덴고는 중간에 길을 벗어나 우시카와에게는 낯선 길로 발길을 돌렸다. 아무래도 곧장 집에 돌아가는 게 아닌 모양이다. 뒤에서 바라보는 그의 널찍한 등판은 여전히 무슨 생각에 잠긴 것 같았다. 아마 조금 전보다 더욱 깊은 생각에. 더이상 뒤를 돌아보지도 않았다. 우시카와는 주위의 풍경을 관찰하고 번지수도 살펴보면서 길순서를 기억하려고 노력했다. 나중에 자기 혼자 다시 한번 같은 길을 찾아갈 수 있도록. 우시카와는 이 동네는 전혀 알지 못했지만, 강물처럼 끊임없이 이어지는 자동차 소음이 다소 크게 들려오는 걸 보면 간조 7호선 쪽을 향해 가는 거라고 짐작할 수 있었다. 그러는 사이에 덴고의 발걸음이 약간 빨라졌다. 목적지에 거의 다 온 모양이다.

나쁘지 않아, 우시카와는 생각했다. 덴고는 어딘가로 향하고 있다. 그래, 이렇게 나와야지. 그래야 일부러 고생하며 미행한 보람이 있지.

덴고는 주택가를 빠른 걸음으로 빠져나갔다. 차가운 바람이 부는 토요일 밤이다. 사람들은 따뜻한 방에 들어앉아 텔레비전 앞에서 따뜻한 음료를 마시고 있을 것이다. 길거리를 돌아다니는 사람은 거의 없다. 우시카와는 충분한 거리를 두고 뒤를 따라갔다. 덴고는 미행하기 쉬운 상대였다. 키가 크고 몸집이 우람해서 사람들이 북적거리는 가운데서도 놓칠 일이 없다. 걸을 때는 걷는 것 외에는 쓸데없는 짓을 하지 않는다. 약간 고개를 숙이고 머릿속으로는 항상 뭔가 생각을 더듬고 있다. 기본적으로 순수하고 정직한 인물이다. 뭘 감추지 못하는 타입이다. 이를테면 나하고는 전혀 다르다.

우시카와와 결혼했던 여자도 감추기를 좋아하는 타입이었다. 아니, 좋아한다고 할 정도가 아니다. 뭔가 감추지 않고는 견디지 못하는 타입이다. 지금 몇시냐고 물어도 정확한 시각을 절대로 가르쳐주지 않았을 것이다. 그것도 우시카와하고는 다르다. 우시카와는 필요할 때 외에는 뭘 감추지 않는다. 업무의 일부로, 필요에 의해 어쩔 수 없이 감출 뿐이다. 누군가 몇시냐고 묻는다면, 그리고 굳이 정직하지 않을 이유가 없다면, 당연히 정확한 시각을 알려준다. 그것도 친절하게 알려준다. 하지만 아내는 온갖 국면에서 온갖 일들에 대해 두루두루 거짓말을 했다. 감출 필요가 없는 일까지 열심히 감췄다. 나이까지 네 살을 속였다. 혼인신고를 할 때야 서류를 보고 알았지만, 그냥 모르는 척 아무 말도 하지 않았다. 그런 금세 들통날 게 뻔한 거짓말을 왜 해야 하는 것인지, 우시카와는 이해할 수 없었다. 더구나 우시카와는 나이차에 그리 신경을 쓰는 사람도 아니다. 그에게는 그밖에도 신경 써야 할 일들이 아주 많다. 아내가 자기보다 사실은 일곱 살 연상이었다 해도, 그것이 대체 무슨 문제가 된다는 것인가.

역에서 멀어질수록 행인은 점점 줄어들었다. 이윽고 덴고는 작은 공원으로 들어갔다. 주택가 한귀퉁이에 있는 변변찮은 어린이공원이다. 공원에는 아무도 없었다. 당연하지, 우시카와는 생각했다. 12월 밤의 어린이공원에서 찬바람을 맞으며 한때를 보내려 할 사람은 세상에 그리 많지 않다. 덴고는 차가운 수은등 불빛 아래를 지나 곧바로 미끄럼틀로 향했다. 그 계단에 발을 얹고 위로 올라갔다.

우시카와는 공중전화 부스 뒤에 몸을 감추고 덴고의 행동을 지켜보았다. 미끄럼틀? 우시카와는 얼굴을 찌푸렸다. 왜 이런 추운 밤에

다 큰 어른이 어린이공원의 미끄럼틀에 올라가야 한단 말인가. 이곳은 덴고가 살고 있는 아파트와 가까운 곳도 아니다. 그는 무언가 목적을 갖고 일부러 여기까지 찾아온 것이다. 딱히 매력적인 공원이라고 하기도 어렵다. 비좁고 허름하다. 미끄럼틀이 있고, 그네 두 개, 작은 정글짐, 모래놀이터. 세계의 종말을 수없이 비춰온 듯한 수은등 하나, 잎이 떨어져나간 퉁명스러운 느티나무 한 그루. 문이 잠긴 공중변소는 낙서를 위한 최적의 캔버스가 되어 있었다. 이곳에는 사람의 마음을 녹여주는 것도 없거니와 상상력을 자극하는 것도 없다. 어쩌면 상큼한 5월 오후라면 그런 것도 약간은 있을지 모른다. 하지만 바람 찬 12월 밤에는 결단코 없다.

덴고는 이 공원에서 누군가를 만나기로 약속한 것일까. 누군가 이곳에 오기를 기다리고 있는 걸까. 그럴 리 없다고 우시카와는 판단했다. 덴고의 거동에서 그런 기척은 찾아볼 수 없었다. 공원에 들어와서도 다른 놀이기구에는 주의를 기울이지 않고 곧장 미끄럼틀로 향했다. 미끄럼틀밖에 염두에 없는 것 같았다. 덴고는 미끄럼틀에 올라가기 위해 이곳에 찾아왔다. 우시카와의 눈에는 그렇게밖에 보이지 않았다.

이 남자는 미끄럼틀에 올라가 뭔가 생각하는 걸 옛날부터 좋아했는지도 모른다. 소설의 줄거리를 생각하거나 수학공식에 대해 궁리하는 장소로, 그에게는 한밤의 공원 미끄럼틀 위가 가장 적합한 곳인지도 모른다. 주위가 어두우면 어두울수록, 부는 바람이 차가우면 차가울수록, 공원이 허름하면 허름할수록, 두뇌가 활발하게 돌아가는지도 모른다. 세상의 소설가들이(혹은 수학자들이) 무엇을 어떻게 생각하는지, 우시카와의 상상력으로는 감히 알 수도 없다. 그의 실용적인 머리가 알려주는 것은 무엇이 어찌 됐건 여기서 참을성 있게 덴고를 살펴볼 수밖에 없다는 것뿐이다. 손목시계의 바늘은 정확히 여덟시를 가리키고 있었다.

덴고는 미끄럼틀 위에서 큼직한 몸을 접고 주저앉았다. 그리고 하늘을 올려다보았다. 한참 고개를 이리저리 움직이다가 이윽고 한 방향으로 시선을 맞추더니 그대로 그쪽만 바라보았다. 그의 머리는 더이상 꿈쩍도 하지 않았다.

우시카와는 꽤 오래전에 유행했던 사카모토 규의 감상적인 노래를 떠올렸다. '위를 올려다봐요, 밤하늘의 별을, 조그만 별을', 그게 첫 소절이다. 그다음 가사는 모른다. 딱히 알고 싶지도 않다. 감상과 정의감은 우시카와에게는 영 소질이 없는 영역이다. 덴고도 미끄럼틀 위에서 뭔가 감상적인 생각을 품고 밤하늘의 별을 올려다보는 걸까.

우시카와도 똑같이 하늘을 올려다보았다. 하지만 별은 보이지 않았다. 아무리 좋게 말해도, 도쿄 스기나미 구 고엔지는 하늘의 별을 관찰하기에 적합한 지역이라고는 할 수 없다. 네온사인이며 도로의 조명이 하늘 전체를 기묘한 색감으로 물들이고 있다. 사람에 따라서는 뚫어져라 처다보면 별을 몇 개쯤 볼 수 있을지도 모른다. 하지만 그러자면 남달리 뛰어난 시력과 집중력이 필요하다. 게다가 오늘 밤은 오가는 구름이 유난히 많다. 그래도 덴고는 미끄럼틀 위에서 꿈쩍도 하지 않고 하늘의 특정한 한 부분을 올려다보고 있었다.

참으로 성가신 녀석이다, 우시카와는 생각했다. 하필 이런 찬 바람 부는 겨울밤에 미끄럼틀 위에서 하늘을 올려다보며 생각을 해야 하는가. 하지만 그가 덴고를 비난할 이유는 없다. 우시카와는 순전히 자신의 업무상 덴고를 감시하고 미행하는 것이다. 그 일로 인해 어떤 심한 고생을 겪든 그건 덴고의 책임이 아니다. 덴고는 한 사람의 자유로운 시민으로서, 춘하추동 자기가 좋아하는 곳에서 마음껏 하늘을 바라볼 권리가 있다.

그나저나 참 춥다고 우시카와는 생각했다. 조금 전부터 오줌이 마려웠다. 하지만 꾹 참는 수밖에 없다. 공중변소에는 튼튼해보이는 자물쇠가 채워져 있고, 아무리 인적이 뜸하다지만 전화부스 옆구리에 소변을 볼 수는 없다. 어쨌거나 빨리 털고 일어나주면 좋겠다고 우시카와는 발을 동동 구르며 생각했다. 뭘 생각한다고 해도, 감상에 빠진다고 해도, 천체관측을 한다고 해도, 덴고 자네도 어지간히 추울 거 아닌가. 빨리 집에 돌아가서 몸 좀 녹이세. 돌아가봤자 자네나 나나 누가 기다려주는 것도 아니지만, 이런 곳에 있는 것보다는 훨씬 낫잖아.

하지만 덴고는 일어설 기미가 없었다. 그는 마침내 밤하늘을 올려다보기는 끝냈지만, 이번에는 길 건너 맨션으로 시선을 옮겼다. 6층짜리 새 건물로, 절반쯤의 창문에 불이 켜져 있다. 덴고는 그 건물을 열심히 바라보고 있었다. 우시카와도 그 건물을 살펴봤지만 딱히 주의를 끌 만한 것은 눈에 띄지 않았다. 그저 흔한 일반 맨션이다. 특별히 고급은 아니지만 나름대로 그레이드는 높아 보였다. 고급스러운 디자인에 외장 타일에도 꽤 돈을 들인 것 같다. 입구도 번듯하고 환하다. 덴고가 사는 철거 직전의 싸구려 아파트와는 애초에 차원이 다르다.

덴고는 그 맨션을 올려다보며, 가능하면 자기도 그런 데서 살고 싶다고 생각하는 걸까. 아니, 그럴 리는 없다. 우시카와가 아는 한, 덴고는 집 따위에 목을 매는 타입이 아니다. 옷차림에 연연하지 않는 것과 똑같다. 분명 지금 살고 있는 싸구려 아파트에도 별 불만이 없을 것이다. 지붕이 있고 추위를 피할 수 있다면 그걸로 좋다. 그는 그런 사내다. 그가 미끄럼틀 위에서 생각하는 건 무언가 다른 종류의 일일 터였다.

맨션 창문을 한차례 다 바라보더니 덴고는 다시 한번 하늘로 시선을 돌렸다. 우시카와도 하늘을 올려다보았다. 우시카와가 서 있는 곳에서는 느티나무 가지와 전깃줄과 건물이 가로막고 있어서 하늘의 절반 정도밖에 보이지 않았다. 덴고가 하늘의 어느 부분을 보고 있는지 정확하게는 알 수 없었다. 셀 수 없이 많은 구름이 차례차례, 위세 좋은 군단처럼 밀려온다.

이윽고 덴고는 자리에서 일어나, 힘든 야간 단독비행을 마친 비행사처럼 매우 과묵하게 미끄럼틀를 내려왔다. 그리고 수은등 밑을 지나 공원을 나갔다. 우시카와는 잠시 망설였지만 더이상 뒤를 밟지 않기로 했다. 덴고는 그대로 집으로 돌아갈 것이다. 게다가 우시카와는 지금 소변이 급했다. 그는 덴고의 모습이 사라진 것을 확인한 뒤에 공원 안쪽으로 들어가 공중변소 뒤편의 남의 눈에 띄지 않는 어둠 속에서 나무를 향해 소변을 보았다. 방광의 용량은 이미 한계를 넘어서기 직전이었다.

기나긴 화물열차가 철교를 다 건너갈 만큼 시간을 들여 마침내 소변을 다 보자 우시카와는 바지 지퍼를 올리고 눈을 꾹 감고 깊은 안

도의 한숨을 내쉬었다. 손목시계의 바늘은 여덟시 십칠분을 가리키고 있다. 덴고가 미끄럼틀에 있었던 시간은 십오 분가량이었다. 덴고의 모습이 사라진 것을 다시 한번 확인하고 우시카와는 미끄럼틀로 향했다. 그리고 짧고 흰 다리로 그 계단을 올랐다. 얼어붙은 미끄럼틀 꼭대기에 앉아 덴고가 골똘히 쳐다본 곳과 대략 같은 방향으로 시선을 던졌다. 그가 대체 무엇을 그리도 열심히 바라보았는지, 우시카와는 그게 알고 싶었다.

우시카와는 시력이 나쁜 편은 아니다. 난시가 있어서 눈동자가 약간 좌우 불균형이지만, 안경을 쓰지 않아도 일상생활에 지장은 없다. 하지만 아무리 찬찬히 바라봐도 별은 하나도 눈에 띄지 않았다. 그보다 중천 가까이에 떠오른 삼분의 이 크기의 달이 우시카와의 주의를 끌었다. 달은 멍이 든 듯한 거무스레한 무늬를, 흘러가는 구름 틈새로 또렷이 드러내고 있었다. 평소와 다름없는 겨울달이다. 차갑고 창백하고, 태곳적부터 이어져내려온 수수께끼와 암시로 가득 차 있는 달. 그것은 죽은 자의 눈처럼 깜박임 한 번 없이, 말없이 하늘에 떠 있다.

이윽고 우시카와는 숨을 삼켰다. 그리고 한참 동안 숨을 쉬는 것조차 잊어버렸다. 구름이 끊겼을 때, 항상 보던 그 달에서 조금 떨어진 곳에 또 하나의 달이 있다는 것을 깨달았기 때문이다. 그것은 원래의 달보다 훨씬 작고, 이끼가 낀 것처럼 초록색이고 일그러진 모양이다. 하지만 틀림없이 달이다. 그런 큰 별은 어디에도 존재하지 않는다. 인공위성도 아니다. 이건 한곳에 지그시 머물러 있다.

우시카와는 일단 눈을 감았다가, 몇 초 지난 뒤에 다시 눈을 떴다.

착각이 틀림없다. 그런 것이 그곳에 있을 리 없다. 하지만 아무리 눈을 감았다 떠봐도, 새로운 작은 달은 역시 그곳에 떠 있었다. 구름이 다가오면 그 뒤에 숨지만, 지나가면 다시 똑같은 자리에 나타났다.

덴고는 저걸 바라보고 있었다. 우시카와는 생각했다. 가와나 덴고는 이 광경을 보기 위해, 혹은 그것이 아직 존재하는지 확인하기 위해 이 어린이공원에 찾아온 것이다. 하늘에 두 개의 달이 떠 있는 것을 그는 전부터 알고 있었다. 의심의 여지가 없다. 그 달을 보고서도 전혀 놀란 기색을 보이지 않았던 것이다. 우시카와는 미끄럼틀 위에서 깊은 한숨을 내쉬었다. 이곳은 대관절 어떻게 된 세계인가, 우시카와는 자신에게 물었다. 나는 어떤 구조의 세계에 들어와버린 것인가. 답은 어디에서도 나오지 않았다. 무수한 구름이 바람에 흘러가고, 크고 작은 두 개의 달이 수수께끼처럼 하늘에 떠 있을 뿐이다.

단 한 가지, 분명히 말할 수 있는 게 있었다. 이건 원래 내가 속한 세계가 아니다. 내가 알고 있는 지구는 위성을 하나밖에 갖고 있지 않다. 그건 의심의 여지가 없는 사실이다. 그런데 이제는 두 개로 늘어나 있다.

이윽고 우시카와는 자신이 이 광경에 기시감을 느끼고 있다는 것을 깨달았다. 나는 전에 어딘가에서 이것과 똑같은 광경을 본 적이 있다. 우시카와는 의식을 집중하여 그 기시감이 어디에서 온 것인지, 필사적으로 기억을 더듬었다. 얼굴을 찡그리고, 이를 드러내고, 양손으로 의식의 어두운 밑바닥을 퍼냈다. 그리고 마침내 떠올렸다. 「공기 번데기」다. 그 소설에 두 개의 달이 등장했다. 이야기의 결말에 가까운 부분이다. 큰 달과 작은 달. 마더가 도터를 낳았을 때, 하늘에 뜬 달은 두 개가 된다. 후카에리가 그 이야기를 지었고, 덴고가 상세한 묘사를 더했다.

우시카와는 저도 모르게 주위를 둘러보았다. 하지만 그의 눈에 들어온 것은 여느 때와 똑같은 세계였다. 길 건너 6층 맨션의 창에는 레이스 달린 하얀 커튼이 쳐져 있고, 커튼 뒤로는 온화한 불빛이 켜져 있다. 이상한 점은 하나도 없다. 단지 달의 수가 다를 뿐이다.

그는 발밑을 확인하며 조심조심 미끄럼틀을 내려왔다. 그리고 달의 시선을 피하듯이 빠른 걸음으로 공원을 나왔다. 내 머리가 이상해져가는 건가. 아니, 그럴 리 없다. 내 머리는 이상해지지 않았다. 내 사고는 새 쇠못처럼 단단하고 냉철하고 똑바르다. 그것은 현실의 심지를 향해 올바른 각도로 정확히 박혀 있다. 나 자신에게는 아무 문제가 없다. 나는 똑똑히 제정신을 유지하고 있다. 주위의 세계가 착오를 보이고 있을 뿐이다.

그리고 그 착오의 원인을 나는 찾아내지 않으면 안 된다. 어떻게든.

제20장 아오마메
Q
나의 변모의 일환으로

일요일에는 바람이 그치고, 전날 밤과는 딴판으로 따뜻하고 온화한 하루가 되었다. 사람들은 무거운 코트를 벗고 햇볕을 즐길 수 있었다. 아오마메는 바깥 날씨와는 상관없이 커튼을 친 집 안에서 여느 때와 다름없는 하루를 보냈다.

작은 소리로 야나체크의 〈신포니에타〉를 들으며 스트레칭을 하고, 도구를 사용하여 근육을 빈틈없이 움직인다. 날이 갈수록 충실해지는 메뉴를 소화해내는 데 두 시간여가 걸린다. 요리를 하고 방 청소를 하고, 소파에 앉아 『잃어버린 시간을 찾아서』를 읽는다. 이제 『게르망트 쪽』편에 접어든 참이다. 가능하면 할 일 없는 시간은 만들지 않으려고 그녀는 노력한다. 텔레비전을 보는 건 정오와 오후 일곱시의 NHK 정시 뉴스뿐이다. 여전히 빅뉴스는 없다. 아니, 빅뉴스는 있었다. 전세계에서 수많은 사람들이 목숨을 잃었다. 그 대부분은 가슴 아픈 죽음이었다. 열차가 충돌하고, 페리가 침몰하고, 비행기가 추락했다. 수습될 전망이 없는 내란이 이어지고, 암살이 벌어지고, 민족 간에 처참한 학살이 일어났다. 기후변화에 따른 가뭄과 홍수가 있고, 기근이 있었다. 아오마메는 그러한 비극이나 재해에 휘말린 사람들을 진심으로 동정했다. 하지만 지금의 아오마메에게 직접 영향을 미칠 만한 사건은 하나도 일어나지 않았다.

길 건너 어린이공원에서는 근처의 어린아이들이 놀고 있다. 아이들은 저마다 뭐라고 떠들고 있다. 지붕에 앉은 까마귀들이 서로 연락을 나누는 날카로운 소리도 들려온다. 공기중에는 초겨울 도시 냄새가 난다.

그러다가 그녀는 문득, 이 맨션에서 살게 된 뒤로 자신이 한 번도 성욕을 느끼지 않았다는 것을 깨닫는다. 누군가와 섹스하고 싶다는 생각을 한 적도 없고 자위를 한 적도 없다. 임신했기 때문인지도 모른다. 그에 따라 호르몬 분비가 달라졌는지도 모른다. 어떻든 아오마메에게는 고마운 일이었다. 이런 환경에서 누군가와 섹스를 하고 싶다 한들 어디에서도 배출구를 찾아낼 수 없을 테니. 다달이 생리가 없는 것도 그녀에게는 반가운 일 중 하나다. 원래부터 그리 힘든 편은 아니었지만, 그래도 오래도록 지고 있던 짐을 하나 내려놓은 듯한 기분이다. 적어도 생각해야 할 일이 한 가지 줄어든 것만도 다행이다.

삼 개월 동안 머리가 꽤 많이 길었다. 9월에는 어깨에 닿을락말락하는 정도였는데, 이제는 견갑골에 드리워질 만큼 길다. 어린 시절에는 항상 어머니가 직접 짧은 단발머리로 잘라주었고, 중학생이 된 뒤로는 계속 스포츠 중심의 생활을 했기 때문에 이렇게 머리를 길러본 적이 없었다. 너무 길다는 느낌도 들었지만, 직접 커트하기도 어렵고 그저 자라는 대로 두는 수밖에 없다. 앞머리만 가위로 반듯하게 다듬었다. 낮에는 머리를 묶어 위로 올리고 해가 저물면 내린다. 그리고 음악을 들으며 백 번의 브러싱을 한다. 시간여유가 없으면 도저히 할 수 없는 일이다.

아오마메는 원래 화장이라고 할 만한 것을 하지도 않았고, 이렇게 방에 틀어박혀 있으니 그럴 필요도 없다. 그래도 생활에 규칙을 부여하기 위해 정성껏 피부 손질을 했다. 크림이나 세안액으로 피부를 마사지하고 자기 전에는 반드시 팩을 한다. 원래부터 건강한 몸이라서 조금만 손질하면 금세 피부가 싱싱하고 보들보들해진다. 아니, 어쩌면 그것도 임신했기 때문인지 모른다. 임신하면 피부가 깨끗해진다는 말을 들은 적이 있다. 어쨌거나 거울 앞에 앉아 머리를 풀어내린 얼굴을 보고 있으면 자신이 예전보다 아름다워졌다는 느낌이 든다. 적어도 거기에는 성숙한 여성으로서의 차분함이 생겨나 있다. 아마도.

아오마메는 태어나서 지금까지 자신을 아름답다고 생각해본 적이 없었다. 어릴 때부터 누구에게 예쁘다는 말을 들어본 적도 없다. 어머니는 그녀를 오히려 못생긴 아이로 취급했다. "좀더 예뻤더라면" 이라는 게 어머니의 입버릇이었다. 아오마메가 좀더 예뻤더라면, 좀더 사랑스러운 얼굴이었다면, 더 많은 사람들을 신자로 끌어들일 수 있을 거라는 뜻이었다. 그래서 아오마메는 어렸을 때부터 가능한 한 거울을 보지 않으려고 했다. 필요하면 잠깐 거울 앞에 서서 사무적으로 몇 군데를 재빠르게 점검한다. 그게 습관이 되었다.

오쓰카 다마키는 아오마메의 얼굴을 좋아한다고 말했다. 전혀 나쁘지 않아, 아주 멋있어, 라고 말해주었다. 괜찮아, 좀더 자신을 가져도 돼. 아오마메는 그 말을 듣고 무척 기뻤다. 친구의 따뜻한 말은 사춘기를 맞은 아오마메를 적잖이 침착하게 해주고 안심시켜주었다. 어쩌면 자신은, 어머니가 늘 말했던 것만큼 못생긴 게 아닌지도 모른다고 생각하기도 했다. 하지만 그런 오쓰카 다마키도 아름답다고는 한 번도 말해주지 않았다.

하지만 태어나서 처음으로, 자신의 얼굴에도 아름다운 구석이 있는 것 같다고 아오마메는 생각한다. 지금까지와는 달리 오래도록 거울 앞에 앉게 되었고, 자신의 얼굴을 좀더 꼼꼼히 바라보게 되었다. 하지만 거기에 나르시시즘적인 요소는 없다. 그녀는 마치 독립된 별개의 인격을 관찰하듯이 거울에 비친 자신의 얼굴을 여러 각도에서 실제적으로 검증한다. 자신의 얼굴이 실제로 아름다워졌는지, 아니면 생김새 자체는 달라지지 않았는데 그것을 보는 자신의 마음이 변한 것인지, 아오마메 스스로도 판단이 되지 않는다.

아오마메는 이따금 거울 앞에서 마음껏 얼굴을 찌푸린다. 찌푸린 얼굴은 예전과 똑같다. 온 얼굴 근육이 저마다 원하는 방향으로 뻗어나가고, 그 모습은 놀라울 만큼 제각각이다. 온 세상의 온갖 다양한 감정이 그곳에서 분출된다. 아름답지도 추하지도 않다. 어느 각도에서는 야차처럼 보이고, 어느 각도에서는 어릿광대처럼 보인다. 어느 각도에서는 단지 혼돈으로밖에는 보이지 않는다. 얼굴을 찌푸리는 것을 멈추면, 수면의 파문이 가라앉듯이 근육은 서서히 느슨해지면서 원래의 모습으로 돌아간다. 아오마메는 예전과는 얼마간 달라진 새로운 자기 자신을 거기서 찾아낸다.

좀더 자연스럽게 웃으면 좋을 텐데, 오쓰카 다마키는 곧잘 아오마메에게 말했다. 웃으면 얼굴이 그렇게 부드러워지는데, 아까워. 하지만 아오마메는 사람들 앞에서 자연스럽게 웃을 수 없었다. 억지로 웃으려 하면 팽팽히 당겨진 냉소 같은 게 되고 만다. 그리고 상대를 도리어 긴장시키고 불편하게 만든다. 오쓰카 다마키는 매우 자연스럽게 환한 웃음을 지을 수 있었다. 누구라도 첫 대면에서 그녀에게 친밀감을 갖고 호감을 품었다. 하지만 결국 그녀는 실의와 절망 속에서 스스로 목숨을 끊지 않으면 안 되었다. 제대로 미소도 짓지 못하는 아오마메를 남겨두고.

조용한 일요일이다. 따뜻한 햇살에 이끌려 많은 사람들이 길 건너 어린이공원에 나왔다. 부모는 아이들을 모래놀이터에서 놀게 하고 그네를 태워주었다. 미끄럼틀을 타는 아이들도 있었다. 노인들은 벤치에 앉아 아이들이 노는 모습을 싫증도 내지 않고 바라보고 있었다. 아오마메는 베란다 가든체어에 앉아 플라스틱 가림판 틈새로 그런 광경을 무심히 바라본다. 평화로운 풍경이다. 세계는 막힘없이 앞으로 나아가고 있다. 그곳에는 목숨을 노리는 자도 없고, 살인자를 추적하는 자도 없다. 사람들은 9밀리 탄환을 풀로 장전한 자동권총을 타이츠에 둘둘 감아 옷장 서랍에 감춰두거나 하지 않는다.

나도 언젠가 저런 조용하고 온당한 세계의 일부가 될 수 있을까. 아오마메는 자신을 향해 그렇게 묻는다. 나도 언젠가 이 작은 것의 손을 잡고 공원에 나가, 그네를 태워주고 미끄럼틀을 태워줄 수 있을까. 누군가를 살해하거나 누군가에게 살해당하는 그런 일을 생각하지 않고 하루하루를 보낼 수 있을까. 그런 가능성이 이 '1Q84년'에 존재할까. 혹시 그건 어딘가 다른 세계에만 존재하는 걸까. 그리고 무엇보다 중요한 것—그때 내 곁에는 덴고가 있을까.

아오마메는 공원에서 시선을 거두고 방으로 돌아온다. 유리문을 닫고 커튼을 친다. 아이들의 목소리가 사라진다. 슬픔이 엷게 그녀의 마음을 물들인다. 그녀는 모든 곳으로부터 고립되고, 안에서 문을 걸어잠근 곳에 유폐되었다. 앞으로는 한낮의 공원을 바라보지 말자, 아오마메는 그렇게 생각한다. 한낮의 공원에 덴고가 찾아올 리 없다. 그가 원하는 것은 선명한 두 개의 달의 모습이다.

간단한 저녁식사를 마치고 설거지를 한 뒤에, 아오마메는 옷을 따뜻하게 입고 베란다로 나간다. 담요로 무릎을 덮고 몸을 의자에 묻는다. 바람 없는 밤이다. 수채화가가 좋아할 것 같은 엷은 구름이 하늘에 길게 깔렸다. 브러시의 섬세한 터치를 시험해볼 만한 구름이다. 그 구름에 가려지는 일 없이 삼분의 이 크기의 달이 명료한 빛을 지상으로 또렷하게 보내고 있다. 그 시각, 아오마메가 앉은 자리에서는 두번째 작은 달의 모습은 보이지 않는다. 그 부분이 마침 건물에 가려져 있기 때문이다. 하지만 그것이 그곳에 있다는 것을 아오마메는 알고 있다. 그녀는 그 존재를 감지할 수 있다. 각도상 보이지 않을 뿐이다. 이제 곧 그것은 그녀 앞에 모습을 드러낼 것이다.

아오마메는 이 맨션에 몸을 감춘 뒤부터 의식을 머릿속에서 의도적으로 배제할 수 있게 되었다. 특히 이렇게 베란다에 나와 공원을 바라볼 때, 그녀는 자유자재로 머릿속을 텅 비울 수 있다. 시선은 빈틈없이 공원을 감시한다. 특히 미끄럼틀 위를. 하지만 아무 생각도

하지 않는다. 아니. 아마도 의식은 무언가를 생각하고 있을 것이다. 하지만 그건 대부분 수면 아래로 들어가 있다. 그 수면 아래에서 자신의 의식이 무엇을 하는지, 그녀는 알지 못한다. 하지만 의식은 정기적으로 둥실 떠오른다. 바다거북이나 돌고래가 때가 되면 반드시 수면에 얼굴을 내밀고 호흡을 해야 하는 것과 마찬가지로. 그럴 때마다 그녀는 자신이 무언가를 생각하고 있었다는 것을 깨닫는다. 이윽고 의식은 폐에 신선한 산소를 채우고 다시 수면 아래로 잠겨든다. 그 모습은 더이상 보이지 않는다. 그리고 아오마메는 이제 아무 생각도 하지 않는다. 그녀는 부드러운 고치에 둘러싸인 감시장치가 되어 미끄럼틀에 무심히 시선을 보낸다.

그녀는 공원을 보고 있다. 하지만 동시에 아무것도 보고 있지 않다. 뭔가 새로운 것이 시야에 들어오면 그녀의 의식은 즉시 거기에 대응할 것이다. 하지만 지금은 아무 일도 일어나지 않는다. 바람도 불지 않는다. 탐색침(探索針)처럼 공중에 드리운 느티나무의 시커먼 가지는 미동조차 하지 않는다. 세계는 완벽하게 정지해 있다. 그녀는 손목시계를 들여다본다. 여덟시를 넘어선 참이다. 오늘도 이대로 아무 일 없이 끝나버릴지도 모른다. 한없이 고요한 일요일 밤이다.

세계가 정지하기를 멈춘 것은 여덟시 이십삼분의 일이었다.

문득 깨달았을 때, 한 남자가 미끄럼틀 위에 있었다. 그곳에 앉아 하늘 한구석을 올려다보고 있다. 아오마메의 심장이 단단히 수축하여 어린아이의 주먹만한 크기가 된다. 다시는 움직이지 않을 것처럼 오래, 심장은 그 크기로 머물러 있다. 그러고는 갑작스럽게 원래 크기로 부풀어오르면서 활동을 재개한다. 건조한 소리와 함께 미친 듯한 속도로 온몸에 새로운 피를 내보낸다. 아오마메의 의식도 서둘러 수면 위로 떠올라 한 차례 파르르 떨고는 즉각 행동태세에 들어간다.

덴고다, 아오마메는 반사적으로 생각한다.

하지만 흔들리던 시야가 자리를 잡자 그게 덴고가 아니라는 것을 깨닫는다. 그 남자는 아이처럼 키가 작고, 큼직하고 각진 머리에 니트 모자를 쓰고 있다. 니트 모자는 머리 모양에 맞춰 기묘하게 변형되었다. 초록색 머플러를 목에 두르고, 남색 코트를 입고 있다. 머플러는 너무 길고, 코트는 불룩한 배 때문에 단추가 튕겨나갈 것 같다. 그자가 간밤에 언뜻 보았던, 공원을 나가던 그 '어린아이'라는 것을 아오마메는 깨닫는다. 하지만 실제로는 어린아이가 아니었다. 분명 중년에 가까운 어른이다. 키가 땅딸막하고 팔다리가 짧을 뿐이다. 그리고 이상하게 큼직하고 비뚤어진 모양의 머리를 갖고 있다.

아오마메는 다마루가 전화로 이야기했던 '후쿠스케 머리'를 퍼뜩 떠올린다. 아자부의 버드나무 저택 주위를 배회하며 세이프하우스를 염탐했다는 인물이다. 미끄럼틀 위에 있는 남자의 외모는 영락없이 다마루가 간밤에 전화로 묘사했던 대로였다. 이 섬뜩한 남자는 그 뒤로도 집요하게 염탐을 거듭해, 이제 바로 코앞까지 다가온 것이다. 권총을 갖고 와야 한다. 어찌 된 일인지, 하필 오늘 저녁에는 권총을 침실 서랍에 넣어두었다. 하지만 그녀는 심호흡을 하며 일단 심장의 혼란을 진정시키고 신경을 가라앉힌다. 아니, 당황할 건 없다. 아직 총을 손에 들 정도는 아니다.

무엇보다 그 남자는 아오마메의 맨션을 지켜보는 게 아니다. 그는 미끄럼틀 위에 앉아 덴고가 했던 것과 완전히 똑같은 자세로 하늘 한 구석을 올려다보고 있다. 그리고 자신의 눈이 포착한 것에 대해 사색에 잠긴 것처럼 보인다. 오랫동안 꿈쩍도 하지 않는다. 마치 몸을 움직이는 방법을 잊어버린 것처럼. 아오마메의 방이 있는 쪽에는 전혀 주의를 기울이지 않는다. 아오마메는 그래서 혼란스럽다. 이건 대체 뭔가. 이 사람은 나를 추적해서 여기까지 찾아왔다. 아마도 교단 관계자일 것이다. 그리고 의심의 여지 없이 민완(敏腕) 추적자다. 아자부의 저택에서 이 맨션까지 내 발자취를 더듬어온 것이다. 그런데도 지금 저렇게 내 앞에 무방비하게 모습을 드러내고 멍하니 밤하늘을 올려다보고 있다.

아오마메는 조용히 자리에서 일어나 유리문을 열고 안으로 들어와 전화 앞에 앉는다. 그리고 가늘게 떨리는 손으로 다마루의 전화번호를 누른다. 다마루에게 이 일을 보고해야 한다. 후쿠스케 머리가 지금 그녀의 집에서 보이는 곳에 있다. 길 건너 어린이공원 미끄럼틀 위에. 그다음 일은 다마루가 판단해서 능숙하게 처리할 것이다. 하지만 네 개의 숫자를 누른 참에, 그녀는 손끝의 움직임을 멈추고 수화기를 쥔 채 입술을 깨문다.

아직 너무 이르다. 아오마메는 생각한다. 그 남자에 대해 아직은 영문 모를 점이 너무 많다. 만일 다마루가 그 남자를 위험분자로 판단하여 즉각 '처치'해버린다면, 그 영문 모를 점은 분명 영문을 모르는 채로 끝날 것이다. 생각해보니, 그 남자는 지난번의 덴고와 완전히 같은 행동을 취하고 있다. 같은 미끄럼틀, 같은 자세, 같은 하늘 한구석. 덴고의 행동을 그대로 따라하고 있지 않은가. 그자의 시선

역시 그곳에서 두 개의 달을 포착한 것이다. 아오마메는 그걸 알 수 있다. 그렇다면 그자와 덴고는 뭔가 관련이 있는지도 모른다. 게다가 그자는 내가 이 맨션 한 칸에 은신하고 있다는 건 아직 알지 못하는지도 모른다. 그래서 저토록 무방비하게 내게 등을 보이고 있는 게 아닐까. 생각하면 할수록 그런 가정이 설득력을 더해간다. 만일 그렇다면 그자의 뒤를 밟아 덴고가 있는 곳을 알아낼 수 있을지도 모른다. 그자가 거꾸로 나를 위해 안내자 역할을 해주는 셈이다. 그렇게 생각하자 심장박동이 점점 격렬해지고 빨라진다. 그녀는 수화기를 내려놓는다.

다마루에게 알리는 건 나중으로 미루자. 그녀는 그렇게 마음을 정한다. 그전에 해야 할 일이 있다. 거기에는 물론 위험이 따른다. 추적당하는 자가 추적하는 자의 뒤를 밟는 것이니까. 그리고 상대는 분명 숙달된 프로다. 하지만 어떤 위험이 있건 이런 중요한 단서를 이대로 놓쳐버릴 수는 없다. 어쩌면 이게 마지막 기회인지도 모른다. 그자는 아무래도 일시적인 방심상태에 빠진 것으로 보인다.

그녀는 급히 침실로 들어가 옷장 서랍을 열고 헤클러&코흐를 꺼낸다. 안전장치를 풀고 메마른 소리를 내며 약실에 탄환을 보내고, 다시 안전장치를 건다. 그것을 청바지 뒤춤에 꽂고 베란다로 돌아간다. 후쿠스케 머리는 아직도 그 자리에서 하늘을 올려다보고 있다. 그 비뚤어진 머리는 꿈쩍도 하지 않는다. 그는 하늘의 한 지점에 보이는 것에 완전히 넋이 나간 것처럼 보인다. 그 마음은 아오마메도 잘 안다. 그건 분명 넋이 나갈 만한 광경이다.

아오마메는 방으로 돌아와 다운재킷을 입고 야구모자를 쓴다. 도

수 없는 심플한 검은 테 안경을 쓴다. 그것만으로도 얼굴의 인상이
크게 달라진다. 회색 스카프를 목에 두르고 호주머니에 지갑과 방 열
쇠를 집어넣는다. 계단을 뛰어내려가 맨션 현관을 나선다. 스니커 바
닥이 소리 없이 아스팔트 지면을 밟는다. 오랜만에 맛보는 그 단단하
고 성실한 감촉이 그녀를 북돋운다.

　길을 걸으며 아오마메는 후쿠스케 머리가 아직 같은 자리에 있다
는 것을 확인한다. 해가 떨어지면서 기온도 확연히 낮아졌지만 여전
히 바람은 불지 않는다. 오히려 상쾌한 느낌의 추위다. 아오마메는
하얀 입김을 내뿜으며 발소리를 죽여 자연스럽게 공원 앞을 그대로
지나친다. 후쿠스케 머리는 그녀 쪽에는 전혀 관심을 두지 않는다.
그의 시선은 미끄럼틀 위에서 곧장 하늘을 향하고 있다. 아오마메의
위치에서는 보이지 않지만, 그자의 시선이 가 닿는 곳에는 크고 작은
두 개의 달이 있을 터였다. 달들은 구름도 없이 꽁꽁 얼어붙은 하늘
에 분명 나란히 떠 있을 것이다.

　공원을 지나 한 블록 앞 모퉁이에서 우회전하여 다시 뒤로 돌아간
다. 그리고 뒤쪽 그늘에 몸을 숨기고 미끄럼틀의 상황을 살핀다. 허
리 뒤춤에 소형권총의 감촉이 느껴진다. 죽음 그 자체처럼 딱딱하고
차가운 감촉. 그것이 신경의 흥분을 진정시켜준다.

　오 분쯤 기다렸을까. 후쿠스케 머리는 천천히 자리에서 일어나 코
트에 묻은 먼지를 털고 다시 한번 하늘을 올려다보더니, 마음을 정한
듯 미끄럼틀 계단을 내려온다. 그리고 공원을 나와 역 쪽을 향해 걸
음을 옮긴다. 그자의 뒤를 밟는 건 그다지 어렵지 않다. 일요일 밤의

주택가는 인적이 드물어서 어느 정도 거리를 두어도 놓칠 염려는 없다. 또한 상대는 자신이 감시당할지도 모른다는 의심은 조금도 하지 않는 듯하다. 뒤를 돌아보는 일 없이 일정한 속도로 걸어간다. 사람이 뭔가 생각에 잠겨 걸어가는 속도다. 아이러니한 일이라고 아오마메는 생각한다. 추적하는 자의 사각(死角)은 추적당하는 것이다.

후쿠스케 머리가 고엔지 역으로 가는 게 아니라는 건 곧 판명된다. 아오마메는 방에 있던 도쿄 23구 도로지도를 보며 맨션 주변의 지리를 상세하게 머릿속에 새겨두었다. 긴급상황에 대비해서 어느 쪽으로 가면 무엇이 있는지 숙지해둘 필요가 있었기 때문이다. 그래서 후쿠스케 머리가 처음에는 역 쪽으로 가다가 중간에 다른 쪽으로 방향을 틀었다는 것을 안다. 또한 후쿠스케 머리가 이 동네의 지리를 잘 모른다는 것도 간파한다. 그는 두 번쯤 길모퉁이에 멈춰 서서, 머뭇머뭇 주위를 둘러보고 전봇대의 주소 표시를 확인했다. 그는 여기서는 외부인인 것이다.

이윽고 후쿠스케의 걸음이 약간 빨라진다. 분명 잘 아는 곳에 들어선 것이라고 아오마메는 짐작한다. 그 짐작이 맞았다. 그는 구립 초등학교 앞을 지나 좁은 도로를 한참 걸어서 그곳의 허름한 3층 아파트로 들어간다.

남자가 현관 안으로 사라지는 것을 지켜본 뒤 아오마메는 오 분을 기다린다. 그자와 입구에서 마주치는 건 피해야 한다. 현관에는 콘크리트 차양이 있고, 둥근 전등이 입구 주위를 노랗게 비추고 있다. 아파트 간판이나 팻말 같은 건 그녀가 보는 한 어디에도 없다. 이름을 갖지 못한 아파트인지도 모른다. 어쨌든 지은 지 꽤 오래된 건물이다. 그녀는 전봇대에 표시된 주소를 외워둔다.

오 분이 지나자, 아오마메는 아파트 현관으로 향한다. 노란 불빛 아래를 빠른 걸음으로 지나쳐 입구의 문을 연다. 비좁은 홀에는 인기척이 없다. 온기라고는 없는 횅한 공간이다. 수명이 다해가는 형광등이 치직거리는 희미한 소리를 낸다. 어디선가 텔레비전 소리가 들려온다. 어린아이가 날카로운 목소리로 어머니에게 뭔가를 조르는 소리도 들린다.

아오마메는 다운재킷 호주머니에서 자신의 집 열쇠를 꺼낸다. 누구의 눈에 띄더라도 이 아파트에 사는 사람으로 보이도록 열쇠를 손에 들고 빙빙 돌리며 우편함 명패를 읽어나간다. 그중 하나는 후쿠스케 머리의 것일지도 모른다. 그리 큰 기대는 할 수 없지만 일단 시도해볼 가치는 있다. 작은 아파트라서 입주민이 그리 많지는 않다. 이윽고 우편함 중에서 '가와나'라는 이름을 발견한 순간, 아오마메 주위에서 모든 소리가 일시에 사라진다.

아오마메는 그 우편함 앞에 우뚝 선다. 주위의 공기가 갑작스레 희박해지고 제대로 숨이 쉬어지지 않는다. 그녀의 입술은 벌어져 가늘게 떨린다. 그대로 시간이 흘러간다. 그것이 어리석고 위험한 행동이라는 건 스스로도 잘 알고 있다. 후쿠스케 머리는 지금 이 근처 어딘가에 있다. 당장이라도 현관에 나타날지 모른다. 하지만 아오마메는 그 우편함에서 자신의 몸을 떼어낼 수가 없다. '가와나'라는 한 장의 작은 이름표가 그녀의 이성을 마비시키고 몸을 얼어붙게 한다.

그 가와나라는 입주민이 가와나 덴고라는 확증은 물론 없다. 가와나는 어디서나 볼 수 있는 흔한 성씨는 아니지만, 그렇다고 '아오마메'처럼 특별히 희귀한 성씨도 아니다. 하지만 그녀가 짐작하는 대로 만일 후쿠스케 머리가 덴고와 무언가 관련이 있는 사람이라면 이 '가와나'가 가와나 덴고일 가능성은 높다. 집 호수가 303으로 되어 있다. 그녀가 살고 있는 집과 우연히도 똑같은 번호다.

어떻게 해야 할까. 아오마메는 입술을 꾹 깨문다. 그녀의 머릿속은 동일한 회로 안을 빙빙 맴돈다. 어디에서도 출구를 찾지 못한다. 어떻게 해야 할까. 그러나 언제까지고 우편함 앞에 우두커니 서 있을 수는 없다. 아오마메는 마음을 정하고, 무뚝뚝한 콘크리트 계단을 밟고 3층까지 오른다. 거무스레한 바닥은 세월의 흐름을 보여주듯이 군데군데 가느다랗게 금이 갔다. 스니커 바닥이 귀에 거슬리는 소리를 낸다.

그리고 아오마메는 303호 앞에 선다. 특징 없는 철제 현관문, 문패꽂이에는 '가와나'라고 인쇄된 카드가 들어 있다. 역시 성씨뿐이다. 그 글자는 몹시도 퉁명스럽고 한없이 무기질적이다. 하지만 동시에 거기에는 깊은 수수께끼가 집약되어 있다. 아오마메는 그 앞에 서서 가만히 귀를 기울인다. 모든 감각의 날을 날카롭게 세운다. 하지만 문 안쪽에서는 어떤 소리도 들려오지 않는다. 안에 불이 켜졌는지 꺼졌는지도 알 수 없다. 문 옆에는 벨이 있다.

아오마메는 망설인다. 입술을 깨물며 생각을 굴린다. 이 벨을 눌러야 할까.

어쩌면 이건 교묘하게 설치해둔 덫인지도 모른다. 이 문 안쪽에서는 후쿠스케 머리가 어두운 숲의 사악한 난쟁이처럼 음흉한 미소를 지으며 내가 오기를 기다리고 있는지도 모른다. 그는 일부러 미끄럼틀 위에 나타나 나를 이곳까지 꾀여내서 사로잡으려는 것이다. 내가 덴고를 찾고 있다는 것을 알고, 그걸 미끼 삼아. 비열하고 교활한 자다. 그리고 내 약점을 확실하게 잡고 있다. 내가 사는 맨션의 문을 열게 하기 위해서는 분명 그 방법밖에 없다.

아오마메는 주위에 아무도 없는 것을 확인하고 청바지 뒤춤에서 권총을 꺼낸다. 안전장치를 풀고, 곧바로 꺼낼 수 있게 다운재킷 주머니에 넣는다. 오른손으로 그립을 움켜쥐고, 둘째손가락을 방아쇠에 건다. 그리고 왼손 엄지손가락으로 벨을 누른다.

집 안에서 초인종이 울리는 소리가 들린다. 느릿한 차임 소리. 그녀의 심장이 내는 빠른 리듬과는 어울리지 않는다. 그녀는 권총을 움켜쥐고 문이 열리기를 기다린다. 하지만 문은 열리지 않는다. 누군가 문구멍으로 밖을 살피는 기척도 없다. 그녀는 잠시 틈을 두고 다시 벨을 누른다. 차임 소리가 다시 울려퍼진다. 스기나미 구의 모든 주민들이 고개를 들고 귀를 기울이지 않을까 싶을 만큼 크게 울린다. 아오마메의 오른손은 총목 위에서 희미하게 땀을 흘리고 있다. 하지만 역시 반응은 없다.

지금은 일단 돌아가는 게 좋다. 303호의 가와나라는 입주민이 누구건, 그는 현재 부재중이다. 그리고 이 건물 안의 어딘가에 그 불길한 후쿠스케 머리가 숨어 있다. 더이상 이곳에 머무는 건 위험하다. 그녀는 서둘러 계단을 내려와 우편함을 다시 한번 흘끔 바라본 뒤에 건물 밖으로 나온다. 고개를 숙이고 재빨리 노란 조명 아래를 지나 길로 향한다. 뒤를 돌아보며 미행하는 사람이 없는지 확인한다.

생각해야 할 일이 너무 많다. 판단해야 할 일도 그만큼 많다. 그녀는 손끝으로 더듬어 권총의 안전장치를 건다. 남의 눈에 띄지 않는 곳에서 그것을 다시 청바지 뒤춤에 꽂는다. 너무 큰 기대를 가지면 안 된다고 아오마메는 자신을 타이른다. 많은 것을 바라서는 안 된다. 그 가와나라는 이름의 입주민은 어쩌면 덴고일지도 모른다. 하지만 덴고가 아닐지도 모른다. 일단 기대가 생겨나면 마음은 그것을 계기로 독자적인 움직임을 취하기 시작한다. 그리고 그 기대가 어긋났을 때 사람은 실망하고, 실망은 무력감을 부른다. 마음에 틈새가 생기고 경계가 허술해진다. 지금의 내게 그건 무엇보다 위험한 일이다.

그 후쿠스케 머리가 사실관계를 어디까지 파악했는지, 그건 알 수 없다. 그러나 실제로 그자는 내게 접근해왔다. 손을 뻗으면 닿을 것 같은 곳까지. 다시 마음을 다잡고, 한치도 주의를 게을리해서는 안 된다. 상대는 빈틈없는 프로다. 사소한 실수가 치명타가 될 수 있다. 무엇보다 그 낡은 아파트 주위에 안이하게 접근해서는 안 된다. 그 건물 안의 어딘가에 그자가 숨어서 나를 포획하기 위한 책략을 짜고 있는 게 틀림없다. 어둠 속에 둥지를 튼 흡혈 독거미처럼.

자신의 집에 돌아왔을 때, 아오마메의 결심은 굳어져 있었다. 그녀가 취할 수 있는 방법은 하나밖에 없다.

아오마메는 이번에는 다마루의 번호를 끝까지 누른다. 열두 번 벨이 울린 뒤에 전화를 끊는다. 모자와 코트를 벗고 권총을 옷장 서랍에 다시 넣고, 컵에 물을 받아 두 잔을 마신다. 홍차를 마시기 위해 주전자에 물을 끓인다. 커튼 틈새로 길 건너 공원을 슬쩍 내다보며 그곳에 사람이 없다는 것을 확인한다. 세면대 거울 앞에 서서 브러시로 머리를 빗는다. 그래도 아직 양손의 손가락은 부드럽게 움직이지 않는다. 긴장이 이어지고 있는 것이다. 티포트에 끓인 물을 따른 참에 전화벨이 울린다. 상대는 물론 다마루다.

"조금 전에 후쿠스케 머리를 봤어요." 아오마메는 말한다.

침묵이 있었다. "조금 전에 봤다는 건 지금은 그곳에 없다는 뜻인가?"

"네." 아오마메는 말했다. "조금 전에 이 맨션 맞은편의 공원에 있었어요. 하지만 지금은 없어요."

"조금 전이라면 얼마나?"

"사십 분쯤 전."

"어째서 사십 분 전에 전화를 걸지 않았지?"

"곧바로 뒤를 밟아야 했기 때문에 시간적인 여유가 없었어요."

다마루는 쥐어짜듯이 천천히 숨을 토해낸다. "뒤를 밟았다고?"

"그자를 놓치고 싶지 않았어요."

"무슨 일이 있어도 밖에 나가지 말라고 했을 텐데."

아오마메는 조심스럽게 단어를 고른다. "하지만 내 신상에 위험이 닥쳐오는 것을 그냥 앉아서 바라만 볼 수는 없어요. 당신에게 연락해도 곧바로 도착할 수는 없어요. 그렇죠?"

다마루는 목구멍 속에서 작은 소리를 냈다. "그래서 너는 후쿠스케 머리의 뒤를 밟았다."

"그자는 누군가 미행하리라고는 생각도 못 하는 것 같았어요."

"프로들은 얼마든지 그런 척할 수 있어." 다마루는 말한다.

다마루의 말이 맞다. 어쩌면 교묘히 설치해둔 덫이었는지도 모른다. 하지만 다마루 앞에서 그걸 인정할 수는 없다. "물론 당신은 충분히 그럴 수 있겠죠. 하지만 내가 본 바로는 후쿠스케 머리는 그런 수준은 아니에요. 나름대로 실력은 있어요. 하지만 당신과는 달라요."

"백업이 있었을 수도 있어."

"아뇨. 그 사람은 틀림없이 혼자였어요."

다마루는 짧게 틈을 둔다. "좋아. 그래서 놈이 가는 곳을 확인했나?"

아오마메는 아파트 주소를 다마루에게 알려주고 외관을 설명한다. 집 호수까지는 모른다. 다마루는 그것을 메모한다. 그는 몇 가지 질문을 하고, 아오마메는 되도록 정확히 대답한다.

"네가 발견했을 때, 그자는 맨션 맞은편 공원에 있었다는 거지." 다마루는 묻는다.

"네."

"공원에서 뭘 하고 있었지?"

아오마메는 설명한다. 그자는 미끄럼틀 위에 앉아 오래도록 밤하늘을 올려다보고 있었다. 하지만 두 개의 달에 대해서는 물론 말하지 않는다.

"하늘을 보고 있었다고?" 다마루는 말한다. 그의 사고가 회전수를 한 단계 높이는 소리가 수화기를 타고 들려온다.

"하늘인지 달인지 별인지, 그런 것을."

"그리고 미끄럼틀 위에서 무방비로 자기 모습을 드러내고 있었다."

"그랬어요."

"이상하다고 생각하지 않아?" 다마루는 말한다. 딱딱하고 건조한 목소리다. 일 년에 단 하루만 내리는 비로 남은 계절을 연명하는 사막의 식물을 떠올리게 하는 목소리다. "그자는 네 뒤에 바짝 따라붙었어. 겨우 한 발짝 남은 곳까지. 대단한 놈이야. 그런데 미끄럼틀 위에서 느긋하게 겨울 밤하늘을 올려다보고 있었다? 네가 있는 맨션 쪽으로는 눈길도 던지지 않고. 내가 생각하기에는, 그렇게 앞뒤가 맞지 않는 이야기도 없는 거 같은데."

"그럴지도 모르죠. 이상한 이야기이고, 앞뒤가 맞지도 않아요. 나도 그렇게 생각했어요. 하지만 어쨌든 그자를 그대로 놓칠 수는 없었어요."

다마루는 한숨을 내쉰다. "그래도, 나는 역시 그게 몹시 위험한 짓이라고 생각해."

아오마메는 입을 다물었다.

"뒤를 밟은 결과, 그 수수께끼는 조금이라도 풀렸나?" 다마루는 묻는다.

"아뇨, 풀리지 않았어요." 아오마메는 말했다. "하지만 약간 마음에 걸리는 게 있었어요."

"이를테면?"

"현관 우편함을 살펴봤는데, 3층에 가와나라는 사람이 살고 있었어요."

"그래서?"

"이번 여름에 베스트셀러가 된 「공기 번데기」라는 소설은 알고 있죠?"

"나도 신문 정도는 읽어. 저자인 후카다 에리코는 '선구' 신자의 딸이었지. 행방불명이 되어서 교단에 납치된 게 아니냐는 의혹이 있었어. 경찰이 조사를 했고. 책은 아직 읽지 않았어."

"후카다 에리코는 단순한 신자의 딸이 아니에요. 아버지가 '선구'
의 리더였어요. 즉 그녀는 내 손으로 저쪽 편에 보내버린 사람의 딸
이라는 얘기예요. 그리고 가와나 덴고는 고스트라이터로 편집자에
게 고용되어 「공기 번데기」를 대폭 고쳐 쓴 인물이에요. 그 책은 사
실상 두 사람의 공동작품인 거죠."

긴 침묵이 깔린다. 좁고 긴 방의 건너편 끝까지 걸어가 사전을 손
에 들고 뭔가를 찾아본 뒤에 다시 돌아올 정도의 시간이다. 그리고
다마루는 입을 연다.

"그 아파트에 사는 가와나라는 인물이 가와나 덴고라는 확증은
없어."

"아직은 없죠." 아오마메는 인정한다. "하지만 만일 동일 인물이
라면, 이야기는 어느 정도 앞뒤가 맞아떨어져요."

"조각들이 서로 맞물리지." 다마루는 말했다. "하지만 그 가와나
덴고가 「공기 번데기」의 고스트라이터라는 걸 너는 어떻게 알았지?
그건 공식적으로 알려진 적이 없었어. 그런 게 세상에 알려지면 큰
스캔들이 되었겠지."

"리더의 입을 통해 들었어요. 죽기 직전에 그가 내게 말해줬어요."

다마루의 목소리가 한 단 차가워진다. "너는 좀더 일찍 내게 그 말
을 했어야 해. 그렇게 생각하지 않아?"

"그때는 그게 중요한 의미를 가진 말이라고 생각하지 못했어요."

침묵이 다시 한참 이어졌다. 그 침묵 속에서 다마루가 무엇을 생
각하는지 아오마메는 알 수 없다. 하지만 그녀는 다마루가 변명을 좋

아하지 않는다는 건 알고 있다.

"좋아." 이윽고 다마루는 말한다. "그건 됐어. 일단 이야기를 짧게 줄여보지. 즉 네가 말하려는 건, 후쿠스케 머리가 그런 사정을 다 알고서 가와나 덴고라는 인물을 마크하고 있는지도 모른다. 그리고 그걸 실마리 삼아 네가 있는 곳을 알아내려 한다."

"그런 거라고 생각해요."

"좀 이해가 안 되는데." 다마루는 말한다. "어떻게 그 가와나 덴고가 너를 찾는 실마리가 될 수 있지? 너와 가와나 덴고 사이에 무슨 연결고리가 있는 것도 아니잖아. 너는 후카다 에리코의 부친을 처리했고, 그는 후카다 에리코 소설의 고스트라이터로 일했다는 것 말고는."

"연결고리는 있어요." 아오마메는 억양 없는 목소리로 말한다.

"너와 가와나 덴고 사이에 직접적인 관련이 있다. 그런 건가?"

"나와 가와나 덴고는 초등학교 때 같은 반이었어요. 그리고 내가 낳을 아이의 아버지는 분명 그 사람일 거예요. 하지만 그 이상의 설명은 지금은 할 수 없어요. 뭐랄까, 매우 개인적인 일이고."

볼펜 끝으로 책상을 톡톡 치는 소리가 수화기 너머에서 들려온다. 그것 외에는 어떤 소리도 들려오지 않는다.

"개인적인 일." 다마루는 말한다. 납작한 정원석 위에서 뭔가 진기한 동물을 발견한 듯한 목소리로.

"미안하지만." 아오마메는 말한다.

"알았어, 그건 매우 개인적인 일이야. 그렇다면 나도 더이상 묻지 않아." 다마루는 말한다. "그래서, 너는 구체적으로 내가 어떻게 해주기를 바라는 거지?"

"우선 그 가와나라는 입주민이 정말 가와나 덴고인지 알고 싶어요. 할 수만 있다면 내가 직접 확인하고 싶어요. 하지만 내가 그 근처에 가는 건 너무 위험하죠."

"말할 것도 없이." 다마루는 말한다.

"그리고 후쿠스케 머리는 분명 그 아파트 어딘가에 숨어서 뭔가를 꾸미고 있어요. 만일 그자가 내가 있는 곳을 거의 알아냈다면 즉시 손을 쓸 필요가 있다고 생각해요."

"그자는 이미 너와 마담의 관계도 어느 정도 파악했어. 그런 몇 가지 단서를 꼼꼼하게 추적해서 하나로 이어보려 하고 있어. 물론 그런 자를 그냥 내버려둘 수는 없지."

"또 한 가지, 당신에게 부탁하고 싶은 게 있어요." 아오마메는 말한다.

"말해봐."

"만일 거기 있는 게 정말 가와나 덴고라면, 그에게 어떤 위해도 미치지 않도록 해줘요. 만약 어떻게 해도 누군가 해를 입을 수밖에 없다면, 그때는 내가 기꺼이 그 사람 대신 나설게요."

다마루는 다시 한동안 침묵한다. 이번에는 볼펜 끝으로 책상을 두드리는 소리는 들리지 않는다. 아무 소리도 들려오지 않는다. 그는 무음의 세계에서 생각을 굴리고 있다.

"처음 두 가지 조건은 내 선에서 어찌어찌 감당할 수 있어." 다마루는 말한다. "그건 내 업무의 일환이니까. 하지만 세번째에 관해서는 뭐라고 말할 수 없어. 거기에는 너무나 많은 개인적인 사정이 얽

혀 있고, 내가 이해할 수 없는 요소도 너무 많아. 그리고 경험적으로
말해서, 한 번에 세 가지 조건을 처리하는 건 그리 쉬운 일이 아니야.
좋든 싫든 거기에는 우선순위라는 게 생겨나지."

"그래도 좋아요. 당신은 당신의 우선순위에 따라 움직이면 돼요.
다만 머릿속에 담아두었으면 해요. 내가 살아 있는 동안에 반드시 덴
고를 만나야 한다는 것. 그에게 꼭 전해야 할 게 있으니까."

"머릿속에 담아두지." 다마루는 말한다. "거기에 아직 여분의 스
페이스가 남아 있는 동안에는, 이라는 말이지만."

"고마워요." 아오마메는 말한다.

"네가 지금 한 이야기를 그대로 위에 보고해야 해. 아주 미묘한 문
제야. 나 혼자만의 재량으로 움직일 수는 없어. 일단 여기서 전화를
끊지. 다시는 밖에 나가지 마. 자물쇠를 채우고 안에 가만히 있어. 네
가 밖에 나가면 일이 귀찮아져. 어쩌면 벌써 일이 복잡하게 꼬였는지
도 모르고."

"그 대신 우리 쪽에서도 상대에 대해 몇 가지 사실을 파악할 수 있
었어요."

"좋아." 다마루는 체념하듯이 말한다. "네 얘기를 들어보니 일단
실수 없이 행동한 것 같아. 그건 인정하지. 하지만 방심해서는 안 돼.
상대가 무슨 꿍꿍이인지, 우리는 아직 정확히 파악하지 못했어. 그리
고 여러 가지 상황을 고려해보면 분명 그자의 배후에는 어떤 형태로
든 조직이 딸려 있어. 내가 전에 건네준 건 아직 갖고 있지?"

"물론."

"당분간 그걸 손에서 떼어놓지 않는 게 좋아."

"그럴게요."
짧은 틈이 있은 뒤에, 전화가 끊긴다.

아오마메는 더운물을 채운 하얀 욕조에 앉아 시간을 들여 몸을 녹이면서 덴고를 생각한다. 그 낡은 3층 아파트에서 살고 있을지도 모르는 덴고를. 그녀는 그 무뚝뚝한 철제문과 슬릿에 든 명패를 머릿속에 떠올린다. '가와나'라는 글자가 그곳에 인쇄되어 있다. 그 문 안쪽에는 과연 어떤 방이 있고, 어떤 생활이 그곳에서 영위되고 있을까.

그녀는 뜨거운 물속에서 양쪽 젖가슴에 손을 얹고 천천히 쓰다듬어본다. 유두가 여느 때 없이 크고 단단하다. 매우 민감해져 있다. 이 손이 덴고의 것이라면 좋을 텐데, 아오마메는 생각한다. 넓고 두툼한 덴고의 손을 그녀는 상상한다. 그건 분명 든든하고 다정한 손일 것이다. 그녀의 한 쌍의 젖가슴은 그의 양손에 감싸여 깊은 평온과 기쁨을 찾을 것이다. 그리고 아오마메는 자신의 젖가슴이 전보다 약간 커진 것을 깨닫는다. 착각이 아니다. 틀림없이 더욱 봉긋해졌고 커브는 더욱 부드러워졌다. 임신했기 때문인지도 모른다. 아니, 어쩌면 내 가슴은 임신과는 관계없이 그냥 커졌는지도 모른다. 나의 변모의 일환으로.

그녀는 배에 손을 얹는다. 그 불룩함은 아직 충분하지는 않다. 그리고 왜 그런지 아직 입덧도 없다. 하지만 그 안쪽에는 작은 것이 깃들여 있다. 그녀는 그걸 알 수 있다. 혹시, 하고 아오마메는 생각한다. 그들이 필사적으로 찾고 있는 것은 내 목숨이 아니라 이 작은 것이 아닐까. 내가 리더를 살해한 대가로, 그들은 내 몸뚱이째로 이 작은 것을 손에 넣으려 하는 게 아닐까. 그 생각은 아오마메의 몸을 떨리게 한다. 어떻게든 덴고를 만나야 한다. 아오마메는 새삼 마음을 굳힌다. 그와 힘을 합쳐 이 작은 것을 지켜내야 한다. 나는 지금까지 인생에서 수많은 소중한 것들을 빼앗겨왔다. 하지만 이것만은 어느 누구에게도 내주지 않을 것이다.

침대에 들어 잠시 책을 읽는다. 하지만 잠은 찾아오지 않는다. 그녀는 책을 덮고 복부를 보호하듯이 가만히 몸을 접는다. 베개에 뺨을 대고, 공원 하늘에 떠오른 겨울 달을 생각한다. 그리고 그 옆에 떠오른 초록색의 조그만 달을. 마더와 도터. 두 개의 달빛은 한데 섞여 잎을 떨군 느티나무 가지를 씻어내고 있다. 그리고 다마루는 지금쯤 사태를 해결하기 위해 방법을 모색하고 있을 터이다. 그의 사고는 고속으로 회전한다. 미간을 찌푸리고 볼펜 머리로 책상을 톡톡 두드리는 그의 모습을 아오마메는 떠올린다. 이윽고 그 단조롭고 끊이지 않는 리듬에 이끌리듯이 잠의 부드러운 천이 그녀를 감싼다.

제21장 덴고

Q

머릿속에 있는 어딘가의 장소에서

전화벨이 울렸다. 자명종 시계의 숫자는 현재 시각이 두시 사분 이라는 것을 알리고 있었다. 월요일 새벽 두시 사분이다. 주위는 물론 깜깜하고 덴고는 깊은 잠 속에 있었다. 꿈 하나 없이 온화한 잠이었다.

그가 가장 먼저 떠올린 것은 후카에리였다. 이런 어처구니없는 시간에 전화를 걸어올 사람이라면 우선은 그녀밖에 없다. 그리고 잠깐 뒤에 고마쓰의 얼굴이 떠올랐다. 고마쓰도 시간에 관해서는 그다지 상식적이라고 할 수 없다. 하지만 전화벨의 울림이 고마쓰답지 않았다. 이 전화벨은 절박한, 사무적인 여운이 감도는 울림이다. 게다가 고마쓰와는 얼굴을 마주보며 실컷 대화하고 바로 몇 시간 전에 헤어졌다.

전화벨을 무시하고 그냥 자는 것도 하나의 선택일 수 있다. 어느 쪽인가 하면, 덴고는 그렇게 하고 싶었다. 하지만 전화벨은 그곳에 있는 모든 선택을 때려눕히듯이 언제까지고 멈추지 않았다. 이대로 날이 밝을 때까지 계속 울릴지도 모른다. 그는 침대에서 일어나 뭔가에 발이 걸리며 수화기를 집어들었다.

"여보세요." 덴고는 잘 돌아가지 않는 혀로 말했다. 머리에 뇌수 대신 냉동된 양상추가 채워져 있는 것 같다. 양상추는 냉동하면 안 된다는 것을 모르는 인간이 세상 어딘가에는 있는 것이다. 일단 냉동 되었다 해동된 양상추는 아삭아삭한 식감을 잃고 만다. 그게 아마도 양상추에게는 최상의 자질일 텐데.

수화기를 귀에 대자 바람 부는 소리가 들렸다. 강물 위로 몸을 숙이고 맑은 물을 마시는 아름다운 사슴들의 털을 가볍게 어루만지며 좁은 계곡을 뚫고 지나가는 변덕스러운 한 무리의 바람. 하지만 그건 바람 소리가 아니었다. 기계를 통해 과장된 누군가의 숨소리다.

"여보세요." 덴고는 반복했다. 장난전화인지도 모른다. 혹은 회선 상태가 안 좋은 것인지도 모른다.

"여보세요." 그 누군가가 말했다. 들어본 기억이 없는 여자 목소리였다. 후카에리가 아니다. 연상의 걸프렌드도 아니다.

"여보세요." 덴고는 말했다. "가와나입니다만."

"덴고 군." 상대는 말했다. 이제야 겨우 서로의 말이 통하려는 모양이다. 하지만 상대가 누구인지 아직 알 수 없었다.

"누구시죠?"

"아다치 구미." 상대는 말했다.

"아, 너구나." 덴고는 말했다. 올빼미 울음소리가 들리는 아파트에 사는 젊은 간호사 아다치 구미다. "웬일이야?"

"자고 있었어?"

"응." 덴고는 말했다. "너는?"

무의미한 질문이다. 잠자는 사람은 물론 전화를 걸 수 없다. 왜 이런 바보 같은 소리를 입에 올렸을까. 분명 머릿속에 있는 얼어붙은 양상추 때문이다.

"나는 근무중." 그녀는 말했다. 그리고 한 차례 헛기침을 했다. "저, 가와나 씨가 조금 전에 돌아가셨어."

"가와나 씨가 돌아가셨다." 덴고는 잘 이해하지 못한 채 반복했다. 혹시 내가 죽었다는 것을 누군가가 알려주고 있는 건가.

"덴고 군의 아버님이 숨을 거두셨어." 아다치 구미는 다시 호칭을 바꾸어 말했다.

덴고는 딱히 의미도 없이 수화기를 오른손에서 왼손으로 바꿔들었다. "숨을 거두셨다." 그는 다시 반복했다.

"간호사 휴게실에서 잠깐 졸고 있는데, 밤 한시 넘어서 호출 벨이 울렸어. 아버님 병실의 벨이었어. 아버님은 계속 의식이 없었으니까 당신이 직접 벨을 누를 리도 없고, 이상하다 싶었지만 일단 곧바로 달려갔어. 하지만 내가 갔을 때는 이미 호흡이 멎어 있었어. 심박도 정지해 있었고. 당직 선생님을 깨워서 응급처치를 했지만 소용없었어."

"그러니까 아버지가 벨을 눌렀다는 거야?"

"아마도. 그밖에는 아무도 벨을 누른 사람이 없으니까."

"사인은?" 덴고는 물었다.

"그런 건 내가 말할 수 없어. 하지만 별 고통은 없으셨던 거 같아. 얼굴이 무척 편안했어. 뭐랄까, 가을 끝 무렵에 바람도 없는데 나뭇

잎이 한 장 떨어지는 것 같은 그런 느낌. 이런 식으로 말하면 안 좋을 지도 모르지만."

"아니, 안 좋지 않아." 덴고는 말했다. "다행이라고 생각해."

"덴고 군은 오늘 이쪽으로 올 수 있어?"

"갈 수 있을 거야." 월요일부터 다시 학원 강의를 시작하기로 했지만, 아버지가 돌아가셨다는데야 그건 어떻게든 될 터였다.

"가장 이른 시간의 특급을 탈게. 열시 전에는 도착할 수 있을 거야."

"그래, 그렇게 해줬으면 좋겠어. 이런저런 실무적인 절차가 있어서."

"실무?" 덴고는 물었다. "뭔가 구체적으로, 미리 준비해가면 좋은 게 있을까?"

"가와나 씨의 친족은 덴고 군 혼자뿐이야?"

"아마 그럴 거야."

"그럼 우선 인감도장을 갖고 와. 쓸 일이 있을 테니까. 그리고 인감증명은 갖고 있어?"

"아마 예비분이 있을 거야."

"그것도 혹시 모르니까 가져오는 게 좋겠어. 그밖에 딱히 필요한 건 없어. 아버님은 전부 당신이 직접 준비하신 모양이니까."

"전부 준비했다고?"

"응, 아직 의식이 있으실 때 장례비용부터 관에 들어갈 때의 옷이며 납골 장소까지 직접 세세하게 지정하셨어. 무척 준비성이 좋은 분이셔. 실무적이라고 할까."

"원래 그런 사람이었어." 덴고는 손끝으로 관자놀이를 문지르며 말했다.

"난 아침 일곱시에 당직 끝나고 집에 가서 잘 거야. 하지만 다무라 씨와 오무라 씨는 아침부터 근무니까, 거기서 덴고 군에게 자세히 설명해줄 거야."

다무라 씨는 안경을 쓴 중년 간호사, 오무라 씨는 머리에 볼펜을 꽂은 간호사다.

"이래저래 신세를 지는구나." 덴고는 말했다.

"천만에." 아다치 구미는 말했다. 그러고는 문득 생각난 듯이 진지한 말투로 덧붙였다. "삼가 조의를 표합니다."

"고마워." 덴고는 말했다.

잠이 올 것 같지 않아서 덴고는 물을 끓여 커피를 타 마셨다. 덕분에 머리가 조금쯤 정상으로 돌아왔다. 배가 고픈 것 같아 냉장고에 있던 토마토와 치즈로 샌드위치를 만들어 먹었다. 어둠 속에서 뭔가 먹을 때처럼, 식감은 있지만 맛은 거의 없었다. 그러고는 시각표를 꺼내 다테야마 행 특급의 출발시각을 알아보았다. 바로 이틀 전 토요일 점심에 '고양이 마을'에서 돌아왔는데 다시 그곳으로 돌아가야 한다. 하지만 이번에는 일박이나 이박으로 끝날 터였다.

시계가 네시를 가리키자, 덴고는 세면실에서 얼굴을 씻고 수염을 밀었다. 삐죽이 뻗친 한 줌의 머리칼을 헤어브러시로 어떻게든 얌전히 눕혀보려 했지만, 늘 그렇듯이 잘되지 않았다. 뭐 됐어. 점심때쯤이면 저절로 가라앉을 것이다.

아버지가 숨을 거뒀다는 사실은 딱히 덴고의 마음을 뒤흔들지 않았다. 그는 의식이 없는 아버지와 이 주 남짓을 함께 보냈다. 아버지는 그때 자신이 죽음을 향해 가고 있다는 것을 기정사실로 받아들인 것처럼 보였다. 묘한 말이지만, 그는 그것을 미리 결정한 상태에서, 스스로 스위치를 끄고 혼수상태에 들어간 것 같았다. 무엇이 그에게 그런 혼수를 몰고 왔는지 의사들은 원인을 특정하지 못했다. 하지만 덴고는 알고 있었다. 아버지는 죽기로 결정한 것이다. 혹은 앞으로 더 살아가겠다는 의지를 포기했다. 아다치 구미의 표현을 빌린다면, '한 장의 나뭇잎'으로서 의식의 등불을 끄고, 모든 감각의 문을 닫고, 계절이 새겨지는 시각이 도래하기를 기다렸던 것이다.

지쿠라 역에서 택시를 타고 바닷가 요양소에 도착한 것은 열시 반이었다. 전날인 일요일과 똑같이 온화한 초겨울 날씨였다. 온기를 품은 햇살이 시들어가는 정원 잔디를 위로하듯이 비추고, 낯선 삼색고양이 한 마리가 거기서 해바라기를 하며 시간을 들여 꼬리를 꼼꼼히 핥고 있었다. 다무라 간호사와 오무라 간호사가 현관에서 그를 맞아주었다. 두 사람은 각자 조용한 목소리로 덴고를 위로했다. 덴고도 감사인사를 했다.

아버지의 유해는 요양소의 눈에 띄지 않는 한귀퉁이에 있는, 눈에 띄지 않는 작은 방에 안치되어 있었다. 다무라 간호사가 앞장서서 덴고를 그곳으로 안내했다. 아버지는 이동식 침대 위에 반듯하게 눕혀져 하얀 천을 덮고 있었다. 창문 없는 네모반듯한 방으로, 하얀 벽을 천장의 형광등이 한층 더 하얗게 비추었다. 허리 높이의 캐비닛이 있고 그 위에 놓인 유리 화병에는 하얀 국화꽃 세 송이가 꽂혀 있었다. 아마 그날 아침에 꽂은 것일 터였다. 벽에는 둥근 모양의 시계가 걸려 있었다. 먼지 긴 낡은 시계지만 가리키는 시각은 정확했다. 그것은 무언가를 증언하는 역할을 맡고 있는지도 모른다. 그밖에는 가구도 없고 장식도 없다. 이 간소한 방을, 수많은 늙은 사자(死者)들이 똑같이 거쳐갔을 것이다. 말없이 이곳에 들어와서, 말없이 이곳을 나간다. 그 방에는 실무적이기는 하지만, 나름의 엄숙한 분위기가 마치 중요한 전달사항처럼 떠돌고 있었다.

아버지의 얼굴은 살아 있을 때와 별반 달라진 게 없었다. 가까이에서 얼굴을 마주했는데도 죽어 있다는 실감은 거의 없었다. 안색도 나쁘지 않고, 누군가 신경 써서 수염을 깎아주었는지 턱과 코밑이 묘하게 반들거렸다. 의식을 잃고 깊은 혼수에 빠진 것과 생명을 잃어버린 것 사이에, 현재로서는 그다지 차이가 없다. 영양보급과 배설 처리가 필요 없어진 것뿐이다. 다만 이대로 두면 며칠 내에 부패가 시작된다. 그리고 그것이 삶과 죽음을 가르는 큰 차이가 된다. 하지만 물론 그렇게 되기 전에 유해는 화장될 것이다.

전에 몇 번 이야기를 나눈 적이 있는 의사가 와서 우선 조의를 표하고, 그리고 아버지의 사망경위를 설명해주었다. 친절하게 시간을 들여 설명했지만, 한마디로 말하자면 "사인은 잘 모른다"는 것이었다. 아무리 검사해봐도 구체적으로 나쁜 곳은 발견되지 않았다. 검사 결과는 오히려 아버지가 건강체라는 것을 보여주었다. 다만 인지증에 걸려 있을 뿐이다. 그런데 왜인지 어느 날 혼수상태에 빠졌고(그 원인은 여전히 밝혀지지 않았다), 의식이 돌아오지 않은 채 몸 전체의 기능이 조금씩, 하지만 쉼 없이 저하되었다. 그리고 그 하향곡선이 일정한 선을 넘어섰을 때, 더이상 생명을 유지하기 어렵게 되면서 아버지는 불가피하게 죽음의 영역으로 들어갔다. 간단하다면 간단한 이야기일 수 있지만, 의사라는 전문가의 입장에서 본다면 적잖이 문제가 있다. 사인을 하나로 특정할 수 없기 때문이다. 노환이라는 정의가 가장 가깝겠지만, 아버지는 아직 육십대 중반이고, 노환을 병명으로 올리기에는 아직 젊었다.

"제가 담당의로서 아버님의 사망진단서를 쓰게 될 겁니다." 의사는 조심스럽게 말했다. "사인에 대해서는 '장기간에 걸친 혼수에 의한 심부전'으로 했으면 합니다만, 괜찮겠습니까?"

"하지만 실제로 아버지의 사인은 '장기간에 걸친 혼수에 의한 심부전'이 아니다. 그런 건가요?" 덴고는 물었다.

의사는 약간 곤혹스러운 얼굴을 보였다. "네, 심장에서는 마지막까지 이렇다 할 장애가 발견되지 않았습니다."

"그리고 다른 장기에서도 딱히 장애랄 것은 찾을 수 없었다는 말씀이군요."

"그렇다고 할 수 있지요." 의사는 어렵사리 대답했다.

"하지만 서류에는 명확한 사인이 필요하고요?"

"그렇습니다."

"전문적인 건 잘 모르겠지만, 아무튼 현재 심장은 정지해 있는 거죠?"

"물론이죠. 심장은 정지해 있습니다."

"그건 일종의 부전상태군요."

의사는 거기에 대해 잠시 생각했다. "심장이 활동하고 있는 것을 정상이라고 한다면, 그건 분명 부전상태입니다. 말씀하신 대로입니다."

"그럼 그렇게 기입해주세요. '장기간에 걸친 혼수에 의한 심부전'이라고 하셨죠. 그걸로 괜찮습니다. 이의 없습니다."

의사는 안도하는 듯했다. 삼십 분이면 사망진단서를 마련할 수 있다고 그는 말했다. 덴고는 고맙다고 말했다. 의사가 나가고, 그뒤에는 안경을 쓴 다무라 간호사가 남았다.

"잠시 아버님과 둘이서만 있게 해줄까?" 다무라 간호사가 덴고에게 물었다. 그렇게 묻는 것이 규정이라서 일단 물어본다는 사무적인 기색이 보였다.

"아니, 그럴 필요 없어요. 고맙습니다." 덴고는 말했다. 여기서 죽은 아버지와 단둘이 남는다 해도 딱히 서로 나눌 말도 없다. 살아 있을 때조차 별로 할말이 없었다. 죽은 뒤라고 갑작스레 화제가 생겨나는 건 아니다.

"그럼 자리를 옮겨서 앞으로의 절차에 대해 상의하고 싶은데, 괜찮겠어?" 다무라 간호사가 물었다.

괜찮다고 덴고는 대답했다.

다무라 간호사는 나가기 전에 유해를 향해 가볍게 합장했다. 덴고도 똑같이 했다. 인간은 죽은 이에게 자연스러운 경의를 표한다. 상대는 방금 전에 죽음이라는 개인적인 위업을 달성한 것이다. 그리고 두 사람은 그 창 없는 작은 방을 나와 식당으로 자리를 옮겼다. 식당에는 아무도 없었다. 정원이 내다보이는 큼직한 창문으로 환한 햇빛이 들어왔다. 덴고는 그 빛 속에 발을 들이고서야 숨을 내쉴 수 있었다. 그곳에는 이미 죽은 이의 기척은 없었다. 그곳은 살아 있는 사람들을 위한 세계였다. 설령 그것이 몹시 불확실하고 불완전한 것이라 해도.

다무라 간호사는 따뜻한 호지차를 잔에 따라주었다. 두 사람은 테이블을 끼고 마주앉아 잠시 아무 말 없이 호지차를 마셨다.

"오늘 밤은 여기 묵을 거지?" 간호사가 물었다.

"예, 그럴 생각이에요. 여관은 아직 예약을 안 했지만."

"괜찮다면 아버님이 계시던 방에서 잘래? 지금 아무도 없고, 거기라면 숙박비도 안 들잖아. 싫지 않다면 그러라는 얘기."

"별로 싫지는 않은데," 덴고는 조금 놀라서 물었다. "하지만 그래도 돼요?"

"괜찮아. 덴고 군만 좋다면 우리는 아무도 신경 안 쓰니까. 나중에 침대 준비해두라고 할게."

"그런데," 덴고는 말을 꺼냈다. "저는 지금부터 뭘 하면 될까요?"

"담당의사가 사망진단서를 내주면 해당 구청에 가서 화장허가증을 받고, 그다음에 제적수속을 하면 돼. 그게 우선은 가장 중요한 일이야. 그밖에 연금수속이니 예금통장 명의변경 같은 게 있을 텐데, 그건 변호사하고 상의해."

"변호사?" 덴고는 놀라서 말했다.

"가와나 씨, 그러니까 아버님은 당신이 세상 떠나신 뒤의 수속에 관해 변호사와 미리 상의를 하셨어. 변호사라 해도 그리 대단한 사람은 아냐. 우리 요양소는 노인들이 많고 판단능력에 문제가 있는 경우도 많아서, 재산분배 등에 관한 법률적인 트러블을 피하기 위해이 지역 법률사무소와 제휴해서 상담을 해주고 있거든. 공증인을 내세워 유언장 작성 같은 걸 하는 거지. 비용도 별로 많이 들지 않아."

"아버지가 유언장을 남겼어요?"

"그건 변호사하고 얘기해봐. 내가 말할 수 없는 부분이니까."

"알았어요. 그 변호사라는 사람은 곧 만날 수 있을까요?"

"오늘 세시에 이쪽으로 오시라고 벌써 연락했어. 그래도 괜찮지? 너무 서두르는 것 같지만, 덴고 군도 바쁠 테고 그래서 내가 묻지도 않고 연락했어."

"고마워요." 덴고는 그녀의 능숙한 일처리에 감사했다. 그의 주변에 있는 연상의 여자들은 왜 그런지 모두 일솜씨가 뛰어나다.

"그전에 구청에 가서 호적 정리하고 화장허가증을 받아와. 그게 없으면 일을 진행할 수 없으니까." 다무라 간호사가 말했다.

"그럼 지금 이치카와까지 가야겠군요. 아버지 본적지가 이치카와 시로 되어 있을 거라서요. 그렇게 되면 세시까지는 이곳에 돌아오기 힘들겠는데요."

간호사는 고개를 저었다. "아버님이 이곳에 들어오신 뒤에 곧바로 주민등록과 본적지를 이치카와 시에서 지쿠라로 옮기셨어. 여차할 때 수고가 덜어질 거라고."

"정말 준비성이 좋군요." 덴고는 감탄하며 말했다. 마치 처음부터 이곳에서 죽을 줄 알고 있었던 것 같다.

"맞아." 간호사는 말했다. "그렇게까지 준비하시는 분은 별로 없어. 다들 이런 요양소는 그저 잠깐 와 있는 거라고만 생각하거든. 그런데……" 그녀는 말을 하려다가 중간에 멈추고 그다음 말을 보여주듯이 양손을 가슴 앞에 조용히 모았다. "아무튼 이치카와까지 갈 필요는 없어."

덴고는 아버지의 병실로 안내되었다. 아버지가 마지막 몇 달을 보낸 개인 병실이다. 시트를 벗겨내고 이불과 베개는 가져가버려서 침대에는 줄무늬 매트리스만 남아 있었다. 책상 위에는 간소한 라이트 스탠드가 놓였고, 좁은 옷장에는 빈 옷걸이 다섯 개가 걸려 있었다. 책장에는 한 권의 책도 없고, 그밖의 개인물품도 어딘가로 모조리 내가고 없었다. 어떤 물건들이 그곳에 있었는지 덴고는 전혀 생각나지 않았다. 그는 바닥에 가방을 내려놓고 방 안을 한차례 둘러보았다.

방에는 아직 약품 냄새가 희미하게 남아 있었다. 병자가 남기고 간 입김 냄새까지 맡을 수 있었다. 덴고는 창을 열어 방 안 공기를 바꾸었다. 햇볕에 변색된 커튼이 바람에 날려, 뛰노는 소녀의 스커트처럼 흔들렸다. 그것을 바라보고 있는 사이에, 이곳에 아오마메가 있어서 아무 말도 하지 않고 자신의 손을 꼭 잡아준다면 얼마나 멋질까 하고 덴고는 문득 생각했다.

그는 버스를 타고 지쿠라 구청에 가서 창구에 사망진단서를 제시하고, 화장허가증을 받았다. 사망시각으로부터 스물네 시간이 경과하면 화장에 들어갈 수 있다. 사망에 의한 제적신고서도 제출했다. 그 증명서도 받았다. 수속하는 데 다소 시간이 걸렸지만, 그 절차는 어이없을 만큼 간단했다. 성찰이라고 할 만한 건 바랄 수 없다. 자동차 폐차 신고와 다를 게 없다. 구청에서 받아온 서류를 다무라 간호사가 사무실 복사기로 세 부씩 복사해주었다.

"두시 반에, 변호사가 오기 전에 젠코샤라는 장의회사의 담당자가 먼저 올 거야." 다무라 간호사가 말했다. "그 직원에게 화장허가증

복사본 한 통을 줘. 그다음 일은 모두 젠코샤 측에서 해줄 테니까. 아버님이 생전에 담당자와 상의해서 절차를 정해두셨어. 필요한 비용도 계속 적립하셨고. 그러니까 덴고 군은 딱히 할 일은 없어. 물론 거기에 별다른 이의가 없다면."

이의 없다고 덴고는 말했다.

아버지가 남긴 개인물품은 거의 없었다. 낡은 옷가지와 몇 권의 책, 그 정도다.

"유품 같은 거 갖고 갈래? 유품이라고 해봐야 알람 기능이 있는 라디오하고 낡은 자동 손목시계, 돋보기안경, 그런 거밖에 없지만." 다무라 간호사가 물었다.

아무것도 원하지 않는다, 알아서 처분해도 괜찮다, 고 덴고는 말했다.

정확히 두시 반에 검은 양복을 입은 장의 담당자가 조용한 걸음새로 찾아왔다. 오십대 초반의 호리호리한 남자였다. 양 손가락이 길고, 눈이 크고, 코 옆에는 검게 말라붙은 사마귀가 하나 있었다. 햇볕 아래 오랜 시간을 보냈는지 귀 끝까지 빈틈없이 거무스름하게 탔다. 왜 그런지는 모르겠지만 덴고는 아직까지 뚱뚱한 장의사는 본 적이 없다. 그 사람은 덴고에게 장례의 대략적인 순서를 설명했다. 공손한 말씨에 몹시 느린 말투였다. 이번 건에 관해서는 급할 게 하나도 없습니다, 라고 알려주는 것 같았다.

"아버님께서는 생전에 되도록 겉치레가 없는 장례를 원하셨어요. 가급적 간소한 관에 넣어 그냥 그대로 화장해달라. 제단이니 세리머니, 독경, 계명, 꽃이니 인사, 그런 건 일절 생략하라고 하셨습니다.
묘도 필요 없다. 유골은 이 근처의 적당한 공동시설에 납골해달라고
말씀하셨고요. 그래서 아드님께서 거기에 이의가 없으시다면……"

그는 거기에서 말을 끊더니 크고 검은 눈으로 호소하듯이 덴고의
얼굴을 보았다.

"아버지가 그렇게 원하셨다면, 저는 이의 없습니다." 덴고는 그
눈을 똑바로 바라보며 말했다.

담당자는 고개를 끄덕이더니 가볍게 시선을 떨구었다. "그러면 오
늘을 경야(經夜) 일로 잡아 저희 장의사에서 하룻밤 유해를 안치하
겠습니다. 지금부터 저희 장의사로 유해를 옮겨가도록 하지요. 그리
고 내일 오후 한시에 근처 화장장에서 화장에 들어가게 될 텐데, 괜
찮으시겠습니까?"

"이의 없습니다."

"아드님께서는 화장에 입회하시겠습니까?"

"입회하겠습니다." 덴고는 대답했다.

"화장에 입회하기를 원하지 않는 분들도 계시거든요. 그건 자유롭
게 선택하실 수 있습니다만."

"입회하겠습니다." 덴고는 말했다.

"알겠습니다." 상대는 내심 안도한 듯이 말했다. "그러면, 상주께
이런 말씀 드리기는 좀 그렇습니다만, 이건 생전에 아버님께 보여드
렸던 것과 똑같은 내용의 서류입니다. 승인해주셨으면 합니다."

담당자는 그렇게 말하더니 긴 손가락을 곤충의 다리처럼 움직여
서류 파일 안에서 계산서를 꺼내 덴고에게 건넸다. 장의에 대해 거의

지식이 없는 덴고가 보기에도 그것이 상당히 저렴한 가격이라는 건 알 수 있었다. 덴고는 물론 이의가 없었다. 그는 볼펜을 빌려 그 서류에 사인했다.

변호사가 세시 조금 전에 나타났고, 장의 담당자와 변호사는 덴고 앞에서 인사를 나누고 잠시 대화를 했다. 전문가와 전문가 사이에 오가는 짧은 문장의 대화다. 무슨 이야기를 하는지 덴고는 잘 알 수 없었다. 두 사람은 전부터 아는 사이 같았다. 작은 마을이다. 분명 서로가 서로를 알고 있을 것이다.

유해 안치실 바로 근처에 눈에 띄지 않는 뒷문이 있고, 장의사의 라이트밴은 그 바로 앞에 세워져 있었다. 운전석 이외의 차문 유리는 모두 검게 칠해졌고, 새까만 차체에는 문자도 마크도 없다. 호리호리한 장의사는 조수를 겸한 백발의 운전기사와 둘이서 덴고의 아버지를 바퀴 달린 침대에 옮겨 싣고, 차 있는 곳까지 밀고 갔다. 라이트밴은 특별 사양으로, 천장을 한 단 높게 만들어서, 레일을 이용하여 침대 부분만 그대로 싣게 되어 있었다. 양쪽으로 여는 뒷문이 사무적인 소리를 내며 닫혔다. 담당자가 덴고를 향해 공손히 인사하고, 그러고는 라이트밴은 떠나갔다. 덴고와 변호사와 다무라 간호사와 오무라 간호사, 네 사람이 그 새까만 도요타 차 뒷문을 향해 합장했다.

변호사와 덴고는 식당 한쪽에 마주앉아 이야기를 나누었다. 변호사는 아마 사십대 중반쯤으로, 장의사와는 대조적으로 둥글둥글 살이 쪘다. 턱이 거의 사라져가고 있었다. 겨울인데도 이마에 땀을 흘리고 있었다. 여름에는 분명 굉장할 것이다. 회색 울 양복에서는 코를 톡 쏘는 방충제 냄새가 풍겨왔다. 이마가 좁고, 그 위의 까만 머리칼은 필요 이상으로 수북하다. 비만한 체구와 지나치게 수북한 머리의 조합은 몹시 어울리지 않았다. 눈꺼풀이 무겁게 두툼하고 눈은 가늘지만, 잘 보면 그 안에 친절해 보이는 빛을 띠고 있었다.

"아버님께서 제게 유언장을 맡기셨습니다. 아, 유언장이라고 해도 그리 거창한 건 아니에요. 추리소설에 나오는 유언장과는 다릅니다." 변호사는 그렇게 말하고 한 차례 헛기침을 했다. "어느 쪽인가 하면, 간단한 메모에 가까워요. 제가 우선 그 내용을 간략히 설명드리도록 하지요. 유언장에는 먼저 고인의 장의 절차가 명시되어 있습니다. 그 내용에 대해서는 조금 전에 젠코샤 담당자가 설명해드렸을 거라고 생각합니다만."

"예, 들었습니다. 장의는 되도록 간소하게 하라고 하셨다고요."

"그렇습니다." 변호사는 말했다. "그것이 아버님이 바라시던 바였어요. 모든 것을 가능한 한 간소하게 할 것. 장의비용은 적립금으로 충당할 것이고, 의료비용 등에 대해서도 아버님이 이 시설에 들어오실 때 일괄적으로 예치하신 보증금으로 처리하게 됩니다. 덴고 씨에게는 금전적으로 아무 부담도 없도록 해두셨어요."

"누구에게도 빚을 지지 않았다는 거군요."

"그렇습니다. 모두 일찌감치 지불을 끝내셨어요. 그리고 지쿠라 우체국의 아버님 계좌에 예금이 있는데, 그건 아드님이신 덴고 씨가 상속하게 됩니다. 그 명의변경 수속이 필요해요. 명의 변경에는 아버님의 제적신고서와 덴고 씨의 호적초본하고 인감증명이 필요합니다. 그걸 가지고 직접 지쿠라 우체국에 가서 필요한 서류에 자필로 기입해주시면 됩니다. 그 수속에 시간이 좀 걸릴 겁니다. 아시다시피 일본의 은행이나 우체국은 유난히 서식에 까다로운 곳이라서요."

변호사는 상의 호주머니에서 큼직한 흰 손수건을 꺼내 이마의 땀을 닦았다.

"재산상속에 관해 전해드릴 말씀은 그 정도예요. 재산이라 해도 그 우체국 예금 외에는 생명보험도 주식도 부동산도 보석도 서화 골동품도 없습니다. 아주 간단하다고 할까, 번거로울 일이 전혀 없죠."

덴고는 말없이 고개를 끄덕였다. 참으로 아버지답다. 하지만 아버지의 예금통장을 물려받는 건 덴고로서는 내키지 않는 일이었다. 무겁고 눅눅한 담요를 몇 장 겹쳐서 건네받은 듯한 기분이다. 가능하면 그런 건 받고 싶지 않았다. 하지만 이 뚱뚱하고 머리가 수북한, 사람 좋아 보이는 변호사에게 그런 말을 꺼낼 수는 없다.

"그밖에 아버님께서 봉투 하나를 맡기셨어요. 지금 갖고 왔는데, 건네드려도 될까요?"

그 불룩한 대형 갈색 봉투는 비닐테이프로 단단히 봉해져 있었다. 뚱뚱한 변호사는 그것을 검은 서류가방 안에서 꺼내 테이블 위에 올려놓았다.

"아버님이 이 요양소에 오신 직후, 제가 찾아뵙고 이야기를 나눴을 때 맡기신 것입니다. 그때는 아버님께서 아직 의식이 또렷하셨어요. 물론 이따금 혼란스러우실 때도 있었지만 대개는 지장 없이 생활하시는 것 같았죠. 내가 죽는다면 그때는 이 봉투를 법정상속인에게 전해달라, 그렇게 말씀하셨어요."

"법정상속인." 덴고는 조금 놀라서 말했다.

"예, 법정상속인이라고 하셨습니다. 누구누구라고 구체적인 이름을 밝히지는 않으셨어요. 하지만 법정상속인이라고 하면, 구체적으로는 덴고 씨밖에 없지요."

"제가 아는 한에서도 그렇습니다."

"그렇다면 이건." 변호사는 테이블 위의 봉투를 가리켰다. "덴고 씨에게 드리도록 하겠습니다. 수령증에 사인해주시겠어요?"

덴고는 서류에 사인했다. 테이블 위에 놓인 갈색 사무봉투는 필요 이상으로 평범하고 사무적으로 보였다. 앞면에도 뒷면에도 글자는 없다.

"한 가지 물어볼 게 있는데요." 덴고는 변호사에게 말했다. "아버지는 그때 제 이름을, 즉 가와나 덴고라는 이름을 한 번이라도 말했습니까? 혹은 아들이라는 말을?"

변호사는 거기에 대해 생각하면서, 호주머니에서 다시 손수건을 꺼내 이마의 땀을 닦았다. 그리고 짧게 고개를 저었다. "아뇨. 가와나 씨는 항상 법정상속인이라는 말을 쓰셨어요. 그 외의 표현은 한 번도 쓰시지 않았습니다. 뭔가 좀 이상하다는 생각이 들었기 때문에 그건 분명히 기억하고 있어요."

덴고는 입을 다물었다. 변호사는 조금 달래려는 듯이 말했다.

"하지만 법정상속인이 덴고 씨 한 사람밖에 없다는 건 가와나 씨 본인께서도 똑똑히 알고 계셨어요. 다만 이야기하는 중에 덴고 씨의 이름을 직접적으로 말씀하신 적이 없다는 것뿐이지요. 뭔가 마음에 걸리는 점이라도?"

"아뇨, 그런 건 없습니다." 덴고는 말했다. "아버지는 원래 약간 특이한 면이 있는 사람이었어요."

변호사는 마음이 놓인다는 듯이 웃으면서 가볍게 고개를 끄덕였다. 그리고 덴고에게 새로 떼어 온 호적등본을 내밀었다. "아시다시피 아버님의 병이 그런 병이었기 때문에 혹시라도 법적 수속에 잘못이 없도록, 실례지만 일단 호적을 확인했습니다. 기록에 의하면, 덴고 씨는 가와나 씨의 하나뿐인 아들입니다. 어머님은 덴고 씨를 출산하고 일 년 반 뒤에 돌아가셨어요. 그뒤에 아버님은 재혼하지 않고 혼자서 덴고 씨를 키웠습니다. 아버님의 양친과 형제분들도 이미 모두 돌아가신 걸로 되어 있습니다. 덴고 씨는 분명히 가와나 씨의 유일한 법정상속인입니다."

변호사가 자리에서 일어나 조의를 표하고 돌아가자, 덴고는 혼자 그곳에 앉은 채 테이블 위의 사무봉투를 바라보았다. 아버지는 피를 나눈 친아버지이고, 어머니는 정말로 돌아가셨다. 변호사는 그렇게 말했다. 아마 그게 사실일 것이다. 적어도 법적인 의미에서는. 하지만 사실이 명확해질수록 진실은 점점 더 멀어져가는 것처럼 느껴진다. 왜일까.

덴고는 아버지의 병실로 돌아가 책상 앞에 앉아서 갈색 봉투의 단단한 봉함을 뜯으려고 노력했다. 그 봉투 안에 비밀을 풀 열쇠가 들어 있는지도 모른다. 하지만 그건 간단한 작업이 아니었다. 가위도 커터도, 그걸 대신할 그 무엇도 방 안에서는 찾을 수 없었다. 손톱으로 비닐테이프를 하나하나 벗겨야 했다. 한참 끙끙거린 끝에 겨우 봉투를 열자, 그 안에 다시 몇 개의 봉투가 들어 있고, 모두 똑같이 단단하게 봉해져 있었다. 참으로 아버지답다.

한 봉투에는 현금 오십만 엔이 들어 있었다. 만 엔짜리 새 지폐로 정확히 오십 장을 얇은 종이에 몇 겹이나 싸두었다. '긴급용 현금'이라고 적힌 종이도 들어 있었다. 틀림없는 아버지의 글씨다. 작고, 한 획 한 획 소홀함이 없다. 미리 지불한 것 이외의 제반 비용이 들 때는 이 현금을 쓰라는 뜻이리라. 아버지는 '법정상속인'이 충분한 현금을 갖고 있지 못하리라는 것을 예상하고 있었던 것이다.

가장 두툼한 봉투에는 신문에서 오려낸 낡은 기사와 상장 등이 가득 채워져 있었다. 그 모두가 덴고에 관한 것이었다. 초등학교 시절에 그가 산수 경시대회에서 우승했을 때의 상장. 지방판 신문에 실린 기사. 트로피를 늘어놓고 찍은 사진. 예술품처럼 우수한 성적표. 전 과목이 최고점이다. 그밖에 그의 신동다운 면모를 증명하는 온갖 훌륭한 기록들. 유도복을 입은 덴고의 중학생 때 사진. 싱긋 웃으며 준우승기를 들고 있다. 그것을 보고 덴고는 몹시 놀랐다. 아버지는 NHK를 퇴직하면서 그때까지 살던 사택을 비워주고, 그뒤에는 같은 이치카와 시내의 임대아파트로 이사했다. 그리고 마지막에 이 지쿠라 요양소로 들어왔다. 홀몸으로 몇 번 이사를 다닌 탓에 소지품은 거의 남아 있지 않았다. 그리고 그들 부자는 오랜 세월에 걸쳐 냉랭한 관계였다. 그런데도 아버지는 덴고의 '신동시대'의 빛나는 유물을 평생 소중히 들고 다녔던 것이다.

또 하나의 봉투에는 아버지의 NHK 수금원 시절의 각종 기록이 들어 있었다. 연간 실적 우수자로 표창을 받은 기록. 몇 장의 간소한 표창장. 사원여행 때 동료와 함께 찍은 것으로 보이는 사진. 오래된

신분증. 연금이며 건강보험 납부기록. 왜 따로 챙겨뒀는지 이유를 알수 없는 급여명세서 몇 장. 퇴직금 지불에 관한 서류…… 삼십 년이상 NHK를 위해 몸이 가루가 되도록 일했던 것치고는 그 분량은 놀랄 만큼 적었다. 초등학교 시절 덴고의 괄목할 만한 성과에 비하면거의 없는 것이나 마찬가지라 해도 좋을 정도였다. 사회적으로 보자면, 실제로 없는 거나 마찬가지인 인생이었는지도 모른다. 하지만 덴고에게 그건 '없는 거나 마찬가지'인 게 아니었다. 아버지는 덴고의정신에 무겁고 농밀한 그림자를 남기고 갔다. 우체국 예금통장 하나와 함께.

NHK에 들어가기 전의 아버지 인생을 보여주는 기록은 그 봉투에는 단 하나도 없었다. 마치 NHK 수금원이 된 때부터 아버지의 인생이 시작된 것 같았다.

마지막으로 열어본 작고 얇은 봉투에는 한 장의 흑백사진이 들어있었다. 그것뿐이다. 그밖에는 아무것도 없었다. 낡은 사진으로, 변색되지는 않았지만 마치 물이 스며든 것처럼 전체적으로 엷은 막이끼어 있다. 그곳에는 한 가족이 찍혀 있었다. 아버지와 어머니, 그리고 작은 아기. 크기로 봐서는 아마 돌 이전일 것이다. 기모노를 입은어머니가 아기를 소중히 안고 있다. 뒤에는 신사의 문이 보인다. 옷차림으로 보아 계절은 겨울이다. 신사에 참배하러 간 걸 보면 정월인지도 모른다. 어머니는 부신 듯이 눈을 가늘게 뜨고 미소 짓고 있다.어두운 색감의 약간 큰 오버코트를 입은 아버지는 눈과 눈 사이에 두줄기 깊은 세로 주름이 새겨져 있다. 그렇게 만만하게 매사를 액면그대로 믿지 않겠다는 얼굴을 하고 있다. 품에 안긴 아기는 세계의 거대함과 차가움에 당황한 것처럼 보인다.

그 젊은 아버지는 아무리 봐도 덴고의 아버지였다. 얼굴 생김새는 아직 한창 젊지만 그 무렵부터 묘하게 노티가 나는 구석이 있고, 여위어서 눈이 움푹 들어갔다. 한촌의 가난한 농부의 얼굴이다. 그야말로 고집 세고 의심 많은 성격으로 보인다. 머리는 짧게 쳐올리고 어깨가 약간 구부정하다. 그것이 아버지가 아닐 리는 없었다. 그렇다면 그 아기는 아마도 덴고일 것이고, 그 아기를 안고 있는 어머니는 덴고의 어머니라는 얘기다. 어머니는 아버지보다 약간 키가 크고 자세도 반듯하다. 아버지는 삼십대 후반, 어머니는 이십대 중반으로 보였다.

그런 사진을 본 것은 물론 처음이었다. 가족사진이라는 걸 덴고는 아직껏 한 번도 본 적이 없었다. 어린 시절의 자기 사진을 본 적도 없다. 생활이 어려워 카메라를 살 여유가 없었고, 일부러 나가서 가족사진을 찍을 만한 기회도 없었다고 아버지는 설명했다. 그럴 거라고 덴고도 생각했었다. 하지만 그건 거짓말이었다. 사진을 찍었고, 남아 있었던 것이다. 그리고 그들의 차림새는 결코 화려하다고 할 정도는 아니지만 남 앞에 내놓아 딱히 부끄러울 것 없는 모습이었다. 카메라를 사지 못할 만큼 곤궁한 생활을 보낸 것으로도 보이지 않는다. 이 사진을 찍은 것은 덴고가 태어난 지 얼마 안 되었을 때, 즉 1954년부터 1955년에 걸친 기간일 것이다. 사진의 뒷면을 들여다봤지만 날짜나 장소는 적혀 있지 않았다.

덴고는 어머니인 듯한 여자의 얼굴을 자세히 관찰했다. 사진속의 얼굴은 작고, 게다가 흐릿했다. 확대경이라도 있다면 좀더 자세히 알아볼 수 있을지도 모르지만, 그런 건 물론 가까이에 없다. 그래도 대략 얼굴 윤곽은 알아볼 수 있었다. 달걀형 얼굴에 코가 작고 입술은 도톰하다. 특별히 미인이라고 할 정도는 아니지만 귀염성이 있어서 호감을 가질 만한 생김새였다. 적어도 아버지의 거친 얼굴에 비하면 훨씬 기품 있고 지성적이다. 덴고는 그것을 기쁘게 생각했다. 머리는 곱게 빗어올리고 눈부신 듯한 표정을 짓고 있다. 카메라 렌즈 앞에서 잠시 긴장한 것인지도 모른다. 기모노를 입은 탓에 몸매까지는 알 수 없었다.

적어도 사진에 나온 외모만 봐서는 두 사람을 잘 어울리는 부부라고 하기는 어려울 것 같았다. 나이차도 꽤 나는 것 같다. 이 두 사람이 어딘가에서 만나, 남녀로서 서로 마음이 통하고 부부가 되어 사내아이 하나를 얻기까지의 경위를 머릿속에서 상상해보려 했지만, 잘 되지 않았다. 그 사진에서는 그런 기척이 전혀 느껴지지 않는 것이다. 그렇다면 마음의 교류 같은 건 차치하고, 이 두 사람이 부부로서 맺어지게 된 뭔가 특별한 사정이 있었는지도 모른다. 아니, 거기에는 사정이라고 할 만한 것도 없었는지 모른다. 인생이란 단순히 일련의 부조리한, 어떤 경우에는 조잡하기 짝이 없는 과정의 귀결에 지나지 않는지도 모른다.

덴고는 자신의 백일몽—혹은 유아기의 기억의 분류(奔流)—에 나오는 수수께끼의 여자가 이 사진 속의 어머니와 동일 인물인지 어떤지 파악해보려고 했다. 하지만 자신이 그 여자의 얼굴을 전혀 기억하지 못한다는 것을 그 순간 깨달았다. 그 여자는 블라우스를 벗고 슬립의 어깨끈을 내리고 낯선 남자에게 젖꼭지를 빨리고 있었다. 그리고 헐떡임 비슷한 깊은 숨을 내쉰다. 그가 기억하는 건 그것뿐이다. 어딘가의 다른 남자가 자신의 어머니의 젖꼭지를 빨고 있다. 자신이 독점해야 할 그 젖꼭지를 누군가에게 빼앗겼다. 젖먹이 아기에게 그건 아마도 몹시 절박한 위협이었을 것이다. 얼굴 생김새까지는 미처 눈이 가지 않는다.

덴고는 사진을 일단 봉투에 다시 넣고 그 의미에 대해 생각했다. 아버지는 그 한 장의 사진을 죽을 때까지 소중하게 간직했다. 그렇다면 그는 어머니를 소중하게 여겼던 것이리라. 덴고가 어느 정도 컸을 때, 어머니는 이미 병사하고 없었다. 변호사의 조사에 의하면, 덴고는 그 돌아가신 어머니와 NHK 수금원인 아버지 사이에 태어난 유일한 자식이었다. 그것이 호적에 남겨진 사실이다. 하지만 관청의 서류는 그 사람이 덴고의 생물학적 아버지라는 것까지 보증하지는 않는다.

"나한테는 아들이 없어." 아버지는 깊은 혼수상태에 빠지기 전에 덴고에게 그렇게 말했다.

"그럼 나는 대체 뭐죠?" 덴고는 물었다.

"당신은 아무것도 아니야." 그것이 아버지의 간결하고 단호한 대답이었다.

덴고는 그 말을 듣고, 그 목소리의 여운에서 자신과 이 사람 사이에 피의 연결이 없다는 것을 확신했다. 그리고 무거운 족쇄에서 마침내 해방되었다고 생각했다. 하지만 시간이 갈수록 아버지가 입에 올렸던 그 말이 진실인지 아닌지, 아무래도 확신을 가질 수 없었다.

나는 아무것도 아니다. 덴고는 새삼 입 밖에 내보았다.

그러고는 문득, 낡은 사진에 찍힌 젊은 어머니의 얼굴이 어딘지 모르게 연상의 걸프렌드를 닮았다는 것을 깨달았다. 야스다 교코, 그것이 그녀의 이름이다. 덴고는 의식을 침착하게 가라앉히기 위해 손끝으로 이마 한가운데를 한동안 세게 눌렀다. 그리고 다시 한번 봉투에서 사진을 꺼내 들여다보았다. 작은 코와 도톰한 입술, 약간 각진 턱. 머리 모양이 달라서 알아보지 못했지만, 그 얼굴 생김새는 분명 야스다 교코를 닮지 않았다고는 할 수 없다. 하지만 그건 대체 무엇을 의미하는 것일까.

그리고 아버지는 왜 죽은 뒤에 이 사진을 덴고에게 넘겨주기로 한 것일까. 살아 있는 동안, 그는 덴고에게 어머니에 대한 정보를 단 한 가지도 주지 않았다. 이런 가족사진이 있다는 것조차 줄곧 감춰왔다. 하지만 마지막 순간에 한마디 설명도 없이 이 한 장의 흐릿하고 낡은 사진을 덴고의 손에 남기고 갔다. 무엇 때문에? 아들을 구원하기 위해서인가. 아니면 보다 깊은 혼란에 빠뜨리기 위해서인가.

단 한 가지 덴고가 아는 것은, 그와 관련한 어떤 사정을 덴고에게 설명할 마음이 아버지에게는 전혀 없었다는 것이다. 살아 있는 동안에도 없었고, 죽은 지금도 없다. 봐라, 여기 사진 한 장이 있다. 이것만 너한테 남겨준다. 나머지는 너 좋을 대로 추리해라, 아버지는 그렇게 말하고 있다.

덴고는 헐벗은 매트리스에 누워 천장을 올려다보았다. 합판에 흰 페인트를 칠한 천장이다. 전체가 말끔해서 나이테도 옹이도 없다. 이음매가 직선으로 몇 줄 달리고 있을 뿐이다. 그것은 아버지가 인생의 마지막 몇 달 동안 그 움푹한 눈구멍 속에서 바라보던 것과 똑같은 광경일 터였다. 혹은 그 눈은 아무것도 바라보지 않았는지도 모른다. 하지만 어쨌든 그의 시선은 그곳을 향하고 있었다. 보였건 보이지 않았건.

덴고는 눈을 감고, 자신이 그곳에 누워 완만하게 죽음을 향해 다가가는 장면을 상상했다. 하지만 건강에 문제가 없는 서른 살의 남자에게 죽음이란 상상할 수 없이 아득한 먼 곳에 있었다. 그는 조용히 숨을 쉬면서 저녁노을 빛이 만들어낸 그림자가 벽 위를 천천히 이동하는 것을 관찰했다. 아무것도 생각하지 말자고 마음먹었다. 아무것도 생각하지 않는 것은 덴고에게는 그다지 어려운 일이 아니다. 무언가를 골똘히 생각하는 것에 그는 너무 지쳐 있었다. 가능하다면 잠을 자고 싶었지만, 아마 너무 지쳐 있는 탓인지, 잠들 수도 없었다.

여섯시 전에 오무라 간호사가 찾아와 식당에 식사준비가 되어 있다고 말했다. 덴고는 전혀 식욕이 나지 않았다. 하지만 덴고가 그렇게 말해도 그 가슴도 크고 키도 큰 간호사는 물러서지 않았다. 조금이라도 좋으니 아무튼 뭔가를 뱃속에 넣어두라고 그녀는 말했다. 거의 명령에 가까웠다. 말할 필요도 없는 일이지만, 신체의 유지관리에 관해 남들에게 조리 있게 명령을 내리는 데 그녀는 프로였다. 그리고 덴고는 조리 있는 명령에는—특히 상대가 연상의 여성일 경우에는—거역하지 못하는 성격이었다.

아래층 식당으로 내려가자, 그곳에는 아다치 구미가 와 있었다. 다무라 간호사의 모습은 보이지 않았다. 덴고는 아다치 구미와 오무라 간호사와 같은 테이블에서 식사를 했다. 덴고는 샐러드와 삶은 채소를 조금 먹고, 바지락과 파를 넣은 된장국을 마셨다. 그러고는 뜨거운 호지차를 마셨다.

"화장은 언제야?" 아다치 구미가 덴고에게 물었다.

"내일 오후 한시." 덴고는 말했다. "그게 끝나면 아마 그길로 도쿄로 돌아갈 거야. 학원 일이 있어서."

"덴고 군 말고 누군가 화장에 입회할 사람은 있어?"

"아니, 아무도 없을 거야. 나 혼자야."

"저, 나도 입회해도 괜찮을까?" 아다치 구미가 물었다.

"우리 아버지의 화장에?" 덴고는 깜짝 놀라서 말했다.

"응. 사실은 나, 너희 아버지가 꽤 좋았거든."

덴고는 저도 모르게 젓가락을 내려놓고 아다치 구미의 얼굴을 보았다. 그녀는 정말로 나의 아버지 얘기를 하고 있는 걸까. "이를테면 어떤 점이?" 덴고는 질문했다.

"성실하고, 쓸데없는 말을 안 하셨어." 그녀는 말했다. "죽은 우리 아버지하고 그런 점이 닮았어."

"그렇구나." 덴고는 말했다.

"우리 아버지는 어부였어. 쉰 살이 되기 전에 돌아가셨지만."

"바다에서 돌아가신 건가?"

"아냐. 폐암으로. 담배를 너무 많이 피웠어. 왜 그런지 모르겠지만, 어부는 다들 지독한 헤비 스모커야. 온몸으로 연기를 퐁퐁 뿜어내는 거 같아."

덴고는 거기에 대해 생각했다. "우리 아버지도 어부였으면 좋았을지도."

"왜 그렇게 생각하는데?"

"왜일까." 덴고는 말했다. "그냥 문득 그런 생각이 들었어. NHK

수금원보다는 그게 더 좋지 않았을까 하고."

"덴고 군은 아버지가 어부였다면 좀더 받아들이기 쉬웠을까?"

"그랬다면 여러 가지 일들이 좀더 단순했을 거 같아."

덴고는 어린아이인 자신이 휴일 이른 아침부터 아버지와 함께 어선을 타고 나가는 광경을 상상했다. 태평양의 혹독한 바닷바람과 뺨에 튀는 물보라. 디젤 엔진의 단조로운 울림. 코를 찌르는 어망 냄새. 위험이 따르는 힘겨운 노동이다. 작은 실수가 치명타가 된다. 하지만 NHK 수신료의 수금을 위해 이치카와 시내를 끌려다니는 것에 비하면 그건 보다 자연스럽고 보다 충실한 나날이었을 것이다.

"하지만 NHK 수금이라는 건, 분명 힘든 일이었겠지." 오무라 간호사가 생선조림을 먹으며 말했다.

"아마도요." 덴고는 말했다. 적어도 덴고가 감당할 만한 일은 아니다.

"하지만 아버지는 우수한 사원이셨지?" 아다치 구미가 물었다.

"상당히 우수했다고 생각해." 덴고는 대답했다.

"표창장도 보여주셨어." 아다치 구미가 말했다.

"아차, 이런." 오무라 간호사가 갑작스레 젓가락을 내려놓으며 말했다. "까맣게 잊고 있었네. 못 말려, 이런 중요한 걸 왜 여태 잊어버리고 있었지? 저기, 잠깐만 여기서 기다려줄래? 오늘 중에 꼭 덴고 군에게 전해줘야 할 게 있어."

오무라 간호사는 손수건으로 입가를 훔치며 의자에서 일어나, 먹던 밥을 그대로 놔두고 급한 걸음으로 식당을 나갔다.

"중요한 거라니, 대체 뭐지?" 아다치 구미가 고개를 가웃거리며 말했다.

덴고는 물론 짐작도 가지 않았다.

오무라 간호사가 돌아오기를 기다리며 덴고는 야채샐러드를 의무적으로 입 안에 넣었다. 식당에서 저녁을 먹는 사람은 아직 별로 많지 않았다. 세 명의 노인이 한 테이블을 둘러싸고 앉아 있었지만 아무도 입을 열지 않았다. 또다른 테이블에서는 흰 가운 차림에 백발의 남자가 혼자 식사를 하며 석간신문을 펼쳐놓고 진중한 표정으로 읽고 있었다.

이윽고 오무라 간호사가 급한 걸음으로 돌아왔다. 백화점 종이봉투를 손에 들고 있었다. 그녀는 거기에서 단정하게 접힌 옷가지를 꺼냈다.

"일 년쯤 전인데, 아버님이 아직 의식이 또렷하실 때 나한테 맡긴 거야." 그 큼직한 몸집의 간호사는 말했다. "관에 넣을 때는 이걸 입혀달라시면서. 그래서 세탁소에 보냈다가 방충제를 넣어 옷장에 챙겨뒀어."

그건 의심의 여지도 없는 NHK 수금원 제복이었다. 제복 바지에는 깨끗한 다림질 주름이 잡혀 있다. 방충제 냄새가 코를 찔렀다. 덴고는 잠시 할말을 잃었다.

"아버님이 이 제복을 입혀서 화장해달라고 내게 부탁하셨어." 오무라 간호사가 말했다. 그리고 그 제복을 다시 곱게 개어 종이봉투에 넣었다. "이거, 지금 덴고 군에게 줄게. 내일 장의사에 가져가서 갈아입혀달라고 해."

"하지만 그 옷을 사용하는 건 좀 문제가 되지 않을까요? 제복은 대여품이라서 퇴직할 때 NHK에 반환해야 하는데." 덴고는 머뭇거리는 목소리로 말했다.

"신경 쓸 거 없어." 아다치 구미가 말했다. "우리만 입 다물면 아무도 모를 텐데 뭘. 헌 제복 한 벌쯤 없어졌다고 NHK가 망할 것도 아니고."

오무라 간호사도 동의했다. "가와나 씨는 삼십 년 넘게 NHK를 위해 아침부터 밤까지 돌아다니셨어. 이런저런 험한 꼴도 당하셨을 거고, 할당량이니 뭐니 정말 힘드셨을 거야. 제복 한 벌쯤이 대수겠어? 그걸 이용해서 무슨 나쁜 짓을 하려는 것도 아닌데."

"그래. 나도 고등학교 때 세일러복을 아직도 갖고 있어." 아다치 구미가 말했다.

"NHK 수금원 제복하고 고등학교 세일러복은 다르지." 덴고가 한마디 끼어들었지만 아무도 상대해주지 않았다.

"아, 내 세일러복도 옷장 서랍에 들어 있는데." 오무라 간호사가 말했다.

"그래서 가끔씩 남편 앞에서 그거 입는 거야? 하얀 삭스도 신고?" 아다치 구미가 놀리듯이 말했다.

"그거 괜찮네." 오무라 간호사는 테이블에 턱을 괴고 진지한 얼굴로 말했다. "꽤 자극이 되겠어."

"어쨌거나." 아다치 구미는 거기서 세일러복 이야기를 마무리하고 덴고를 보며 말했다. "아버님은 그 NHK 제복을 입혀 화장해주기를 분명히 원하셨어. 우리, 그런 정도는 원하는 대로 해드려야지. 그렇잖아?"

덴고는 NHK 마크가 달린 제복을 넣은 종이봉투를 들고 방으로 돌아왔다. 아다치 구미가 함께 와서 침대 세팅을 해주었다. 아직 풀 먹인 냄새가 감도는 새 시트와 새 담요, 새 이불 커버와 새 베개. 그렇게 한 세트가 주어지자, 침대는 아버지가 그때까지 누워 있던 것과는 전혀 다르게 보였다. 덴고는 맥락도 없이 아다치 구미의 풍성하고 짙은 음모를 떠올렸다.

"마지막 한동안 아버님이 계속 혼수상태셨잖아." 아다치 구미는 시트의 주름을 손으로 펴면서 말했다. "하지만 의식이 전혀 없는 건 아니었을 거야."

"왜 그렇게 생각하지?" 덴고는 물었다.

"아버님이 이따금 누군가에게 메시지를 보내는 거 같았거든."

창가에 서서 바깥을 바라보던 덴고는 고개를 돌려 아다치 구미를 보았다. "메시지?"

"응, 아버님은 자주 침대 가장자리를 두드렸어. 손을 침대 옆에 축 늘어뜨리고 모스 부호 같은 느낌으로 톡톡, 톡톡톡, 이렇게."

아다치 구미는 흉내를 내어 침대의 나무 테두리를 주먹으로 가볍게 두드렸다.

"어때, 꼭 모스 부호를 보내는 거 같지?"

"그건 모스 부호가 아닐 거야."

"그럼 뭐야?"

"문을 두드렸던 거야." 덴고는 메마른 목소리로 그렇게 말했다. "어딘가의 집 현관문을."

"아, 그렇구나. 말을 듣고 보니 그런 것도 같아. 분명 문을 노크하는 것처럼 들리기도 했어." 그리고 아다치 구미는 눈을 가늘게 떴다. "저기, 그러니까 의식이 없어진 뒤에도 아버님은 여전히 수신료를 수금하러 다니셨다는 거야?"

"아마도." 덴고는 말했다. "머릿속에 있는 어딘가의 장소에서."

"죽어서도 나팔을 놓지 않았다는 옛 병사 같아." 아다치 구미는 감동한 듯이 말했다.

뭐라고 대답할 도리가 없어서 덴고는 아무 말도 하지 않았다.

"아버님은 정말로 그 일을 좋아하셨나봐. NHK 수신료를 수금하러 다니는 걸."

"좋다든가 싫다든가, 그런 종류의 문제가 아니었을 거야." 덴고는 말했다.

"그럼 어떤 종류의 문제였는데?"

"그것이 아버지에게는 자신이 가장 잘할 수 있는 일이었던 거야."

"그럴까?" 아다치 구미는 말했다. 그리고 거기에 대해 생각했다. "그렇지만 그런 삶의 방식이 어떤 의미에서는 정답인지도 몰라."

"그럴지도." 덴고는 방풍림에 시선을 던지며 말했다. 분명 그럴지도 모른다.

"그럼, 이를테면 말이지." 그녀는 말했다. "덴고 군에게는 자신이 가장 잘할 수 있는 일이란 게 어떤 거야?"

"모르겠어." 덴고는 아다치 구미의 얼굴을 똑바로 바라보며 말했다. "정말 모르겠어."

제22장 우시카와

Q

그 눈은 오히려 가엾어하는 것처럼 보인다

일요일 저녁, 여섯시 십오분에 덴고가 아파트 현관에 모습을 드러냈다. 밖으로 나가는 참에 일단 발을 멈추고 뭔가를 찾듯이 주위를 둘러보았다. 오른쪽에서 왼쪽으로, 그리고 왼쪽에서 오른쪽으로 시선을 이동했다. 하늘을 올려다보고 발밑을 보았다. 하지만 평소와 달라진 점은 그의 눈에 들어오지 않은 모양이었다. 그대로 빠른 걸음으로 큰길로 나갔다. 우시카와는 그 모습을 커튼 틈새로 지켜보고 있었다.

우시카와는 그때 덴고의 뒤를 밟지 않았다. 짐은 없었다. 그의 큼직한 두 손은 주름 없는 치노바지 호주머니에 들어가 있었다. 하이넥 스웨터에 축 늘어진 올리브그린색 코듀로이 상의, 정돈되지 않은 뻗친 머리칼. 상의 호주머니에는 두꺼운 문고본이 들어 있었다. 아마 근처 가게에서 식사라도 할 생각일 것이다. 어디든 마음대로 가라지.

월요일에 덴고는 몇 개의 강의를 맡기로 되어 있다. 우시카와는 미리 학원에 전화해서 그것을 확인했다. 네, 가와나 선생님 강의는 다음 주 월요일부터 커리큘럼대로 진행됩니다. 하고 사무 보는 여직원이 알려주었다. 좋아. 덴고는 내일부터 드디어 평소의 일과로 복귀한다. 그의 성격으로 보아 아마 오늘 밤에는 그리 멀리 나가지 않을 것이다(만약 그때 덴고를 미행했다면, 그가 고마쓰를 만나기 위해 요쓰야의 바로 향했다는 걸 우시카와는 알았을 테지만).

여덟시 전에 우시카와는 피코트를 입고 머플러를 목에 두르고 니트 모자를 깊숙이 쓰고, 주위를 살피면서 빠른 걸음으로 아파트를 나섰다. 그 시점에 덴고는 아직 집에 돌아와 있지 않았다. 근처에서 식사만 하는 것치고는 약간 시간이 지체되고 있다. 아파트를 나올 때 자칫하면 귀가하는 덴고와 맞닥뜨리게 될지도 모른다. 그러나 그런 위험을 감수하고라도 우시카와는 오늘 밤 이 시각에 꼭 밖에 나가 확인해야 할 일이 있었다.

그는 기억을 더듬어 몇 개의 길모퉁이를 돌고 몇 개의 목표물 앞을 지나, 이따금 헤매기는 했지만 어쨌든 어린이공원까지 더듬어갈 수 있었다. 전날의 강한 북풍도 완전히 멎고 12월치고는 따뜻한 밤이었지만, 그래도 역시 밤의 공원에는 인적이 없었다. 우시카와는 다시 한번 주위를 둘러보고 아무도 보는 사람이 없다는 것을 확인한 뒤에 미끄럼틀 계단을 올랐다. 미끄럼틀 위에 자리를 잡고 난간에 등을 기대고 하늘을 올려다보았다. 어젯밤과 거의 같은 위치에 달이 떠 있었다. 삼분의 이 크기의 환한 달이다. 주위는 한 조각의 구름도 보이지 않는다. 그리고 그 달 옆에는 일그러진 모양의 조그만 초록색 달이 바짝 붙듯이 나란히 떠 있었다.

잘못 본 게 아니었다, 하고 우시카와는 생각했다. 그는 한숨을 내쉬고 가만히 고개를 저었다. 꿈을 꾸었던 것도 아니고, 눈의 착각도 아니었다. 크고 작은 두 개의 달이 잎을 떨군 느티나무 위에 틀림없이 떠 있었다. 그 두 개의 달은 어젯밤부터 움직이지 않고 우시카와가 다시 미끄럼틀 위로 찾아오기를 그 자리에서 가만히 기다리고 있었던 것처럼 보였다. 그들은 알고 있는 것이다. 우시카와가 이곳에 다시 찾아오리라는 것을. 그들은 마치 약속이라도 한 것처럼, 주위에 침묵을 가득 드리우고 있었다. 풍부한 암시를 품은 침묵이었다. 그리고 달들은 우시카와에게 그 침묵을 공유할 것을 요구하고 있었다. 이 일을 다른 어느 누구에게도 발설해서는 안 된다고 그들은 우시카와에게 고하고 있었다. 엷은 재를 둘러쓴 둘째손가락을 살짝 입술에 대고서.

우시카와는 그곳에 앉은 채 얼굴 근육을 다양한 각도로 움직여보았다. 그리고 감각에 뭔가 부자연스러운, 평소와는 다른 부분이 없는지 한 차례 확인했다. 부자연스러운 부분은 찾을 수 없었다. 좋건 싫건 평소 그대로 자신의 얼굴이었다.

우시카와는 자신을 리얼리스틱한 인간이라고 간주해왔다. 그리고 실제로 그는 리얼리스틱한 인간이었다. 형이상학적인 사변은 그가 바라는 바가 아니다. 만일 그곳에 실제로 뭔가가 존재하고 있다면, 이론적으로 맞든 안 맞든, 논리가 통하든 안 통하든, 그것을 일단 현실로 받아들이는 수밖에 없다. 그것이 그의 기본적인 사고방식이다. 원칙이나 논리가 존재하고 그다음에 현실이 생겨나는 게 아니라, 먼저 현실이 있고 그다음에 거기에 맞춰 원칙이나 논리가 생겨나는 것이다. 그래서 하늘에 두 개의 달이 나란히 떠 있는 것을 일단 사실로 그대로 받아들이는 수밖에 없다고 우시카와는 마음을 정했다.

나중 일은 나중에 천천히 생각하면 된다. 쓸데없는 생각은 되도록 하지 않으려 노력하면서 우시카와는 그저 무심히 그 두 개의 달을 바라보고 관찰했다. 크고 노란 달과 자그마한 초록색의 일그러진 달. 그는 그 광경에 자신을 길들이려고 했다. 이걸 그대로 받아들여, 하고 그는 자신을 타일렀다. 어떻게 이런 일이 일어날 수 있는지, 적절한 설명은 할 수 없다. 하지만 지금 그런 건 깊이 추구해야 할 문제가 아니다. 이 상황에 어떻게 대처해나갈 것인가, 어디까지나 그게 문제인 것이다. 그러자면 우선 이 광경을 고스란히, 이치는 따지지 말고 그대로 받아들일 수밖에 없다. 이야기는 거기서부터 시작된다.

우시카와는 십오 분쯤 그곳에 있었을 것이다. 그는 미끄럼틀 난간에 등을 기대고 앉아 거의 꿈쩍도 하지 않고, 그곳에 있는 광경에 자신을 적응시켜나갔다. 시간을 들여 수압의 변화에 순응해가는 잠수부처럼, 그 달들이 보내는 빛을 온몸으로 맞아들여 피부에 스며들게 했다. 그렇게 하는 것이 중요하다고, 우시카와의 본능은 알리고 있었다.

그러고는 그 일그러진 머리통을 가진 작은 남자는 몸을 일으키고 미끄럼틀을 내려와, 이름 붙이기 어려운 사색에 의식을 빼앗긴 채 걸음을 옮겨 아파트로 돌아왔다. 주위의 온갖 풍경이 올 때와는 조금씩 다르게 보이는 듯한 기분이 들었다. 달빛 때문이야, 그는 생각했다. 그 달빛이 사물의 양상을 조금씩 어긋나게 비틀어버린 것이다. 덕분에 몇 번이나 길모퉁이를 놓칠 뻔했다. 현관에 들어서기 전에 고개를 들어 3층을 바라보며 덴고의 방 창문에 아직 불이 켜지지 않은 것을 확인했다. 몸집이 큰 입시학원 강사는 아직까지 돌아오지 않았다. 식사하러 잠시 근처에 나간 게 아닌 것 같다. 어디서 누구를 만나고 있는 걸까. 어쩌면 상대가 아오마메인지도 모른다. 아니면 후카에리인지도 모른다. 내가 혹시 중요한 기회를 놓쳐버린 것일까. 하지만 이제 와서 그런 생각을 해봤자 별수 없다. 덴고가 밖에 나갈 때마다 미행을 하는 건 너무 위험하다. 단 한 번이라도 내 모습을 덴고에게 들킨다면 모든 것이 허사로 돌아간다.

우시카와는 방으로 돌아와 코트와 머플러와 모자를 벗었다. 주방에서 콘비프 통조림을 따고 그걸 롤빵에 끼워 선 채로 먹었다. 따뜻하지도 차갑지도 않은 캔커피를 마셨다. 하지만 어느 것도 맛은 거의 느껴지지 않았다. 식감은 있지만 미각이 없다. 그 원인이 먹거리 쪽에 있는지, 자신의 미각 쪽에 있는지 우시카와는 판단이 되지 않았다. 어쩌면 그것 역시 눈 속에 깊이 낙인찍힌 두 개의 달 때문인지도 모른다. 어딘가의 초인종이 울리고, 그 차임 소리가 희미하게 들려왔다. 초인종은 사이를 두고 두 번 울렸다. 하지만 그는 그 소리에 별로 신경을 쓰지 않았다. 이쪽 문이 아니다. 조금 먼 곳의, 아마도 다른 층의 문일 것이다.

샌드위치를 다 먹고 커피를 마신 후, 우시카와는 머리를 현실의 위상으로 되돌리기 위해 담배 한 개비를 천천히 피웠다. 자신이 이 시점에 반드시 해야 할 일을 머릿속에서 재확인했다. 그러고 나서야 겨우 창가 카메라 앞에 가서 자리를 잡았다. 전기스토브의 스위치를 켜고, 그 오렌지색 불빛 앞에 양손을 대고 녹였다. 일요일 밤 아홉시 전이다. 아파트 현관을 드나드는 사람은 거의 없다. 하지만 우시카와는 덴고가 귀가하는 시각을 반드시 확인해두고 싶었다.

그가 카메라 앞에 앉은 지 얼마 안 되어, 검은 다운재킷을 입은 여자가 현관에 나타났다. 한 번도 본 적이 없는 여자다. 그녀는 회색 스카프로 입가를 가리고 있었다. 검은 테 안경에 야구모자를 쓰고 있다. 누가 봐도 남의 눈을 피해 얼굴을 감추려는 모습이다. 완전한 맨손이고, 발걸음은 빠르다. 보폭도 크다. 우시카와는 반사적으로 스위치를 눌러 모터드라이브로 카메라 셔터를 세 번 눌렀다. 이 여자의 행선지를 파악해야 한다고 그는 생각했다. 하지만 자리에서 일어서려 했을 때, 여자는 벌써 길로 나가 어둠 속으로 자취를 감춘 뒤였다. 우시카와는 얼굴을 찌푸리며 포기했다. 그 걸음걸이라면, 지금 신발을 신고 쫓아가도 따라잡을 수 없다.

우시카와는 방금 눈에 들어온 것을 뇌리에 재현했다. 키는 170센티미터 정도. 통이 좁은 청바지에 흰 스니커. 입은 옷은 모두 다 묘하게 새것이다. 나이는 아마 이십대 중반에서 서른 살. 머리채를 옷깃 속에 밀어넣어서 머리 길이까지는 알 수 없다. 불룩한 다운재킷이라서 몸매도 확실치 않지만, 다리를 보면 마른 편일 것이다. 당당한 자세에 경쾌한 발놀림은 그녀가 젊고 건강하다는 것을 보여준다. 아마 일상적으로 스포츠를 하는 사람일 것이다. 그러한 특징들은 모두 다 그가 알고 있는 아오마메와 합치하는 것이었다. 물론 그 여자를 아오마메라고 단정할 수는 없다. 다만 그 여자는 누군가에게 목격당하는 것을 몹시 경계하는 눈치였다. 온몸에 팽팽한 긴장감이 넘쳤다. 연예

주간지의 추적을 두려워하는 여배우처럼. 하지만 매스컴이 쫓아다닐 만큼 유명한 여배우가 고엔지의 이런 후줄근한 아파트에 들락거린다는 건 상식적으로 생각할 수 없는 일이다.

그 여자를 일단 아오마메라고 가정해보자.

그녀는 덴고를 만나러 이곳에 찾아왔다. 하지만 덴고는 지금 어딘가에 외출했다. 방의 불은 꺼진 채다. 아오마메는 그를 찾아와 벨을 눌렀으나 대답이 없자 포기하고 물러갔다. 조금 전에 멀리서 들리던 두 번의 벨 소리가 그것이었는지도 모른다. 하지만 우시카와가 보기에, 그건 적잖이 앞뒤가 맞지 않는 이야기였다. 아오마메는 현재 추적을 받고 있는 처지다. 위험을 피하기 위해 가능한 한 남의 눈에 띄지 않도록 조심하며 살고 있을 터이다. 덴고를 만나려고 마음먹었다면 우선 전화를 해서 집에 있는지 없는지 확인하는 게 상식적인 방법이다. 그렇게 하면 공연한 위험을 무릅쓸 일도 없는 것이다.

우시카와는 카메라 앞에 앉은 채 머리를 굴려봤지만, 논리적으로 앞뒤가 맞는 추측은 하나도 떠오르지 않았다. 그 여자의 행동은—변장이라기엔 모자란 변장을 하고, 은신처를 나와 이 아파트까지 발걸음을 한다—우시카와가 파악한 아오마메의 성격과는 합치하지 않는다. 그녀는 좀더 신중하고 주의 깊을 터이다. 그 점이 우시카와의 머리를 혼란에 빠뜨렸다. 자신이 그녀를 이 아파트까지 안내했을지도 모른다는 가능성 따위는 우시카와의 머리에 얼핏 스치지도 않았다.

어쨌든 내일은 역 앞 사진관에 가서 그간 쌓인 필름을 한꺼번에 현상하자. 거기에 이 수수께끼의 여자도 찍혀 있을 것이다.

열시 넘어서까지 카메라 앞에서 감시를 계속했지만, 그 여자가 나간 뒤로 아파트를 드나든 사람은 한 명도 없었다. 흥행이 실패로 끝나 모두에게서 버림받고 잊혀진 무대처럼 아파트 현관은 아무도 없이 고요하게 가라앉아 있었다. 덴고는 어떻게 된 거야. 우시카와는 고개를 갸웃거렸다. 그가 아는 한, 덴고가 이렇게 늦은 시간까지 집에 돌아오지 않는 건 드문 일이다. 더구나 내일부터 다시 학원강의를 시작해야 하는 때에. 혹시 우시카와가 어린이공원에 간 사이에 집에 돌아와 일찌감치 잠이 들었을까.

열시를 넘어섰을 즈음, 자신이 지독히 피곤하다는 것을 우시카와는 깨달았다. 거의 눈을 뜰 수 없을 만큼 강한 졸음이 몰려왔다. 야행성인 우시카와로서는 드문 일이다. 평소의 그는 필요하다면 얼마든지 밤늦도록 깨어 있을 수 있었다. 하지만 오늘 밤은 수마가 마치 고대의 관을 덮은 돌 뚜껑처럼 여지없이 그의 머리 위를 덮쳤다.

그 두 개의 달을 너무 오래 바라본 모양이다. 우시카와는 그렇게 생각했다. 어쩌면 그 달빛이 과도하게 내 살 속에 스며들었는지도 모른다. 크고 작은 두 개의 달은 희미한 잔상이 되어 그의 망막에 남아 있었다. 그 어두운 실루엣이 그의 뇌의 부드러운 부분을 마비시켰다. 어떤 종류의 벌이 큰 애벌레에 침을 쏘아 마비시키고, 그 체표에 알을 낳는 것과 마찬가지다. 부화한 벌의 유충은 꼼짝도 못 하는 그 애벌레를 간편한 영양분 삼아 산 채로 갉아먹는다. 우시카와는 얼굴을 찌푸리고 그 불길한 상상을 머리에서 떨쳐냈다.

이제 그만 됐어. 우시카와는 스스로에게 되뇌었다. 덴고가 귀가하기를 이렇게 고지식하게 기다릴 것까지는 없다. 몇시에 돌아오건, 어차피 돌아오는 대로 잠이나 잘 것이다. 그리고 이 아파트 말고는 달리 갈 만한 데도 없다. 아마도.

우시카와는 힘없이 바지와 스웨터를 벗고 긴소매 셔츠와 잠방이 차림으로 침낭에 기어들었다. 그리고 몸을 둥글게 말고 곧장 잠이 들어버렸다. 잠은 몹시 깊어서 거의 혼수에 가까웠다. 잠에 빠져드는 순간, 현관문을 두드리는 소리가 들리는 것 같았다. 하지만 의식의 중심이 이미 다른 세계로 옮겨가고 있었다. 사물을 제대로 구분할 수 없었다. 억지로 구분하려고 하면 몸 전체가 삐걱거렸다. 그는 눈조차 뜨지 않고, 그 소리를 더이상 생각해보지도 않고, 다시 잠의 깊은 늪으로 잠겨들었다.

덴고가 고마쓰와 헤어져 집에 돌아온 것은 우시카와가 그렇게 깊은 잠에 빠지고 삼십 분쯤 지난 뒤였다. 덴고는 이를 닦고 담배냄새가 밴 상의를 옷걸이에 걸고, 파자마로 갈아입고, 그대로 잠이 들었다. 오전 두시에 전화가 울리고, 아버지가 숨을 거두었다는 소식을 들을 때까지.

우시카와가 눈을 뜬 것은 월요일 아침 여덟시가 지난 뒤였고, 그때 덴고는 이미 다테야마 행 특급열차 좌석에서 수면부족을 벌충하기 위해 깊이 잠들어 있었다. 우시카와는 덴고가 학원에 가기 위해 아파트에서 나가기를 카메라 앞에서 기다렸다. 하지만 당연히 덴고는 나타나지 않았다. 시계가 오후 한시를 가리킨 참에 우시카와는 마침내 포기했다. 근처 공중전화로 학원에 전화를 걸어 가와나 선생은 오늘 강의를 예정대로 하느냐고 물었다.

"가와나 선생님은 오늘 휴강하기로 했어요. 간밤에 가족의 갑작스러운 부고가 있어서요." 전화를 받은 여자가 말했다. 우시카와는 고맙다고 말하고 전화를 끊었다.

가족의 갑작스러운 부고? 덴고의 가족이라면 NHK 수금원으로 일했던 아버지밖에 없다. 그 아버지는 어딘가 먼 곳의 요양소에 들어가 있었다. 덴고가 간병을 위해 한동안 도쿄를 떠나 있다가 이틀 전에 돌아온 참이다. 그 아버지가 죽었다. 그렇다면 덴고는 다시 도쿄를 떠나게 된다. 필시 내가 잠든 사이에 아파트를 나간 것이다. 대체 나는 왜 그렇게 오래도록 깊은 잠에 빠져버렸을까.

어쨌든 이제 덴고는 천애고아의 신세가 된 셈이군. 우시카와는 생각했다. 원래 고독한 사내였지만 이걸로 더욱 고독해졌다. 완전한 외톨이다. 어머니는 그가 두 살이 되기 전에 나가노 현의 어느 온천 여관에서 교살당했다. 살인을 저지른 남자는 결국 잡히지 않았다. 그녀는 남편을 버리고, 젖먹이 덴고를 데리고 그 젊은 남자와 출분(出奔)했다. '출분'이라니. 꽤 예스러운 말이다. 요즘은 아무도 그런 말을 쓰지 않는다. 하지만 어떤 종류의 행위에는 썩 잘 어울리는 말이다. 어째서 그 남자가 여자를 죽였는지는 밝혀지지 않았다. 아니, 정말로 그 남자가 죽였는지도 아직 분명치 않다. 여관방에서 여자는 밤사이에 잠옷 끈으로 목이 졸려 살해되었고, 함께 있던 남자는 사라졌다. 그러니 어떻게 생각해봐도 그 남자가 수상하다. 그저 그뿐이다. 덴고의 아버지가 연락을 받고 이치카와에서 찾아와, 남겨진 젖먹이 아들을 데려갔다.

그 일을 나는 가와나 덴고에게 알려줬어야 했는지도 모른다. 그에게는 물론 그런 사실을 알 권리가 있다. 하지만 그는 나 같은 사람의 입에서 어머니 이야기를 듣고 싶지 않다고 말했다. 그래서 알려주지 않았다. 어쩔 수 없다. 그건 내 문제가 아니다. 그의 문제다.

어쨌거나 덴고가 있건 없건 이대로 아파트의 감시를 계속하는 수밖에 없다. 우시카와는 그렇게 자신을 타일렀다. 아오마메로 보이는 수수께끼의 여자를 나는 간밤에 목격했다. 아오마메 라는 확증은 없지만 그럴 가능성이 높다. 이 일그러진 머리가 내게 그렇게 고하고 있다. 생긴 꼴은 별로지만, 그곳에는 최신예 레이더 못지않은 예리한 감이 구비되어 있다. 그리고 만일 그 여자가 아오마메라면 그녀는 분명 머지않아 다시 덴고를 찾아올 것이다. 덴고의 부친이 사망했다는 것을 그녀는 아직 알지 못한다. 그것이 우시카와의 추측이다. 덴고는 아마 밤사이에 연락을 받고 새벽녘에 떠났을 것이다. 그리고 그 두 사람은 아무래도 전화로는 연락을 주고받을 수 없는 사정이 있는 것 같다. 그렇다면 그녀는 반드시 이곳에 또 찾아올 것이다. 뭔가 위험을 무릅쓰고라도 이곳에 직접 찾아오지 않으면 안 될 중요한 볼일이 그 여자에게는 있는 것이다. 그리고 이번에야말로 어떻게든 그 여자의 행선지를 알아내야 한다. 그러기 위한 준비를 철저히 정비해둘 필요가 있다.

그렇게 하면 이 세계에 어째서 달이 두 개인지, 그 비밀도 어느 정도 해명될지 모른다. 우시카와는 그 흥미로운 구조가 알고 싶다. 아니, 그러나 그건 어디까지나 부차적인 안건일 뿐이다. 내가 할 일은 무엇보다 아오마메의 은신처를 알아내는 것이다. 그리고 멋진 축하 카드를 붙여 그녀를 그 기분 나쁜 이인조에게 넘겨주는 것이다. 그때까지는 달이 두 개가 됐건 하나가 됐건, 나는 철두철미 현실적이어야 한다. 뭐니 뭐니 해도 그것이 내가 나로 통할 수 있는 강점이니까.

우시카와는 역 앞 사진관에 나가 36장짜리 필름 다섯 통을 점원에게 건넸다. 그리고 현상이 끝난 사진을 들고 근처 패밀리 레스토랑에 들어가 치킨커리를 먹으며 날짜순으로 살펴보았다. 대부분 낯익은 주민들의 얼굴이다. 그가 적잖이 관심을 갖고 들여다본 건 세 명의 인물뿐이었다. 후카에리와 덴고, 그리고 어젯밤에 아파트에서 나간 수수께끼의 여자.

후카에리의 눈은 우시카와를 긴장시켰다. 사진 속에서도 그 소녀는 정면으로 우시카와의 얼굴을 지그시 바라보고 있었다. 틀림없어, 우시카와는 생각한다. 우시카와가 그곳에 있고, 자신을 감시한다는 것을 그녀는 알고 있다. 어쩌면 도촬카메라로 사진을 찍고 있다는 것도. 그녀의 맑은 두 눈이 그것을 말하고 있었다. 그 눈동자는 모든 것을 훤히 꿰뚫고 있었고, 우시카와의 행동을 결코 용인하지 않았다. 그 똑바른 시선은 우시카와의 마음속 이면까지 여지없이 관통했다. 그가 거기서 하고 있는 행위에는 변명의 여지가 전혀 없었다. 그러나 그와 동시에 그녀는 우시카와를 단죄하지도 않고, 딱히 경멸하지도 않았다. 어떤 의미에서는 그 아름다운 눈은 우시카와를 용서하고 있었다. 아니, 용서하는 건 아니다. 우시카와는 다시 생각한다. 그 눈은 오히려 우시카와를 가엾어하는 것처럼 보인다. 우시카와의 행위가 부정한 짓이라는 걸 알면서도, 그에게 연민을 보내고 있는 것이다.

그것은 극히 한순간에 일어난 일이었다. 그날 아침 후카에리는 먼저 전봇대 위를 한동안 바라보았고, 그런 다음 재빨리 고개를 돌려 우시카와가 숨어 있는 창문으로 시선을 던져, 은폐된 카메라 렌즈를 똑바로 들여다보며 파인더 너머 우시카와의 눈을 응시했다. 그리고 떠나갔다. 그사이에 시간이 얼어붙었다가 다시 움직였다. 기껏해야 삼 분 정도다. 그 짧은 시간에 그녀는 우시카와라는 인간의 영혼을 구석구석까지 훤히 꿰뚫어보고, 그 더러움과 비열함을 정확히 간파한 뒤에, 무언의 연민을 보내고는 그대로 자취를 감춘 것이다.

후카에리의 그 눈을 보고 있으려니 갈비뼈 사이로 대바늘이 쑤시고 들어오는 듯한 날카로운 아픔이 느껴졌다. 자신이라는 인간이 지독히 비뚤어지고 추한 것으로 느껴졌다. 하지만 그것도 어쩔 수 없다, 우시카와는 생각한다. 왜냐하면 나는 실제로 치독히 비뚤어지고 추한 인간이니까. 그러나 그에 더하여 후카에리의 눈동자에 떠오른 자연스러운, 그리고 투명한 연민의 빛은 우시카와의 마음을 깊은 우울에 빠뜨렸다. 고발당하고, 멸시당하고, 매도되고, 단죄되는 게 오히려 낫다. 야구방망이로 흠씬 두들겨맞아도 좋다. 그런 거라면 차라리 견딜 수 있다. 하지만 이건 아니다.

그에 비하면 덴고는 훨씬 편한 상대였다. 사진 속의 그는 현관에 서서 역시 이쪽으로 시선을 향하고 있다. 후카에리가 했던 것과 마찬가지로 주위를 조심스럽게 관찰하고 있다. 하지만 그 눈에는 아무것도 비치지 않는다. 그의 순진하고 무구한 눈은 커튼 뒤에 숨겨진 카메라도, 그 뒤에 있는 우시카와의 모습도 발견해내지 못한다.

그리고 우시카와는 '수수께끼 여자'의 사진을 보았다. 사진은 세 장이었다. 야구모자, 검은 테 안경, 코를 덮은 회색 스카프. 얼굴 생김새까지는 알 수 없다. 세 장의 사진 모두 조명이 빈약한데다 야구모자의 챙이 어두운 그늘을 만들었다. 하지만 그 여자는 그때까지 우시카와가 머릿속에서 그려온 아오마메라는 여자의 상과 정확히 들어맞았다. 우시카와는 그 세 장의 사진을 손에 들고 트럼프 카드를 확인하듯이 순서대로 반복해서 살펴보았다. 보면 볼수록 그 여자는 아오마메 외의 어느 누구도 아니라는 생각이 들었다.

그는 웨이트리스를 불러 오늘의 디저트는 무엇이냐고 물었다. 복숭아파이라고 웨이트리스는 대답했다. 우시카와는 그것과 커피 리필을 부탁했다.

만일 이게 아오마메가 아니라면. 우시카와는 파이가 나오기를 기다리며 자신에게 말했다. 내가 아오마메라는 여자를 만날 기회는 아마도 영원히 오지 않을 것이다.

복숭아파이는 예상보다 꽤 훌륭했다. 바삭바삭한 파이 껍질 속에 촉촉한 복숭아가 들었다. 물론 통조림 복숭아이겠지만 패밀리 레스토랑의 디저트치고는 나쁘지 않다. 우시카와는 파이를 깨끗이 먹어치우고 커피를 다 마시고 적당히 흡족한 기분으로 레스토랑을 나왔다. 슈퍼마켓에 들러 사흘분 정도의 식료품을 사들고 방에 돌아오자, 다시 카메라 앞에 자리를 잡았다.

커튼 틈새로 아파트 현관을 감시하면서 벽에 기댄 채 양달에서 몇 번 끄덕끄덕 졸았다. 하지만 우시카와는 그것을 딱히 걱정하지 않았다. 잠든 사이에 중요한 일을 놓쳐버리는 일은 없을 터였다. 덴고는 아버지의 장례를 위해 도쿄를 떠났고, 후카에리는 이제 이곳에는 돌아오지 않을 것이다. 우시카와가 계속 감시하는 것을 후카에리는 알고 있다. 그리고 그 '수수께끼 여자'가 아직 환한 시간에 이곳을 찾아올 가능성도 낮다. 그 여자는 조심스럽게 행동한다. 활동을 시작하는 건 주위가 어두워진 다음이다.

하지만 날이 저물어도 그 '수수께끼 여자'는 나타나지 않았다. 늘 보던 얼굴들이 늘 하던 대로 오후에 장을 보러 나가고, 저녁산책을 나가고, 일터에 갔던 사람들이 나갈 때보다 더 후줄근해진 얼굴로 돌아왔을 뿐이다. 우시카와는 그들의 왕래를 그저 눈으로 좇고만 있었다. 카메라 셔터를 누르지도 않았다. 더이상 그들의 사진을 찍을 필요는 없다. 이제 우시카와의 관심은 세 사람으로 좁혀져 있었다. 그 외의 사람들은 모두 이름 없는 행인에 지나지 않는다. 무료함을 달래기 위해 우시카와는 마음대로 붙인 이름으로 혼자서 그들에게 말을 걸었다.

"마오 씨(그 남자의 머리 스타일은 마오쩌둥을 닮았다), 근무하느라 수고하셨소."

"긴귀 씨, 오늘은 따뜻해서 산책하기 그만이었지요?"

"턱아줌마, 또 장 보러 가십니까? 오늘 저녁 반찬은 뭐죠?"

열한시까지 우시카와는 현관 감시를 계속했다. 그러고는 한 차례 크게 하품을 하고, 하루 일을 마치기로 했다. 페트병의 녹차를 마시고, 크래커를 몇 개 먹고, 담배를 한 대 피웠다. 세면실에서 이를 닦는 참에 길게 혀를 내밀어 거울에 비춰보았다. 자신의 혀를 바라보는 건 오랜만이다. 거기에는 이끼 같은 것이 두텁게 끼어 있었다. 진짜 이끼와 마찬가지로 옅은 초록색을 띠고 있다. 그는 불빛 아래에서 그 이끼를 상세히 점검했다. 불쾌한 물건이다. 혀 전체에 찰싹 달라붙어 이제 어떻게 해도 벗겨질 것 같지 않았다. 이대로 가다가는 나중에 나는 이끼인간이 되어버릴지도 모른다. 우시카와는 생각했다. 혀에 서부터 시작해서 온몸 곳곳의 피부에 녹색 이끼가 자라나는 것이다. 늪지에서 슬금슬금 살아가는 거북의 등딱지처럼. 그건 상상만 해도 암울하다.

우시카와는 한숨과 함께 웅얼거리는 신음을 흘리며 혀에 대한 생각을 멈추고, 세면실의 불을 껐다. 어둠 속에서 꿈틀꿈틀 옷을 벗고 침낭 속으로 기어들었다. 지퍼를 올리고 벌레처럼 등을 둥그렇게 말았다.

눈을 떴을 때, 주위는 캄캄했다. 시각을 보려고 고개를 돌렸지만 시계는 있어야 할 자리에 없었다. 순간 우시카와는 혼란에 빠졌다. 어둠 속에서도 즉시 시각을 확인할 수 있도록 자기 전에는 반드시 시계의 위치를 확인한다. 그건 오랜 세월 이어온 습관이었다. 왜 시계가 없지? 창문 커튼 틈새로 불빛이 아주 조금 새어들었지만, 그것이 비춰내는 건 방 한구석뿐이었다. 주위는 한밤중의 어둠에 감싸여 있다.

심장 고동이 높아진 것을 우시카와는 깨달았다. 분비된 아드레날린을 온몸으로 내보내기 위해 심장이 열심히 펌프질을 하고 있다. 콧구멍이 벌어지고 숨이 거칠어진다. 흥분되는 생생한 꿈을 꾸다가 중간에 퍼뜩 잠이 깼을 때처럼.

하지만 꿈을 꾸는 게 아니었다. 무언가가 실제로 일어나고 있는 것이다. 베갯머리에 누군가가 있다. 우시카와는 그 기척을 느꼈다.

어둠 속에 좀더 검은 그림자가 떠오르고, 그것이 우시카와의 얼굴을 내려다보고 있었다. 우선 등이 경직되었다. 일 초의 몇 분의 일 사이에 의식이 재편성되고, 그는 반사적으로 침낭 지퍼를 내리려 했다.

그 누군가는 틈을 두지 않고 우시카와의 목에 팔을 감았다. 짧은 비명을 지를 틈조차 주지 않았다. 훈련을 쌓아온 강인한 남자의 근육을 우시카와는 목덜미에 느꼈다. 그 팔뚝은 그의 목을 콤팩트하게, 하지만 바이스처럼 여지없이 조여왔다. 남자는 단 한 마디도 소리를 내지 않았다. 숨소리도 들리지 않는다. 우시카와는 침낭 속에서 버둥 거리며 몸부림쳤다. 나일론 안감을 두 손으로 잡아뜯고 두 다리로 걸어찼다. 비명을 지르려고 했다. 하지만 그런 짓을 해봐야 아무 도움도 되지 않는다. 상대는 일단 방바닥 위에서 자세를 굳히고는 꿈쩍도 하지 않고 그저 팔 근육에 단계적으로 힘을 넣어갔다. 효과적이고 낭비 없는 동작이다. 거기에 맞춰 우시카와의 목이 짓눌리고 호흡은 점점 더 가늘게 좁아들었다.

그 절망적인 상황에서 우시카와의 뇌리를 스친 것은 이자가 어떻게 방 안에 들어왔을까 하는 의문이었다. 문의 실린더 자물쇠는 채웠다. 안쪽에서 체인도 걸었다. 창 쪽의 문단속도 틀림없이 했다. 그런데 어떻게 이 방에 들어올 수 있었을까. 자물쇠를 만지며 조작했다면 반드시 소리가 났을 것이고, 그런 소리가 들렸다면 나는 틀림없이 눈을 떴을 것이다.

이자는 프로다. 우시카와는 생각했다. 필요하다면 한치의 망설임도 없이 사람의 목숨을 뺏을 수 있다. 그러기 위한 훈련도 쌓았다. '선구'에서 보낸 사람들일까. 그자들이 마침내 나를 처분하기로 결정한 걸까. 내가 더이상 도움이 되지 않는 귀찮은 존재라고 판단한 걸까. 그렇다면 그건 잘못된 판단이다. 나는 바로 한 발짝 앞까지 아오마메를 쫓아왔으니까. 우시카와는 소리를 내어 그 남자에게 호소하려고 했다. 우선 내 얘기부터 들어봐, 하고. 하지만 목소리는 나오지 않았다. 성대를 울릴 만한 공기가 거기에는 이미 없었고, 혀도 목 안쪽에서 돌처럼 굳어버렸다.

목은 이제 빈틈없이 막혀 있었다. 공기는 일절 들어오지 않는다. 폐는 죽을 힘을 다해 신선한 산소를 원하지만, 그런 건 어디에서도 찾을 수 없다. 몸과 의식이 분할되어가는 느낌이 밀려왔다. 몸이 침낭 속에서 버둥거리는 한편, 그의 의식은 걸쭉하고 묵직한 공기층으로 빨려들어갔다. 양팔과 양다리가 급속히 감각을 상실해갔다. 왜냐고, 그는 희미해져가는 의식 속에서 물었다. 왜 내가 이런 한심한 곳에서 이런 한심한 꼴로 죽어야 하느냐고. 물론 대답은 없다. 이윽고 가없는 어둠이 천장에서 내려와 모든 것을 감싸안았다.

의식이 돌아왔을 때, 우시카와는 침낭 밖에 나와 있었다. 두 팔과 두 다리에는 감각이 없다. 그가 아는 것은 눈가리개가 씌워졌다는 것과 뺨에 방바닥의 감촉이 느껴진다는 것 정도였다. 이제 목은 졸리지 않았다. 폐가 풀무처럼 소리 내어 수축하면서 신선한 공기를 들이쉬고 있었다. 차가운 겨울 공기다. 산소를 얻어 새로운 혈액이 만들어지고, 심장이 그 붉고 따뜻한 액체를 전속력으로 신경의 말단까지 보내고 있었다. 그는 이따금 격한 기침을 하며 오로지 호흡하는 일에만 신경을 집중했다. 그러는 사이 조금씩이나마 양팔과 다리에 감각이 돌아왔다. 심장의 단단한 고동 소리가 귓속에서 들려온다. 나는 아직 살아 있다, 우시카와는 어둠 속에서 그렇게 생각했다.

우시카와는 방바닥에 엎드려 있었다. 양손은 부드러운 천 같은 것으로 등뒤에 묶였다. 발목도 묶여 있다. 그리 단단히 묶은 건 아니지만 능숙하고도 효과적인 매듭이다. 구르는 것 말고는 몸을 움직일 수 없다. 자신이 이렇게 아직 살아 숨쉬고 있는 것이 신기하다고 생각했다. 그건 죽음이 아니었던 것이다. 아슬아슬한 곳까지 죽음에 근접하기는 했지만 죽음 그 자체는 아니었다. 목구멍 양옆에 날카로운 통증이 혹처럼 남아 있었다. 지린 오줌이 속옷에 스며 차가워지기 시작했다. 하지만 그건 결코 불쾌한 감각이 아니다. 오히려 환영해야 할 감각이다. 아픔이나 차가움은 아직 살아 있다는 표시니까.

"그리 간단히는 죽지 않아." 남자의 목소리가 말했다. 마치 우시카와의 마음속을 읽은 듯이.

제23장 아오마메
Q
빛은 틀림없이 그곳에 있다

한밤중을 지나 날짜는 일요일에서 월요일로 옮겨갔지만, 잠은 아직 찾아오지 않았다.

아오마메는 욕실에서 나와 파자마로 갈아입고 침대에 들어가 불을 껐다. 늦도록 깨어 있어도 그녀가 할 수 있는 일은 아무것도 없다. 문제는 일단 다마루의 손에 맡겨졌다. 뭔가 고민을 하더라도, 지금은 우선 자고 내일 아침이 된 다음에 신선한 머리로 다시 생각하는 게 좋다. 그래도 그녀의 의식은 구석구석까지 각성하고, 몸은 한없이 활동을 원하고 있었다. 잠을 잘 수 있을 것 같지 않다.

아오마메는 그만 포기하고 침대에서 나와 파자마 위에 가운을 걸쳤다. 물을 끓여 허브티를 우리고 식당 테이블 앞에 앉아 그것을 조금씩 흘려넣듯이 마신다. 머릿속에 뭔가 생각이 떠오르기는 했는데, 그게 어떤 생각인지 파악할 수가 없다. 멀리 보이는 비구름처럼, 그것은 두툼하고 촘촘한 형태를 띠고 있다. 형태는 알겠는데 윤곽을 잡을 수 없다. 형태와 윤곽 사이에 아무래도 어긋남이 있는 것 같다. 아오마메는 머그잔을 들고 창가로 다가가 커튼 틈새로 어린이공원을 바라본다.

물론 거기에 인적은 없다. 밤 한시가 넘은 시각, 모래놀이터도 그네도 미끄럼틀도, 모든 것이 내버려져 있다. 유난히 고요한 밤이다. 바람은 잦아들고 구름 한 점 없다. 그리고 두 개의 크고 작은 달이 얼어붙은 나무들 위로 나란히 떠 있다. 달은 지구의 자전에 맞춰 마지막에 봤을 때에서 위치를 바꾸긴 했지만, 아직 시야 안에 머물러 있다.

아오마메는 그곳에 선 채, 후쿠스케 머리가 들어갔던 낡아빠진 아파트와 그 303호 문의 슬릿에 들어 있던 명패를 머릿속에 떠올린다. 하얀 카드에 타이프로 친 '가와나'라는 글자가 있다. 그 카드는 새것이 아니다. 귀퉁이가 닳고 접히고 군데군데 습기로 생긴 얼룩이 희미하게 묻어 있다. 그 카드가 슬릿에 들어간 뒤로 짧지 않은 세월이 지났다.

그 집에 사는 이가 가와나 덴고인지, 아니면 가와나라는 성을 가진 다른 사람인지, 다마루가 진상을 밝혀줄 것이다. 머지않아, 아마 내일이라도 그 결과를 알려줄 것이다. 어떤 일에든 쓸데없이 시간을 지체하지 않는 사람이다. 그때 사실이 밝혀질 것이다. 경우에 따라, 나는 이제 곧 덴고와 얼굴을 마주할 수 있을지도 모른다. 그 가능성이 아오마메를 숨막히게 한다. 주위의 공기가 급속히 희박해지는 것 같다.

하지만 일이 그리 순조롭게 풀리지 않을지도 모른다. 만일 303호에 사는 이가 가와나 덴고라 해도, 그 아파트의 어딘가에는 불길한 후쿠스케 머리가 잠복하고 있다. 그리고 무언가를, 어떤 일인지는 모르지만 아무튼 나쁜 무언가를 은밀히 꾀하고 있다. 그자는 교묘하게 계략을 꾸미며 나와 덴고를 집요하게 물고 늘어지면서, 우리가 재회하는 것을 방해하려 할 게 틀림없다.

아니, 걱정할 거 없어, 아오마메는 자신을 타이른다. 다마루는 신뢰하기에 족한 사람이다. 그리고 내가 알고 있는 누구보다 주도면밀하고 유능하고 수많은 경험을 쌓았다. 맡겨두면 그는 소홀함 없이 후쿠스케 머리를 따돌려줄 것이다. 나한테만이 아니라 다마루에게도 역시 후쿠스케 머리는 귀찮은 존재이고, 반드시 배제해야 할 위험인자다.

그러나 만일 다마루가 어떤 이유로든(어떤 이유인지는 모르겠지만) 나와 덴고가 만나는 것이 바람직하지 않은 사태를 몰고 올 거라고 판단한다면, 그때는 대체 어떻게 될까. 만일 그렇게 된다면 그는 분명 나와 덴고가 대면할 가능성을 단호히 잘라버릴 것이다. 나와 다마루는 서로 개인적인 호감 비슷한 것을 품고 있다. 그건 확실하다. 하지만 그는 어떠한 경우에도 노부인의 이익과 안전을 최우선한다. 그것이 그의 본래 업무다. 결코 아오마메만을 위해서 움직이고 있는 게 아니다.

그렇게 생각하니 아오마메는 불안해진다. 덴고와 자신이 맺어지는 것이 다마루의 우선순위 목록 어디쯤에 들어 있는지, 아오마메는 거기까지는 알 길이 없다. 다마루에게 가와나 덴고에 대한 이야기를 털어놓은 건 어쩌면 치명적인 실수였는지도 모른다. 덴고와 나 사이의 문제는 처음부터 끝까지 나 혼자 힘으로 처리했어야 할 일이었는지도 모른다.

하지만 이제 와서 일을 돌이킬 수는 없다. 어찌 됐든 이미 다마루에게 사정을 털어놓은 것이다. 그 시점에는 그렇게 할 수밖에 없었다. 후쿠스케 머리는 아마 그곳에서 내가 오기를 기다리고 있을 것이고, 그런 곳에 나 혼자 들어간다는 건 자살행위에 가깝다. 그리고 시간은 시시각각 흘러간다. 태도를 유보하고 상황을 관망하고 있을 여유는 없었다. 다마루에게 사정을 털어놓고 그의 손에 문제를 맡기는 것이 그때 내가 할 수 있는 최선의 선택이었다.

아오마메는 덴고에 대해 더이상 생각하지 않기로 한다. 생각하면 생각할수록 사고의 실타래는 꼼짝달싹할 수 없을 만큼 복잡하게 뒤엉킨다. 더이상 아무 생각도 하지 말자. 달도 보지 말자. 달빛은 소리 없이 그녀의 마음을 어지럽힌다. 그것은 포구의 조위(潮位)를 바꾸고 숲의 생명을 뒤흔든다. 아오마메는 허브티의 마지막 한 모금을 마시고 창가를 떠나 머그 잔을 싱크대에서 씻는다. 브랜디를 아주 조금만 마시고 싶지만 임신중에 알코올을 섭취할 수는 없다.

아오마메는 소파에 앉아 곁의 작은 독서등을 켜고 「공기 번데기」를 다시 한번 읽기로 한다. 그녀는 지금까지 그 소설을 적어도 열 번은 읽었다. 그다지 긴 이야기가 아니어서 문장의 세세한 부분까지 외우고 있을 정도다. 하지만 다시 한번 좀더 주의 깊게 읽기로 한다. 어차피 이대로 잠도 올 것 같지 않다. 그리고 그곳에는 아직 무언가 못 보고 넘어간 것이 있는지도 모른다.

「공기 번데기」는 이른바 암호노트 같은 것이다. 후카다 에리코는 아마도 어떤 메시지를 유포할 목적으로 그 이야기를 풀어놓았다. 덴고가 그 문장을 기교적으로 세련된 것으로 바꾸고, 효과적으로 이야기를 재구성했다. 두 사람은 한팀이 되어 수많은 독자에게 어필할 소설을 만들어냈다. '선구' 리더의 말에 따르면 "두 사람은 상대를 보완하는 자질을 갖고 있다. 그들은 서로를 보완하고 힘을 합쳐 하나의 작업을 완성한" 것이다. 또한 리더의 말을 그대로 믿는다면, 「공기 번데기」가 베스트셀러가 되고, 거기에 어떤 비밀이 명문화된 것에 의해 리틀 피플은 비활성화되고 '목소리'는 말하기를 멈춰버렸다. 그 결과 우물은 마르고 물줄기는 끊겼다. 그 책은 그만큼 중대한 영향력을 발휘한 것이다.

그녀는 소설의 한 행 한 행에 의식을 집중한다.

벽시계의 바늘이 두시 반을 가리킬 무렵, 아오마메는 이미 소설의 삼분의 이 정도를 읽었다. 그녀는 거기서 일단 책장을 덮고, 자신이 마음으로 강하게 느끼는 것을 말이라는 형태로 바꿔보려고 노력한다. 그녀는 그 시점에서, 계시라고까지는 할 수 없어도 확신에 가까운 이미지를 얻고 있다.

나는 우연히 이곳으로 실려온 것이 아니다.

그 이미지가 호소하는 바는 그것이다.

나는 있어야 하기에 이곳에 있는 것이다.

나는 지금까지 내가 이 '1Q84'년에 오게 된 것은 타의적인 힘에 휩쓸렸기 때문이라고 생각했다. 무언가의 의도에 의해 레일 포인트가 바뀌고, 그 결과 내가 탄 열차는 본선에서 벗어나 이 새롭고 기묘한 세계로 들어서고 말았다. 그리고 문득 깨달았을 때, 나는 이곳에 있었다. 두 개의 달이 하늘에 떠 있고, 리틀 피플이 출몰하는 세계에. 그곳에는 입구는 있어도 출구는 없다.

리더는 죽기 전에 나에게 그렇게 설명했다. '열차'라는 건 다름아 닌 덴고가 집필하고 있는 이야기이고, 나는 꼼짝없이 그 이야기에 포함되어 있다. 그래서 나는 지금 이곳에 있는 것이라고. 어디까지나 수동적인 존재로서. 말하자면 깊은 안개 속을 헤매는 혼란에 빠진 무지한 조연으로서.

하지만 그런 것만은 아니다. 아오마메는 생각한다. 그런 것만은 아니다.

나는 누군가의 의사에 휩쓸려, 본의 아니게 이곳에 실려왔을 뿐인 수동적인 존재가 아니다. 분명 그런 부분도 있을 것이다. 하지만 동시에 나는 나 스스로 이곳에 있기를 선택한 것이기도 하다.

이곳에 있는 것은 나 자신의 주체적인 의사이기도 하다.

그녀는 그렇게 확신한다.

그리고 내가 이곳에 있는 이유는 분명하다. 이유는 단 한 가지밖에 없다. 덴고를 만나 맺어지는 것. 그것이 내가 이 세계에 존재하는 이유다. 아니, 거꾸로 보면 그것이 이 세계가 내 안에 존재하는 유일한 이유다. 어쩌면 그것은 마주보는 거울처럼 한없이 반복되는 패러독스일지도 모른다. 이 세계 속에 내가 포함되고, 나 자신 속에 이 세계가 포함되어 있다.

덴고가 현재 쓰고 있는 이야기가 어떤 줄거리를 가진 소설인지 아오마메는 물론 알 길이 없다. 아마도 그 세계에는 달이 두 개 떠 있을 것이다. 그곳에는 리틀 피플이 출몰할 것이다. 그녀가 추측할 수 있는 것은 기껏 거기까지다. 그럼에도 불구하고 그것은 덴고의 이야기이며 동시에 나의 이야기이기도 하다. 그것을 아오마메는 알 수 있다.

아오마메가 그것을 깨달은 것은, 주인공 소녀가 리틀 피플과 함께 밤마다 광 안에서 공기 번데기를 만드는 장면을 다시 읽었을 때였다. 그 상세하고도 선명한 묘사를 눈으로 따라가는 동안 그녀는 아랫배 안쪽에서 뭉클하게 따스한 것을 느꼈다. 녹아드는 듯한 신비한 깊이를 가진 따스함이다. 거기에는 작지만 중요한 핵심을 가진 열원이 있었다. 그 열원이 무엇인지, 발열이 무엇을 의미하는지 생각할 것도 없이 아오마메는 안다. 작은 것이다. 주인공과 리틀 피플이 함께 공기 번데기를 만들어가는 정경에 그것이 감응하여 열을 발하는 것이다.

아오마메는 책을 옆 테이블에 내려놓고 파자마 단추를 풀고 배 위에 손바닥을 얹는다. 손바닥은 그곳에 있는 발열을 감지한다. 그곳에는 오렌지색의 연한 빛까지 떠올라 있는 것 같다. 그녀는 독서등 스위치를 끄고, 침실의 어둠 속에서 그 부분을 골똘히 응시한다. 보일락 말락 하는 희미한 발광이다. 하지만 빛은 틀림없이 그곳에 있다. 나는 고독하지 않아, 아오마메는 생각한다. 우리는 하나로 맺어져 있는 것이다. 아마도 같은 이야기에 공시적(共時的)으로 포함됨으로써.

그리고 만일 그것이 덴고의 이야기이면서 동시에 내 이야기이기도 하다면, 나도 그 줄거리를 쓸 수 있을 것이다. 아오마메는 그렇게 생각한다. 거기에 무언가를 덧붙여 써넣는 것도, 혹은 그곳의 무언가를 다시 바꿔 써넣는 것도 분명 가능할 것이다. 그리고 무엇보다 결말을 내 의사로 결정할 수 있을 것이다. 그렇지 않은가.

그녀는 그 가능성에 대해 생각한다.

하지만 어떻게 해야 그럴 수 있을까.

아오마메는 아직 그 방법은 알지 못한다. 그녀가 아는 것은 그런 가능성이 틀림없이 있다는 것뿐이다. 그것은 현재로서는 아직 구체성이 모자란 하나의 이론에 지나지 않는다. 그녀는 내밀한 어둠 속에서 입술을 꾹 다물고 생각에 잠긴다. 매우 중요한 일이다. 깊이 생각해야 한다.

우리는 둘이서 한팀이다. 덴고와 후카다 에리코가 「공기 번데기」에서 유능한 팀을 이루었던 것처럼, 이 새로운 이야기에서 나와 덴고는 한팀이다. 우리 두 사람의 의지가—혹은 의지의 밑바탕에 있는 것이—하나가 되어 이 복잡하게 얽힌 이야기를 만들고 진행시키고 있다. 그건 아마도 어딘가 보이지 않는 깊은 곳에서 이루어지는 작업일 것이다. 그래서 얼굴을 마주하지 않아도 우리는 하나로 연결될 수 있다. 우리가 이야기를 만들고, 그 한편에서 이야기가 우리를 움직여 간다. 그런 것이 아닐까.

한 가지 의문이 있다. 매우 중요한 의문이다.

우리가 쓰고 있는 그 이야기 속에서, 이 작은 것은 대체 무엇을 의미하는 걸까. 그것은 어떤 역할을 맡게 되는 걸까.

이 작은 것은 리틀 피플과 주인공 소녀가 광 안에서 공기 번데기를 만드는 장면에 이토록 강하게 감응하고 있다. 내 자궁 안에서 은은하게, 하지만 손으로 짚어 분명히 알 수 있는 열기를 품고 연한 오렌지색 빛을 발하고 있다. 마치 공기 번데기 그 자체인 것처럼. 그건 내 자궁이 '공기 번데기' 역할을 하고 있다는 뜻일까. 나는 마더이고 이 작은 것은 내게 도터인 걸까. 내가 성교 없이 덴고의 아이를 잉태한 것에는 리틀 피플의 의지가 어떤 형태로든 관여한 걸까. 그들이 내 자궁을 교묘히 점령하여 '공기 번데기'로 이용하고 있는 걸까. 그들은 나라는 장치를 통해 자신들을 위한 새로운 도터를 만들어내려는 걸까.

아니, 그렇지 않다. 강하고 명료하게 그녀는 생각한다. 그건 있을 수 없다.

리틀 피플은 현재로서는 활동력을 잃고 있다. 리더는 그렇게 말했다. 소설 「공기 번데기」가 세상에 널리 유포된 것에 의해 그들은 본래의 활동에 제한을 받고 있다. 이 임신은 그들의 눈이 닿지 않는 곳에서, 그들의 능력을 교묘히 뚫고 나와서 이루어진 게 틀림없다. 그러면 대체 누가—혹은 어떤 힘이—이 임신을 가능하게 한 것일까? 그리고 무엇을 위해?

아오마메는 알지 못한다.

그녀가 알고 있는 건 이 작은 것이 덴고와 자신 사이에서 얻은, 세상 무엇과도 바꿀 수 없는 생명이라는 것뿐이다. 그녀는 다시 한번 아랫배에 손을 얹는다. 그 가장자리를 두르듯이 엷게 떠오른 오렌지색 빛을 가만히 덮는다. 손바닥에 느껴진 따스함을 시간을 들여 온몸에 번져나가게 한다. 나는 무슨 일이 있어도 이 작은 것을 지켜내야 한다. 누구에게도 빼앗기지 않는다. 누구의 손에도 다치게 하지 않는다. 우리는 이것을 보호하고 키워낼 것이다. 그녀는 밤의 어둠 속에서 그렇게 마음을 다진다.

침실에 들어가 가운을 벗고 침대에 든다. 반듯이 누워 아랫배에 손을 얹고 그 온기를 다시 한번 손바닥에 느낀다. 불안은 이미 사라졌다. 망설임도 없다. 나는 더욱 강해져야 한다. 내 마음과 몸은 하나가 되어야 한다. 이윽고 떠도는 연기처럼 잠이 소리도 없이 찾아와 그녀의 온몸을 감싼다. 하늘에는 아직 두 개의 달이 나란히 떠 있다.

제24장 덴고

Q

고양이 마을을 떠나다

아버지의 유해는 깨끗이 다림질한 NHK 수금원 제복에 영광스럽게 감싸여 간소한 관에 들어갔다. 아마 값이 가장 싼 관일 것이다. 카스텔라 나무상자를 약간 튼튼하게 만들었다 싶을 정도의, 몹시도 통명스러운 물건이었다. 고인은 체구가 작은 편이지만 그래도 길이에 거의 여유가 없었다. 합판으로 만든 그 관에는 변변한 장식도 없었다. 이 관으로 정말 괜찮으시겠어요, 하고 장의사는 머뭇거리면서도 몇 번이나 덴고에게 확인했다. 괜찮다고 덴고는 대답했다. 카탈로그를 보며 아버지 스스로 선택하고 스스로 값을 치른 관이다. 고인이 거기에 이의가 없었다면 덴고로서도 이의는 없다.

NHK 수금원 제복을 입고 그 검소한 관 안에 누운 아버지는 죽은 사람처럼 보이지 않았다. 일하다가 잠깐 선잠을 자는 것처럼 보였다. 당장이라도 눈을 뜨고 일어나 모자를 쓰고, 남은 수금을 위해 일하러 나갈 것 같았다. NHK 마크를 실로 꿰맨 그 제복은 그의 피부의 일부처럼 보였다. 이 사람은 그 제복에 감싸여 이 세상에 태어났고, 그것에 감싸여 화장되는 것이다. 실제로 바로 앞에서 바라보고 있으려니그가 마지막으로 몸에 걸칠 옷으로는 그것 외의 다른 것은 덴고도 생각나지 않았다. 바그너의 악극에 등장하는 전사들이 갑옷에 감싸인 채 화장되는 것과 같다.

화요일 아침, 덴고와 아다치 구미 앞에서 관 뚜껑이 닫히고 못이박혔다. 그리고 영구차에 실렸다. 영구차라고 해도 병원에서 장의사까지 유해를 이송했던 것과 똑같은, 지극히 사무적인 도요타 라이트밴이었다. 바퀴 달린 침대가 관으로 바뀌었을 뿐이다. 아마 그게 가장 싸게 먹히는 영구차였을 것이다. 거기에는 엄숙함이라는 요소는전혀 없었다. 〈신들의 황혼〉 같은 음악도 들려오지 않았다. 하지만영구차의 모습에 관해서도 덴고가 이의를 주장해야 할 이유는 찾을수 없었다. 아다치 구미도 그런 것에는 전혀 신경 쓰지 않는 것 같다. 그것은 단순한 이동수단에 지나지 않는다. 중요한 것은 한 인간이 이 세계에서 소멸했다는 것이고, 남겨진 사람들은 그 사실을 명심해야 한다는 것이다. 두 사람은 택시를 타고 검은 라이트밴의 뒤를따랐다.

바닷가 도로를 벗어나 산 속으로 조금 들어간 곳에 화장장이 있었다. 비교적 새 건물이지만 지극히 개성이 결핍된 건물로, 화장장이라기보다 무슨 공장이나 관청 청사처럼 보였다. 단지 정원을 정성들여깨끗이 다듬고, 높은 굴뚝이 하늘을 향해 당당히 솟은 모습을 통해그것이 특수한 목적을 가진 시설이라는 것을 알 수 있었다. 그날 화장장이 그리 붐비지 않는지, 기다리는 시간도 없이 관은 그대로 고열 화장로로 실려갔다. 화장로 안으로 관이 슬금슬금 들어가자, 잠수함 해치 같은 무거운 덮개가 닫혔다. 장갑을 낀 나이든 담당자가 덴고를 향해 고개 숙여 예를 표하고 점화 스위치를 눌렀다. 아다치 구미가 그 닫힌 덮개를 향해 두 손을 합장해서 덴고도 그대로 따라했다.

화장이 종료되기까지 한 시간 남짓을 덴고와 아다치 구미는 건물 안의 휴게실에서 보냈다. 아다치 구미가 자동판매기에서 따뜻한 캔 커피 두 개를 사와서 둘은 말없이 그것을 마셨다. 두 사람은 커다란 유리창을 마주보는 벤치에 나란히 앉아 있었다. 창밖에는 겨울의 시든 잔디밭이 펼쳐지고, 잎을 떨구고 선 나무들이 있었다. 검은 새 두 마리가 나뭇가지에 앉아 있는 게 보였다. 이름을 알지 못하는 새다. 꼬리가 길고, 체구가 작은 편치고는 소리가 날카롭고 크다. 울 때마다 꼬리를 꼿꼿이 세운다. 나무 위에는 구름 한 점 없는 푸른 겨울 하늘이 펼쳐져 있었다. 아다치 구미는 크림색 더플코트 아래 짧은 검은색 원피스를 입고 있었다. 덴고는 라운드넥 검은 스웨터에 진한 회색 헤링본 상의를 입었다. 구두는 갈색 로퍼. 그것이 그가 가진 것 중에서 가장 포멀한 옷이었다.

"우리 아버지도 여기서 화장했어." 아다치 구미가 말했다. "함께 온 사람들이 다들 쉴새없이 담배를 피웠어. 덕분에 천장쯤에 두둥실 구름이 떠 있는 거 같았다니까. 거기 있는 사람들 대부분이 동료 어부들이었거든."

덴고는 그 광경을 상상했다. 햇볕에 까맣게 그을린 한 무리의 남자들이 익숙지 않은 다크 슈트로 몸을 감싸고, 다같이 열심히 담배를 피워대고 있다. 그리고 폐암으로 죽은 남자를 애도한다. 하지만 지금, 휴게실에는 덴고와 아다치 구미 두 사람밖에 없다. 주위는 고요가 가득 채우고 있다. 이따금 날카로운 새 울음이 나무들 사이에서 들려오는 것 외에는 그 고요를 깨뜨리는 것은 없다. 음악도 없고, 사람의 목소리도 들리지 않는다. 해가 온화한 빛을 지상에 쏟아내고 있었다. 그 빛은 창유리를 넘어 실내로 들어와 두 사람의 발치에 과묵한 양지를 만들었다. 시간은 하구에 가까워진 강처럼 느긋하게 흐르고 있었다.

"함께 와줘서 고마워." 덴고는 길게 이어진 침묵 뒤에 그렇게 말했다.

아다치 구미는 손을 내밀어 덴고의 손 위에 그 손을 얹었다. "혼자면 아무래도 힘들어. 누군가 곁에 있는 게 좋지. 원래 그런 거야."

"응, 그런 건지도 모르겠어." 덴고도 인정했다.

"사람 하나가 죽는다는 건 어떤 사연이 있건 큰일이야. 이 세계에 구멍 하나가 뻐끔 뚫리는 거니까. 거기에 대해 우리는 올바르게 경의를 표해야 해. 그러지 않으면 구멍은 제대로 메워지지 않아."

덴고는 고개를 끄덕였다.

"구멍을 그냥 놔둘 수는 없거든." 아다치 구미는 말했다. "그 구멍으로 누군가 빠져버릴지도 모르니까."

"하지만 때로 죽은 사람은 몇 가지 비밀을 안고 떠나가." 덴고는 말했다. "그리고 구멍이 메워졌을 때, 그 비밀은 비밀인 채로 끝나버리지."

"내 생각에는, 그것 역시 필요한 일이야."

"왜?"

"만일 죽은 사람이 그걸 안고 떠났다면, 그 비밀은 분명 남겨놓고 갈 수 없는 종류의 것이었던 거야."

"왜 남겨놓고 갈 수 없었을까?"

아다치 구미는 덴고의 손을 놓고 그의 얼굴을 똑바로 바라보았다. "아마 거기에는 죽은 사람이 아니고서는 정확히 이해할 수 없는 어떤 일이 있었을 거야. 아무리 시간을 들여 말을 늘어놓아도 미처 다 설명할 수 없는 일이. 그건 죽은 사람이 스스로 안고 가는 수밖에 없는 어떤 일이었어. 특별히 중요한 수하물처럼 말이지."

덴고는 입을 다문 채 발치의 양지를 바라보았다. 리놀륨 바닥이 둔하게 빛을 내고 있었다. 그 바로 앞에 덴고의 후줄근한 로퍼와 아다치 구미의 심플한 검정 펌프스가 있었다. 그것은 바로 거기에 있으면서, 몇 킬로미터나 멀리 떨어진 광경처럼 느껴졌다.

"덴고 군에게도 남에게는 도무지 설명할 수 없는 일이 있을 거야. 그렇지?"

"있을지도." 덴고는 말했다.

아다치 구미는 아무 말 없이 검은 스타킹에 감싸인 가느다란 다리를 꼬았다.

"너는 전에 죽었다고 했지." 덴고는 아다치 구미에게 그렇게 물었다.

"응. 전에 한 번 죽었어. 차가운 비가 내리는 쓸쓸한 밤에."

"그때 일을 기억하고 있어?"

"음, 기억나는 거 같아. 옛날부터 그때 일이 자주 꿈에 나타났으니까. 아주 리얼한 꿈이고, 매번 완전히 똑같아. 정말로 있었던 일이라고 생각할 수밖에 없어."

"그건 리인카네이션 같은 건가?"

"리인카네이션?"

"환생하는 거. 윤회(輪廻)."

아다치 구미는 거기에 대해 생각했다. "글쎄. 그럴지도 몰라. 그렇지 않을지도 모르고."

"너도 죽은 뒤에 이렇게 태어났을까?"

아다치 구미는 고개를 저었다. "거기까지는 기억 안 나. 그건 죽은 다음의 일이니까. 내가 기억하는 건 죽었을 때의 일뿐이야. 누군가 내 목을 졸랐어. 내가 모르는, 전혀 낯선 남자."

"그 남자의 얼굴을 기억하고 있어?"

"물론이지. 몇 번이나 꿈속에서 봤는데. 우연히 길에서 만나도 한눈에 알아볼 거야."

"만약 정말로 길에서 만나면 어떻게 할 거지?"

아다치 구미는 손가락 안쪽으로 코를 비볐다. 거기에 아직 코가 있다는 것을 확인하듯이. "그건 나도 수없이 생각해봤어. 정말로 길에서 만난다면 어떻게 할지 말이야. 그대로 냅다 뛰어서 도망쳐버릴지도 몰라. 몰래 뒤를 따라갈지도 모르고. 막상 그 상황이 되어보지 않고는 아마 모를 거야."

"따라가서 어떻게 하려고?"

"몰라. 그런데 어쩌면 그 남자는 나에 대해 뭔가 중요한 비밀을 쥐고 있는지도 몰라. 잘하면 그걸 파헤칠 수 있을지도 몰라."

"어떤 비밀을?"

"이를테면 내가 이곳에 있는 의미 같은 것을."

"하지만 그 남자는 다시 한번 너를 죽일지도 몰라."

"그럴지도." 아다치 구미는 입을 작게 오므렸다. "거기에는 위험이 따르겠지. 그건 물론 잘 알아. 그대로 뛰어서 어딘가로 도망쳐버리는 게 가장 좋을 수도 있어. 하지만 거기에 분명 있을 지도 모를 비밀이 나를 견딜 수 없게 끌어들여. 어두운 입구가 있으면, 고양이가 기어코 그 안을 들여다보지 않고는 견디지 못하는 것과 똑같아."

화장이 끝나고 아다치 구미와 둘이서 아버지의 남겨진 뼈를 수습해 작은 유골항아리에 담았다. 유골항아리는 덴고에게 건네졌다. 받긴 했지만 이런 걸 어떻게 건사해야 좋을지 덴고는 잘 알지 못했다. 그렇다고 어딘가에 그냥 두고 갈 수도 없다. 덴고는 그 유골항아리를 하릴없이 품에 안은 채, 아다치 구미와 함께 택시를 타고 역으로 향했다.

"남은 자잘한 사무적인 일은 내 쪽에서 적당히 처리할게." 아다치 구미는 택시 안에서 말했다. 그러고는 잠시 생각한 뒤에 덧붙였다. "괜찮다면 납골도 해줄까?"

덴고는 그 말을 듣고 놀랐다. "그렇게도 할 수 있어?"

"안 될 건 없어." 아다치 구미는 말했다. "가족이 한 사람도 오지 않는 장례식도 전혀 없지는 않거든."

"그렇게 해준다면 정말 고맙겠어." 덴고는 말했다. 그리고 얼마간 켕기기는 하지만 솔직히 안도하는 마음으로, 유골항아리를 아다치 구미에게 건넸다. 이 유골을 마주하는 일은 이제 두 번 다시 없을 거라고. 그는 그때 생각했다. 뒤에 남겨지는 것은 기억뿐이다. 그리고 그 기억도 언젠가는 티끌처럼 사라져버린다.

"나는 이 지역 사람이라서 웬만한 일은 적당히 처리할 수 있어. 그러니까 덴고 군은 얼른 도쿄로 돌아가는 게 좋아. 우리는 물론 너를 좋아하지만. 이곳은 덴고 군이 오래 있을 곳이 아니야."

고양이 마을을 떠난다, 덴고는 생각했다.

"여러 가지로 고마워." 덴고는 다시 한번 인사말을 건넸다.

"있지 덴고 군, 내가 한 가지 충고를 좀 해도 괜찮을까? 충고라니, 나답지 않지만."

"물론 괜찮지."

"아버님은 뭔가 비밀을 안고 그쪽으로 가버렸는지도 몰라. 그 일로 너는 약간 혼란스러운 것처럼 보여. 그 마음을 이해 못 하는 건 아냐. 하지만 덴고 군은 어두운 입구를 더이상 들여다보지 않는 게 좋아. 그런 건 고양이들에게 맡겨두면 돼. 그런 걸 해봤자 너는 어디로도 갈 수 없어. 그보다는 앞으로의 일을 생각하는 게 좋아."

"구멍은 메워져야 한다." 덴고는 말했다.

"그렇지." 아다치 구미는 말했다. "올빼미도 그렇게 말하고 있어. 올빼미 얘기, 기억해?"

"물론."

올빼미는 숲의 수호신이고 현명하니까 밤의 지혜를 우리에게 가져다준다.

"올빼미는 아직 그 숲속에서 울고 있을까?"

"올빼미는 어디에도 가지 않아." 간호사는 말했다. "계속 거기에 있어."

다테야마 행 기차에 오르는 덴고를 아다치 구미는 배웅해주었다. 실제로 그가 기차를 타고 이 마을에서 떠나는 것을 자신의 눈으로 확인해둘 필요가 있다는 듯이. 그녀는 보이지 않을 때까지 플랫폼에서 크게 손을 흔들고 있었다.

고엔지 아파트에 도착한 건 화요일 오후 일곱시였다. 덴고는 불을 켜고 식탁 의자에 앉아 방 안을 둘러보았다. 방은 어제 아침 일찍 나갔을 때와 똑같았다. 창문 커튼은 빈틈없이 꼭꼭 닫혔고, 책상 위에는 프린트한 원고가 쌓여 있었다. 깨끗이 깎아낸 연필 여섯 자루가 연필통에 꽂혀 있었다. 씻은 그릇은 주방 싱크대에 그대로 포개어져 있었다. 시계는 묵묵히 시간을 새기고, 벽의 달력은 한 해의 마지막 달에 접어들었다는 것을 보여주고 있었다. 방 안은 평소보다 훨씬 더 고요한 것 같았다. 약간 지나치게 고요하다. 그 정적에는 뭔가 과도한 것이 포함된 것처럼 느껴졌다. 하지만 그건 그저 그렇게 생각한 탓인지도 모른다. 방금 전에 한 사람의 소멸을 목격하고 왔기 때문인지도 모른다. 세계의 구멍이 아직 충분히 메워지지 않았기 때문인지도.

물을 유리컵으로 한 잔 마신 뒤에 뜨거운 샤워를 했다. 꼼꼼히 머리를 감고 귀 청소를 하고 손톱을 깎았다. 서랍에서 새 속옷과 새 셔츠를 꺼내 입었다. 온갖 냄새를 내 몸에서 지우지 않으면 안 된다. 고양이 마을의 냄새를. 우리는 물론 너를 좋아하지만, 이곳은 덴고 군이 오래 있을 곳이 아니야, 라고 아다치 구미는 말했다.

식욕은 없었다. 일할 마음도 나지 않고 책을 펼칠 마음도 들지 않았다. 음악을 듣고 싶은 생각도 없다. 몸은 지쳐 있었지만 신경은 묘하게 고조되어 있다. 그래서 자리에 누워 잠을 자는 것도 여의치 않을 것 같았다. 주위를 뒤덮은 침묵에도 어딘가 기교적인 분위기가 있었다.

이런 때 후카에리가 있다면 좋을 텐데, 덴고는 생각했다. 어떤 시시한 것이라도 좋다. 의미를 이루지 못한 것이어도 좋다. 억양이나 의문부호가 숙명적으로 결여되어 있어도 좋다. 그녀가 하는 말을 오랜만에 듣고 싶었다. 하지만 후카에리가 이제 두 번 다시 이 방에 돌아오지 않으리라는 걸 덴고는 알고 있었다. 어떻게 그걸 알 수 있는지 이유는 제대로 설명할 수 없다. 하지만 그녀는 이곳으로 더이상 돌아오지 않는다. 아마도.

누구라도 좋다. 누군가와 이야기를 하고 싶었다. 가능하다면 연상의 걸프렌드와 이야기하고 싶었다. 하지만 그녀에게 연락을 취할 수는 없다. 연락처도 알지 못하고. 게다가 그 사람이 알려온 바에 의하면 그녀는 이미 상실된 것이다.

고마쓰의 회사 번호를 돌려보았다. 그의 데스크로 연결되는 직통 번호다. 하지만 아무도 전화를 받지 않았다. 열다섯번째 벨이 울린 뒤 덴고는 포기하고 수화기를 내려놓았다.

그밖에 누구에게 전화할 수 있을까, 덴고는 생각해보았다. 하지만 적당한 상대가 단 한 사람도 떠오르지 않았다. 아다치 구미에게 전화해볼까도 생각했지만, 역시 전화번호를 알지 못했다.

그리고 그는 세계의 어딘가에 아직 그대로 빼꼼 열려 있는 어두운 구멍에 대해 생각했다. 그리 큰 구멍은 아니다. 하지만 깊은 구멍이다. 그 구멍을 들여다보며 큰 소리로 말하면 아직 아버지와 대화를 나눌 수 있을까? 죽은 이는 진실을 알려줄까?

"그런 걸 해봐야 너는 어디로도 갈 수 없어"라고 아다치 구미는 말했다. "그보다는 앞으로의 일을 생각하는 게 좋아."

하지만 그렇지 않다고 덴고는 생각한다. 꼭 그런 것만은 아니다. 비밀을 알아봤자 그것이 나를 어디로도 데려가주지 않을지도 모른다. 그래도 왜 그것이 자신을 어디로도 데려가주지 않는지, 그 이유를 알아야 한다. 그 이유를 정확히 알게 된다면, 나는 어쩌면 어딘가로 갈 수 있을지도 모른다.

당신이 내 친아버지였건 아니건, 그건 이미 어느 쪽이라도 상관없는 일이다. 덴고는 그곳에 있는 어두운 구멍을 향해 그렇게 말했다. 어느 쪽이든 좋다. 어느 쪽이라 해도 당신은 나의 일부를 가진 채 죽었고, 나는 당신의 일부를 가진 채 이렇게 살아남아 있다. 실제적인 혈연이 있건 없건, 그 사실이 이제 와서 달라지는 건 아니다. 시간은 이미 그만큼 지나갔고, 세계는 앞으로 나아가버렸다.

창밖에서 올빼미 울음소리가 들린 듯했다. 하지만 물론 귀의 착각일 게 틀림없다.

제25장 우시카와

Q

차가워도, 차갑지 않아도, 신은 이곳에 있다

"그리 간단히는 죽지 않아." 남자의 목소리가 등뒤에서 말했다. 마치 우시카와의 마음속을 읽어낸 것처럼. "잠깐 의식을 떨어뜨린 것뿐이야. 거의 코앞까지 가긴 했지만."

들어본 적 없는 목소리다. 표정이 결락된 중립적인 목소리. 높지도 않고 낮지도 않다. 너무 딱딱하지도 않고 너무 부드럽지도 않다. 비행기 발착시각이나 주식시황을 알리는 목소리처럼.

오늘이 무슨 요일이었더라. 맥락도 없이 우시카와는 생각했다. 분명 월요일 밤이다. 아니, 정확히 말하면 날짜는 이미 화요일로 바뀌었는지도 모른다.

"우시카와 씨." 남자는 말했다. "우시카와 씨가 맞지?"

우시카와는 가만히 있었다. 이십 초쯤 침묵이 흘렀다. 그리고 남자는 예고도 없이 우시카와의 왼쪽 콩팥에 진폭이 짧은 일격을 가했다. 소리 없는, 하지만 끔찍하게 강렬한 등뒤로부터의 일격이었다.

격렬한 통증이 온몸을 꿰뚫었다. 모든 장기가 움츠러들어 그 아픔이 진정되기까지 숨도 제대로 쉬지 못했다. 이윽고 우시카와의 입에서 메마른 신음이 새어나왔다.

"일단 정중하게 질문을 했어. 대답을 해줘야지. 입이 아직 제대로 돌아가지 않는다면 고개를 끄덕이건 흔들건, 그것도 좋아. 그게 예의란 거야." 남자는 말했다. "우시카와 씨가 맞지?"

우시카와는 몇 번 고개를 끄덕였다.

"우시카와 씨. 기억하기 쉬운 이름이야. 바지에 있던 지갑을 조사했어. 운전면허증과 명함이 들어 있더군. '신일본학술예술진흥회 상임이사'. 아주 훌륭한 직함이잖아, 우시카와 씨. 그런데 '신일본학술예술진흥회' 이사님이 이런 곳에서 도촬카메라로 대체 뭘 하고 있을까."

우시카와는 가만히 있었다. 말이 아직 제대로 나오지 않았다.

"대답하는 게 좋을 거야." 남자는 말했다. "이건 충고야. 콩팥이 망가지면 평생 통증을 안고 다녀야 해."

"여기 사는 사람을 감시했어." 우시카와는 가까스로 말했다. 목소리의 높낮이가 안정되지 않고 군데군데 갈라졌다. 눈이 가려져 있으니 그게 자신의 목소리처럼 들리지 않았다.

"가와나 덴고라는 사람이지?"

우시카와는 고개를 끄덕였다.

"소설 「공기 번데기」의 고스트라이터, 가와나 덴고."

우시카와는 다시 한번 고개를 끄덕이고, 그러고는 잠깐 컥컥거렸다. 이 사람은 그 일을 알고 있다.

"누구 부탁으로?" 남자는 물었다.

"'선구' 교단."

"그 정도 예상은 이쪽에서도 할 수 있어, 우시카와 씨." 남자는 말했다. "하지만 어째서 교단이 지금 새삼스럽게 가와나 덴고의 동향을 감시해야 하는 걸까. 그들에게 가와나 덴고는 그리 중요한 인물도 아닐 텐데."

이 사람이 어떤 위치에 있는지, 어디까지 상황을 파악하고 있는지, 우시카와는 재빨리 머리를 굴렸다. 누군지는 모르지만 적어도 교단에서 보낸 사람은 아니다. 하지만 그것이 환영할 만한 사실인지, 아니면 그 반대인지, 거기까지는 우시카와도 알 수 없다.

"질문하는 거야." 남자는 말했다. 그리고 손끝으로 왼쪽 콩팥을 찔렀다. 강한 힘이다.

"그자는 어떤 여자와 관련이 있어." 우시카와는 신음하듯이 말했다.

"그 여자에게 이름은 있나?"

"아오마메."

"왜 아오마메를 쫓고 있지?" 남자는 물었다.

"그 여자가 교단 리더에게 해를 입혔기 때문이야."

"해를 입혔다." 남자는 검증하듯이 말했다. "죽였다는 거겠지? 좀 더 심플하게 말하면."

"그래." 우시카와는 말했다. 이 사람을 상대로 끝까지 사실을 감출 수는 없다고 그는 생각했다. 늦건 빠르건 결국 다 불게 될 것이다.

"그러나 그 일은 세상에는 알려지지 않았다."

"내부적인 비밀이야."

"교단 내에서 어느 정도의 사람들이 그 비밀을 알고 있을까?"

"몇 명 안 돼."

"그리고 당신도 그 안에 포함되어 있다."

우시카와는 고개를 끄덕였다.

남자는 말했다. "즉 당신은 교단 내에서 상당히 중요한 위치에 있다는 얘기군."

"아니야." 우시카와는 고개를 저었다. 고개를 가로젓자 얻어맞은 콩팥이 아팠다. "나는 그냥 심부름꾼이야. 우연히 그걸 알게 된 것뿐이야."

"하필 그때, 하필 그 장소에 있었다. 그런 얘기인가."

"그런 셈이지."

"그나저나 우시카와 씨, 이번 일은 당신 단독으로 행동하는 건가?"

우시카와는 고개를 끄덕였다.

"묘한 얘기군. 이런 감시나 미행 작업은 팀을 짜서 하는 게 상식인데. 좀더 신중하게 하자면 보급 담당까지 포함해 최소한 세 명이 필요하지. 그리고 당신들은 항상 조직적으로 행동할 텐데. 단독행동은 너무 부자연스러워. 그런고로, 당신의 그 대답은 별로 마음에 안 들어."

"나는 교단의 신자가 아니야." 우시카와는 말했다. 호흡이 안정되면서 이제야 겨우 입이 제대로 움직여졌다. "교단에 개인적으로 고용되었을 뿐이야. 외부 사람을 쓰는 게 더 편리할 때 호출하는 거지."

"'신일본학술예술진흥회' 상임이사로서?"

"그건 가짜야. 그 단체는 실체가 없어. 주로 교단의 세금대책을 위해 만든 곳이야. 나는 교단과 관련 없는 개인업자로서 교단을 위해 일을 하고 있어."

"용병 같은 거로군."

"아니, 용병과는 달라. 단순히 의뢰를 받아 정보수집 같은 걸 할 뿐이야. 만약 험한 일이 필요할 때는 교단 내의 다른 사람이 담당해."

"여기서 가와나 덴고를 감시해서, 아오마메와의 연결고리를 찾으라는 교단의 지시를 받았다는 건가, 우시카와 씨?"

"그래."

"아니지." 남자는 말했다. "그건 옳지 않은 대답이야. 만일 교단이 그 사실을 파악했다면, 즉 아오마메와 가와나 덴고가 관계가 있다는 걸 파악했다면, 그자들은 당신 한 사람에게만 감시를 맡기지는 않았겠지. 자기 쪽 사람들을 동원해서 팀을 짰을 거야. 그러는 게 실수도 적고, 무력도 효과적으로 사용할 수 있어."

"하지만 사실이야. 나는 교단의 지시를 따랐을 뿐이라고. 왜 혼자서 하라고 했는지, 그건 나도 몰라." 우시카와의 목소리는 다시 높낮이가 불안정하고 군데군데 갈라졌다.

만일 '선구'에서 아오마메와 덴고의 관계를 아직 파악하지 못했다는 사실을 알면, 나는 이대로 제거될지 모른다고 우시카와는 생각했다. 내가 없어지면 그건 누구에게도 알려지는 일 없이 끝날 테니까.

"옳지 않은 대답을, 나는 좋아할 수 없어." 남자는 싸늘한 목소리로 말했다. "우시카와 씨, 그걸 뼈저리게 알아야겠어. 다시 한번 같은 쪽 콩팥을 손봐주는 것도 좋겠지. 하지만 그러자면 내 주먹도 꽤 아플 거고, 게다가 내 목적은 당신 콩팥에 심각한 데미지를 주자는 게 아니야. 당신에게 개인적 원한이 있는 건 아니니까. 내 목적은 단

한 가지, 옳은 대답을 얻는 거야. 그러니까 이번에는 새로운 취향으로 해보자. 바다 밑으로 가줘야겠어."

바다 밑? 우시카와는 생각했다. 이 사람이 대체 무슨 말을 하는 거지.

남자는 호주머니에서 뭔가를 꺼내는 것 같았다. 부스럭부스럭 비닐이 버석거리는 소리가 귀에 들어왔다. 그리고 우시카와의 머리 위로 뭔가 푹 덮어씌워졌다. 비닐봉지다. 식품 냉동용 두꺼운 비닐봉지 같다. 그러고는 크고 굵은 고무줄이 목 주위에 감겼다. 이 사람은 나를 질식시킬 생각이다. 우시카와는 깨달았다. 공기를 들이쉬려 하자 입 안이 비닐로 가득 찼다. 콧구멍도 막혔다. 양쪽 폐가 필사적으로 신선한 공기를 원하고 있었다. 하지만 그런 건 어디에도 없다. 비닐이 얼굴 전체에 찰싹 달라붙어 말 그대로 죽음의 가면이 되었다. 이어서 온몸의 근육이 거세게 경련하기 시작했다. 우시카와는 손을 뻗어 그 비닐을 뜯어내려 했지만, 손은 물론 움직이지 않았다. 등뒤로 단단히 묶여 있는 것이다. 머릿속에서 뇌가 풍선처럼 팽창하고, 그대로 터질 것 같았다. 우시카와는 소리를 지르려 했다. 어떻게든 신선한 공기를 얻어야 한다. 무슨 일이 있어도. 하지만 물론 소리는 나오지 않았다. 혀가 입 안 가득 퍼졌다. 의식이 머리에서 흘러 떨어져나갔다.

이윽고 고무줄이 풀리고 비닐봉지가 머리에서 벗겨졌다. 우시카와는 눈앞에 있는 공기를 필사적으로 폐 속으로 들여보냈다. 그러고는 몇 분 동안, 마치 입이 닿지 않는 곳에 있는 뭔가를 물어뜯으려는 동물처럼 몸을 젖히며 거친 호흡을 거듭했다.

"바다 밑은 어땠지?" 남자는 우시카와의 호흡이 안정되기를 기다려 물었다. 그 목소리에는 여전히 표정이 없었다. "꽤 깊은 곳까지 갔어. 지금까지 한 번도 본 적 없는 것들을 잔뜩 봤겠지. 귀중한 체험이야."

우시카와는 아무 말도 할 수 없었다. 목소리가 나오지 않았다.

"우시카와 씨, 몇 번이나 똑같은 말을 하게 되는군. 나는 옳은 대답을 원해. 한 번만 더 질문하지. 여기서 가와나 덴고의 동향을 감시해서, 아오마메와의 관련을 찾으라는 교단의 지시를 받았나? 이건 아주 중요한 일이야. 사람의 목숨이 걸린 일이지. 잘 생각해서 옳은 대답을 해. 당신이 거짓말을 하면 뻔히 알 수 있어."

"교단은 이 일을 몰라." 우시카와는 가까스로 그 말만 했다.

"그래, 그게 옳은 대답이야. 교단은 아오마메가 가와나 덴고와 관계가 있다는 걸 아직 파악하지 못했다. 당신은 아직 그 사실을 그자들에게 전하지 않았다. 그렇지?"

우시카와는 고개를 끄덕였다.

"처음부터 정직하게 대답했으면 바다 밑 같은 건 구경할 필요가 없었잖아. 힘들었지?"

우시카와는 고개를 끄덕였다.

"알아. 나도 예전에 같은 꼴을 당했던 적이 있어." 남자는 별것 아닌 이야기를 하듯이 말했다. "얼마나 괴로운지, 이건 경험한 적 없는 사람은 결코 모르지. 고통이라는 건 간단하게 일반화할 수 있는 게 아냐. 개개의 고통에는 개개의 특성이 있어. 톨스토이의 유명한 한 구절을 약간 바꿔 말해보자면, 쾌락이라는 건 대체로 고만고만하지만, 고통은 나름나름으로 미묘한 차이가 있지. 묘미라고까지는 할 수 없겠지만. 어째, 그렇게 생각하지 않나?"

우시카와는 고개를 끄덕였다. 그는 아직도 약간 숨을 헐떡이고 있었다.

남자는 말을 이었다. "그러니 이럴 때는 서로 마음을 터놓고, 감추는 거 없이 정직하게 얘기하자고. 알겠나, 우시카와 씨?"

우시카와는 고개를 끄덕였다.

"만일 또 옳지 않은 대답이 나온다면, 다시 바다 밑을 걸어야 할 거야. 이번에는 아까보다 좀더 오래, 좀더 천천히 걷게 해주지. 좀더 아슬아슬한 데까지. 자칫하면 그길로 못 돌아올 수도 있어. 그런 일을 당하고 싶진 않지, 우시카와 씨?"

우시카와는 고개를 끄덕였다.

"아무래도 우리는 공통점이 있는 것 같아." 남자는 말했다. "척 보니 우린 둘 다 외톨이 늑대야. 혹은 떠돌이 개. 간단히 말하면, 사회 부적응자. 천성적으로 조직에는 어울리질 못해. 아니, 애초에 조직 같은 데서 받아주질 않아. 모조리 혼자서 하지. 혼자 결정하고, 혼자 행동하고, 혼자 책임진다. 윗선의 명령은 받지만, 동료도 부하도 없어. 내게 주어진 두뇌와 실력만 믿는 거야. 그렇지?"

우시카와는 고개를 끄덕였다.

남자는 말했다. "그게 우리의 강점이고, 또 때로는 약점이기도 해. 이를테면 이번 일에 대해 말하자면, 당신은 지나치게 공을 세우려고 했어. 경과를 교단에 보고하지 않고, 당신 혼자서 결판을 내려고 했어. 가능한 한 깔끔한 형태로, 개인적인 수훈을 올리고 싶었겠지. 그만큼 가드가 허술해진 거야. 그렇지?"

우시카와는 다시 한번 고개를 끄덕였다.

"그렇게까지 해야 할 무슨 이유라도 있었나?"

"리더의 죽음과 관련해서 내 쪽에 실수가 있었어."

"어떤?"

"내가 아오마메의 신변조사를 맡았어. 리더와 만나기 전에 치밀하게 체크를 했어. 걸리는 점은 아무것도 발견하지 못했어."

"그러나 그녀는 살해할 의지를 갖고 리더에게 접근했고, 실제로 그의 숨통을 끊었다. 당신은 주어진 임무에 실수를 저질렀고, 결국 그 책임을 지게 될 상황에 몰렸다. 어차피 몇 번 써먹고 버리면 그만인 외부인이다. 게다가 이제는 내부 사정을 너무 많이 아는 인물이기도 하고. 결국 살아남기 위해서는 그자들에게 아오마메의 목을 갖다 바쳐야 한다. 그런 얘긴가?"

우시카와는 고개를 끄덕였다.

"미안하게 됐군." 남자는 말했다.

미안하게 됐군? 우시카와는 그 말의 의미에 대해 일그러진 머릿속으로 생각을 굴렸다. 그리고 짚이는 게 있었다.

"리더 살해는 당신 쪽에서 꾸민 거였어?" 우시카와는 말했다.

남자는 거기에는 대답하지 않았다. 하지만 그 말없는 대답이 결코 부정의 뜻이 아니라는 것을 우시카와는 이해했다.

"나를 어떻게 할 생각이지?" 우시카와는 물었다.

"어떻게 할까. 실은 아직 결정을 못 했어. 지금부터 천천히 생각하지. 모든 건 당신이 어떻게 나오느냐에 달렸어." 다마루는 말했다.

"그밖에 몇 가지 당신에게 물어볼 게 있어."

우시카와는 고개를 끄덕였다.

"'선구'의 연락 담당 전화번호를 알려줘야겠어. 당신의 직속 담당자 같은 게 있겠지."

우시카와는 잠시 머뭇거렸지만 결국 그 번호를 알려주었다. 이제 와서 목숨 걸고 반드시 지켜야 할 만한 비밀도 아니다. 다마루는 그 것을 메모했다.

"이름은?"

"이름은 몰라." 우시카와는 거짓말을 했다. 하지만 상대는 별로 신경 쓰지 않았다.

"독한 놈들인가?"

"상당히 독해."

"하지만 프로라고는 할 수 없다?"

"실력은 있어. 위에서 명령받은 일은 서슴지 않고 뭐든 해. 하지만 프로는 아냐."

"아오마메에 대해 어디까지 파악했지?" 다마루는 물었다. "은신 장소는 알아냈어?"

우시카와는 고개를 저었다. "거기까지는 몰라. 그래서 여태 이 방 에 처박혀서 가와나 덴고를 감시하고 있지. 아오마메의 행방을 알아냈다면 벌써 그쪽으로 이동했을 거야."

"앞뒤가 맞는군." 다마루는 말했다. "근데 당신은 어떻게 아오마 메와 가와나 덴고가 관계가 있다는 것을 알아냈지?"

"발품을 팔았어."

"어떤 식으로?"

"아오마메의 경력을 처음부터 샅샅이 조사했어. 어린 시절까지 거슬러올라가서. 그녀는 이치카와 시의 공립 초등학교에 다녔어. 가와나 덴고도 이치카와 출신이고. 그래서 혹시나 하고 생각했지. 초등학교까지 찾아가 조사해보니 역시 두 사람은 이 년 동안 같은 반이었어."

다마루는 목젖으로 고양이처럼 작은 신음소리를 냈다. "그래, 실로 끈질긴 조사를 했군, 우시카와 씨. 상당한 시간과 수고를 들였겠어. 감탄스러워."

우시카와는 가만히 있었다. 지금 그 말은 질문이 아니다.

"다시 묻겠는데." 다마루는 말했다. "현재 아오마메와 가와나 덴고의 관계를 알고 있는 사람은 당신 한 사람밖에 없다?"

"당신이 알고 있지."

"나는 별도로 하고. 당신 주위에서, 라는 얘기야."

우시카와는 고개를 끄덕였다. "이쪽 관련자 중에는 그 사실을 아는 사람은 나밖에 없어."

"거짓말은 아니겠지?"

"거짓말 아냐."

"그런데 당신은 아오마메가 임신했다는 건 알고 있나?"

"임신?" 우시카와는 되물었다. 그 목소리에서 경악의 울림이 느껴졌다. "누구 아이를?"

다마루는 그 질문에는 대답하지 않았다. "정말 그건 몰랐나?"

"몰랐어. 거짓말 아냐."

다마루는 우시카와의 반응이 진실인지 거짓인지 잠시 침묵 속에서 탐색하고 있었다. 그러고는 말했다. "알았어. 몰랐다는 게 정말인 것 같군. 믿기로 하지. 그런데 당신은 아자부의 버드나무 저택 주위를 한동안 더듬고 다녔어. 그건 틀림없지?"

우시카와는 고개를 끄덕였다.

"왜지?"

"그 저택의 여주인은 근처의 고급 스포츠클럽에 다녔고, 개인 인스트럭터를 맡았던 게 아오마메였어. 두 사람은 개인적으로 친밀한 관계를 맺은 것처럼 보였어. 게다가 그 여자는 부지 바로 옆에, 가정폭력을 당한 여자들을 위한 세이프하우스를 개설했어. 경비가 삼엄했지. 내가 보기엔 좀 지나치게 삼엄했어. 당연히 그 세이프하우스에 아오마메가 숨어 있을 거라고 추측했지."

"그래서?"

"하지만 생각한 끝에, 그건 아니라는 결론을 내렸어. 그 여자는 굉장한 부와 권력을 가진 사람이야. 그런 사람은, 설령 아오마메를 숨긴다 해도 자기 곁에 두지는 않아. 가능한 한 멀리 보냈을 거야. 그래서 아자부 저택은 그쯤에서 중단하고 가와나 덴고 쪽을 파보기로 했어."

다마루는 다시 작게 신음했다. "당신은 제법 감도 좋고 논리적으로 머리를 굴릴 줄도 알아. 참을성도 강하고. 단순한 심부름꾼으로 쓰기에는 아깝군. 계속 이 일을 해왔나?"

"예전에는 개업 변호사였어." 우시카와는 말했다.

"그렇군. 꽤 실력 있는 변호사였을 거야. 하지만 약간 지나치게 나대다가 도중에 헛발을 딛고 고꾸라졌다. 지금은 영락해서 푼돈이나 벌어보겠다고 신흥종교 교단의 심부름꾼을 하고 있다. 그렇지?"

우시카와는 고개를 끄덕였다. "그래."

"어쩔 수 없어." 다마루는 말했다. "우리 같은 사회 부적응자들이 실력 하나로 세상의 전면에 나서서 사는 건 그리 쉬운 일이 아니지. 잘나가는 듯하다가도 반드시 어디선가 고꾸라져. 세상은 그런 식으로 생겨먹었어." 그는 주먹을 쥐어 관절에서 소리를 냈다. 날카롭고 불길한 소리였다. "그래서, 버드나무 저택에 대한 정보는 교단에 보고했나?"

"아무에게도 말하지 않았어." 우시카와는 솔직히 말했다. "버드나무 저택에서 뭔가 냄새가 난다는 건 어디까지나 개인적인 추측에 지나지 않아. 경비가 너무 삼엄해서 확증까지는 얻을 수 없었어."

"다행이군." 다마루는 말했다.

"분명 당신이 관리하고 있겠지?"

다마루는 대답하지 않았다. 그는 질문하는 사람일 뿐, 상대의 질문에 대답할 필요는 없다.

"당신은 지금까지는 내 질문에 거짓말을 하지 않았어." 다마루는 말했다. "적어도 큰 줄기에서는 말이지. 바다 밑을 한번 다녀오면 거짓말을 할 기력을 잃게 되지. 무리해서 거짓말을 해도 금세 목소리에 나타나. 공포가 그렇게 만들어."

"거짓말은 하지 않았어." 우시카와는 말했다.

"다행이야." 다마루는 말했다. "자진해서 쓸데없는 고통을 맛볼 건 없지. 그런데 카를 융에 대해서는 알고 있나?"

우시카와는 눈가리개 밑에서 저도 모르게 미간을 찌푸렸다. 카를 융? 이 남자가 대체 무슨 이야기를 하려는 건가. "심리학자 카를 융?"

"그래."

"상식적인 정도는." 우시카와는 조심스럽게 말했다. "19세기 말, 스위스 태생. 프로이트의 제자였는데 나중에 갈라섰다. 집단무의식. 알고 있는 건 그런 정도야."

"좋아." 다마루는 말했다.

우시카와는 다음 말을 기다렸다.

다마루는 말했다. "카를 융은 스위스 취리히 호반의 조용한 고급 주택가에 멋진 집을 소유하고, 가족과 함께 그곳에서 유복한 생활을 보냈어. 하지만 그는 깊은 사색에 잠기기 위해 혼자 있을 장소가 필요했어. 그래서 호수 끄트머리쯤의 볼링겐이라는 한적한 곳에 호수 쪽을 바라보는 작은 땅을 마련하고, 거기에 작은 집을 지었어. 별장이라고 할 만큼 대단한 건 아냐. 자기 손으로 돌을 하나하나 쌓아올려, 둥글고 천장이 높은 집을 지었지. 바로 근처에 있는 채석장에서 캐낸 돌들이야. 당시 스위스에서는 돌을 쌓으려면 석공 자격이 필요했는데, 융은 그 석공 자격까지 땄어. 길드에도 가입했지. 그 집을 짓는 일은, 그것도 자신의 손으로 짓는 일은, 그에게 그만큼 중요한 의미가 있었어. 어머니의 죽음도, 그가 그 집을 짓는 중요한 요인이 되었지."

다마루는 잠시 틈을 두었다.

"그 건물은 '탑'이라고 불렸어. 그가 아프리카를 여행하다가 보았던 어느 부락의 작은 집을 모방해서 디자인한 거야. 칸막이가 하나도 없는 공간에 생활의 모든 것이 들어가도록 했어. 아주 간소한 주거지야. 그는 그것만으로도 살아가기에 충분하다고 생각했어. 전기도 가스도 수도도 없어. 물은 근처 산에서 끌어왔어. 하지만 나중에 차츰 밝혀진 일인데, 그건 어디까지나 하나의 원형(原型)에 지나지 않았어. 이윽고 '탑'은 필요에 따라 칸이 나눠지고, 2층이 만들어지고, 그 뒤에는 몇 개의 동을 덧붙여 지었지. 벽에는 그가 직접 그림을 그렸어. 그건 고스란히 개인의 의식의 분할과 전개를 시사하고 있어. 그 집은 이른바 입체적인 만다라로 기능한 거야. 그 건물의 완성이 일단락되기까지 약 십여 년이라는 세월이 필요했어. 융을 연구하는 이들에게는 참으로 흥미로운 건물이지. 이 이야기는 들은 적이 있나?"

우시카와는 고개를 저었다.

"그 집은 지금도 취리히 호숫가에 있어. 융의 자손들에 의해 관리되고 있는데, 유감스럽게도 일반인에게는 공개하지 않아서 내부를 직접 볼 수는 없어. 들려오는 말에 따르면, 그 오리지널 '탑'의 입구에는 융이 직접 손으로 문자를 새긴 돌이 아직도 박혀 있다고 해. '차가워도, 차갑지 않아도, 신은 이곳에 있다.' 그게 그 돌에 융이 직접 새겨넣은 문장이야."

다마루는 다시 틈을 두었다.

"차가워도, 차갑지 않아도, 신은 이곳에 있다." 그는 다시 한번 조용한 목소리로 반복했다. "무슨 뜻인지 알겠나?"

우시카와는 고개를 저었다. "아니, 모르겠어."

"그렇겠지. 무슨 뜻인지는 나도 잘 몰라. 거기에는 너무도 깊은 암시가 담겨 있어. 해석하기가 너무 어려워. 하지만 카를 융은 자신이 디자인하고 자기 손으로 돌을 하나하나 쌓아올려 완성한 집의 입구에, 어떻든 그 문구를 직접 끌을 휘둘러 새기지 않고는 배길 수 없었어. 그리고 나는 왠지 옛날부터 그 말에 강하게 끌렸어. 무슨 뜻인지는 잘 이해 못 하겠지만, 못 하면 못 하는 대로 그 말은 내 마음에 상당히 깊숙이 울려. 나는 신에 대해 잘 몰라. 아니, 가톨릭에서 운영하는 고아원에서 어지간히 고생을 많이 겪었기 때문에, 신에 대해 별로 좋은 인상은 갖고 있지 못해. 그리고 거기는 항상 추운 곳이었어. 한여름에도 추웠어. 상당히 춥거나, 지독히 춥거나, 둘 중 하나였어. 신이 혹시 있다고 해도 나에게 친절했다고는 도저히 말 못 해. 하지만 그런데도 그 말은 내 영혼의 가느다란 주름 틈새에 조용히 스며들더란 말이지. 나는 이따금 눈을 감고 그 말을 수없이 머릿속에서 외워. 그러면 기분이 이상하게 차분해지지. '차가워도, 차갑지 않아도, 신은 이곳에 있다'. 미안하지만, 잠깐 소리 내어 말해보겠나?"

"'차가워도, 차갑지 않아도, 신은 이곳에 있다.'" 우시카와는 뭐가 뭔지 모른 채 작은 소리로 말했다.

"잘 안 들리는데."

"'차가워도, 차갑지 않아도, 신은 이곳에 있다.'" 우시카와는 이번에는 가능한 한 또렷한 목소리로 말했다.

다마루는 눈을 감고, 잠시 그 말의 여운을 음미하고 있었다. 그리고 마침내 뭔가 결단을 내린 듯 숨을 크고 깊게 들이쉬고, 그리고 내쉬었다. 눈을 뜨고 자신의 두 손을 바라보았다. 지문을 남기지 않기 위해 두 손에는 얇은 일회용의 수술용 장갑을 끼고 있었다.

"미안하다." 다마루는 조용히 말했다. 거기에는 엄숙한 울림이 있었다. 그는 다시 한번 비닐봉지를 집어들고 그것을 우시카와의 머리에 덮어씌웠다. 그리고 굵은 고무줄로 목 주위를 조였다. 저항할 틈도 없이 신속한 동작이었다. 우시카와는 항의의 말을 하려 했지만 결국 입 밖에 내지 못했고, 그 말은 당연히 어느 누구의 귀에도 들어가지 못했다. 왜, 하고 우시카와는 비닐봉지 안에서 생각했다. 알고 있는 모든 것을 솔직히 말했다. 왜 지금 나를 죽여야 하지.

그는 터져버릴 것 같은 머리로 주오린칸의 작은 단독주택과 어린 두 딸을 떠올렸다. 그곳에서 기르던 개도 떠올렸다. 그는 그 몸통이 기다란 작은 개를 한 번도 좋아한 적이 없고, 개도 우시카와를 한 번도 좋아한 적이 없었다. 머리 나쁘고 잘 짖는 개였다. 노상 카펫을 물어뜯고 깨끗한 복도에 오줌을 쌌다. 그가 어린 시절에 길렀던 영리한 잡종견과는 전혀 달랐다. 그럼에도 불구하고, 우시카와가 인생의 마지막에 머릿속에 떠올린 것은, 잔디 정원을 마구 뛰어다니는 그 변변찮은 작은 개의 모습이었다.

우시카와의 꽁꽁 묶인 둥근 몸뚱이가 지상에 내던져진 거대한 물고기처럼 방바닥에서 격렬하게 몸부림치는 모습을 다마루는 시야 귀퉁이로 보고 있었다. 몸이 뒤로 젖혀진 상태로 묶여 있기 때문에 아무리 발버둥쳐도 그 소리가 옆집에 들릴 걱정은 없다. 그런 방식의 죽음이 얼마나 고통스러운지, 다마루는 잘 알고 있었다. 하지만 사람을 죽이는 데는 그게 가장 효율적이고 깨끗한 방법이다. 비명도 들리지 않고, 피도 흐르지 않는다. 다마루의 시선은 태그호이어 다이버워치의 초침을 따라가고 있었다. 삼 분이 경과하자, 우시카와의 팔다리의 격렬한 버둥거림이 멈췄다. 그리고 뭔가와 연동하듯이 부들부들 가늘게 경련하고, 이윽고 뚝 멈췄다. 그다음 다시 삼 분 동안 다마루는 초침을 응시했다. 그러고는 우시카와의 손목에 손가락을 대고 맥을 짚어 그가 생명의 모든 징후를 상실했음을 확인했다. 희미하게 소변 냄새가 났다. 우시카와가 다시 한번 실금한 것이다. 이번에는 방광이 완전히 열려버렸다. 나무랄 수는 없다. 그만큼 고통스러웠던 것이다.

다마루는 목에서 고무줄을 풀어내고 얼굴에서 비닐봉지를 벗겨냈다. 비닐봉지는 입 속으로 단단히 빨려들어가 있었다. 우시카와는 양눈을 부릅뜨고 입을 삐뚜름히 벌린 채 죽어 있었다. 지저분한 뻐드렁니가 그대로 드러나고, 초록색 이끼가 낀 혀도 보였다. 뭉크가 그렸을 법한 표정이다. 원래부터 일그러진 커다란 머리가 그 이형성(異形性)을 더욱 강조하고 있었다. 어지간히 괴로웠던 것이리라.

"미안하다." 다마루는 말했다. "나도 좋아서 한 짓이 아니야."

다마루는 양손가락으로 우시카와의 얼굴을 눌러 근육을 풀어주고, 턱 관절을 조정하여 그 얼굴을 조금이라도 보기 편한 것으로 바꿔주었다. 주방에 있던 타월로 입 근처의 침을 닦아냈다. 시간이 좀 걸렸지만, 그걸로 얼마쯤 괜찮은 모양새가 되었다. 적어도 절로 눈을 돌려버리고 싶을 정도는 아니게 되었다. 하지만 눈꺼풀만은 아무리 해도 감길 수 없었다.

"셰익스피어가 썼듯이," 다마루는 그 일그러진 무거운 머리를 향해 조용한 목소리로 말을 건넸다. "오늘 죽어버리면 내일은 죽지 않아도 돼. 서로 되도록 좋은 면을 보도록 하자고."

『헨리 4세』였는지 『리처드 3세』였는지, 그 대사의 출전은 생각나지 않았다. 하지만 그건 다마루에게는 그리 중요한 문제가 아니었고,

우시카와가 새삼 정확한 출처를 알고 싶어할 것 같지도 않았다. 다마루는 우시카와의 손발을 묶은 끈을 풀었다. 피부에 흔적이 남지 않도록 부드러운 타월을 사용해서 특수한 매듭으로 묶은 끈이었다. 그 끈과 머리에 씌웠던 비닐봉지, 그리고 목에 둘렀던 고무줄을 수거해 미리 준비한 비닐팩에 넣었다. 우시카와의 소지품을 샅샅이 뒤져서 그가 촬영한 사진을 한 장도 남김없이 회수했다. 카메라와 삼각대도 가방에 넣어 가져가기로 했다. 우시카와가 여기서 누군가를 감시했다는 게 알려지면 이래저래 귀찮아진다. 대체 누구를 감시하고 있었느냐는 의문이 남게 된다. 그 결과, 가와나 덴고의 이름이 떠오를 가능성이 크다. 잔글씨로 빽빽하게 메모한 수첩도 회수했다. 이제 중요한 것은 단 한 가지도 남아 있지 않다. 침낭과 식품과 갈아입을 옷가지, 지갑과 열쇠, 그리고 우시카와의 가엾은 사체가 남아 있을 뿐이다. 마지막으로 다마루는 우시카와의 지갑 속에 들어 있던 '신일본학술예술진흥회 상임이사' 직함의 명함을 한 장 꺼내 자신의 코트 주머니에 넣었다.

"미안하다." 다마루는 돌아가는 참에 다시 한번 우시카와에게 말을 건넸다.

다마루는 역 근처에서 공중전화 부스에 들어가 전화카드를 슬롯에 넣고 우시카와가 알려준 전화번호를 눌렀다. 도쿄 도내의 번호였다. 아마 시부야 구일 것이다. 여섯번째 콜에서 상대가 전화를 받았다.

다마루는 서론을 생략하고 곧바로 고엔지 아파트의 주소와 호수를 댔다.

"적었나?" 그는 말했다.

"다시 한번 말씀해주시겠습니까?"

다마루는 반복했다. 상대는 그것을 받아적고, 복창했다.

"거기에 우시카와 씨가 있다." 다마루는 말했다. "우시카와 씨에 대해서는 잘 알고 있지?"

"우시카와 씨?" 상대는 말했다.

다마루는 상대의 발언을 무시하고 말을 이었다. "우시카와 씨가 거기 있고, 유감스럽지만 더이상 숨을 쉬지 않아. 누가 봐도 자연사는 아니야. 지갑에 '신일본학술예술진흥회 상임이사'라는 직함의 명함이 몇 장 들어 있어. 경찰이 그걸 발견하면, 늦건 빠르건 그쪽과의 관련이 밝혀지겠지. 그렇게 되면 요즘 분위기로 봐서는 일이 상당히 귀찮아질 수 있어. 되도록 빨리 처리하는 게 좋을 거야. 그런 일은 잘하는 것 같던데."

"당신은?" 상대는 말했다.

"친절한 신고자." 다마루는 말했다. "나도 경찰은 별로 좋아하지 않아. 당신들과 마찬가지로."

"자연사가 아니다?"

"적어도 노환으로 죽은 건 아니고, 안락한 죽음도 아니었어."

상대는 잠시 침묵했다. "그래서, 그 우시카와 씨는 그런 곳에서 대체 뭘 하고 있었죠?"

"그건 모르지. 자세한 건 우시카와 씨에게 물어보는 수밖에 없겠지만, 아까도 말했듯이 그는 지금 대답할 형편이 아니야."

상대는 잠시 틈을 두었다. "아마도 당신은 호텔 오쿠라에 왔던 젊은 여자와 관계가 있는 사람이겠죠?"

"그건 대답이 나올 가망이 없는 질문이야."

"나는 그 여자를 만났던 사람입니다. 그렇게 말하면 알 겁니다. 그 여자에게 전해줬으면 하는 말이 있습니다."

"듣고 있어."

"우리는 그녀에게 해를 끼칠 생각이 없습니다." 상대는 말했다.

"당신들은 그녀의 행방을 필사적으로 쫓고 있는 걸로 아는데."

"그렇습니다. 우리는 계속 그녀의 행방을 찾고 있어요."

"하지만 그녀에게 해를 끼칠 생각은 없다." 다마루는 말했다. "그 근거는?"

대답이 나오기까지 짧은 침묵이 있었다.

"간단히 말하자면 어느 시점에서 상황이 변했습니다. 물론 리더의 죽음을 주위 사람들은 깊이 애도하고 있습니다. 하지만 그건 이미 종료되고 완결된 사안입니다. 리더는 몸에 병이 들어 어떤 의미에서는 스스로 종지부를 찍기를 원했습니다. 그러므로 우리로서는 그 일에 관해 더이상 아오마메 씨를 추궁할 생각은 없어요. 지금 우리가 원하는 것은 그녀와 대화하는 것입니다."

"무엇에 대해?"

"공통의 이해에 대해."

"하지만 그건 어디까지나 그쪽 사정이야. 그쪽에서는 그녀와 대화할 필요가 있다고 해도, 그녀 쪽에서는 그걸 원하지 않을지도 몰라."

"대화의 여지는 있을 겁니다. 우리 쪽에서 당신들에게 내줄 것도 있어요. 이를테면 자유와 안전이지요. 그리고 지식과 정보입니다. 어딘가 중립적인 자리에서 대화를 가질 수는 없겠습니까? 어디든 좋아요, 그쪽에서 지정하는 장소로 나가겠습니다. 안전은 백 퍼센트 보장합니다. 그녀뿐만 아니라 이번 일에 관여한 전원의 안전을 보장합니다. 아무도 더이상 도망 다닐 필요가 없어요. 이건 서로에게 그리 나쁜 이야기가 아닐 겁니다."

"당신은 그렇게 말하겠지." 다마루는 말했다. "하지만 그 제안을 믿을 만한 근거가 없어."

"아무튼 아오마메 씨에게 그 말을 전해주십시오." 상대는 끈기 있게 말했다. "상황은 급박하고, 우리는 아직 조금 더 양보할 여지가 있습니다. 신뢰에 대해 보다 구체적인 근거가 필요하다면 거기에 대해서도 생각해보지요. 이 번호로 전화해주시면 언제든지 연락이 됩니다."

"좀더 알기 쉽게 상황을 설명해줄 수 없을까? 왜 당신들이 그렇게까지 그녀를 필요로 하는지. 대체 무슨 일이 있어서 상황이 그렇게 변했는지."

상대는 작게 한 차례 호흡을 했다. 그리고 말했다. "우리는 목소리를 계속 듣지 않으면 안 됩니다. 우리에게 목소리는 풍요로운 우물 같은 것이에요. 그것을 잃을 수는 없습니다. 여기서 말씀드릴 수 있는 건 그 정도예요."

"그리고 그 우물을 유지하기 위해, 당신들은 아오마메가 필요하다."

"한마디로 설명할 수 있는 일이 아닙니다. 그것과 관련된 일이다, 라고 말씀드릴 수밖에 없어요."

"후카다 에리코는 어떻지? 그녀는 더이상 필요하지 않은 건가?"

"우리는 지금 이 시점에서 딱히 후카다 에리코가 필요하지는 않습니다. 그녀가 어디에 있건, 무엇을 하건 상관없어요. 그녀는 자신의 사명을 마쳤습니다."

"어떤 사명을?"

"미묘한 경위가 있습니다." 상대는 잠시 틈을 두고 말했다. "미안하지만 여기서 더이상 자세한 사정을 밝힐 수는 없습니다."

"당신들이 처한 입장을 잘 생각해보는 게 좋아." 다마루는 말했다. "현재 게임의 서브권은 우리 쪽에 있어. 우리 쪽에서는 자유롭게 연락을 취할 수 있지만, 그쪽에서는 그럴 수 없어. 우리가 누구인지조차 당신들은 알지 못해. 그렇지 않은가?"

"맞습니다. 주도권은 현재로서는 그쪽에 있어요. 당신이 누군지도 모릅니다. 하지만 그래도 이건 전화로 이야기할 사안이 아니에요. 지금까지 말씀드린 것만 해도 이미 너무 많은 말을 했습니다. 분명 내게 주어진 권한 이상으로."

다마루는 한동안 침묵했다. "좋아. 제안에 대해 생각해보지. 우리 쪽에서도 대화를 해볼 필요가 있어. 후일 연락하게 될지도 모르겠군."

"연락을 기다리겠습니다." 상대는 말했다. "되풀이하는 것 같지만, 이건 양쪽 모두에게 나쁘지 않은 이야기입니다."

"만일 우리가 그 제안을 무시하거나 거부한다면?"

"그렇게 되면 우리 방식대로 하는 수밖에 없습니다. 우리는 적지 않은 힘을 갖고 있어요. 상황이 본의 아니게 난폭해질 수도 있고, 주위 사람들에게도 해가 미칠 수 있습니다. 당신들이 누구건 큰 상처 없이는 빠져나갈 수 없을 겁니다. 틀림없이 서로에게 유쾌하다고 할 수 없는 일이 전개되겠지요."

"그럴 수도 있겠지. 하지만 이야기가 거기까지 가자면 시간이 걸릴 거야. 그리고 당신의 말을 빌리자면 상황은 급박해."

상대 남자는 가볍게 헛기침을 했다. "시간이 걸릴 수도 있겠지요. 혹은 그다지 걸리지 않을 수도 있습니다."

"실제로 해보지 않고는 모른다."

"그렇습니다." 상대는 말했다. "그리고 또 한 가지, 반드시 지적해 두어야 할 중요한 포인트가 있습니다. 당신의 비유를 그대로 빌리자면, 분명 당신들은 게임의 서브권을 쥐고 있습니다. 하지만 이 게임의 기본적인 룰을 아직 잘 모르는 것 같군요."

"그것도 실제로 해보지 않고는 모르는 일이지."

"실제로 해보고 잘 풀리지 않는다면 일이 바람직하지 않지요."

"서로에게." 다마루는 말했다.

몇 가지 암시를 담은 짧은 침묵이 이어졌다.

"그래서, 우시카와 씨 일은 어떻게 할 거지?" 다마루는 물었다.

"빠른 시간 안에 이쪽에서 거둬오지요. 오늘 밤에라도."

"집 문은 잠겨 있지 않아."

"그건 고마운 일이군요." 상대는 말했다.

"그런데 그쪽에서는 우시카와 씨의 죽음에 깊은 애도를 표해주시려나?"

"누가 됐건, 여기서는 인간의 죽음에 항상 깊은 애도를 표합니다."

"애도해주는 게 좋아. 나름대로 유능한 사람이었어."

"하지만 충분히 유능한 건 아니었다, 그런 말이겠지요?"

"영원히 살 수 있을 만큼 유능한 인간은 어디에도 없지."

"당신은 그렇게 생각하는군요." 상대는 말했다.

"물론." 다마루는 말했다. "나는 그렇게 생각해. 당신은 그렇게 생각하지 않나?"

상대는 그 질문에는 대답하지 않고 싸늘한 목소리로 말했다. "연락 기다리겠습니다."

다마루는 말없이 전화를 끊었다. 그 이상의 대화는 필요 없었다. 필요하다면 다시 이쪽에서 전화하면 된다. 공중전화 부스를 나서자 다마루는 차를 세워둔 곳까지 걸었다. 칙칙한 남색 구형 도요타 카롤라 밴, 눈에 띄지 않는 차다. 십오 분쯤 차를 몰아 인적 없는 공원 앞에 세우고, 보는 눈이 없는 것을 확인한 뒤에 쓰레기통에 비닐봉지와 끈과 고무줄을 버렸다. 수술용 장갑도 버렸다.

"거기서는 인간의 죽음에 항상 깊은 애도를 표현한다." 다마루는 시동을 걸고 안전벨트를 채우며 작게 중얼거렸다. 그건 참으로 다행이라고 그는 생각한다. 인간의 죽음은 모름지기 애도되어야 하는 것이다. 비록 아주 짧은 시간이라 해도.

제26장 아오마메
Q
매우 로맨틱하다

화요일 정오 지나서 전화벨이 울린다. 아오마메는 요가 매트에 앉아 다리를 넓게 벌리고 장요근(腸腰筋) 스트레칭을 하고 있었다. 보기보다 가혹한 운동이다. 입고 있는 셔츠에 엷게 땀이 배었다. 아오마메는 운동을 멈추고, 얼굴을 타월로 닦으며 수화기를 집어든다.

"후쿠스케 머리는 이제 그 아파트에 없어." 다마루는 항상 그랬듯이 인사말 없이 그렇게 첫 마디를 뗀다. 여보세요고 뭐고 없다.

"이제 없다?"

"없어졌어. 설득당해서."

"설득당해서." 아오마메는 반복한다. 후쿠스케 머리는 어떤 형태로든 다마루에 의해 강제적으로 배제되었다는 말일 것이다.

"그리고 그 아파트에 사는 가와나라는 인물은, 네가 찾고 있는 가와나 덴고야."

아오마메 주위에서 세계가 팽창하고 다시 수축하기를 반복한다.

그녀의 심장이 그렇듯이.

"듣고 있나?" 다마루가 묻는다.

"듣고 있어요."

"하지만 가와나 덴고는 지금 그 아파트에 없어. 며칠 동안 부재중이야."

"그는 무사해요?"

"지금 도쿄에 없긴 하지만, 무사한 건 틀림없어. 후쿠스케 머리는 가와나 덴고가 사는 아파트 1층에 집을 빌리고 네가 그를 만나러 찾아오기를 기다렸어. 도촬카메라를 설치하고 현관을 감시하고 있었어."

"내 사진을 찍었나요?"

"세 장 찍었어. 밤이고, 모자를 깊숙이 눌러 쓰고, 안경과 스카프로 얼굴을 감췄기 때문에 자세한 얼굴까지는 알아볼 수 없어. 하지만 틀림없이 너야. 다시 한번 그곳에 갔다면, 아마 일이 상당히 귀찮아졌을 거야."

"당신에게 이 일을 맡긴 게 정답이었군요."

"만일 거기에 정답이라는 게 있다면."

아오마메는 말한다. "하지만 이제 그는 걱정할 것 없는 존재가 되었다."

"더이상 그자가 너에게 해를 끼칠 일은 없어."

"당신에게 설득당해서."

"조정이 필요한 국면은 있었지만, 최종적으로는." 다마루는 말한다. "사진도 모두 회수했어. 후쿠스케 머리의 목적은 네가 나타나기를 기다리는 것이고, 가와나 덴고는 그걸 위한 미끼에 지나지 않았어. 그러니 현재로서는 그들이 가와나 덴고에게 위해를 가할 이유는 없어. 무사할 거야."

"다행이에요." 아오마메는 말한다.

"가와나 덴고는 요요기의 입시학원에서 수학을 가르치고 있어. 교사로서는 꽤 유능한 모양인데, 일주일에 며칠만 일하기 때문에 수입이 많지는 않은 것 같아. 아직 독신이고, 그 허름한 아파트에서 혼자 소박한 생활을 하고 있어."

눈을 감자, 귓속에서 심장의 고동 소리가 들린다. 세계와 자신 사이의 경계가 제대로 보이지 않는다.

"학원 수학강사로 일하는 한편으로 소설을 쓰고 있어. 긴 소설이야.「공기 번데기」의 고스트라이터는 그저 아르바이트로 한 것이고, 자신만의 문학적 야심이 있어. 좋은 일이야. 적당한 야심은 인간을 성장하게 해주지."

"그걸 어떻게 알아냈어요?"

"부재중이라서 내 마음대로 안에 들어갔어. 문이 잠겨 있긴 했지만, 자물쇠라고 할 수도 없는 물건이었어. 프라이버시를 침해해서 미안하긴 하지만, 일단 기초적인 조사를 해둘 필요가 있었지. 남자 혼자 사는 집치고는 깨끗이 정리되어 있었어. 가스레인지도 말끔히 닦였고, 냉장고도 청결하게 정리해서 양배추가 썩어가는 일 같은 건 없었어. 다리미질을 한 흔적도 있어. 반려자로 나쁘지 않은 상대야. 만일 게이가 아니라면 말이지만."

"그밖에 또 뭘 알아냈죠?"

"학원에 전화해서 그의 강의 일정을 물어봤어. 전화를 받은 여직원의 말에 의하면, 가와나 덴고의 부친이 지난 일요일 심야에 지바현의 한 병원에서 사망했어. 그 일로 그는 장례를 위해 도쿄를 떠나야 했고, 그래서 월요일 강의는 취소되었어. 언제 어디서 장례식이 있는지, 그 여자는 알지 못한다고 했어. 아무튼 다음 강의는 목요일이고, 아마 그때까지는 도쿄로 돌아올 거라고 해."

덴고의 아버지가 NHK 수금원으로 일했던 것을 아오마메는 물론 기억하고 있다. 덴고는 일요일에 아버지와 함께 수금 루트를 돌았다. 이치카와 시내에서 몇 번 마주친 적이 있다. 아버지의 얼굴은 잘 기억나지 않는다. 마르고 자그마한 사람으로, 수금원 제복을 입고 있었다. 그리고 덴고와는 전혀 닮지 않았다.

"이제 후쿠스케 머리가 없다면 내가 덴고를 만나러 가도 괜찮을까요?"

"그러지 않는 게 좋아." 다마루는 즉각 말한다. "후쿠스케 머리는 잘 설득당했어. 하지만 사실을 말하자면, 나는 한 가지 일을 처리하기 위해 '선구' 교단에 연락해야 했어. 가능하면 법무관계자의 손에는 넘기고 싶지 않은 물품이 하나 있었거든. 만일 그게 발견되면, 아파트 주민을 이 잡듯이 죄다 조사할 거야. 너의 친구도 덩달아 휘말려들 수 있어. 그리고 나 혼자 그걸 처리하는 건 상당한 부담이야. 한밤중에 나 혼자 영차영차 그 물품을 들고 나오는 장면을 법무관계자에게 들켜 직무상 질문이라도 받았다가는 어떻게도 둘러댈 말이 없고. 하지만 그 교단은 인력도 풍부하고 기동력도 있지. 게다가 그런 작업에는 익숙해. 호텔 오쿠라에서 다른 물품을 실어낸 솜씨를 보면 알아. 무슨 말인지 알지?"

아오마메는 다마루가 사용한 용어를 머릿속에서 현실적인 언어로 번역한다. "설득을 몹시 거칠게 한 모양이군요."

다마루는 작게 신음을 흘린다. "딱하긴 하지만, 그 사람은 너무 많은 것을 알고 있었어."

아오마메는 묻는다. "후쿠스케 머리가 그 아파트에서 뭘 하고 있었는지, 교단에서는 알고 있나요?"

"후쿠스케 머리는 교단을 위해 일하기는 했지만, 계속 단독으로 움직여온 사람이야. 자신이 어떤 일을 하고 있는지, 아직 윗선에 보고하지 않았어. 우리로서는 잘된 일이지."

"하지만 그가 거기서 무언가 하고 있었다는 걸 지금은 그들도 알고 있겠군요."

"맞아. 너는 한동안 그쪽에는 접근하지 않는 게 좋아. 가와나 덴고의 이름과 주소는 「공기 번데기」의 집필자로서 이미 그들의 체크리스트에 올라 있을 거야. 짐작건대 그자들은 가와나 덴고와 너의 개인적인 관계를 아직 파악하지 못했어. 하지만 후쿠스케 머리가 그 아파트에서 잠복한 이유를 더듬어가면 결국 가와나 덴고라는 존재가 떠오르게 돼. 시간문제야."

"하지만 잘하면, 그게 밝혀지기까지 상당한 시간이 걸릴 거예요. 후쿠스케 머리의 죽음과 덴고의 존재가 금세 연결되진 않겠죠."

"잘하면." 다마루는 말한다. "만일 그자들이 내가 예상하는 만큼 주의 깊은 자들이 아니라면 말이야. 하지만 나는 잘하면이라는 가정에는 별로 기대지 않는 편이야. 덕분에 지금까지 일단은 큰 과오 없이 살아남을 수 있었어."

"그러니까 나는 그 아파트에 접근하지 않는 게 좋다."

"물론." 다마루는 말한다. "우리는 종이 한 장 차이로 살아 있는 거야. 아무리 주의해도 지나칠 일은 없어."

"후쿠스케 머리는 내가 이 맨션에 숨어 있다는 걸 알고 있었나요?"

"만일 알았다면, 너는 지금쯤 내 손이 닿지 않는 곳에 가 있을 거야."

"하지만 그는 바로 내 발치까지 다가왔어요."

"그래. 하지만 내 생각에는, 아마 어떤 우연이 그자를 거기까지 이끈 것 같아. 그 이상은 없어."

"그래서 무방비로 자신의 모습을 미끄럼틀 위에 드러냈군요."

"그렇지. 그곳에 있는 모습을 네게 목격당했다는 걸 그자는 전혀 알지 못했어. 예상조차 못 했겠지. 그게 결국은 제 목숨 끊는 일이 된 거야." 다마루는 말한다. "말했지, 인간의 삶과 죽음 따위, 모두 종이 한 장 차이야."

몇 초의 침묵이 내린다. 인간의 죽음이─가령 어떤 자의 죽음이건─몰고 온 무거운 침묵이다.

"후쿠스케 머리는 사라졌지만, 교단은 아직 나를 쫓고 있어요."

"그게 나도 이해하기 힘든 부분이 있어." 다마루는 말한다. "그자들은 처음에는 너를 붙잡아서 리더 살해계획의 이면에 어떤 조직이 있는지 알아내려고 했어. 너 혼자서는 그만한 사전준비를 할 수 없으니까, 모종의 배경이 있다는 건 누가 보더라도 명백하지. 붙잡혔더라면 분명 지독한 심문이 기다리고 있었을 거야."

"그래서 나는 권총이 필요했죠." 아오마메는 말한다.

"후쿠스케 머리도 당연히 그렇게 이해하고 있었어." 다마루는 말을 이었다. "교단이 너를 쫓는 것은 심문하고 처벌하기 위한 것이라고 믿어 의심치 않았지. 하지만 아무래도 도중에 사정이 크게 바뀐 모양이야. 후쿠스케 머리가 무대에서 사라진 뒤, 나는 그자들 중 한 명과 통화했어. 상대는 더이상 너에게 위해를 가할 생각이 없다고 말했어. 그걸 너에게 전해달라고. 물론 덫인지도 모르지. 하지만 내 귀에 그 말은 진심으로 들렸어. 리더의 죽음은 어떤 의미에서는 본인 스스로 원했던 것이라고 그자는 설명하더군. 그건 이른바 자사(自死) 같은 것이었고, 그러니 그 일로 새삼 너를 단죄할 필요는 없다고."

"맞는 말이에요." 아오마메는 건조한 목소리로 말한다. "리더는 내가 자신을 살해하러 왔다는 걸 처음부터 알고 있었어요. 그리고 내게 살해되기를 원했어요. 그날 밤, 호텔 오쿠라의 스위트룸에서."

"경호하던 자들은 너의 정체를 알아보지 못했다. 하지만 리더는 알고 있었다."

"그래요. 어째서인지는 모르겠지만, 그는 모든 것을 미리 알고 있었어요." 아오마메는 말한다. "그는 거기서 나를 기다리고 있었어요."

다마루는 잠시 틈을 두었다가 말한다. "그리고 무슨 일이 있었지?"

"그와 나는 거래를 했어요."

"그런 이야기, 나는 듣지 못했어." 다마루가 경직된 목소리로 말한다.

"말할 기회가 없었어요."

"어떤 거래였는지 지금 설명해봐."

"나는 그에게 한 시간쯤 근육 스트레칭을 했고, 그동안에 그는 이야기를 했다. 그는 덴고에 대해 알고 있었다. 나와 덴고의 관계에 대해서도 왠지 몰라도 모두 알고 있었다. 그리고 그는 내게 자신을 죽여달라고 말했다. 한없이 계속되는 격심한 육체의 고통에서 한시라도 빨리 해방시켜달라고. 자신에게 죽음을 준다면, 그 대신 덴고의 목숨을 구해줄 수 있다고 말했다. 그래서 나는 마음을 정하고 그의 목숨을 빼앗았다. 굳이 내가 손을 대지 않더라도 그는 확실하게 죽음을 향해 가고 있었고, 그 사람이 그때까지 저질러온 짓을 생각하면 그대로 고통 속에 내버려두고 싶었지만."

"그리고 그 거래에 대한 것을 너는 마담에게는 보고하지 않았어."

"나는 리더를 살해하기 위해 그곳에 갔고, 그 사명을 완수했어요." 아오마메는 말한다. "그리고 덴고와의 문제는 내 개인적인 일이었어요."

"좋아." 다마루는 반쯤 포기한 듯이 말한다. "분명 너는 사명을 충분히 완수했어. 그건 인정해. 그리고 가와나 덴고와의 문제는 너의 개인적인 범주에 속하는 일이야. 다만 그 전후에 너는 이유는 몰라도 임신을 했어. 그건 간단히 넘어갈 수 없는 문제야."

"그 전후가 아니에요. 거센 낙뢰와 함께 도심에 큰 비가 내렸던 그날 밤에, 나는 수태했어요. 내가 리더를 처리한 바로 그날 밤에. 전에도 말했듯이 성적인 교섭은 일절 없이."

다마루는 한숨을 쉰다. "문제의 성격상, 나는 네가 하는 말을 모두 다 믿거나 전혀 믿지 않거나, 둘 중 하나밖에 할 수 없어. 나는 지금까지 너를 믿을 만한 사람이라고 생각해왔고, 지금도 네가 하는 말을 믿고 싶어. 하지만 이번 건에 관해서는 어떻게도 일의 큰 줄기가 보이질 않아. 나는 어느 쪽인가 하면, 연역적인 사고밖에 하지 못하는 인간이니까."

아오마메는 침묵을 지킨다.

"리더의 살해와 그 수수께끼의 수태 사이에 뭔가 인과관계가 있을까?" 다마루가 묻는다.

"나로서는 뭐라고 말할 수 없어요."

"혹시 네 뱃속에 있는 태아가 리더의 아이일 가능성은 생각할 수 없을까? 어떤 방법인지는 모르지만 모종의 방법으로, 리더가 그때 너를 임신시켰을 가능성. 만일 그렇다면 그자들이 너를 어떻게든 손에 넣으려고 하는 이유가 해명돼. 그들은 리더의 후계자가 필요한 거야."

아오마메는 수화기를 움켜쥐고 고개를 흔든다. "그건 있을 수 없어요. 이건 덴고의 아이예요. 나는 그걸 알아요."

"그 점에 대해서도, 나는 너를 믿느냐 믿지 않느냐, 둘 중 하나밖에 할 수 없어."

"나도 그 이상은 설명할 수 없어요."

다마루는 다시 한번 한숨을 쉰다. "좋아. 지금은 네가 하는 말을 일단 받아들이기로 하지. 그건 너와 가와나 덴고 사이의 아이다. 너는 그걸 안다. 하지만 그렇다 해도 일의 맥락이 여전히 잡히지 않아. 그들은 처음에는 너를 체포해서 엄격하게 처벌하려고 했다. 하지만 어느 시점에 무슨 일이 일어났다. 혹은 뭔가가 밝혀졌다. 그리고 그들은 이제 너를 필요로 하고 있다. 너의 안전을 보장할 것이고, 그들 측에서도 너에게 줄 수 있는 게 있다고 한다. 그리고 그것에 대해 빠른 시일 내에 직접 대화하기를 원하고 있다. 대체 무슨 일이 있었던 걸까?"

"그들은 나를 필요로 하는 게 아니에요." 아오마메는 말한다. "그들에게 필요한 건 내 뱃속에 있는 아이겠죠. 그들이 어느 시점엔가 그걸 알아낸 거예요."

"호우호우." 리듬을 맞추는 역할의 리틀 피플이 어딘가에서 소리를 높인다.

"이야기의 전개가 내게는 좀 지나치게 빠르군." 다마루는 그렇게 말한다. 그리고 다시 한번 목구멍에서 작은 신음소리를 낸다. "아직도 맥락이 잡히지 않아."

맥락이 잡히지 않는 건 달이 두 개 있기 때문이다. 아오마메는 생각한다. 그것이 모든 것으로부터 맥락을 빼앗아가는 거예요. 하지만 입 밖에 내지는 않는다.

"호우호우." 나머지 여섯 명의 리틀 피플이 어딘가에서 합창한다.

다마루는 말한다. "그들은 목소리를 듣는 자가 반드시 필요하다고, 나와 통화한 사람이 그렇게 말했어. 그 목소리를 잃어버리면 교단은 그대로 소멸할지도 모른다고. 목소리를 듣는다는 것이 구체적으로 무엇을 의미하는지, 그건 모르겠어. 어쨌거나 그게 그 남자가 한 말이야. 그렇다면 네 뱃속에 있는 아이가 그 '목소리를 듣는 자'라는 건가?"

그녀는 자신의 아랫배에 가만히 손을 얹는다. 마더와 도터, 하고 아오마메는 생각한다. 소리를 내지는 않는다. 달들이 그 말을 듣게 해서는 안 된다.

"난 모르겠어요." 아오마메는 조심스럽게 단어를 골라 말한다.

"하지만 그것 말고는 그들이 나를 필요로 하는 이유는 생각나지 않아요."

"하지만 어떤 이유로 가와나 덴고와 너 사이에 생긴 아이가 그런 특별한 능력을 갖는다는 거지?"

"모르겠어요." 아오마메는 말한다.

어쩌면 리더는 자신의 생명과 맞바꾸어 자신의 후계자를 내게 의탁하려 했는지도 모른다. 그런 생각이 아오마메의 머리에 떠오른다. 리더는 그러기 위해 그 뇌우의 밤에, 서로 다른 세계를 교차시키는 회로를 일시적으로 열어, 나와 덴고를 하나로 맺어지게 했는지도 모른다.

다마루는 말한다. "그것이 누구와의 사이에 생긴 아이건, 그 아이가 어떤 능력을 갖고 태어나건, 너는 교단과 거래할 마음은 없다. 그런 얘기지? 가령 그 대신 뭔가를 얻는다고 해도. 가령 그것에 얽힌 온갖 수수께끼를 그들이 나서서 해명해준다 해도."

"어떤 일이 있어도." 아오마메는 말한다.

"하지만 너의 그런 마음과는 상관없이 그들은 전력을 다해 그것을 손에 넣으려고 할 거야. 온갖 수단과 방법을 동원해서." 다마루는 말한다. "그리고 네게는 가와나 덴고라는 약점이 있어. 거의 유일한 약점이라고 해도 좋겠지. 하지만 아주 큰 약점이야. 그 사실을 알면 그자들은 틀림없이 그곳을 집중적으로 찌르고 들어올 거야."

다마루의 말이 옳다. 가와나 덴고는 아오마메에게는 살아가는 의미인 동시에 치명적인 약점이기도 하다.

다마루는 말한다. "그 장소에 더이상 머무는 건 위험해. 그자들이 가와나 덴고와 너의 관계를 알기 전에 좀더 안전한 곳으로 옮겨야 해."

"이렇게 된 이상, 이 세계의 어디에도 안전한 장소 같은 건 없어요." 아오마메는 말한다.

다마루는 그녀의 의견을 곰곰 음미한다. 그리고 조용히 입을 연다. "그에 관한 생각을 좀더 들어보지."

"나는 우선 덴고를 만나야 해요. 그때까지는 이곳을 떠날 수 없어요. 그게 상당한 위험을 의미한다 해도."

"그를 만나서 뭘 하려는 거지?"

"뭘 해야 하는지 나는 알고 있어요."

다마루는 짧게 침묵한다. "한 점의 흐림도 없이?"

"그게 잘될지 어떨지는 모르겠어요. 하지만 해야 할 일은 알아요. 한 점의 흐림도 없이."

"하지만 그 내용을 내게 알려줄 생각은 없다."

"미안하지만 지금은 알려줄 수 없어요. 당신뿐만이 아니라 다른 누구에게도. 만일 내가 그 말을 입에 올린다면, 그 즉시 온 세상에 드러날 게 틀림없으니까."

달들이 귀를 기울이고 있다. 리틀 피플이 귀를 기울이고 있다. 방이 귀를 기울이고 있다. 그건 그녀의 마음에서 단 한 걸음도 밖에 내놓아서는 안 된다. 두꺼운 벽으로 단단히 마음을 에워싸야 한다.

다마루는 전화 너머에서 볼펜 머리로 책상을 두드리고 있다. 톡톡, 하는 규칙적이고 건조한 소리가 아오마메의 귀에 와 닿는다. 울림이 결여된 고독한 소리다.

"좋아. 가와나 덴고에게 연락하도록 하지. 단지 그전에 마담의 동의를 얻을 필요가 있어. 내가 받은 명령은 한시라도 빨리 거기서 다른 장소로 이동시키라는 것이었어. 하지만 너는 가와나 덴고를 만날 때까지는 무슨 일이 있어도 거기를 떠날 수 없다고 해. 그 이유를 마담에게 설명하는 건 간단하지 않을 거 같아. 그건 알고 있지?"

"논리에 맞지 않는 일을 논리적으로 설명하는 건 아주 어렵죠."

"그래. 롯폰기의 오이스터 바에서 진짜 진주를 만나는 것보다 더 어려울 거야. 하지만 어떻게든 노력해보지."

"고마워요." 아오마메는 말한다.

"네가 주장하는 어떤 걸 들어봐도 전혀 맥락이 닿지 않는다는 생각이 들어. 원인과 결과 사이에 논리적인 연결을 찾을 수 없어. 그래도 이렇게 이야기하는 사이에 점점 그 주장을 일단 받아들여도 좋다는 느낌이 들어. 왜 그럴까."

아오마메는 침묵을 지킨다.

"그리고 마담은 너를 개인적으로 믿고 신뢰하고 있어." 다마루는 말한다. "네가 그토록 강력하게 주장한다면, 너와 가와나 덴고를 굳이 만나지 못하게 할 이유는 마담도 아마 떠올리지 못할 거야. 아무래도 너와 가와나 덴고는 아주 단단히 맺어져 있는 모양이군."

"이 세상 무엇보다도." 아오마메는 말한다.

어떤 세상에 있는 무엇보다도, 라고 아오마메는 마음속에서 고쳐 말한다.

"그리고 만일." 다마루는 말한다. "너무 위험해서 내가 가와나 덴고에게 연락하는 걸 거부하더라도, 너는 분명 그를 만나기 위해 그 아파트에 찾아가겠지."

"틀림없이 그렇게 할 거예요."

"그건 누구도 가로막지 못할 거고."

"그럴 거예요."

다마루는 잠시 틈을 둔다. "그래서, 어떤 말을 가와나 덴고에게 전하면 될까?"

"날이 어두워진 뒤에 미끄럼틀 위로 와주었으면 한다. 어두워진 뒤라면 언제라도 좋다. 나는 기다리고 있다. 아오마메가 그렇게 말했다고 전해주면 알 거예요."

"알았어. 그렇게 전하지. 어두워진 뒤에 미끄럼틀 위로 와달라."

"그리고 만일 남겨두고 떠나고 싶지 않은 소중한 것이 있으면 들고 와주기 바란다. 그렇게 전해주세요. 다만 양손을 자유롭게 쓸 수 있게 짐을 꾸리라고요."

"그 짐을 들고 어디까지 가는 거지?"

"멀리까지." 아오마메는 말한다.

"얼마나 멀리?"

"모르겠어요." 아오마메는 말한다.

"좋아. 마담의 허가가 떨어지면 그렇다는 말이지만, 가와나 덴고에게 그 메시지를 전해주지. 그리고 너를 위해 가능한 한 안전을 확보하도록 노력할 거야. 내 나름대로. 하지만 여전히 위험은 자꾸 따라붙을 거야. 그자들도 필사적인 눈치야. 자신의 몸은 결국 자기 스스로 지키는 수밖에 없어."

"알고 있어요." 아오마메는 조용한 목소리로 말한다. 그녀의 손바닥은 다시 아랫배에 가만히 얹혀 있다. 나 혼자만의 몸이 아니야, 그녀는 생각한다.

전화를 끊은 뒤, 아오마메는 쓰러지듯이 소파에 앉는다. 그리고
눈을 감고 덴고를 생각한다. 그것 외에는 이미 아무것도 생각할 수
없다. 가슴은 조여들듯이 아프다. 하지만 그건 기분 좋은 아픔이다.
얼마든지 견뎌낼 수 있는 아픔이다. 그는 역시 바로 거기에 있었던
것이다. 걸어서 십 분도 걸리지 않는 곳에. 그 생각만으로도 몸이 깊
은 곳에서부터 따뜻해진다. 그는 독신이고, 학원에서 수학을 가르치
고 있다. 잘 정돈된 소박한 집에 살고, 요리를 하고, 다림질을 하고,
긴 소설을 쓰고 있다. 아오마메는 다마루가 부럽다. 할 수만 있다면,
다마루처럼 덴고의 방에 들어가고 싶다. 덴고가 없는 덴고의 방에.
그 아무도 없는 고요 속에서, 그곳에 있는 것 하나하나를 집어들어
만져보고 싶다. 그가 쓰는 연필이 잘 깎여 있는지 확인하고, 그가 마
시는 커피 잔을 손에 쥐어보고, 옷에 남아 있는 냄새를 맡고 싶다. 실
제로 그와 얼굴을 마주하기 전에 그런 단계를 한 차례 밟아보고 싶다.

그런 전 단계 없이 갑자기 그와 단둘이 만나면 무슨 말부터 어떻
게 시작해야 좋을지 아오마메는 짐작이 가지 않는다. 그 장면을 상상
하면 숨이 가빠지고 머리가 멍해진다. 말해야 할 게 너무도 많다. 동
시에, 막상 그 순간이 되면 해야 할 말이라고는 하나도 없을 것 같기
도 하다. 그녀가 말하고 싶은 것들은, 일단 입 밖에 내면 소중한 의미
가 상실되는 것들뿐이다.

어쨌든 지금의 아오마메가 할 수 있는 일은 기다리는 것뿐이다.
마음을 가라앉히고 주의 깊게 기다리는 것. 그녀는 덴고의 모습을 발

견하자마자 곧바로 달려나갈 수 있도록 짐을 챙긴다. 그길로 다시 이 방에 들르지 않아도 되게끔 커다란 검은 가죽 숄더백에 필요한 것을 남김없이 챙겨넣는다. 그다지 많지는 않다. 현금다발과 당장 갈아입을 옷들, 탄환을 풀 장전한 헤클러&코흐. 그 정도다. 숄더백을 금세 손이 닿을 곳에 둔다. 계속 옷걸이에 걸어두었던 준코 시마다 정장을 옷장에서 꺼내 구겨지지 않았는지 확인하고 거실 벽에 건다. 거기에 맞춰 하얀 블라우스와 스타킹과 찰스 주르당의 하이힐도 챙겨둔다. 베이지색 스프링코트도. 맨 처음 수도고속도로의 비상계단을 내려왔을 때와 똑같은 옷차림이다. 코트는 12월의 밤 기온에 입기에는 좀 얇다. 하지만 선택의 여지는 없다.

거기까지 준비를 마치고 베란다 가든체어에 앉아 가림판 틈새로 공원의 미끄럼틀을 바라본다. 일요일 심야에 덴고의 아버지는 세상을 떴다. 사람의 사망이 확인되고 나서 화장에 들어가기까지 분명 이십사 시간의 경과가 필요하다. 그런 법률이 있을 터이다. 그렇게 계산하면, 화장이 치러지는 건 화요일 이후가 된다. 오늘이 화요일. 덴고가 장례를 마치고 그 어딘가에서 도쿄로 돌아오는 건 빨라야 오늘 저녁이다. 다마루가 그에게 내 전언을 전해주는 건 다시 그다음이다. 그보다 더 일찍 덴고가 이 공원에 오는 일은 아마 없을 것이다. 그리고 아직은 주위가 환하다.

리더는 죽는 순간, 나의 태내에 이 작은 것을 세팅해두고 떠났다. 그것이 내 추측이다. 혹은 직감이다. 그렇다면 나는 결국, 그 죽은 자가 남기고 간 의지의 조종에 따라, 그가 설정한 목적지를 향해 끌려가고 있다는 것일까.

아오마메는 얼굴을 찌푸린다. 어떻게도 판단이 서지 않는다. 내가 리더의 계획의 결과로 '목소리를 듣는 자'를 수태한 것이 아니냐고 다마루는 추측한다. 아마도 '공기 번데기'로서. 하지만 왜 그것이 바로 나여야 하는가? 그리고 왜 그 상대가 가와나 덴고여야 하는가? 그것도 설명할 수 없는 일 중의 하나다.

아무튼 지금까지, 앞뒤 연결이 어떻게 되는지 알지 못한 채, 내 주위에서 여러 가지 일들이 진행되어왔다. 그 원리도 방향도 제대로 확인할 수 없었다. 나는 결과적으로 거기에 휘말려든 꼴이었다. 하지만 여기까지다. 아오마메는 마음을 정한다.

그녀는 입술을 뒤틀며 좀더 크게 얼굴을 찌푸린다.

지금부터는 지금까지와는 다르다. 나는 이제 더이상 제 마음대로인 누군가의 의지에 조종당하지 않을 것이다. 이제부터 나는 단 하나의 원칙, 즉 나의 의지에 따라 행동할 것이다. 나는 무슨 일이 있어도 이 작은 것을 지킨다. 그러기 위해 나는 사력을 다해 싸울 것이다. 이건 내 인생이고, 이 안에 있는 것은 내 아이다. 누가, 어떤 목적을 위해 프로그램한 것이든 이건 의심의 여지 없이 나와 덴고 사이에 생긴 아이다. 누구에게도 넘겨주지 않는다. 무엇이 선한 것이건 무엇이 악한 것이건, 이제부터는 내가 원리이고 내가 방향이다. 누가 됐든 그것만은 똑똑히 기억해두는 게 좋다.

다음 날, 수요일 오후 두시에 전화벨이 울린다.

"메시지는 전했어." 다마루는 역시 곧장 본론에 들어간다. "그는 지금 아파트 자기 집에 있어. 오늘 아침에 전화로 이야기했어. 그는 오늘 밤 일곱시 정각에 그 미끄럼틀로 갈 거야."

"그가 나를 기억하고 있었어요?"

"물론 잘 기억하고 있었어. 그도 네 행방을 어지간히 찾았던 모양이야."

리더가 말한 대로다. 덴고도 나를 찾았던 것이다. 그것으로 이제 충분하다. 그녀의 마음은 행복으로 채워진다. 이 세계에 존재하는 다른 어떤 말도, 이미 아오마메에게는 의미를 갖지 않는다.

"그때 그는 소중한 것도 가져갈 거야. 네가 일러준 대로. 내 짐작으로는, 집필중인 소설 원고도 포함될 것 같은데."

"틀림없이." 아오마메는 말했다.

"그 소박한 아파트 주위를 체크해봤어. 내가 본 바로는 깨끗해. 근처에 달라붙어 있는 수상한 인간은 눈에 띄지 않았어. 후쿠스케 머리의 방도 비어 있었어. 주위는 조용하지만, 그렇다고 지나치게 조용한 정도는 아니야. 그자들은 한밤중에 은밀히 물품을 처리하고 바로 떠난 모양이야. 오래 머물수록 불리하다고 생각했겠지. 내 나름대로 면밀히 확인했으니까 놓친 건 아마 없을 거야."

"잘됐네요."

"하지만 그건 어디까지나 아마도 그렇다는 것이고, 현재로서는 그렇다는 거야. 상황은 시시각각 변해. 나도 물론 완전하지 않아. 뭔가 중요한 포인트를 놓쳤을 수도 있어. 단순히 그자들 쪽이 나보다 한 수 위라는 전개도 있을 수 있어."

"그러니까 결국 자신의 몸은 자신이 지키는 수밖에 없다."

"전에도 말했듯이." 다마루는 말한다.

"여러 가지로 고마워요. 감사하고 있어요."

"네가 이제부터 어디서 무엇을 하려는지는 몰라." 다마루는 말한다. "하지만 네가 이대로 어딘가 멀리 가버린다면, 그리고 그후로 더이상 얼굴을 마주할 일이 없다면, 나도 조금은 쓸쓸해질 거야. 극히 겸손하게 표현해서, 너는 상당히 보기 드문 캐릭터였어. 너 같은 인물은 그리 쉽게 만날 수 없지."

아오마메는 전화기에 대고 미소 짓는다. "나도 그것과 거의 똑같은 감상을 당신에게 남기고 싶군요."

"마담은 너의 존재를 필요로 했어. 일과 관계없이, 이른바 개인적인 동반자로서. 그래서 이렇게 헤어져야 한다는 것에 깊은 슬픔을 느끼고 있어. 지금 이런 상황에서 그녀가 전화를 받을 수는 없어. 이해해줬으면 해."

"알고 있어요." 아오마메는 말한다. "나도 제대로 말을 할 수 없을 거예요."

"멀리까지 간다고 했지." 다마루는 말한다. "얼마나 멀어질까."

"그건 숫자로는 잴 수 없는 거리예요."

"사람의 마음과 사람의 마음 사이의 거리처럼."

아오마메는 눈을 감고, 깊은 숨을 들이쉰다. 조금만 더 가면 눈물을 쏟을 것 같다. 하지만 가까스로 그것을 억누른다.

다마루는 조용한 목소리로 말한다. "모든 일이 잘 풀리기를 기도하지."

"미안하지만 헤클러&코흐는 돌려주지 못할 거 같아요." 아오마메는 말한다.

"괜찮아. 개인적으로 증정한 물건이야. 보관하기 귀찮아지면 도쿄만에 내버리면 돼. 그만큼 세계는 조금이나마 비무장에 한 걸음 다가갈 테니."

"결국 마지막까지 권총은 불을 뿜지 않을지도 몰라요. 체호프의 원칙에는 위배되겠지만."

"그것도 괜찮아. 불을 뿜지 않는 것보다 더 좋은 건 없지. 지금은 이미 20세기도 끝이 멀지 않은 때야. 체호프가 살던 시대와는 사정이 달라. 마차도 달리지 않고, 코르셋을 입은 귀부인도 없어. 세계는 나치즘과 원자폭탄과 현대음악을 통과하면서도 그럭저럭 살아남았어. 그동안 소설작법도 적잖이 변했지. 신경 쓸 거 없어." 다마루는 말한다. "한 가지 질문이 있는데. 오늘 밤 일곱시에 너와 가와나 덴고는 미끄럼틀 위에서 만나기로 되어 있지."

"잘하면." 아오마메는 말했다.

"그를 만났다 치고. 그럼 미끄럼틀 위에서 대체 뭘 하지?"

"둘이서 달을 봐요."

"매우 로맨틱하군." 다마루는 감탄한 듯이 말했다.

제27장 덴고
Q
이 세계만으로는 부족할지 모른다

수요일 아침, 전화벨이 울렸을 때 덴고는 잠 속에 있었다. 결국 새벽녘까지 잠들지 못한데다 그때 마신 위스키가 아직 몸 안에 남아 있었다. 그는 침대에서 몸을 일으키다가 주위가 완전히 환해진 것을 알고 놀랐다.

"가와나 덴고 씨." 남자가 말했다. 들어본 기억이 없는 목소리다.

"네, 그렇습니다." 덴고는 말했다. 아버지의 죽음에 관한 사무적인 수속 때문일 거라고 생각했다. 상대의 목소리에서 정중하고 실무적인 여운이 읽혔기 때문이다. 하지만 자명종 시계는 오전 여덟시 조금 전을 가리키고 있었다. 관공서나 장의사가 전화를 걸어올 시각이 아니다.

"아침 일찍부터 죄송하지만, 급한 연락이라 어쩔 수 없었습니다."

급한 연락. "무슨 일이신지." 머리는 아직 멍하다.

"아오마메라는 이름이 기억에 있으십니까?" 상대는 말했다.

아오마메? 그 말에 취기와 잠은 어딘가로 사라졌다. 연극의 암전처럼 의식이 급속히 전환되었다. 덴고는 수화기를 손 안에서 고쳐쥐었다.

"기억하고 있습니다." 덴고는 대답했다.

"상당히 드문 이름이지요."

"초등학교 때 같은 반이었어요." 덴고는 가까스로 목소리를 가다듬어 말했다.

남자는 잠시 틈을 두었다. "가와나 씨, 지금 아오마메 씨에 관해 이야기하는 것에 관심이 있습니까?"

이 남자는 대단히 기묘한 말투를 쓴다고 덴고는 생각했다. 어법이 독특하다. 마치 번역된 전위극 대사를 듣는 것 같다.

"혹시 관심이 없으시다면, 서로 시간만 낭비하는 꼴이 됩니다. 이 전화는 당장이라도 끊겠습니다."

"관심이 있어요." 덴고는 서둘러 말했다. "그런데 실례지만, 당신은 어떤 관계시죠?"

"아오마메 씨의 전언이 있습니다." 남자는 덴고의 질문은 상관하지 않고 말했다. "아오마메 씨는 당신을 만나기를 원하고 있습니다. 가와나 씨 쪽은 어떨까요? 그녀를 만날 의향이 있으십니까?"

"있습니다." 덴고는 말했다. 헛기침을 해서 잠긴 목을 풀었다. "저도 오랫동안 그녀를 만나고 싶었습니다."

"좋습니다. 그녀는 당신을 만나고 싶어합니다. 당신도 아오마메 씨와 만나기를 원하고 있군요."

덴고는 방 공기가 싸늘하다는 것을 문득 깨달았다. 가까이에 있던 카디건을 집어 파자마 위에 걸쳤다.

"그래서, 어떻게 하면 되죠?" 덴고는 물었다.

"날이 어두워진 뒤에 미끄럼틀 위로 오실 수 있겠습니까." 남자는 말했다.

"미끄럼틀 위요?" 덴고는 말했다. 이 남자가 대체 무슨 이야기를 하는 건가.

"그렇게 말하면 알 거라고 하더군요. 미끄럼틀 위로 와달라고 말이죠. 나는 아오마메 씨의 말을 그대로 전할 뿐입니다."

덴고는 무의식적으로 손을 머리에 얹었다. 머리칼은 잠자는 동안 눌려서 뻣뻣하게 뻗친 뭉텅이가 되어 있었다. 미끄럼틀. 나는 거기서 두 개의 달을 올려다보았다. 물론 그 미끄럼틀 얘기다.

"알 것 같습니다." 덴고는 메마른 목소리로 말했다.

"좋습니다. 가져가고 싶은 소중한 것이 있으면 들고 와달라고도 했습니다. 그길로 멀리 이동할 수 있게."

"가져가고 싶은 소중한 것?" 덴고는 놀라서 되물었다.

"남겨두고 떠나고 싶지 않은 소중한 것이라는 뜻입니다."

덴고는 생각을 굴렸다. "잘 이해가 안 되는데, 멀리 이동한다는 건, 여기로 다시 돌아오지 않는다는 뜻입니까?"

"거기까지는 모릅니다." 상대는 말했다. "조금 전에 말했듯이 나는 그녀의 메시지를 그대로 전할 따름입니다."

덴고는 엉킨 머리칼을 손가락으로 훑으며 생각했다. 이동한다? 그러고는 말했다. "좀 많은 양의 문서를 가져갈지도 모르겠습니다."

"문제 없을 겁니다." 남자는 말했다. "무엇을 선택하느냐는 당신

자유예요. 단지 그걸 넣을 가방은 양손을 자유롭게 쓸 수 있는 것으로 해주기 바란다고 하더군요."

"양손을 자유롭게 쓸 수 있는 가방." 덴고는 되뇌었다. "그럼 슈트케이스 같은 것은 안 된다는 거군요?"

"그런 얘기일 겁니다."

남자의 목소리에서 나이나 풍모나 체격을 가늠하기는 어려웠다. 구체적인 단서가 없는 목소리다. 전화를 끊자마자 어떤 목소리였는지 생각나지 않을 것 같은 목소리. 개성이나 감정은—만일 그런 것이 있다면—깊숙이 숨어 있다.

"전해야 할 이야기는 그 정도입니다." 남자는 말했다.

"아오마메는 건강하게 잘 있습니까?" 덴고는 물었다.

"신체적으로는 문제가 없습니다." 상대는 주의 깊게 대답했다. "하지만 그녀는 현재, 적잖이 긴박한 상황에 놓여 있습니다. 일거일동에 주의를 기울이지 않으면 안 됩니다. 자칫하면 손상되어버릴 수도 있어요."

"손상되어버린다." 덴고는 기계적으로 반복했다.

"너무 늦지 않는 게 좋을 겁니다." 남자는 말했다. "거기에서는 시간이 중요한 요소입니다."

시간이 중요한 요소다. 덴고는 머릿속에서 반복했다. 이 남자의 어휘 선택에 뭔가 문제가 있는 건가. 아니면 내 쪽이 지나치게 예민한 건가.

"오늘 저녁 일곱시에 미끄럼틀 위로 갈 수 있을 겁니다." 덴고는 말했다. "만일 뭔가 사정이 있어 오늘 밤에 만나지 못한다면, 내일 똑같은 시각에 그곳에 가겠습니다."

"좋습니다. 그게 어떤 미끄럼틀인지 당신은 알고 있군요."

"알고 있다고 생각합니다."

덴고는 시계를 바라보았다. 앞으로 열한 시간의 여유가 있다.

"그건 그렇고, 아버님이 일요일에 돌아가셨다고 들었습니다. 삼가 조의를 표합니다." 남자가 말했다.

덴고는 거의 반사적으로 답례를 했다. 그러고는 '이 사람이 어떻게 그걸 알고 있을까' 하고 생각했다.

"아오마메에 대해 좀더 말해주실 수 있습니까?" 덴고는 물었다. "어디에 살고 어떤 일을 하는지, 그런 것을요."

"그녀는 독신이고, 히로오에 있는 스포츠클럽의 인스트럭터로 일했습니다. 우수한 인스트럭터지만 사정이 있어서 지금은 그 일을 쉬고 있습니다. 그리고 얼마 전부터, 이건 완전히 우연이지만, 가와나 씨가 사는 곳 바로 근처에 살고 있습니다. 그 이상은 본인 입으로 직접 들으시는 게 좋겠지요."

"그녀가 현재 어떤 종류의 긴박한 상황에 놓여 있는지에 대해서도?"

남자는 거기에는 대답을 하지 않았다. 자신이 대답하고 싶지 않은 ─혹은 대답할 필요가 없다고 간주하는─질문에는 극히 자연스럽게 대답을 하지 않는다. 덴고 주위에는 아무래도 그런 사람들이 모여 있는 모양이다.

"그러면 오늘 오후 일곱시, 미끄럼틀 위에서." 남자는 말했다.

"잠깐만요." 덴고는 서둘러 말했다. "한 가지 질문이 있어요. 어떤 사람에게서 내가 누군가에게 감시당하고 있다는 충고를 받았습니다. 그래서 조심하는 게 좋다고. 실례지만, 혹시 그게 당신인가요?"

"아니, 그건 내가 아닙니다." 남자는 즉각 대답했다. "감시하고 있었던 건 아마 다른 사람 얘기일 겁니다. 하지만 어쨌든 조심해서 나쁠 건 없겠지요. 그 사람의 지적이 맞습니다."

"내가 누군가에게 감시당하고 있을지도 모른다는 건, 그녀가 상당히 특수한 상황에 놓여 있다는 것과 어딘가에서 관련이 있는 건가요?"

"적잖이 긴박한 상황"이라고 남자는 정정했다. "예, 아마 관계가 있을 겁니다. 어딘가에서."

"그건 위험이 따르는 일입니까?"

남자는 여러 종류가 뒤섞인 콩을 선별하듯이 오래 틈을 두며 조심스럽게 말을 골랐다. "만일 당신이 아오마메를 만나지 못하는 것을 당신에게 위험한 일이라고 말하는 거라면, 거기에는 분명 위험이 따를 겁니다."

덴고는 그 완곡한 어법을 머릿속에서 자기 나름대로 알기 쉽게 재배치해보았다. 사정이나 배경까지는 읽을 수 없지만, 거기에서는 분명 절박한 공기가 감지되었다.

"자칫하면 우리는 두 번 다시 만날 수 없을지도 모른다."

"그렇습니다."

"알겠습니다. 조심하지요." 덴고는 말했다.

"아침 이른 시간부터 죄송했습니다. 잠을 깨운 것 같군요."

남자는 그렇게 말하고 틈을 두지 않고 전화를 끊었다. 덴고는 손

안에 있는 검은 수화기를 잠시 바라보았다. 전화가 끊기자 예상했던 대로 그 목소리는 벌써 생각이 나지 않았다. 덴고는 다시 시계를 보았다. 여덟시 십분. 지금부터 오후 일곱시까지 시간을 어떻게 보내야 할까.

그는 먼저 샤워실에 들어가 머리를 감고 뒤엉킨 머리를 조금이라도 괜찮은 모양새로 다듬었다. 그러고는 거울 앞에서 수염을 깎았다. 이를 구석구석 닦고 치실까지 썼다. 냉장고에서 토마토 주스를 꺼내 마시고, 주전자에 물을 끓이고, 원두를 갈아 커피를 내리고, 토스트를 한 장 구웠다. 타이머를 세팅하여 달걀 반숙도 했다. 동작 하나하나에 의식을 집중하여 평소보다 시간을 더 들였다. 그래도 이제 겨우 아홉시 반이다.

오늘 밤 미끄럼틀 위에서 아오마메를 만난다.

거기에 대해 생각하기 시작하자, 몸의 기능이 제각각 풀려 사방으로 흩어지는 듯한 느낌에 휩싸였다. 손과 발과 얼굴이 각기 다른 방향으로 향하려 한다. 감정을 한곳에 오래 묶어둘 수가 없다. 뭔가를 하려 해도 의식을 집중할 수 없다. 책도 읽지 못하고, 글도 물론 써지지 않았다. 한자리에 가만히 앉아 있을 수 없는 것이다. 그럭저럭 할 수 있는 일이라고는 주방에서 설거지를 하거나, 빨래를 하거나, 옷장 서랍을 정리하고 침대를 정리하는 것 정도였다. 하지만 어떤 일을 하건 오 분마다 손을 멈추고 벽시계를 보았다. 시간을 의식할 때마다 그것은 점점 더 걸음을 늦추는 것 같았다.

아오마메는 알고 있다.

덴고는 싱크대에서, 딱히 갈아야 할 필요도 없는 칼을 갈면서 그렇게 생각했다. 내가 그 어린이공원의 미끄럼틀에 갔다는 것을 그녀는 알고 있다. 미끄럼틀 위에 혼자 앉아 하늘을 올려다보는 내 모습을 분명 눈에 담았던 것이리라. 그것 말고는 다른 가능성은 생각할 수 없었다. 그는 미끄럼틀 위에서 수은등 불빛에 비춰진 자신의 모습을 상상했다. 누군가 자신을 바라보고 있다는 느낌을 덴고는 그때 전혀 받지 못했었다. 대체 그녀는 어디에서 나를 보고 있었을까.

어디서였건 상관없다, 덴고는 생각한다. 그건 별 문제가 아니다. 어디서 보고 있었건 그녀는 지금의 내 얼굴을 한눈에 알아본 것이다. 그렇게 생각하니 깊은 기쁨이 그의 온몸을 채웠다. 그 이후로 내가 그녀를 줄곧 생각해온 것과 똑같이 그녀도 나를 생각하고 있었다. 그건 덴고에게는 믿기 어려운 일처럼 느껴졌다. 거세게 변화하는 이 미궁과도 같은 세계에서, 이십 년 동안 얼굴 한번 마주한 일 없이, 사람과 사람의 마음이―소년과 소녀의 마음이―지금껏 변하는 일 없이 하나로 이어져왔다는 것이.

하지만 아오마메는 왜 그때 그 자리에서 내게 말을 건네지 않았을까? 그랬다면 일이 좀더 간단해졌을 것이다. 아니, 그보다 어떻게 내가 이곳에 살고 있는 걸 알았을까? 그녀는, 혹은 그 남자는, 어떻게 내 전화번호를 알았을까. 전화가 걸려오는 게 싫어서 전화번호부에 번호를 등재하지 않았다. 전화번호 안내를 통해서도 알 수 없게 해두었다.

불가해한 요소가 한두 가지가 아니다. 그리고 스토리 라인이 복잡하게 얽혀 있다. 어떤 라인과 어떤 라인이 이어져 있는지, 그것들 사이에 어떤 인과관계가 있는지, 판단하기가 어렵다. 하지만 생각해보면 후카에리가 등장한 이래, 줄곧 그런 세계에서 살아왔다는 생각이든다. 의문은 너무도 많고, 단서는 너무도 적은 것이 일상적인 일이된 세계에서. 하지만 그 혼돈도 조금씩이나마 끝을 향해 가고 있다—막연하게 그런 느낌이 들었다.

어쨌든 오늘 밤 일곱시가 되면 적어도 몇 가지 의문은 해소될 것이다. 우리는 미끄럼틀 위에서 만난다. 힘없는 열 살의 소년소녀가아니라, 독립적이고 자유로운 두 명의 성인남녀로. 학원 수학강사와스포츠클럽 인스트럭터로. 우리는 거기에서 과연 어떤 이야기를 나눌까? 모르겠다. 하지만 어쨌든 이야기를 할 것이다. 우리는 공백을메우고 서로에 대한 지식을 공유해야 한다. 그리고 전화를 걸어온 남자의 기묘한 표현을 그대로 사용한다면, 우리는 그곳에서 어딘가로이동하게 될지도 모른다. 그래서 남겨두고 가서는 안 될 소중한 것들을 한데 모아야 한다. 그것을 양손이 자유로운 가방에 챙겨넣어야한다.

이곳을 떠나는 것에 딱히 아쉬움은 없다. 칠 년 동안 이 집에서 살면서 일주일에 사흘 동안 학원에서 학생들을 가르쳐왔지만, 이곳이내 생활의 장이라는 느낌을 가져본 일은 한 번도 없었다. 물결 위에떠 있는 신기루 섬 같은 임시적인 장소에 지나지 않았다. 일주일에한 번 이곳에서 밀회했던 연상의 걸프렌드도 상실되었다. 한동안 이곳에 머무르던 후카에리도 떠나갔다. 그녀들이 지금 어디에 있고 무엇을 하는지 덴고는 알지 못한다. 하지만 어쨌든 그녀들은 덴고의 생활에서 조용히 사라졌다. 학원 일 역시 그가 없어져도 누군가 그 뒤를 메울 것이다. 덴고 없이도 이 세계는 아무런 지장 없이 굴러갈 것이다. 아오마메가 함께 어딘가로 이동하고 싶다고 하면 망설임 없이 행동을 함께할 수 있다.

나에게, 가져가고 싶은 소중한 것이란 과연 무엇일까. 오만 엔 남짓한 현금과 플라스틱 은행카드 한 장. 재산이라고 할 만한 건 그 정도다. 보통예금 계좌에는 백만 엔 가까이 들어 있다. 아니, 그뿐만이 아니다. 「공기 번데기」의 인세 분배 명목으로 들어온 돈도 있다. 고마쓰에게 돌려줄 생각이었는데 아직 돌려주지 않았다. 그밖에 집필 중인 소설의 프린트물. 이건 남겨두고 갈 수 없다. 세속적인 가치는 없지만, 덴고에게는 소중한 것이다. 원고를 종이봉투에 넣어, 학원 통근 때 사용하던 질긴 자주색 나일론 숄더백에 넣었다. 그것만으로도 숄더백은 묵직해졌다. 플로피 디스크는 가죽점퍼 호주머니에 따로 넣었다. 워드프로세서를 갖고 갈 수는 없어서 노트와 만년필을 짐에 추가했다. 자, 또 뭐가 있을까?

지쿠라에서 변호사가 건네준 사무봉투가 생각났다. 거기에는 아버지가 남겨준 예금통장과 인감, 호적등본, 그리고 수수께끼의 가족 사진(으로 보이는 것)이 들어 있다. 그건 갖고 가는 게 좋으리라. 초등학교 때의 통지표와 NHK 표창장은 물론 두고 간다. 갈아입을 옷이며 세면도구는 가져가지 않기로 했다. 통근용 숄더백에 그런 것까지는 들어가지도 않고, 그런 건 필요에 따라 구입할 수 있을 것이다.

거기까지 가방에 챙겨넣고 나자, 꼭 해야 할 일은 더이상 없었다. 썻어야 할 그릇도 없고 다림질해야 할 셔츠도 없다. 다시 시계를 보았다. 열시 반. 학원 강의를 대신해달라고 친구에게 연락해야겠다고 생각했지만, 오전에 전화하면 상대가 항상 언짢아하던 게 생각났다.

덴고는 옷을 입은 채 침대에 누워 갖가지 가능성에 대해 생각했다. 마지막으로 아오마메를 만났던 게 열 살 때다. 이제는 둘 다 서른 살이 되었다. 그동안 두 사람은 수많은 경험을 했다. 좋은 일도, 그다지 좋다고 할 수 없는 일도(아마 후자 쪽이 약간 더 많을 것이다). 생김새도 인격도 생활환경도 그에 상응하는 변화를 이루었을 것이다. 우리는 이제 더이상 소년도 아니고 소녀도 아니다. 그곳에 있는 아오마메는 정말 내가 찾아헤매던 그 아오마메일까. 그리고 이곳에 있는 나는 정말 아오마메가 찾아헤매던 가와나 덴고일까. 두 사람이 오늘 밤 미끄럼틀 위에서 만나, 가까이에서 얼굴을 마주하고 서로에게 실망하는 광경을 덴고는 머릿속에 떠올렸다. 이야기할 화제조차 찾지 못할지도 모른다. 그건 충분히 일어날 수 있는 일이다. 아니, 오히려 그런 일이 없다는 게 부자연스러울 정도다.

사실은 이렇게 만나서는 안 되는지도 모른다. 덴고는 천장을 향해 묻는다. 만나고 싶은 마음을 각자 소중히 가슴에 품은 채, 끝까지 떨어져 지내는 게 좋지 않을까. 그러면 언제까지고 희망을 품은 채 살아갈 수 있을 것이다. 그 희망이 몸의 깊은 곳을 따뜻하게 해주는 자그마한, 하지만 소중한 발열이다. 손바닥으로 소중히 감싸서 바람으로부터 지켜온 작은 불꽃이다. 현실의 난폭한 바람을 받으면 훅 하고 간단히 꺼져버릴지도 모른다.

덴고는 한 시간쯤 천장을 노려보며 상반되는 두 가지 감정 사이를 오락가락했다. 그는 무엇보다 아오마메를 만나고 싶었다. 그와 동시에 아오마메와 얼굴을 마주한다는 게 견딜 수 없이 두려웠다. 그곳에서 생겨날지도 모르는 싸늘한 실망과 어색한 침묵이 그의 마음을 움 츠러들게 했다. 몸이 한가운데에서 깨끗이 두 쪽으로 갈라져버릴 것 같았다. 보통사람보다 몸집이 크고 튼튼하지만, 자신이 특정 방향에 서 가해지는 힘에는 뜻밖에 약하다는 것을 덴고는 알고 있었다. 하지 만 아오마메를 만나러 가지 않을 수는 없다. 그의 마음이 지난 이십 년 동안 강하고 일관되게 바라온 일이다. 설령 그 결과 어떤 실망을 맛보게 된다 해도, 이대로 등을 돌리고 도망칠 수는 없다.

천장을 노려보기에도 지쳐 침대에 누운 채 잠시 잠들었다. 사십 분쯤인지 사십오 분쯤인지, 꿈 없는 고요한 잠이었다. 집중해서 머리 를 쓰고, 생각에 지친 끝에 찾아온 깊고 기분 좋은 잠이었다. 생각해 보니 최근 며칠 동안 짤막짤막하고 불규칙한 수면밖에 취하지 못했 다. 해가 저물 때까지 그동안 축적된 피로를 몸에서 걷어내야 한다. 그리고 건강하고 새로운 기분으로 이곳을 나가 어린이공원으로 향 해야 한다. 그의 몸은 무심(無心)의 휴식이 필요하다는 것을 본능적 으로 알고 있었다.

잠 속으로 빨려들어가는 순간, 덴고는 아다치 구미의 목소리를 들 었다. 혹은 들은 듯한 느낌이었다. 밤이 지나면 덴고 군은 이곳을 나 가. 출구가 아직 닫히지 않은 동안에.

그것은 아다치 구미의 목소리이자 동시에 밤의 올빼미의 목소리 이기도 했다. 그의 기억 속에서 그 두 가지는 분간하기 어렵게 뒤섞 여 있었다. 덴고는 그때 무엇보다도 지혜를 필요로 하고 있었다. 대 지 깊숙이 굵은 뿌리를 내린 밤의 지혜를. 그건 아마도 농밀한 잠 속 에서가 아니면 찾아낼 수 없는 것이었다.

여섯시 반이 되자 덴고는 숄더백을 어깨에 가로질러 메고 방을 나섰다. 지난번에 미끄럼틀에 갔을 때와 완전히 똑같은 차림이다. 회색 요트파카에 낡은 가죽점퍼, 청바지에 갈색 워크부츠. 모두 낡기는 했지만 몸에 익숙해진 것들이다. 그 자신의 몸의 일부 같기도 하다. 이제 이곳에 돌아올 일은 없을지도 모른다. 현관문과 우편함 슬릿에 끼워져 있는 이름 카드를 혹시나 해서 회수했다. 나중 일이 어떻게 될지, 그건 나중에 다시 생각하는 수밖에 없다.

아파트 현관에 서서 주의 깊게 주위를 둘러보았다. 후카에리의 말을 믿는다면, 누군가 어딘가에서 그를 감시하고 있을 터였다. 하지만 지난번과 마찬가지로 그럴듯한 기척은 느껴지지 않았다. 평소와 똑같은 풍경이 평소와 똑같이 눈에 들어올 뿐이다. 해 저문 뒤의 길에는 인적이 없었다. 그는 우선 역 방향으로 천천히 걸었다. 그리고 이따금 고개를 돌려 따라오는 자가 없는지 확인했다. 돌아갈 필요 없는 좁은 길모퉁이를 몇 번이나 돌고, 그때마다 멈춰 서서 미행의 유무를 확인했다. 조심하지 않으면 안 된다, 고 전화의 남자는 말했다. 자신을 위해서도, 그리고 긴박한 상황에 놓인 아오마메를 위해서도.

하지만 전화를 걸어온 남자는 정말로 아오마메와 아는 사람일까, 문득 덴고는 생각했다. 어쩌면 이건 교묘하게 설정된 덫이 아닐까. 그럴 가능성에 대해 생각하기 시작하자 덴고는 점점 불안해졌다. 만일 이것이 덫이라면, 그건 '선구'가 놓은 것일 게 틀림없다. 덴고는 「공기 번데기」의 고스트라이터로, 아마도(아니, 의심의 여지 없이) 그들의 블랙리스트에 올라 있을 터였다. 그렇기 때문에 우시카와라는 기묘한 인물이 교단의 앞잡이로서 정체를 알 수 없는 후원금 이야기를 내세우며 접근해왔던 것이다. 게다가 덴고는—스스로 원해서 한 일은 아니라 해도—후카에리를 삼 개월 동안 자신의 집에 숨겨주고 생활을 함께 했다. 교단이 그에 대해 불쾌감을 품을 이유는 지나칠 만큼 충분하다.

하지만 그렇다 해도, 덴고는 고개를 갸웃거린다. 왜 그들이 굳이 아오마메를 미끼 삼아 덫을 쳐가면서 나를 불러내야 한단 말인가. 그들은 덴고가 있는 곳을 이미 알고 있다. 어디로 달아나거나 숨어 있는 것도 아니다. 만일 덴고에게 볼일이 있다면 직접 찾아오면 될 일이다. 괜한 수고와 시간을 들여가며 그 어린이공원 미끄럼틀까지 유인해낼 필요가 없다. 물론 그것과는 반대로, 그들이 덴고를 미끼 삼아 아오마메를 유인해내려고 하는 것이라면 이야기는 달라지지만.

하지만 왜 그들이 아오마메를 유인해내야 하는가?

그런 이유는 어디에서도 찾아볼 수 없다. 혹시 '선구'와 아오마메 사이에 뭔가 관련이 있는 걸까. 하지만 덴고는 추론을 더 이상 진행시킬 수 없었다. 아오마메 본인에게 직접 물어보는 수밖에 없다. 만일 만날 수 있다면 말이지만.

어쨌든 그 남자가 전화로 말했듯이 조심해서 나쁠 건 없다. 덴고는 만전을 기하기 위해 길을 멀리 돌아가면서 뒤를 밟는 자가 없는지 몇 번이나 확인했다. 그러고는 빠른 걸음으로 어린이공원으로 향했다.

어린이공원에 도착한 것은 일곱시 칠 분 전이었다. 주위는 이미 어둡고, 작은 공원 구석구석에 수은등이 인공적인 빛을 쏟아내고 있었다. 화창한 날씨의 따스한 오후였지만, 해가 떨어지자 기온은 급속히 낮아지고 차가운 바람도 불기 시작했다. 며칠째 계속된 온화한 초겨울 날씨는 사라지고, 냉혹한 진짜 겨울이 다시 자리를 잡으려 하고 있었다. 느티나무 가지 끝이 뭔가를 경고하려는 노인의 손가락처럼 메마른 소리를 내며 떨렸다.

주위 건물의 몇몇 창문에는 불이 켜져 있다. 하지만 공원에 사람의 모습은 보이지 않는다. 가죽점퍼 밑에서 심장이 느리게 굵은 리듬을 새기고 있었다. 그는 두 손을 몇 번 맞비비며 정상적인 감각이 느껴지는 것을 확인했다. 괜찮아, 준비는 다 됐다. 두려워할 건 아무것도 없다. 덴고는 마음을 정하고 미끄럼틀 계단을 오르기 시작했다.

미끄럼틀 위에 올라서서 지난번과 똑같은 자세로 자리를 잡고 앉았다. 미끄럼틀 바닥은 차갑게 얼어붙어 희미한 습기를 품고 있었다. 점퍼 호주머니에 두 손을 넣은 채, 난간에 등을 기대고 하늘을 올려다보았다. 하늘에는 구름이 어지럽게 떠 있었다. 사이즈는 제각각이다. 몇 개의 큰 구름이 있고, 몇 개의 작은 구름이 있었다. 덴고는 눈을 가늘게 뜨고, 달의 모습을 찾았다. 하지만 달은 지금 어딘가 구름 뒤에 가려져 있는 것 같았다. 두툼하고 촘촘한 구름은 아니다. 어느 쪽인가 하면, 산뜻한 하얀 구름이다. 그래도 달의 모습을 사람의 시선에서 감춰버릴 만큼의 두께와 질량을 갖고 있다. 구름은 북쪽에서 남쪽을 향해 완만한 속도로 이동하고 있었다. 상공에 부는 바람은 강하지 않은 모양이다. 어쩌면 구름은 상당히 높은 곳에 있는지도 모른다. 어쨌든 그들은 결코 길을 서두르지 않는다.

덴고는 손목시계를 보았다. 바늘은 일곱시 삼분을 가리키고 있었다. 그리고 초침은 여전히 정확하게 시간을 새기고 있다. 아오마메는 아직 모습을 드러내지 않는다. 그는 몇 분 동안 뭔가 진기한 것이라도 보듯이 초침의 진행을 지켜보았다. 그러고는 눈을 감았다. 그도 바람에 실려가는 구름과 마찬가지로 딱히 길을 서두르지는 않는다. 시간이 걸린다면, 그것도 좋다. 덴고는 생각하기를 멈추고 흘러가는 시간 속에 자신의 거처를 정했다. 이렇게 시간을 자연스럽게, 균등하게 흘러가게 하는 것, 그것이 지금은 무엇보다 중요하다.

덴고는 눈을 감은 채, 라디오 튜닝을 할 때처럼 주위의 세계가 내는 소리에 골똘히 귀를 기울였다. 간조 7호선을 달려가는 끊임없는 차량의 울림이 먼저 귀에 들어왔다. 그것은 지쿠라 요양소에서 들은 태평양의 파도 소리를 닮은 것 같기도 했다. 갈매기들의 날카로운 소리가 희미하게 섞여 있는 것 같기도 했다. 대형 트럭이 도로를 후진할 때 내는 짧고 단속적인 경고음이 한차례 울렸다. 대형견이 그 소리에 경고를 보내듯이 짧고 날카롭게 짖었다. 어딘가 멀리서, 누군가 큰 소리로 누군가를 부르고 있었다. 각각의 소리가 어디에서 들려오는지는 알 수 없다. 오랫동안 눈을 감고 있으려니, 귀에 와 닿는 하나하나의 소리에서 방향이나 거리감이 사라져간다. 차디찬 바람이 이따금 불었지만 추위는 느껴지지 않았다. 현실의 추위에 대해―혹은 거기 있는 모든 자극이나 감각에 대해―느끼거나 반응하는 것을 덴고는 일시적으로 잊어버리고 있었다.

문득 정신이 들었을 때, 누군가 곁에서 그의 오른손을 쥐고 있었다. 그 손은 온기를 원하는 자그마한 생물처럼, 가죽점퍼 호주머니

속으로 미끄러져 들어와 안에 있는 덴고의 큼직한 손을 잡았다. 시간이 어딘가에서 도약하기라도 한 듯이 의식이 깨어났을 때는 모든 일이 이미 일어난 뒤였다. 전제도 없이 상황은 통째로 다음 단계로 옮겨가 있었다. 신기하다고 덴고는 눈을 감은 채 생각한다. 어떻게 이런 일이 일어나는 걸까. 시간은 어떤 때는 견디기 힘들 만큼 변죽을 울리며 천천히 흐르고, 그리고 어떤 때는 몇 개의 과정을 단숨에 뛰어넘는다.

그 누군가는, 그곳에 있는 것이 정말로 있다는 것을 확인하기 위해, 그의 널찍한 손을 좀더 세게 움켜쥐었다. 길고 매끄러운 손, 그리고 강한 심지를 갖고 있는 손이다.

아오마메, 하고 덴고는 생각했다. 하지만 소리는 내지 않았다. 눈도 뜨지 않았다. 그저 상대의 손을 마주잡았을 뿐이다. 그는 그 손을 기억하고 있었다. 이십 년 동안 한 번도 그 감촉을 잊은 적이 없었다. 그것은 물론 이제 열 살 소녀의 자그마한 손이 아니다. 지난 이십 년 동안 그 손은 다양한 것을 만지고, 다양한 것을 집어들고 움켜쥐었을 게 틀림없다. 온갖 모양의 것들을. 그리고 거기에 담긴 힘도 강해졌다. 하지만 그것이 똑같은 손이라는 것을 덴고는 바로 알 수 있다. 쥐는 방법도 똑같고, 전하려는 마음도 똑같다.

이십 년이라는 세월이 덴고 안에서 한순간에 녹아들고 한데 섞여 소용돌이쳤다. 그동안에 집적된 모든 풍경, 모든 언어, 모든 가치가 한데 모여들어, 그의 마음속에서 한 줄기 굵은 기둥이 되어 그 중심을 녹로(轆轤)처럼 빙글빙글 회전했다. 덴고는 말없이 그 광경을 지켜보았다. 한 행성의 붕괴와 재생을 목격하고 있는 사람처럼.

아오마메도 침묵을 지켰다. 두 사람은 얼어붙은 미끄럼틀 위에서 말없이 손을 마주잡고 있었다. 그들은 열 살의 소년과 열 살의 소녀로 돌아가 있었다. 고독한 한 소년과 고독한 한 소녀다. 초겨울의 방과후 교실. 상대에게 무엇을 내밀어야 할지, 상대에게 무엇을 원해야 할지, 두 사람은 힘을 갖지 못했고 지식도 갖지 못했다. 세상에 태어나 누군가에게 진정으로 사랑받은 적도 없고, 누군가를 진정으로 사랑한 적도 없었다. 누군가를 꼭 껴안은 적도 없고, 누군가에게 꼭 안겨본 적도 없었다. 그 일이 앞으로 두 사람을 어디로 데려가려 하는지, 그것도 알지 못했다. 그들이 그때 발을 들인 곳은 문이 없는 방이었다. 거기에서 나갈 수는 없다. 또한 그렇기 때문에 다른 누구도 그 방에 들어올 수 없다. 그때의 두 사람은 알지 못했지만, 그곳은 세계에 단 하나뿐인 완결된 장소였다. 한없이 고립되어 있고, 그러면서도 고독에 물들지 않는 장소.

　얼마나 시간이 흘러갔을까. 오 분인지도 모르고 한 시간인지도 모른다. 하루가 고스란히 지나갔는지도 모른다. 아니면, 시간은 그대로 멈춰 있었는지도 모른다. 시간에 대해 덴고가 뭘 알겠는가. 그가 아는 건 이 어린이공원 미끄럼틀 위에서 이렇게 둘이 손을 마주잡고, 침묵 속에서 언제까지고 시간을 보낼 수 있다는 것뿐이었다. 열 살 때도 그랬고, 이십 년이 흐른 지금도 마찬가지다.

　또한 그는 이 새롭게 찾아온 세계에 자신을 동화시키기 위한 시간을 필요로 하고 있었다. 마음을 두는 법을, 풍경을 바라보는 법을, 언어를 선택하는 법을, 호흡하는 법을, 몸을 움직이는 법을, 이제부터 하나하나 조정하고 다시 배우지 않으면 안 된다. 그러기 위해서는 이 세계에 있는 모든 시간을 그러모아야 한다. 아니, 어쩌면 이 세계만으로는 부족할지도 모른다.

"덴고." 아오마메가 귓가에 속삭였다. 낮지도 않고 높지도 않은 목소리, 그에게 무언가를 약속하는 목소리다. "눈을 떠."

덴고는 눈을 뜬다. 세계에 다시 시간이 흐르기 시작한다.

"달이 보여." 아오마메가 말했다.

제28장 우시카와

Q

그리고 그의 영혼의 일부는

우시카와의 몸은 천장의 형광등 빛을 받고 있었다. 난방은 꺼지고 창문 하나가 열려 있다. 덕분에 방은 빙실(氷室)처럼 차가웠다. 방 한가운데에 회의용 테이블 몇 개를 맞붙여놓았고, 우시카와는 그 위에 반듯하게 눕혀져 있었다. 위아래 겨울 내복 차림이고, 그 위에 낡은 담요가 덮여 있다. 담요의 배 부분이 들판의 개밋둑처럼 불룩하다. 뭔가 질문이라도 하듯이 치켜뜬 두 눈에는—그 눈을 누구도 감길 수 없었다—작은 천이 덮여 있다. 입은 아주 조금 벌어져 있지만, 거기에서 숨이나 말이 새어나오는 일은 이제 없다. 정수리 부분은 살아서 움직일 때보다 더 납작하고, 더 수수께끼처럼 보였다. 음모(陰毛)를 연상시키는 굵고 검은 곱슬머리가 그 주위를 초라하게 감싸고 있다.

스킨헤드는 남색 다운재킷을, 포니테일은 칼라 부분에 모피가 달린 갈색 스웨이드 랜치코트를 입고 있었다. 둘 다 미묘하게 사이즈가 맞지 않는다. 마치 한정된 재고품 중에서 시간에 쫓기며 서둘러 고른

옷처럼. 방 안에 있어도 그들이 내뿜는 입김은 하얗다. 방 안에 있는 건 그들 세 사람뿐이다. 스킨헤드와 포니테일, 그리고 우시카와. 벽의 천장 가까운 곳에 알루미늄 새시 창문이 나란히 세 개, 그중 하나가 실온을 낮게 유지하기 위해 활짝 열려 있다. 사체를 얹은 테이블 외에 가구는 하나도 없다. 지극히 개성 없는 실무적인 방이다. 그곳에 놓이면 사체조차도—그것이 우시카와의 사체라 해도—개성 없는 실무적인 것으로 보인다.

입을 여는 자는 없었다. 방은 완전한 무음 상태였다. 스킨헤드에게는 생각해야 할 일들이 아주 많았고, 포니테일은 원래부터 입을 열지 않는다. 우시카와는 달변이지만 이틀 전 밤에 뜻하지 않게 절명했다. 스킨헤드는 생각에 잠긴 채 우시카와의 사체가 누운 테이블 앞을 천천히 오가고 있다. 벽에 이르러 방향을 바꿀 때를 제외하고는 그 걸음새가 흐트러지지 않는다. 연한 황록색 싸구려 카펫 바닥을 밟는 그의 가죽구두는 일절 소리를 내지 않는다. 포니테일은 항상 그렇듯이 문 근처에 자신의 위치를 정한 채 꼼짝도 하지 않는다. 다리를 가볍게 벌리고, 등을 꼿꼿이 세우고, 시선은 공간의 한 지점에 맞추고 있다. 피곤도 추위도 전혀 느끼지 않는 것 같다. 그가 생명체로서 기능하고 있다는 건 이따금 보이는 재빠른 눈의 깜박임과 입에서 규칙적으로 토해내는 하얀 입김으로 가까스로 판정된다.

그날 점심때, 그 싸늘한 방에 몇몇 사람이 모여 회의를 했다. 간부 중 한 사람이 지방에 가 있어서, 전원이 모이기를 기다리느라 하루를 허비했다. 비밀 회합이었기 때문에 행여 외부에 새어나갈세라 억누른 작은 소리로 대화가 이루어졌다. 우시카와의 사체는 그동안 내내 공작기계 견본시장의 전시품처럼 테이블 위에 눕혀져 있었다. 사체는 이미 사후경직 상태였다. 그것이 풀려 몸이 다시 부드러워지려면 적어도 사흘은 걸린다. 모인 사람들은 우시카와의 사체에 이따금 짧게 시선을 던지며 몇 가지 실무적인 문제를 토의했다.

토의가 이루어지는 동안, 죽은 당사자에 대해 말할 때조차 사체에 대한 경의나 애도의 마음이 그 방에 떠도는 일은 없었다. 이 빳빳해진 땅딸막한 사체가 사람들의 가슴에 불러일으키는 것은 어떤 종류의 교훈, 새삼스럽게 인식된 몇 가지 성찰, 그 정도뿐이었다. 어쨌든 지나가버린 시간이 거꾸로 돌아가는 일은 없고, 죽음이 가져다준 해결이 있다 해도 그건 단지 죽은 자 자신을 향한 해결일 뿐이다. 그같은 교훈, 혹은 성찰이다.

우시카와의 사체를 어떻게 처리할까. 결론은 처음부터 나와 있는 것이나 마찬가지다. 변사한 우시카와가 발견되면 경찰은 상세한 조사에 들어갈 것이고, 거기서 교단과의 연결이 부각되리라는 건 뻔한 일이다. 그런 위험을 무릅쓸 수는 없다. 사체는 사후경직이 풀리는 대로 남의 눈에 띄지 않게 부지 안의 대형 소각로로 옮겨가 신속히 처리한다. 어두운 연기와 하얀 재로 바꿔버린다. 연기는 하늘로 빨려들고, 재는 밭에 뿌려져 채소의 비료가 된다. 그건 지금까지도 스킨헤드의 지휘 아래 몇 번 행해진 작업이었다. 리더의 몸은 너무 컸기 때문에 전기톱을 사용하여 몇 개의 부분으로 '손질할' 필요가 있었다. 하지만 이 몸집 작은 남자의 경우에는 그럴 필요가 없다. 스킨헤드에게는 다행스러운 일이었다. 그는 원래 피비린내 나는 작업을 좋아하지 않는다. 살아 있는 인간을 상대할 때건, 죽은 사람을 상대할 때건, 가능하면 피는 보고 싶지 않다.

상사에 해당하는 인물이 스킨헤드에게 질문을 던졌다. 우시카와를 살해한 자는 대체 누구인가? 왜 우시카와는 살해된 것인가? 그보다, 애초에 우시카와는 무슨 목적으로 그 고엔지의 임대아파트에 잠복하고 있었는가? 스킨헤드는 경호팀의 장으로서 그 질문에 대답해야 했다. 하지만 사실은 그도 대답을 갖고 있지 못했다.

그는 화요일 새벽 수수께끼의 남자(다마루다)로부터 전화를 받고, 우시카와의 사체가 그 아파트에 있다는 것을 알았다. 거기서 주고받은 말은 실제적인 동시에 우회적인 것이었다. 전화를 끊고 스킨헤드는 즉각 도쿄 도내에 있는 휘하 신자들을 소집하여 네 명이 똑같은 작업복을 입고 이사업자로 가장한 뒤, 도요타 하이에이스를 타고 그 현장으로 향했다. 그것이 덫이 아니라는 것을 확인하는 데 잠시 시간이 걸렸다. 차를 조금 떨어진 곳에 세우고, 먼저 한 사람이 아파트 주위를 자연스럽게 정탐했다. 최대한 주의 깊게 움직일 필요가 있었다. 자신들이 방에 들어서자마자 잠복해 있던 경찰에게 체포되는 상황은 어떻게든 피해야 했다.

들고 간 이사용 컨테이너 박스에 이미 경직이 시작된 우시카와의 사체를 가까스로 밀어넣고 아파트 현관으로 떠메고 나와 하이에이스 짐칸에 실었다. 추운 겨울날 한밤중이었기 때문에 고맙게도 주위에는 지나가는 사람이 전혀 없었다. 방 안에 뭔가 단서가 될 만한 것이 있는지 확인하는 데도 시간이 걸렸다. 손전등으로 실내를 구석구석 수색했다. 하지만 주의를 끌 만한 것은 단 한 가지도 발견되지 않았다. 비축해둔 식료품과 작은 전기스토브, 등산용 침낭 외에는 최소한의 생활도구 일습이 있을 뿐이었다. 쓰레기봉지 속에 있는 것은 거의 모두 빈 통조림 캔과 페트병이었다. 우시카와는 아마도 그 방에 잠복하여 누군가를 감시한 모양이었다. 스킨헤드의 주의 깊은 눈은 창가 방바닥에 희미하게 남은 카메라용 삼각대의 흔적을 놓치지 않았다. 하지만 카메라는 사라지고 사진도 남아 있지 않았다. 아마도 우시카와의 목숨을 빼앗은 자가 회수해갔을 것이다. 물론 필름도 함께. 위아래 속옷만 입은 차림으로 죽은 걸 보면 침낭 속에서 자고 있던 차에 습격을 받은 모양이다. 그 누군가는 아마도 소리 없이 방에 침입했을 것이다. 그리고 아무래도 이 죽음은 상당한 고통을 수반한 듯했다. 속옷에 다량의 실금 흔적이 있었다.

그 차를 몰고 야마나시로 향한 것은 스킨헤드와 포니테일 두 사람뿐이었다. 다른 두 사람은 뒷수습을 위해 도쿄에 남았다. 처음부터 끝까지 포니테일이 핸들을 잡았다. 하이에이스는 수도고속도로를 거쳐 중앙고속도로를 타고 서쪽으로 향했다. 한밤의 도로는 텅 비어 있었지만 제한속도를 엄밀히 지켰다. 만일 경찰이 차를 세우기라도 했다가는 모든 게 끝장이다. 차 번호판은 앞뒤 모두 훔친 번호판으로 바꿨고, 짐칸에는 사체가 담긴 컨테이너 박스가 있다. 모른다고 잡아뗄 여지가 전혀 없다. 가는 길 내내 두 사람은 아무 말도 하지 않았다.

새벽녘에 교단에 도착하자, 기다리고 있던 교단 내의 의사가 우시카와의 사체를 살펴보고 질식사라는 것을 확인했다. 하지만 목 주위에 졸린 흔적은 없다. 흔적을 남기지 않기 위해 봉지 같은 것을 머리에 씌운 게 아닐까 추측했다. 양쪽 손목과 발목을 조사했지만, 끈으로 묶였던 흔적은 보이지 않았다. 구타나 고문을 당한 듯한 자국도 없었다. 표정에서도 고뇌의 빛을 찾아볼 수 없다. 그 얼굴에 떠오른 것은, 굳이 표현하자면, 대답이 돌아올 가망이 없는 순수한 의문 같은 것이었다. 어떻게 봐도 살해된 것이 확실한데, 실로 깨끗한 사체였다. 의사는 그 점을 이상하게 여겼다. 죽은 뒤, 누군가 얼굴을 마사지해서 온화하게 만들었는지도 모른다.

"빈틈없는 프로의 솜씨입니다." 스킨헤드는 상사에게 설명했다. "흔적을 전혀 남기지 않았어요. 아마 소리도 지르지 못했을 겁니다. 한밤중에 일어난 일이라 고통스러운 비명을 질렀다면 온 아파트에 다 들렸을 겁니다. 아마추어는 도저히 할 수 없는 일입니다."

어째서 우시카와가 프로의 손에 살해된 것인가?

스킨헤드는 조심스럽게 말을 골랐다. "아마 우시카와 씨는 누군가의 꼬리를 밟았을 겁니다. 밟아서는 안 되는 꼬리를. 자신도 그 의미를 잘 알지 못하는 사이에."

그건 리더를 처리한 자들과 동일한 상대일까?

"확증은 없지만, 그럴 가능성이 높습니다." 스킨헤드는 말했다. "그리고 아마 우시카와 씨는 고문 비슷한 일을 당했을 겁니다. 어떤 짓을 당했는지는 모르지만, 틀림없이 심한 고문을 받았습니다."

우시카와는 어디까지 발설했을까?

"알고 있는 건 모조리 실토했을 겁니다." 스킨헤드는 말했다. "의심의 여지 없이. 하지만 우시카와 씨는 이 건에 관해 처음부터 제한적인 정보밖에 받지 못했습니다. 그래서 어떤 말을 했건, 우리 쪽에 그리 큰 피해는 없을 겁니다."

스킨헤드 역시 제한적인 정보밖에 받지 못했다. 하지만 물론 외부인인 우시카와보다는 훨씬 많은 것을 알고 있다.

프로라는 건, 즉 폭력조직이 관여했다는 건가, 상사는 질문했다.

"이건 야쿠자나 폭력조직의 수법이 아닙니다." 스킨헤드는 고개를 저으며 말했다. "그런 자들의 수법은 좀더 피가 튀고 난잡합니다. 이렇게까지 수고를 들이진 않습니다. 우시카와 씨를 살해한 자는 우리에게 메시지를 남긴 겁니다. 자신들의 시스템은 최고로 세련된 것이고, 만일 손을 대는 자가 있으면 적확하게 반격에 들어간다. 더이상 이 문제에 고개를 들이밀지 말라는 것이지요."

이 문제?

스킨헤드는 고개를 저었다. "그것이 구체적으로 어떤 문제인지는 저도 모릅니다. 우시카와 씨는 요즘 들어 계속 단독으로 움직였습니다. 중간 경과를 보고해달라고 몇 차례 요구했지만, 아직 정리된 형태로 보고할 만한 자료가 마련되지 않았다는 게 그의 주장이었습니다. 아마 혼자 힘으로 빈틈없이 진상을 밝혀내고 싶었겠지요. 그래서 그는 자신의 정보를 혼자 가슴에 담아둔 채 살해당했습니다. 우시카와 씨는 애초에 리더가 개인적으로 데려온 사람이고, 지금까지 별동대 형식으로 일해왔습니다. 조직과는 어울리지 않았어요. 명령 체계로 봐서도 저는 그를 통제할 수 있는 입장이 아니었습니다."

스킨헤드는 책임의 범위를 명확히 해두어야 했다. 교단은 이미 조직으로 확립되어 있다. 모든 조직에는 룰이 있고, 룰에는 벌칙이 따른다. 실책에 따른 책임이 모조리 자신에게 전가되는 것을 가만두고 볼 수는 없다.

우시카와는 그 아파트 방에서 대체 누구를 감시하고 있었는가?

"그건 아직 밝혀지지 않았습니다. 상식적으로 보면, 그 아파트나 혹은 그 주변에 사는 누군가겠지요. 현재 도쿄에 남은 사람들이 그점에 대해 조사하고 있을 텐데, 아직 연락은 오지 않았습니다. 조사하는 데 시간이 걸리는 것 같습니다. 제가 직접 도쿄에 나가 확인하는 것이 좋다고 생각합니다만."

스킨헤드는 도쿄에 남겨두고 온 부하들의 실무능력을 그다지 높게 평가하지 않았다. 충직하기는 하지만 실력은 결코 좋지 않다. 상황에 대해서도 아직 자세한 건 일러주지 않았다. 무엇을 하건 자신이 직접 하는 게 훨씬 효율적일 터이다. 우시카와의 사무실도 철저히 조사해보는 게 좋을 것이다. 어쩌면 전화했던 그 남자가 한 발 앞서 훑고 갔을지도 모른다. 하지만 상사는 그의 도쿄 행을 허락하지 않았다. 사정이 좀더 밝혀질 때까지 그와 포니테일은 본부에 남아 있어야 한다. 그건 명령이었다.

우시카와가 감시하던 사람이 아오마메는 아닌가, 상사가 물었다.

"아뇨, 아오마메는 아닐 겁니다." 스킨헤드는 말했다. "만일 그 아파트에 아오마메가 있었다면, 그녀의 소재지가 판명된 시점에 즉시 우리에게 보고했을 겁니다. 그러면 그는 자신의 책임을 다한 것이고 주어진 일은 끝나는 거니까요. 아마 우시카와 씨가 거기서 감시했던 건 아오마메의 소재지와 연결되는, 혹은 연결될지도 모르는 누군가 였을 겁니다. 그렇게 생각하지 않고서는 앞뒤가 맞지 않습니다."

그리고 그 누군가를 감시하는 도중에 거꾸로 상대가 눈치채고 손을 썼다?

"아마 그럴 겁니다." 스킨헤드는 말했다. "단독으로 위험한 장소에 너무 가까이 갔던 겁니다. 유력한 단서를 얻어 공을 세우고 싶었는지도 모릅니다. 여럿이서 감시에 임했다면 서로 보호해줄 수 있고, 그런 결과는 나오지 않았을 겁니다."

자네는 그 남자와 전화로 직접 통화를 했다. 우리와 아오마메가 대화하는 자리가 마련될 전망이 있다고 보는가?

"저도 예측을 못 하겠습니다. 다만 아오마메 본인이 우리와 교섭할 마음이 전혀 없다면 대화의 자리가 마련될 전망도 없겠지요. 전화한 남자의 말투에서도 그런 뉘앙스가 엿보였습니다. 모든 건 어디까지나 그녀의 마음에 달려 있다는."

리더의 일을 불문에 부치고 그녀의 신변안전을 보장한다는 조건은 그쪽으로서도 환영할 만한 것일 텐데.

"그래도 여전히 그들은 보다 상세한 정보를 원하고 있습니다. 우리가 왜 아오마메를 만나고 싶어하는지, 왜 그들과의 사이에 평화를 원하는지, 구체적으로 무엇을 교섭하려고 하는지."

정보를 원한다는 건, 바꿔 말하면 상대가 정확한 정보를 갖고 있지 못하다는 얘기인데.

"그렇습니다. 하지만 우리 역시 상대에 대한 정확한 정보를 갖고 있지 못합니다. 왜 그들이 그토록 주도면밀하게 계획을 짜고 인력과 시간을 들여 리더를 살해해야 했는지, 그 이유조차 아직 알지 못합니다."

어떻든 간에 상대의 대답을 기다리면서 우리는 이대로 아오마메의 수색을 속행해야 한다. 설령 그 과정에서 누군가의 꼬리를 밟게 되더라도.

스킨헤드는 잠시 틈을 두고 말했다. "우리는 긴밀한 조직을 갖고 있습니다. 인원을 소집하여 유효하고도 신속하게 행동할 수도 있습니다. 목적의식도 있고 사기도 높고, 필요하다면 자신을 버릴 각오도 있습니다. 하지만 순수하게 기술적인 레벨만 가지고 말하자면, 여기 저기서 끌어모은 아마추어 집단에 지나지 않습니다. 전문적인 훈련도 받지 못했습니다. 그에 비하면 상대는 프로입니다. 노하우를 터득하고 있고, 냉철하게 행동하고, 어떤 일에도 주저하지 않습니다. 경험도 많은 것으로 보입니다. 잘 아시다시피, 우시카와 씨도 결코 부주의한 인물은 아니었습니다."

구체적으로 앞으로 어떻게 수색할 생각인가?

"현재로서는, 우시카와 씨가 입수했을 것으로 보이는 유력한 단서를 계속해서 파헤치는 게 가장 유효해 보입니다. 그것이 무엇이든."

즉 우리에게는 그것 말고 직접 입수한 유력한 단서가 없다?

"그렇습니다." 스킨헤드는 솔직히 인정했다.

어떤 위험을 맞닥뜨리더라도, 어떤 희생을 치르더라도, 우리는 아오마메라는 여자를 찾아 확보해야 한다. 한시라도 빨리.

"그것이 우리에게 부여된 '목소리'의 지시입니까?" 스킨헤드는 되물었다. "어떤 희생을 치르더라도 한시바삐 아오마메를 확보하는 것이."

상사는 대답하지 않았다. 그 이상의 정보는 스킨헤드의 레벨에게까지는 알려주지 않는다. 그는 간부가 아니다. 그저 실행팀의 장에 불과하다. 하지만 스킨헤드는 알고 있었다. 그것이 그들에게서 부여받은 최후 통고이고, 무녀들이 들은 아마도 최후의 '목소리'라는 것을.

차가운 방 안. 우시카와의 사체 앞을 오가는 스킨헤드의 의식의 한구석을 무언가가 스쳐갔다. 그는 거기서 멈춰 서서 얼굴을 찌푸리고 미간을 좁히며 그 스쳐간 무언가의 형태를 눈으로 확인하려고 했다. 그가 걸음을 멈추자, 포니테일은 문 옆에서 아주 조금 자세를 바꾸었다. 숨을 길게 내쉬고 다리의 중심을 반대쪽으로 옮겼다.

고엔지, 하고 스킨헤드는 생각한다. 그는 얼굴을 가볍게 찌푸린다. 그리고 기억의 어두운 밑바닥을 더듬는다. 가느다란 한 줄기 실을 주의 깊게 천천히 끌어당긴다. 이 건에 관계된 누군가가 고엔지에 살고 있었다. 대체 누구였지?

그는 호주머니에서 꾸깃꾸깃해진 두툼한 수첩을 꺼내 서둘러 페이지를 넘겼다. 그리고 기억이 틀림없다는 것을 확인했다. 가와나 덴고다. 그의 주소가 스기나미 구 고엔지로 적혀 있다. 우시카와가 사체로 발견된 아파트와 주소도 번지수도 완전히 똑같다. 같은 아파트에 호수가 다를 뿐이다. 3층과 1층. 우시카와가 그곳에서 가와나 덴고의 동향을 감시하고 있었던 건가. 의심의 여지가 없다. 어쩌다 주소가 똑같았다는 식의 우연은 있을 리 없다.

하지만 왜 우시카와가 이런 절박한 상황에서 새삼스럽게 가와나 덴고의 동향을 탐색하고 있었을까. 스킨헤드가 지금까지 가와나 덴고의 주소를 떠올리지 못했던 것은 그에 대한 관심이 완전히 없어졌기 때문이다. 가와나 덴고는 후카다 에리코가 쓴 「공기 번데기」를 리라이팅했다. 그 책이 문예지의 신인상을 받고 출판되어 베스트셀러가 되는 동안은, 그 역시 요주의 인물 중 하나였다. 그가 뭔가 중요한 역할을 맡고 있는 게 아니냐, 뭔가 중요한 비밀을 쥐고 있는 게 아니냐 하는 추측도 있었다. 하지만 그의 역할은 이미 끝났다. 단순한 대필자였을 뿐이라는 게 밝혀졌다. 고마쓰의 의뢰를 받아 소설 원고를 고쳐 썼고, 약소한 수입을 얻었다. 그뿐이다. 아무런 배경도 없다. 이제 교단의 관심은 아오마메의 행방 한 가지로 좁혀져 있었다. 그런데 우시카와는 그 학원강사에게 초점을 맞추고 활동하고 있었다. 본격적인 태세를 갖추고 감시했다. 그리고 그 결과 목숨까지 잃었다. 어째서?

스킨헤드는 짐작이 가지 않았다. 하지만 우시카와는 틀림없이 어떤 단서를 얻었다. 그리고 가와나 덴고만 철저히 마크하면 아오마메의 행방을 알아낼 수 있다고 생각한 듯하다. 그래서 그는 일부러 방까지 확보해서, 창가에 삼각대가 달린 카메라를 세팅하고, 분명 꽤 오래전부터 가와나 덴고를 감시해왔다. 가와나 덴고와 아오마메 사이에 뭔가 관계가 있었던 걸까. 만일 있다면 그건 대체 어떤 관계일까.

스킨헤드는 아무 말 없이 방을 나섰다. 난방이 되는 옆방으로 건너가 도쿄에 전화를 걸었다. 시부야 사쿠라가오카에 있는 맨션의 한 방이다. 그곳에 있는 부하를 호출하여 지금 즉시 고엔지의 우시카와가 있던 방으로 돌아가, 거기서 가와나 덴고의 출입을 감시하라고 지시했다. 가와나 덴고는 머리를 짧게 깎고 몸집이 큰 남자다. 못 보고 놓칠 일은 없다. 만일 그자가 아파트를 나가 어딘가로 간다면, 들키지 않도록 조심하면서 둘이서 그 뒤를 밟아라. 절대로 놓쳐서는 안 된다. 행선지를 알아내라. 무슨 일이 있어도 그자를 따라붙어라. 우리도 가능한 한 빨리 그쪽으로 가겠다.

　스킨헤드는 우시카와의 사체가 놓인 방으로 돌아가 포니테일에게 지금 바로 도쿄로 출발한다고 알렸다. 포니테일은 그저 짧게 고개를 끄덕였다. 그는 어떤 일에나 설명을 요구하는 법이 없다. 요구받은 것을 이해하고, 신속하게 행동에 옮길 뿐이다. 스킨헤드는 그 방에 외부인이 들어갈 수 없도록 자물쇠를 채웠다. 그리고 건물 밖으로 나와 주차장에 늘어선 열 대가량의 차 중에서 검은 도장의 닛산 글로리아를 선택했다. 두 사람은 차에 올라타고 꽂혀 있는 키를 돌려 시동을 걸었다. 연료는 규칙에 따라 항상 가득 채워져 있다. 운전은 이번에도 포니테일이 담당했다. 닛산 글로리아의 번호판은 합법적인 것이고, 차의 출처도 깨끗하다. 어느 정도 속도를 올려도 문제는 없다.

　도쿄에 돌아가도 좋다는 허가를 상사에게서 받지 않았다는 것을 깨달은 건 고속도로를 타고 한참 달린 뒤였다. 나중에 문제가 될지도 모른다. 어쩔 수 없다. 일각을 다투는 긴급한 문제다. 도쿄에 도착한 뒤 정식으로 사정을 설명하는 수밖에 없다. 그는 가볍게 얼굴을 찌푸렸다. 조직이라는 제약은 그에게 때로 지긋지긋하게 느껴졌다. 규칙은 그 수가 불어나는 일은 있어도 줄어드는 일은 없다. 하지만 자신이 조직을 벗어나서는 살 수 없다는 것을 그는 알고 있었다. 그는 외톨이 늑대가 아니다. 위로부터 명령을 받고, 그대로 움직이는 수많은 톱니바퀴 중 하나에 지나지 않는다.

　라디오를 켜고 여덟시 정시 뉴스를 들었다. 뉴스가 끝나자, 스킨헤드는 라디오를 끄고 조수석 시트를 누이고 잠시 눈을 붙였다. 깨어났을 때 공복을 느꼈지만(제대로 된 식사를 해본 게 언제였던가?)

휴게소에서 차를 세울 만한 시간적 여유는 없었다. 최대한 서둘러야 한다.

하지만 이미 그때, 덴고는 공원 미끄럼틀에서 아오마메와 재회를 이루었다. 그들이 덴고의 행선지를 알아내는 일은 없었다. 덴고와 아오마메의 머리 위에는 두 개의 달이 떠 있었다.

우시카와의 사체는 싸늘한 어둠 속에 조용히 누워 있었다. 방에는 그 말고는 아무도 없다. 불은 꺼지고, 문은 밖에서 자물쇠가 채워졌다. 천장에 가까운 창문으로 달빛이 창백하게 비쳐들었다. 하지만 각도 때문에 우시카와에게는 달의 모습이 보이지 않는다. 그래서 그 수가 하나인지 둘인지, 그는 알 도리가 없다.

방에 시계가 없었기 때문에 정확한 시각은 알지 못한다. 아마 스킨헤드와 포니테일이 나간 뒤로 한 시간쯤 지난 뒤일 것이다. 만일 누군가가 그 자리에 있었다면, 우시카와의 입이 돌연 꾸물꾸물 움직이기 시작하는 것을 보고 간담이 서늘해졌을 게 틀림없다. 그것은 상식적으로는 생각할 수 없는 무서운 일이다. 우시카와는 두말할 것도 없이 이미 절명했고, 게다가 그 몸은 완전한 사후경직 상태였기 때문이다. 하지만 그의 입은 계속 가늘게 떨리듯이 움직이더니, 이윽고 마른 소리를 내며 벌컥 벌어졌다.

누군가 그 자리에 있었다면, 우시카와가 이제부터 무슨 말을 하려는 게 아닌가 하고 생각했을 것이다. 아마도 죽은 자가 아니면 알 수 없는 어떤 중요한 정보를. 그 사람은 분명 겁에 질리면서도 마른침을 삼키며 기다렸을 것이다. 자, 이제부터 대체 어떤 비밀이 밝혀질까?

하지만 우시카와의 크게 벌어진 입에서 목소리는 나오지 않았다. 거기에서 나온 것은 말이 아니고, 한숨도 아니고, 여섯 명의 작은 사람들이었다. 키는 기껏해야 5센티미터 정도다. 그들은 작은 몸에 작은 옷을 입고, 초록색 이끼가 긴 혀를 밟고, 지저분한 뻐드렁니를 타넘고 줄줄이 밖으로 나왔다. 저녁나절에 일을 마치고 지상으로 돌아오는 광부들처럼. 하지만 그들의 옷이나 얼굴은 지극히 청결하고 얼룩 하나 없었다. 그들은 오염이나 마모(磨耗)와는 인연이 없는 존재들이었다.

여섯 명의 리틀 피플은 우시카와의 입에서 나오자, 사체가 눕혀진 회의용 테이블 위로 내려와 거기서 제각기 몸을 흔들어 자신의 몸집을 점점 크게 만들어갔다. 그들은 필요에 따라 자신의 몸을 적절한 사이즈로 변화시킬 수 있었다. 하지만 그 키는 1미터를 넘는 일이 없고, 3센티미터보다 작아지는 일도 없다. 이윽고 60센티미터에서 70센티미터쯤의 길이가 되자, 그들은 몸을 흔드는 것을 멈추고 차례대로 테이블 위에서 바닥으로 내려왔다. 리틀 피플의 얼굴에는 표정이 없다. 그렇지만 가면 같은 얼굴을 하고 있는 것은 아니다. 그들의 얼굴은 극히 평범하다. 사이즈를 제외하면, 당신이나 나와 거의 똑같은 얼굴이다. 다만 현재로서는 굳이 얼굴에 표정을 띨 필요가 없을 뿐이다.

그들은 겉으로 봐서는 딱히 서두르지도 않고, 딱히 느긋해하지도 않는다. 그들은 해야 할 일에 필요한 시간을 꼭 필요한 만큼 부여받았다. 그 시간은 너무 길지도 않고 너무 짧지도 않다. 여섯 명의 리틀 피플은 누가 신호를 할 것도 없이 바닥에 조용히 자리를 잡고 동그랗게 둘러앉았다. 일그러짐 없이 정확한 동그라미, 직경은 2미터쯤이다.

이윽고 한 명이 말없이 손을 뻗어 공중에서 한 줄기 가느다란 실을 스윽 집어냈다. 실의 길이는 15센티미터쯤, 흰색에 가까운 크림 색이고 반투명이다. 그는 그것을 바닥에 내려놓았다. 다음 한 명도 완전히 똑같은 동작을 했다. 똑같은 색깔에 똑같은 길이의 실이다. 다른 세 명도 똑같은 동작을 되풀이했다. 하지만 마지막 한 명은 다른 행동을 취했다. 그는 자리에서 일어나 동그라미를 벗어나더니, 다시 회의용 테이블 위에 올라갔다. 우시카와의 비뚤어진 머리통에 손을 뻗어 거기에 나 있는 곱슬거리는 머리칼 한 올을 뽑았다. 톡, 하는 작은 소리가 들렸다. 그에게는 그게 실 대신이었다. 첫번째 리틀 피플이 익숙한 솜씨로 다섯 올의 공중의 실과 한 올의 우시카와의 머리칼을 하나로 짜냈다.

그렇게 여섯 명의 리틀 피플은 새로운 공기 번데기를 만들어나갔다. 이번에는 아무도 입을 열지 않았다. 장단 맞추는 소리도 내지 않았다. 말없이 공중에서 실을 집어내고 우시카와의 머리에서 머리칼을 뽑아, 안정되고 매끄러운 리듬을 유지하며 부지런히 공기 번데기를 짜나갔다. 싸늘한 방 안에 있어도 그들이 내뿜는 입김은 하얗지 않았다. 만일 그곳에 누군가 있었다면 그 점 또한 기이하게 생각했을지도 모른다. 혹은 놀랄 일이 너무 많아서 미처 그런 것까지는 생각하지 못했을지도 모른다.

리틀 피플이 아무리 열심히 쉬지 않고 일해도(그들은 실제로 쉬지 않았다) 물론 하룻밤 안에 공기 번데기를 완성할 수는 없다. 아무리 적게 잡아도 사흘은 걸릴 것이다. 하지만 여섯 명의 리틀 피플은 그다지 서두르는 기색이 없었다. 우시카와의 사후 경직이 풀려 소각로에 들어가기까지 앞으로 이틀은 걸린다. 그들은 그것을 알고 있었다. 이틀 밤 사이에 대강의 형태를 만들면 된다. 필요한 만큼의 시간은 그들의 손안에 있다. 그리고 그들은 피곤이라는 것을 알지 못한다.

창백한 달빛을 받으며 우시카와는 테이블 위에 누워 있었다. 입은 크게 벌어졌고, 감기지 않는 눈에는 두툼한 천이 덮여 있었다. 그 눈동자가 살아 있는 마지막 순간에 떠올린 것은, 집장사가 지은 주오린칸의 단독주택이고, 그 작은 잔디 정원을 신나게 뛰어다니는 작은 개의 모습이었다.

그리고 그의 영혼의 일부는 이제부터 공기 번데기로 바뀌려 하고 있었다.

제 29 장 아오마메
Q
다시는 이 손을 놓지 않아

　덴고, 눈을 떠. 아오마메는 속삭이듯 말한다. 덴고는 눈을 뜬다.
세계에 다시 시간이 흐르기 시작한다.

　달이 보여, 아오마메는 말한다.

　덴고는 고개를 들고 하늘을 올려다본다. 마침 구름의 행렬이 끊기
고. 느티나무 마른 가지 위에 달이 떠 있는 것이 보인다. 크고 작은
두 개의 달이다. 커다란 노란 달과 작고 일그러진 초록색 달. 마더와
도터. 막 스쳐간 구름의 끄트머리가 두 개의 달빛이 뒤섞인 색채로
엷게 물들어 있다. 긴 치맛자락을 염료에 깜박 적셔버린 것처럼.

　그리고 덴고는 곁에 있는 아오마메를 본다. 그녀는 이제 사이즈가
맞지 않는 헌옷을 입고 머리칼을 어머니에게 마구잡이로 깎인, 영양
부족의 비쩍 마른 열 살 여자아이가 아니다. 예전의 모습은 거의 없
다. 그런데도 그녀가 아오마메라는 것을 한눈에 알 수 있다. 덴고의
눈에, 그녀는 아오마메 이외의 어느 누구로도 보이지 않는다. 그녀의

두 눈동자가 담고 있는 표정은 이십 년의 세월이 지났어도 변하지 않았다. 강하고 맑고 한없이 투명하다. 자신이 무엇을 원하는지 확신하는 눈이다. 누구에게도 가로막히는 일 없이, 무엇을 봐야 하는지 잘 알고 있는 눈이다. 그 눈이 똑바로 그를 보고 있다. 그의 마음을 들여다보고 있다.

아오마메는 그가 알지 못하는 장소에서 이십 년이라는 세월을 보내고, 한 사람의 아름다운 성인 여성으로 성장했다. 하지만 덴고는 그러한 장소와 세월을 아무런 유보 없이 순식간에 자신 속에 흡수하고, 자신의 살아 있는 피와 살로 만들 수 있었다. 그것들은 이제 그 자신의 장소이기도 하고 그 자신의 세월이기도 했다.

뭔가 말해야 한다고 덴고는 생각한다. 하지만 말은 나오지 않는다. 그의 입술은 희미하게 움직이며 허공에서 적합한 말을 찾아 헤맨다. 하지만 어디에도 그런 건 보이지 않는다. 떠도는 외로운 섬을 연상시키는 하얀 입김 외에 그 입술 사이에서 흘러나오는 것은 없다. 아오마메는 그의 눈을 보며 고개를 한 번 짧게 젓는다. 덴고는 그 의미를 이해한다. 아무 말도 하지 않아도 된다는 뜻이다. 그녀는 호주머니 속의 덴고의 손을 내내 잡고 있었다. 그녀의 손은 단 한 순간도 거기서 물러서지 않는다.

우리는 같은 것을 보고 있어, 아오마메는 덴고의 눈을 들여다보며 조용한 목소리로 말한다. 그것은 질문이며 동시에 질문이 아니다. 그녀는 그것을 이미 알고 있다. 그래도 그녀는 형태를 띤 승인을 원하고 있다.

달이 두 개 떠 있어, 아오마메는 말한다.

텐고는 고개를 끄덕인다. 달이 두 개 떠 있다. 텐고는 그것을 소리 내어 말하지는 않는다. 목소리가 이상하게 제대로 나오지 않는다. 그저 그렇게 마음속으로 생각할 뿐이다.

아오마메는 눈을 감고 동그랗게 몸을 말고 텐고의 가슴에 뺨을 댄다. 심장 위에 귀를 댄다. 그의 마음에 귀를 기울인다. 그걸 알고 싶었어, 아오마메는 말한다. 우리가 같은 세계에 있고, 같은 것을 본다는 것을.

문득 깨닫고 보니 텐고의 마음속에 있던 거대한 소용돌이의 기둥은 이미 사라지고 없다. 다만 고요한 겨울밤이 그의 주위를 감싸고 있다. 길 건너 맨션의—그것은 아오마메가 도망자의 나날을 보낸 곳이다—몇몇 창문에 켜진 불빛은 그들 이외의 사람들도 이 세계에 살고 있다는 것을 보여주고 있다. 그것은 두 사람에게는 무척 신기하게 느껴진다. 아니, 논리적으로 맞지 않는 일이라는 생각마저 든다. 자신들 이외의 사람들이 아직 이 세계에 존재하고, 저마다의 삶을 살고 있다는 것이.

텐고는 아주 조금 몸을 숙여 아오마메의 머리칼의 향기를 맡는다. 곧고 아름다운 머리칼이다. 작은 핑크빛 귀가 내성적인 생물처럼 그 틈새에서 살짝 얼굴을 내밀고 있다.

몹시 길었어, 아오마메는 말한다.

몹시 길었다, 텐고도 생각한다. 하지만 그와 동시에 이십 년이라는 세월이 이미 실체적 질감을 지니지 않은 것이 되어 있다는 걸 그는 깨닫는다. 그것은 오히려 한순간에 지나가버린 세월이고, 그렇기 때문에 한순간에 메울 수 있는 세월이다.

덴고는 호주머니에서 손을 꺼내 그녀의 어깨를 안는다. 그녀의 육체의 밀도를 손바닥에 느낀다. 그리고 얼굴을 들어 다시 한번 달을 올려다본다. 한 쌍의 달은 아직 구름의 터진 틈새에서 한데 섞인 신비한 색채의 빛을 지상에 던지고 있다. 구름은 아주 천천히 흘러간다. 마음이라는 작용이 시간을 얼마나 상대적인 것으로 바꾸어버릴 수 있는지, 그 빛 아래에서 덴고는 새삼 절감한다. 이십 년은 긴 세월이다. 그사이에 여러 가지 일이 일어날 수 있다. 수많은 것이 태어나고, 그와 똑같은 만큼 수많은 것이 사라져간다. 남겨진 것도 형태를 바꾸고 변질되어간다. 긴 세월이다. 하지만 한번 정해진 마음에는 그게 너무 길다고 할 일은 없다. 가령 두 사람의 만남이 지금부터 이십 년 후라 해도, 그는 아오마메를 마주하고 역시 지금과 같은 마음을 품었을 것이다. 덴고는 그걸 안다. 만일 두 사람이 나란히 쉰 살이 되어 있다 해도, 그는 아오마메를 마주하고 역시 지금과 똑같이 가슴이 거세게 뛰고 지금과 똑같이 깊이 뒤흔들렸을 게 틀림없다. 똑같은 기쁨과 똑같은 확신을 마음속에 강하게 품었을 게 틀림없다.

덴고는 마음속에서 그렇게 생각할 뿐 소리 내지는 않는다. 하지만 소리가 되지 않은 그 말들을 아오마메가 하나하나 주의 깊게 알아듣는다는 것을 덴고는 안다. 그녀는 덴고의 가슴에 작은 핑크빛 귀를 대고, 그 마음의 움직임에 귀를 기울이고 있다. 지도를 손끝으로 더듬으며 거기에서 선명하게 살아 있는 풍경을 읽어낼 줄 아는 사람처럼.

내내 여기에서 이대로, 시간 따위는 잊어버리고 싶어. 아오마메는 작은 목소리로 말한다. 하지만 우리에게는 하지 않으면 안 될 일이 있어.

우리는 이동한다, 고 텐고는 생각한다.

그래, 우리는 이동할 거야, 아오마메는 말한다. 그것도 빠르면 빠를수록 좋아. 이제 시간이 그리 많이 남지 않았으니까. 이제부터 어떤 곳에 가는지 아직 말할 수는 없지만.

말할 필요 없어, 텐고는 생각한다.

어디로 가는지 알고 싶지 않아? 아오마메는 묻는다.

텐고는 고개를 젓는다. 현실의 바람에 마음의 불꽃이 꺼지는 일은 없었다. 그것보다 더 큰 의미를 가진 일은 어디에도 없다.

우리는 헤어지지 않아, 아오마메는 말한다. 그것은 무엇보다 명백하다. 우리는 다시는 이 손을 놓지 않아.

새로운 구름이 다가와 긴 시간을 들여 두 개의 달을 삼켜간다. 무대의 커튼이 소리도 없이 내려오듯이 세계를 감싼 그림자가 한층 그 깊이를 더해간다.

서둘러야 해, 아오마메는 작은 소리로 속삭인다. 그리고 두 사람은 미끄럼틀 위에서 일어선다. 두 사람의 그림자는 그곳에서 다시 하나가 된다. 어둠에 감싸인 깊은 숲을 손으로 더듬어 빠져나가는 어린아이들처럼, 그들의 손은 굳게 하나로 이어져 있다.

"우리는 이제부터 고양이 마을을 떠나." 텐고는 처음으로 말을 입밖에 낸다. 아오마메는 그 갓 태어난 새로운 목소리를 소중히 받아들인다.

"고양이 마을?"

"깊은 고독이 낮을 지배하고, 큰 고양이들이 밤을 지배하는 마을

이야. 아름다운 강이 흐르고, 오래된 돌다리가 놓여 있어. 하지만 그곳은 우리가 머무를 곳이 아니야."

우리는 이 세계를 각자 다른 말로 부르고 있었던 것이다. 아오마메는 생각한다. 나는 '1Q84년'이라는 이름으로 부르고, 그는 '고양이 마을'이라는 이름으로 불렀다. 하지만 가리키는 건 똑같은 한 가지다. 아오마메는 그의 손을 더욱 강하게 잡는다.

"그래, 우리는 이제부터 고양이 마을을 떠날 거야. 둘이서 함께." 그녀는 말한다. "이 마을을 나가버리면, 이제 낮이건 밤이건 우리가 따로 떨어지는 일은 없어."

두 사람이 서두르는 걸음으로 공원을 뒤로할 때도, 크고 작은 한 쌍의 달은 완만한 속도로 흐르는 구름의 등뒤에 아직 숨어 있다. 달들의 눈은 가려졌다. 소년과 소녀는 손을 마주잡고 숲을 빠져나간다.

제30장 덴고
Q
만일 내가 틀리지 않다면

공원을 나선 두 사람은 넓은 도로로 나가 택시를 잡았다. 아오마메는 운전기사에게 국도 246호선을 타고 산겐자야까지 가달라고 말했다.

그제야 덴고는 아오마메의 옷차림에 눈길이 갔다. 그녀는 연한 색감의 스프링코트를 입고 있었다. 이 계절에 입기에는 좀 얇은 코트다. 끈을 앞으로 묶게 되어 있다. 안에는 날렵한 라인의 초록색 정장을 입고 있었다. 스커트는 짧고 타이트하다. 스타킹과 광택이 있는 하이힐을 신고, 어깨에는 검은 가죽 숄더백을 메고 있다. 숄더백은 불룩해서 무거워 보인다. 장갑도 끼지 않고 머플러도 두르지 않았다. 반지도, 목걸이도, 귀고리도 달고 있지 않다. 향수 냄새도 없다. 그녀가 몸에 걸친 것도, 걸치고 있지 않은 것도, 덴고의 눈에는 모든 것이 지극히 자연스럽게 보였다. 거기에서 빼야 할 것도, 거기에 덧붙여야 할 것도, 하나도 생각나지 않았다.

택시는 간조 7호선을 타고 246호선 방향을 향해 달렸다. 교통 흐름은 여느 때 같지 않게 원활했다. 차가 달리기 시작하고 오래도록 두 사람은 아무 말도 하지 않았다. 택시의 라디오는 꺼져 있고 젊은 운전기사는 말이 없었다. 두 사람의 귀에 와 닿는 것은 끊일 새 없는 단조로운 타이어 소리뿐이다. 그녀는 시트 위에서 덴고에게 몸을 기대고 그 큰 손을 계속 쥐고 있었다. 한번 놓아버리면 두 번 다시 찾을 수 없을지도 모른다. 밤거리가 두 사람 주위를 야광충으로 수놓인 해류처럼 흘러갔다.

"말해야 할 것들이 몇 가지 있지만," 아오마메는 한참 뒤에 말한다. "그곳에 도착하기까지 모든 것을 설명할 수는 없을 거 같아. 그럴 만큼 시간이 없으니까. 하지만 아무리 시간이 많아도 모든 것을 설명할 수는 없을지도 몰라."

덴고는 짧게 고개를 젓는다. 무리하게 설명할 필요는 없다. 이제부터는 시간을 들여 둘이서 하나하나 공백을 메워가면 된다—만일 그곳에 메워야 할 공백이 있다면. 하지만 지금의 덴고는, 그게 두 사람이 공유하는 것이라면, 뒤에 홀로 남겨진 공백이나 풀릴 길 없는 수수께끼에서마저 사랑스러움에 가까운 기쁨을 찾아낼 수 있을 것 같았다.

"너에 대해 우선 뭘 알아야 할까?" 그는 묻는다.

"지금의 나에 대해 넌 뭘 알고 있어?" 아오마메는 덴고에게 되묻는다.

"거의 아무것도." 덴고는 대답한다. "스포츠클럽 인스트럭터로 일하고 있고, 독신이고, 현재 고엔지에 살고 있다는 것 말고는."

아오마메는 말한다. "나도 지금의 너에 대해 거의 아무것도 몰라. 하지만 몇 가지는 알고 있어. 요요기의 학원에서 수학을 가르치고, 혼자서 살고 있다. 그리고 소설 「공기 번데기」의 문장을 실제로 쓴 사람이다."

덴고는 아오마메의 얼굴을 본다. 그의 입술은 놀라서 조금 벌어진다. 「공기 번데기」의 리라이팅에 대해 아는 사람은 극히 한정되어 있다. 아오마메는 그 교단과 관계가 있는 걸까.

"걱정 마. 우리는 같은 편이야." 그녀는 말한다. "왜 내가 그것을 알고 있는지, 그 사정을 설명하자면 이야기가 길어져. 어쨌든 「공기 번데기」가 너와 후카다 에리코의 공동작업으로 태어났다는 걸 알고 있어. 그리고 너와 나는 둘 다 언제부턴가 하늘에 달이 두 개 떠 있는 세계로 들어왔어. 그리고 또 한 가지, 나는 아이를 가졌어. 아마도 너의 아이를. 무엇보다 그것이 네가 알아두어야 할 중요한 일일 거야."

"내 아이를 가졌다?" 운전기사가 귀를 기울이고 있을지도 모른다. 하지만 덴고에게는 그런 걸 생각할 여유가 없다.

"우리는 지난 이십 년 동안 한 번도 얼굴을 마주한 적 없어." 아오마메는 말한다. "그런데도 나는 네 아이를 가졌어. 나는 그 아이를 낳을 생각이야. 물론 이건 이치에 맞지 않는 얘기야."

덴고는 말없이 그녀의 다음 말을 기다린다.

"9월 초에 거센 뇌우가 있었던 거 기억해?"

"똑똑히 기억하고 있어." 덴고는 말한다. "낮에는 날씨가 좋았는데 해가 진 뒤부터 갑자기 천둥이 울리고, 폭풍이 몰아쳤어. 아카사카미쓰케 역에 물이 흘러들어서 지하철이 한동안 멈췄지." 리틀 피플이 날뛰고 있다, 고 후카에리는 말했다.

"그 뇌우의 밤에 나는 수태했어." 아오마메는 말한다. "하지만 그날도, 그 전후의 몇 달도, 나는 누구와도 그런 관계를 갖지 않았어."

그녀는 그 사실이 덴고의 인식에 스며드는 것을 지켜본다. 그리고 말을 잇는다.

"하지만 그것이 그날 밤의 일이라는 건 틀림없어. 그리고 내가 가진 건 너의 아이라고 나는 확신해. 설명할 수는 없어. 하지만 나는 그냥 그걸 알아."

그날 밤, 후카에리와의 사이에 단 한 차례 가졌던 기묘한 성행위의 기억이 덴고의 뇌리에 되살아난다. 밖에서는 거센 천둥소리가 울리고 굵은 빗방울이 창을 때리고 있었다. 후카에리의 표현을 빌리면, 리틀 피플이 날뛰고 있었다. 온몸이 마비된 상태에서 침대에 반듯하게 누워 있을 때, 후카에리가 그의 몸 위에 올라타 경직된 페니스를 자신 속에 삽입하고 정액을 뽑아냈다. 그녀는 완전한 트랜스 상태인 것처럼 보였다. 그 눈은 명상에 잠긴 듯이 시종 감겨 있었다. 젖가슴은 크고 둥글고, 음모는 나 있지 않았다. 현실의 풍경처럼 보이지 않았다. 하지만 그건 틀림없이 실제로 일어난 일이었다.

다음 날 아침이 되자 후카에리는 전날 밤의 일을 전혀 기억하지 못하는 것처럼 보였다. 혹은 기억하는 기색을 보이지 않았다. 그리고 덴고에게는 그것은 성행위라기보다 오히려 실무 처리 작업에 가까운 것으로 느껴졌다. 후카에리는 그 거센 뇌우의 밤에, 덴고의 몸이 마비되어 있는 것을 이용해 정액을 효과적으로 채집한 것이다. 말 그대로 마지막 한 방울까지. 덴고는 지금도 그때의 기묘한 감촉을 기억하고 있다. 후카에리는 그때 다른 인격을 갖고 있는 것처럼 보였다.

"짐작가는 일은 있어." 덴고는 메마른 목소리로 말한다. "역시 논리적으로는 설명할 수 없는 일이 그날 밤 내 몸에 일어났어."

아오마메는 그의 눈을 바라본다.

덴고는 말한다. "그것이 무엇을 의미하는지 그때는 알지 못했어. 지금 역시 그 의미를 정확히 이해하는 건 아니야. 하지만 만일 네가 그날 밤에 수태했다면, 그리고 달리 짐작되는 가능성이 없다면, 네 안에 있는 것은 틀림없이 내 아이야."

그곳에 있었던 후카에리는 아마도 통과하는 것이었다. 그것이 그때 그 소녀에게 주어진 역할이었다. 자기 자신을 통로로 삼아 덴고와 아오마메를 맺어주는 일. 한정된 시간 동안 물리적으로 두 사람을 연결시키는 일. 덴고는 그것을 깨닫는다.

"그때 무슨 일이 일어났었는지, 언젠가 자세한 이야기를 해줄 수 있을 거야." 덴고는 말한다. "하지만 지금 여기서는, 지금 내가 갖고 있는 말로는 감당할 수가 없어."

"하지만 정말로 믿어주는 거지? 내 안에 있는 작은 것이 네 아이라고."

"진심으로 믿어." 덴고는 말한다.

"다행이야." 아오마메는 말한다. "내가 알고 싶었던 건 그것뿐이야. 너만 그걸 믿어준다면, 다른 일은 아무래도 상관없어. 설명 같은 건 필요 없어."

"너는 임신했어." 덴고는 다시금 묻는다.

"사 개월째야." 아오마메는 덴고의 손을 당겨 코트 위 아랫배에
댄다.

덴고는 숨을 죽이고, 거기에서 생명의 징표를 찾는다. 그것은 아
직 아주 작은 것에 지나지 않는다. 하지만 그의 손바닥은 그 온기를
감지할 수 있다.

"우리는 이제부터 어디로 이동하게 될까? 너와 나와 그 작은 것은."

"여기가 아닌 곳으로." 아오마메는 말한다. "하늘에 달이 하나만
떠 있는 세계로. 본래 우리가 있어야 할 장소로. 리틀 피플이 힘을 갖
지 않는 곳으로."

"리틀 피플?" 덴고는 얼굴을 아주 조금 찌푸린다.

"너는 「공기 번데기」에서 리틀 피플을 상세히 묘사했어. 그들이
어떤 모습이고, 무엇을 하는지."

덴고는 고개를 끄덕인다.

아오마메는 말한다. "그들은 이 세계에 실재해. 네가 묘사한 그
대로."

「공기 번데기」를 리라이팅할 때, 덴고에게 리틀 피플은 상상력이
뛰어난 열일곱 살 소녀가 만들어낸 가상의 생물에 지나지 않았다. 혹
은 기껏해야 어떤 비유나 상징에 지나지 않았다. 하지만 이 세계에는
리틀 피플이 정말로 존재하고 현실적인 힘을 휘두르고 있다. 덴고는
이제 그것을 믿을 수 있다.

"리틀 피플만이 아니야. 공기 번데기도, 마더와 도터도, 두 개의
달도, 이 세계에는 실재하고 있어." 아오마메는 말한다.

"너는 이 세계에서 나가는 통로를 알고 있어?"

"내가 이곳에 들어왔던 통로로 우리는 이곳을 나가게 될 거야. 그곳 말고는 내가 생각해낼 수 있는 출구는 없어." 그리고 아오마메는 덧붙인다. "집필중인 소설 원고는 가져왔어?"

"여기." 덴고는 어깨에 걸고 있던 자주색 숄더백을 손바닥으로 가볍게 쳤다. 그러고는 신기하게 생각한다. 어떻게 그녀가 그걸 알고 있을까.

아오마메는 머뭇거리며 미소 짓는다. "아무튼 나는 그걸 알아."

"너는 많은 것을 알고 있는 것 같아." 덴고는 말한다. 아오마메가 미소 짓는 것을 덴고는 처음으로 본다. 아주 작은 웃음이지만 그래도 그의 주위에서 세계의 조위(潮位)가 변화하기 시작한다. 덴고는 그것을 안다.

"그걸 놓지 마." 아오마메는 말한다. "우리에게는 소중한 의미를 가지는 것이니까."

"그래, 놓지 않을게."

"우리는 서로를 만나기 위해 이 세계에 왔어. 우리 스스로도 알지 못했지만 그게 우리가 이곳에 들어온 목적이었어. 우리는 여러 가지 복잡한 일들을 통과해야 했어. 이치에 맞지 않는 일이며 설명할 수 없는 일. 기묘한 일. 피비린내 나는 일. 슬픈 일. 때로는 아름다운 일. 우리는 서약을 요구받고 그것을 내주었어. 우리에게는 시련이 주어졌고 그것을 뚫고 나왔어. 그리고 우리가 이곳에 온 목적은 이렇게 달성되었어. 하지만 지금은 위험이 닥쳐오고 있어. 그들은 내 안에 있는 도터를 원해. 도터가 무엇을 의미하는지, 덴고는 알지?"

덴고는 숨을 깊이 들이쉰다. 그리고 말한다. "너는 나와의 사이에 도터를 만들려 하고 있어."

"그래. 상세한 원리는 모르겠지만 공기 번데기를 통해, 아니면 나 스스로 공기 번데기의 역할을 해서 도터를 낳으려고 해. 그리고 그들은 우리 세 사람을 모조리 손에 넣으려 하고 있어. '목소리를 듣는' 새로운 시스템으로서."

"거기서 나는 어떤 역할을 하는 거지? 만일 내게 도터의 아버지 이상의 역할이 주어진다면 말이지만."

"너는······" 아오마메는 말을 하려다 입을 다문다. 그뒤에 이어지는 말은 나오지 않는다. 두 사람의 주위에는 몇 가지 공백이 남아 있다. 이제부터 둘이 힘을 합하고 시간을 들여 메워가야 하는 공백이.

"나는 너를 찾기로 결심했었어." 덴고는 말한다. "하지만 나는 너를 찾아내지 못했어. 네가 나를 찾았지. 나는 실제로는 거의 아무것도 하지 않은 셈이야. 뭐라고 해야 할까, 이건 공정하지 않은 것 같아."

"공정하지 않다?"

"나는 네게 많은 것을 빚졌어. 결국 나는 아무 도움도 되지 못했어."

"넌 내게 아무것도 빚지지 않았어." 아오마메는 단호하게 말한다. "너는 여기까지 나를 이끌어줬어. 눈에는 보이지 않는 형태로. 우리는 둘이서 하나야."

"나는 그 도터를 본 적이 있는 거 같아." 덴고는 말한다. "아니면 그 도터가 의미하는 것을. 그건 열 살 때의 네 모습 그대로, 공기 번데기의 은은한 빛 속에 잠들어 있었어. 나는 그 손가락을 만질 수 있었어. 단 한 번뿐이었지만."

아오마메는 덴고의 어깨에 머리를 기댄다. "덴고, 우리는 서로에게 아무것도 빚지지 않았어. 아무것도. 우리가 지금 생각해야 하는 건. 이 작은 것을 지키는 거야. 그들은 우리 등뒤에 바짝 다가와 있어. 바로 저기에. 내게는 그 발소리가 들려."

"너희 둘은 아무에게도 넘겨주지 않아. 무슨 일이 있어도. 너도. 그 작은 것도. 우리가 이렇게 만난 것으로 이 세계에 들어온 목적은 이루어졌어. 이곳은 위험한 장소야. 그리고 너는 출구가 어디 있는지 알고 있어."

"알고 있을 거야." 아오마메는 말한다. "만일 내가 틀리지 않다면."

Q
콩깍지 안에 든 콩처럼

눈에 익은 장소에서 택시를 내리자, 아오마메는 교차로에 서서 주위를 둘러보고 금속판 벽으로 둘러싸인 어슴푸레한 자재 적재장을 고속도로 아래에서 찾아냈다. 그리고 덴고의 손을 끌고 횡단보도를 건너 그쪽으로 향했다.

볼트가 빠진 금속판이 어디쯤에 있었는지 좀처럼 생각나지 않았지만, 한 장 한 장 참을성 있게 흔들어보는 사이에 사람 하나가 겨우 빠져나갈 틈새를 만들 수 있었다. 아오마메는 몸을 숙이고 옷자락이 걸리지 않도록 주의하며 안으로 들어갔다. 덴고도 큰 몸을 움츠리면서 그 뒤를 따랐다. 벽 안은 아오마메가 4월에 본 그대로였다. 방치되어 퇴색한 시멘트 부대, 녹슨 철골, 시든 잡초, 어지럽게 흩어진 오래된 종이쓰레기, 곳곳에 하얗게 눌러붙은 비둘기 똥. 여덟 달 전과 하나도 달라지지 않았다. 그때부터 지금까지 이곳에 발을 들인 사람이 단 한 사람도 없었는지 모른다. 도시 한복판, 그것도 간선도로의 모래톱 같은 위치에 있으면서, 그곳은 버려진 망각의 장소였다.

"여기가 그 장소야?" 덴고는 주위를 둘러보며 그렇게 묻는다.

아오마메는 고개를 끄덕인다. "만일 이곳에 출구가 없다면, 우리는 어디로도 갈 수 없어."

아오마메는 어둠 속에서 예전에 자신이 내려온 비상계단을 찾는다. 수도고속도로와 지상을 잇는 좁은 계단이다. 계단은 이곳에 분명 있을 거야, 그녀는 자신에게 그렇게 들려준다. 나는 그걸 믿어야 한다.

비상계단을 찾았다. 실제로는 계단이라기보다 거의 사다리에 가까운 물건이다. 아오마메가 기억하고 있는 것보다 더 허술하고, 더 위태롭다. 이런 것을 한 단 한 단 딛고 나는 위에서 이곳까지 내려왔어, 아오마메는 새삼 감탄한다. 어쨌거나 계단은 그곳에 있었다. 이제 남은 건 지난번과는 반대로 한 단 한 단 그것을 올라가는 것뿐이다. 그녀는 찰스 주르당의 하이힐을 벗어 숄더백 안에 찔러넣고, 그것을 가로질러 멘다. 사다리의 첫 단에 스타킹에 감싸인 맨발을 올린다.

"뒤따라와." 아오마메는 고개를 돌려 덴고에게 말한다.

"내가 먼저 가는 게 좋지 않을까?" 덴고가 걱정스럽게 말한다.

"아니, 내가 먼저 갈게." 그것은 그녀가 내려온 길이다. 그녀가 앞서 오르지 않으면 안 된다.

계단은. 그곳을 내려왔을 때보다 훨씬 차갑게 얼어붙어 있었다. 난간을 움켜쥔 손이 얼어서 감각을 잃을 것만 같다. 고속도로 교각 사이를 뚫고 지나가는 바람도 훨씬 더 날카롭고 혹독하다. 그 계단은 몹시 쌀쌀맞고 도전적이며, 그녀에게 아무것도 약속해주지 않았다.

9월 초에 고속도로 위에서 찾아다녔을 때, 비상계단은 사라지고 없었다. 그 루트는 막혀 있었다. 하지만 지상의 자재 적재장에서 위로 향하는 루트는 지금도 이렇게 존재하고 있다. 아오마메가 예측한 대로다. 이 방향에서라면 계단이 아직 남아 있을 거라는 예감이 그녀에게는 있었다. 내 안에는 작은 것이 있다. 만일 그것이 무언가 특별한 힘을 지니고 있다면 분명 나를 지켜주고 올바른 방향을 제시해줄 것이다.

계단은 있었다. 하지만 이 계단이 과연 진짜로 고속도로로 이어져 있는지, 거기까지는 알 수 없다. 어쩌면 그것은 중간에 막혀, 막다른 곳에 다다를지도 모른다. 그렇다. 이 세계에서는 어떤 일이든 일어날 수 있는 것이다. 실제로 손과 발을 사용하여 위까지 올라가 그곳에 무엇이 있는지—혹은 무엇이 없는지—내 눈으로 확인하는 수밖에 없다.

그녀는 한 단 한 단, 신중하게 계단을 올라간다. 아래를 보자 덴고가 바로 뒤를 따라오는 게 보인다. 이따금 바람이 세차게 불어와 날카로운 소리를 내며 그녀의 스프링코트를 펄럭인다. 칼로 에는 듯한 바람이다. 짧은 스커트 자락은 허벅지까지 말려 올라갔다. 바람에 날려 헝클어진 머리칼이 얼굴에 달라붙어 시야를 가린다. 숨도 제대로 쉴 수 없을 정도다. 머리칼을 뒤로 묶을 걸 그랬다고 아오마메는 후회한다. 장갑도 준비했어야 한다. 어째서 그런 것을 생각하지 못했을까. 하지만 후회해도 별수 없다. 오로지 내려왔을 때와 똑같은 옷차림이어야 한다는 것밖에는 머릿속에 없었다. 뭐가 어찌 됐건 계단 난간을 움켜쥐고 이대로 위로 올라가는 수밖에 없다.

아오마메는 추위에 떨면서 참을성 있게 위쪽으로 발을 옮기며, 도로 건너편에 서 있는 맨션 베란다에 시선을 던진다. 갈색 벽돌 타일의 5층 건물이다. 지난번에 내려올 때도 같은 건물을 보았다. 반쯤의 창문에 불이 켜져 있다. 바로 코앞이라고 해도 좋을 만큼 가까운 거리다. 한밤중에 고속도로 비상계단을 올라가는 장면을 주민들이 목격하기라도 하면 일이 귀찮아질지도 모른다. 두 사람의 모습은 이제 246호선 도로의 가로등에 상당히 환하게 비춰지고 있다.

하지만 고맙게도 어떤 창문에도 사람 그림자는 보이지 않는다. 커튼은 모두 꼭꼭 닫혀 있다. 하긴 당연하다. 이런 추운 겨울밤에 일부러 베란다에 나와 수도고속도로의 비상계단을 구경할 사람이 있을 리 없다.

베란다 중 한 곳에 고무나무 화분이 놓여 있다. 지저분한 가든체어 옆에서 그것은 몸을 떨며 작게 웅크리고 있다. 4월에 이 계단을 내려갈 때도 역시 그곳에서 고무나무를 보았다. 그녀가 지유가오카 아파트에 남겨두고 온 것보다 좀더 초라한 것이다. 지난 팔 개월 남짓을, 그 고무나무는 분명 같은 자리에서 내내 같은 자세로 웅크리고 있었을 것이다. 그것은 상처입고, 색이 바래고, 세계의 가장 눈에 띄지 않는 구석으로 밀려나, 분명 모두에게서 까맣게 잊혀져 있었다. 제대로 물도 얻어먹지 못하는지 모른다. 그래도 그 고무나무는, 불안과 망설임을 안고 팔다리가 꽁꽁 언 채로 위태로운 계단을 올라가는 아오마메에게 작으나마 용기와 승인을 부여해준다. 괜찮아, 틀림없어. 적어도 나는 내려왔을 때와 똑같은 길을 반대 방향으로 되짚어가고 있다. 저 고무나무는 나를 위해 표지판 역할을 해주고 있다. 아주 조용히.

그때 비상계단을 내려가면서 나는 초라한 거미줄을 몇 개 보았다. 그리고 오쓰카 다마키를 생각했다. 고등학교 때의 여름날, 그 가장 친한 친구와 함께 여행을 떠나 밤의 침대 안에서 서로의 벗은 몸을 만지던 때의 일을. 어째서 그런 일을 하필 수도고속도로 비상계단을 내려가는 중에 갑자기 떠올렸던 것일까. 아오마메는 같은 계단을 거꾸로 올라가면서 오쓰카 다마키를 또다시 생각한다. 그녀의 매끈하고 아름다운 모양의 젖가슴을 떠올린다. 다마키의 풍만한 젖가슴을 아오마메는 언제나 부럽게 생각했었다. 발육부진의 가엾은 내 젖가슴과는 전혀 다르다. 하지만 그 젖가슴도 이제는 상실되어버렸다.

그리고 아오마메는 나카노 아유미를 생각한다. 8월 어느 밤에 시부야 호텔의 한 방에서 양손에 수갑이 채워진 채 목욕가운 끈으로 교살당한 고독한 여경찰을. 마음에 몇 가지 문제를 안고 파멸의 심연을 향해 걸어갔던 한 젊은 여자를. 그녀 또한 풍만한 가슴을 갖고 있었다.

아오마메는 그 두 친구의 죽음을 진심으로 애도한다. 그녀들이 이제는 이 세계에 존재하지 않는 것을 쓸쓸하게 생각한다. 두 쌍의 멋진 젖가슴이 흔적도 없이 사라져버린 것을 안타까워한다.

부디 나를 지켜줘, 아오마메는 마음속으로 호소한다. 부탁해, 내게는 너희 도움이 필요해. 그 불행한 두 친구의 귀에는 분명 그녀의 무언의 목소리가 들리고 있을 것이다. 그녀들은 분명 나를 지켜줄 것이다.

수직의 사다리를 마침내 다 올라서자, 도로 바깥쪽으로 향한 평평

한 통로가 이어져 있다. 낮은 난간이 달려 있지만 몸을 숙이지 않고는 앞으로 나아갈 수 없다. 그 통로 끝에 지그재그로 난 계단이 보였다. 제대로 된 계단이라고는 할 수 없지만, 적어도 사다리보다는 훨씬 나은 물건이다. 아오마메의 기억에 의하면, 그 계단을 올라가면 고속도로의 대피 공간이 나올 터이다. 도로를 오가는 대형 트럭의 진동 때문에 통로는 횡파(橫波)에 실린 작은 보트처럼 불안정하게 흔들린다. 차의 소음도 이제는 상당히 크게 들려온다.

그녀는, 계단을 다 올라선 덴고가 바로 등뒤에 다가와 있는 것을 확인하고 손을 뻗어 그의 손을 잡는다. 덴고의 손은 따뜻하다. 이렇게 추운 밤에, 이런 꽁꽁 언 계단 난간을 맨손으로 잡고 올라왔는데, 어떻게 여전히 이렇게 따뜻할까. 아오마메는 신기하게 생각한다.

"조금만 더 가면 돼." 아오마메는 덴고의 귀에 입을 대고 말한다. 차량 소음과 바람 소리에 대항하기 위해서 소리를 크게 내야 한다. "저 계단을 올라가면 도로가 나와."

만약 계단이 막혀 있지 않다면. 하지만 그 말은 입 밖에 내지 않는다.

"처음부터 이 계단을 올라갈 생각이었어?" 덴고는 묻는다.

"응, 만일 계단을 찾아낸다면 말이지만."

"그런데도 너는 일부러 그런 옷차림으로 왔어. 타이트한 스커트에 하이힐을 신고. 이런 급경사의 계단을 오르기에 적당한 옷차림으로는 보이지 않는데."

아오마메는 다시 미소 짓는다. "이 옷차림이 내게는 필요했어. 언젠가 그 이유를 설명해줄게."

"다리가 아주 아름다워." 덴고는 말한다.

"마음에 들어?"

"무척."

"고마워." 아오마메는 말한다. 좁은 통로 위에서 몸을 내밀어 덴고의 귀에 가만히 입술을 댄다. 콜리플라워처럼 꾸깃꾸깃한 귀에. 그 귀는 차갑게 얼어 있다.

아오마메는 다시 앞장서서 통로를 걸어, 그 막다른 곳에 있는 급경사의 좁은 계단을 오르기 시작한다. 발바닥이 얼고 손끝의 감각이 둔해져 있다. 발이 미끄러지지 않도록 주의해야 한다. 바람에 헝클어진 머리칼을 손가락으로 걷어내며 그녀는 계단을 올라간다. 얼어붙은 바람이 그녀의 눈에 눈물을 맺히게 한다. 그녀는 바람에 휘둘려 균형을 잃지 않도록 난간을 단단히 잡고, 한 걸음씩 신중하게 걸음을 옮기면서 등뒤에 있는 덴고를 생각한다. 그 큰 손과 차가워진 콜리플라워 같은 귀를 생각한다. 그녀 안에 잠든 작은 것을 생각한다. 숄더백에 들어 있는 검은 자동권총을 생각한다. 그곳에 장전된 일곱 발의 9밀리 탄환을 생각한다.

무슨 일이 있어도 이 세계에서 빠져나가야 한다. 그러기 위해서는 이 계단이 반드시 고속도로로 통한다고 진심으로 믿어야 한다. 믿는 거야. 그녀는 스스로를 타이른다. 그 뇌우의 밤, 리더가 죽기 전에 했던 말을 아오마메는 떠올린다. 노래가사다. 그녀는 지금도 그것을 정확히 기억하고 있다.

여기는 구경거리의 세계

처음부터 끝까지 모두 다 꾸며낸 것
하지만 네가 나를 믿어준다면
모두 다 진짜가 될 거야

무슨 일이 있어도, 어떻게 해서든, 내 힘으로 그것을 진짜로 만들어야 한다. 아니, 나와 덴고, 두 사람의 힘으로 그것을 진짜로 만들어야 한다. 우리는 모을 수 있는 최대한의 힘을 모아 하나로 합해야 한다. 우리 두 사람을 위해, 그리고 이 작은 것을 위해.

아오마메는 평평한 층계참에 멈춰 서서 뒤를 돌아본다. 덴고가 그곳에 있다. 그녀는 손을 내민다. 덴고가 그 손을 잡는다. 그녀는 그곳에서 아까와 같은 온기를 느낀다. 그 온기는 그녀에게 확실한 힘을 안겨준다. 아오마메는 다시 한번 몸을 내밀어 그의 꾸깃꾸깃한 귀에 입을 가까이 댄다.

"있지, 나는 너를 위해 한 번 목숨을 버리려고 했었어." 아오마메는 고백한다. "조금만 더 나아가면 정말로 죽을 상황이었어. 몇 밀리미터만 더 가면. 그걸 믿어줄래?"

"물론." 덴고는 말한다.

"진심으로 믿는다고 말해줄래?"

"진심으로 믿어." 덴고는 진심으로 말한다.

아오마메는 고개를 끄덕이고, 잡고 있던 손을 놓는다. 그리고 앞을 향해 다시 계단을 오르기 시작한다.

몇 분 뒤에 아오마메는 계단을 다 올라서서 수도고속도로 3호선으로 나선다. 비상계단은 막혀 있지 않았다. 그녀의 예감은 옳았고, 노력은 보답을 받았다. 그녀는 철책을 타넘기 전에 손등으로 눈가에 맺힌 차가운 눈물을 훔친다.

"수도고속도로 3호선." 덴고는 잠시 말없이 주위를 둘러보고, 그러고는 감탄한 듯이 말한다. "이곳이 세계의 출구였어."

"응." 아오마메는 대답한다. "이곳이 세계의 입구이자 출구야."

아오마메가 타이트스커트 자락을 허리까지 올리고 철책을 뛰어넘는 것을 덴고가 뒤에서 안아 도와준다. 철책 너머는 자동차를 두 대쯤 세울 수 있는 대피 공간이다. 이곳에 오는 건 벌써 세번째다. 눈앞에는 매번 보던 에소의 거대한 광고판이 있다. 타이거를 당신 차에. 똑같은 카피, 똑같은 호랑이. 그녀는 맨발 그대로 말없이 그곳에 그저 우두커니 서 있다. 그리고 배기가스로 충만한 밤공기를 가슴 가득 들이마신다. 그것은 그녀에게는 어떤 공기보다 상쾌하게 느껴진다. 돌아온 것이다, 아오마메는 생각한다. 우리는 이곳에 돌아왔다.

고속도로는 전과 마찬가지로 지독히 정체되어 있다. 시부야 방향으로 향하는 자동차 행렬은 거의 앞으로 나아가지 못한다. 그녀는 그것을 보고 놀란다. 어째서일까. 내가 이곳에 올 때마다 도로는 항상 똑같이 정체되어 있다. 평일의 이런 시각에 3호선 상행이 정체되는 건 드문 일이다. 어디 앞쪽에서 사고가 났는지도 모른다. 맞은편 차선은 순조롭게 흐르고 있다. 하지만 상행 차선은 괴멸 상태다.

그녀의 뒤를 따라 덴고가 철책을 타넘는다. 다리를 크게 처들고 가볍게 뛰어넘는다. 그리고 아오마메 곁에 나란히 선다. 태어나서 처음으로 태양을 마주한 사람이 바닷가에 서서 차례차례 부서지는 파도를 멍하니 바라보듯이, 두 사람은 눈앞에 빽빽하게 밀려 있는 자동차 행렬을 말도 없이 그저 바라보고 있다.

차 안에 있는 사람들 또한 가만히 두 사람의 모습을 바라본다. 사람들은 자신이 목격하고 있는 광경에 당황하여 미처 태도를 정하지 못하고 있다. 그들의 눈에는 호기심이라기보다는 오히려 수상쩍게 여기는 빛이 떠올라 있다. 이 젊은 커플은 이런 곳에서 대체 뭘 하고 있는 거지? 두 사람은 어둠 속에서 느닷없이 나타나 수도고속도로의 대피 공간에 우두커니 서 있다. 여자는 샤프한 정장을 입고 있지만 코트는 얇은 봄옷이고, 발은 구두도 신지 않은 스타킹 차림이다. 남자는 큰 몸집에 낡은 가죽점퍼를 입고 있다. 두 사람 모두 숄더백을 가슴에 가로질러 메고 있다. 타고 오던 자동차가 근처에서 고장이 났거나 사고를 낸 것일까. 하지만 그런 자동차는 눈에 띄지 않는다. 그리고 그들은 딱히 도움을 청하는 것처럼 보이지 않는다.

아오마메는 이윽고 정신을 차리고 가방에서 하이힐을 꺼내 신는다. 스커트 자락을 잡아당겨 바로잡고, 숄더백을 다시 평소대로 멘다. 코트 앞의 끈을 묶는다. 혀로 마른 입술을 적시고 손가락으로 앞머리를 다듬는다. 손수건을 꺼내 눈에 어린 눈물을 닦는다. 그러고는 다시 덴고의 곁에 바짝 붙는다.

이십 년 전의 역시 12월, 초등학교 방과후 교실에서 그랬던 것처럼, 두 사람은 그곳에 나란히 서서 말없이 서로의 손을 맞잡고 있다. 그 세계에는 두 사람 외에는 아무도 없다. 두 사람은 눈앞에 있는 자동차의 완만한 흐름을 바라본다. 하지만 두 사람 모두 사실은 아무것도 보고 있지 않다. 자신들이 무엇을 보고 있는지, 무엇을 듣고 있는

제31장 덴고와 아오마메 307

지, 그건 두 사람에게는 아무래도 좋은 일이다. 그들 주위에서 풍경이나 소리나 냄새는 본래의 의미를 송두리째 상실해버렸다.

"그래서, 우리는 무사히 다른 세계로 나온 걸까?" 덴고가 이윽고 입을 연다.

"아마도." 아오마메는 말한다.

"확인해보는 게 좋을지도."

확인할 방법은 하나밖에 없고, 둘 다 굳이 입 밖에 내어 그것을 말할 필요는 없다. 아오마메는 조용히 고개를 들어 하늘을 본다. 덴고도 거의 동시에 똑같이 고개를 들고 하늘을 본다. 두 사람은 하늘에서 달을 찾는다. 각도로 보자면, 그 위치는 아마도 에소 광고판 위쯤이 될 터이다. 그러나 그들은 그곳에서 달의 모습을 찾지 못한다. 그것은 지금 구름의 등뒤에 숨어 있는 모양이다. 구름들은 상공에 부는 바람을 타고 남쪽을 향해 완만한 속도로 느긋하게 흘러간다. 두 사람은 기다린다. 서두를 필요는 없다. 시간은 얼마든지 있다. 그곳에 있는 것은 상실된 시간을 회복하기 위한 시간이다. 둘이서 공유하는 시간이다. 조급하게 굴 필요는 없다. 에소 광고판의 호랑이가 급유호스를 한 손에 들고, 다 안다는 웃음을 지으며, 손을 맞잡은 두 사람을 곁눈으로 지켜보고 있다.

거기서 아오마메는 문득 깨닫는다. 무언가 이전과는 다르다는 것을. 무엇이 어떻게 다른지는 몰라, 잠시 혼란스럽다. 그녀는 눈을 가늘게 뜨고 의식을 하나로 집중한다. 그러고는 깨닫는다. 광고판의 호랑이는 왼편 옆얼굴을 이쪽으로 향하고 있다. 하지만 그녀가 기억하는 호랑이는 분명 오른쪽 옆얼굴을 세계로 향하고 있었다. 호랑이의 모습이 반전되어 있다. 그녀의 얼굴이 자동적으로 일그러진다. 심장의 고동이 흐트러진다. 그녀의 몸 안에서 뭔가가 역류하는 듯하다. 하지만 정말로 그렇게 단언할 수 있을까. 내 기억이 그렇게까지 확실할까. 아오마메는 확신을 가질 수 없다. 단지 그런 것 같다는 것뿐이다. 기억은 때로 사람을 배반한다.

아오마메는 그 의구심을 자신의 마음속에만 담아둔다. 아직 그걸 입 밖에 내서는 안 된다. 그녀는 일단 눈을 감고 호흡을 가다듬어 심장의 고동을 원래대로 되돌리고, 구름이 지나가기를 기다린다.

차 안의 사람들은 유리창 너머로 그런 두 사람의 모습을 보고 있다. 이 두 사람은 대체 무엇을 그리 열심히 올려다보는 걸까. 어째서 그렇게 단단히 손을 맞잡고 있는 걸까. 몇 사람은 고개를 돌려 두 사람이 응시하는 곳과 같은 방향으로 시선을 던진다. 하지만 그곳에는 하얀 구름과 에소의 광고판이 보일 뿐이다. 타이거를 당신 차에, 호랑이는 지나가는 사람들에게로 왼편 옆얼굴을 향하고, 한층 더 많은 가솔린 소비를 상냥하게 호소하고 있다. 오렌지색 줄무늬 꼬리를 의기양양하게 허공에 쳐들고서.

이윽고 구름이 끊기고, 달이 하늘에 모습을 드러낸다.

달은 하나뿐이다. 항상 익숙하게 보던 그 노랗고 고고한 달이다. 억새 들판 위에 말없이 떠오르고, 온화한 호수면에 희고 둥근 접시가 되어 떠돌고, 조용히 잠든 집의 지붕을 조용히 비추는 그 달이다. 만조의 물결을 한결같이 바닷가 모래사장으로 밀어보내고, 짐승들의 털을 부드럽게 빛나게 하고, 밤의 여행자를 감싸안아 보호해주는 그 달이다. 때로는 예리한 그믐달이 되어 영혼의 살갗을 깎아내고, 초승달이 되어 어두운 고절(孤絶)의 물방울을 지표면에 소리도 없이 떨구는, 늘 보던 그 달이다. 그 달은 에소 광고판 바로 위에 자리잡고 있다. 그 곁에 작고 일그러진 초록색 달의 모습은 없다. 달은 누구도 거느리지 않고 과묵하게 그곳에 떠 있다. 서로 확인할 것도 없이, 두 사람은 똑같이 하나의 광경을 바라보고 있다. 아오마메는 말없이 덴고의 큼직한 손을 움켜쥔다. 역류하는 느낌은 이제 사라졌다.

우리는 1984년으로 돌아왔다. 아오마메는 스스로에게 그렇게 말한다. 이곳은 이미 그 1Q84년이 아니다. 원래의 1984년의 세계다.

하지만 정말 그럴까. 그렇게 간단히 세계가 원래대로 돌아올까. 예전의 세계로 되돌아가는 통로는 이제 어디에도 없다. 리더는 죽기 전에 그렇게 단언하지 않았는가.

혹시 이곳은 또 하나의 다른 장소인 게 아닐까. 우리는 하나의 서로 다른 세계에서 또 하나의 다른, 제삼의 세계로 이동했을 뿐인 게 아닐까. 타이거가 오른편이 아니라 왼편의 옆얼굴을 상냥하게 이쪽으로 향하고 있는 세계로. 그리고 그곳에서는 새로운 수수께끼와 새로운 룰이 우리를 기다리고 있는 건 아닐까.

어쩌면 그럴지도 모른다. 아오마메는 생각한다. 적어도 지금의 나는 그렇지 않다고 단언할 수 없다. 하지만 그래도 한 가지만은 확신을 가지고 말할 수 있다. 어찌 됐건, 이곳은 하늘에 달이 두 개 떠 있는 그 세계가 아니라는 것이다. 그리고 나는 덴고의 손을 잡고 있다. 우리는 논리가 힘을 갖지 못하는 위험한 장소에 발을 들였고, 힘든 시련을 뚫고 서로를 찾아내고, 그곳을 빠져나온 것이다. 도착한 곳이 예전의 세계이건, 또다른 새로운 세계이건, 두려울 게 무엇인가. 새로운 시련이 그곳에 있다면, 다시 한번 뛰어넘으면 된다. 그뿐이다. 적어도 우리는 더이상 고독하지 않다.

그녀는 몸의 힘을 빼고, 믿어야 하는 것을 믿기 위해 덴고의 넓은 가슴에 몸을 기댄다. 그곳에 귀를 대고 심장의 고동에 귀를 기울인다. 그리고 그의 팔 안에 몸을 맡긴다. 콩깍지 안에 든 콩처럼.

"이제 우리는 어디로 가면 되지?" 얼마나 시간이 지났을까, 덴고가 아오마메에게 묻는다.

언제까지고 이곳에 있을 수는 없다. 그건 확실하다. 하지만 수도고속도로에는 갓길이 없다. 이케지리 출구는 비교적 가깝지만, 아무리 정체중이라 해도 좁은 도로를 보행자가 차 사이를 누비며 걷는 건 너무 위험하다. 또한 수도고속도로 위에서 히치하이킹 신호를 흔쾌히 받아줄 드라이버가 있을 것 같지도 않다. 비상전화로 도로공단 사무실을 호출해서 도움을 청할 수도 있지만, 그렇게 되면 두 사람이 여기에서 헤매는 이유를 상대가 납득할 수 있게 설명해야 한다. 가령 이케지리 출구까지 무사히 걸어간다 해도 요금소 직원은 두 사람을 수상쩍게 볼 것이다. 아까 올라온 계단을 다시 내려가는 건 물론 논외다.

"나는 모르겠어." 아오마메는 말한다.

이제부터 어떻게 하면 좋을지, 어디로 향하면 좋을지, 그녀는 정말로 알 수 없었다. 비상계단을 다 올라왔을 때 아오마메의 역할은 이미 끝이 났다. 생각을 굴리거나 일의 옳고 그름을 판단하기 위한 에너지를 모조리 다 써버렸다. 그녀 안에는 이제 한 방울의 연료도 남아 있지 않다. 그다음 일은 다른 어떤 힘에 맡기는 수밖에 없다.

하늘에 계신 주님이시여, 당신의 이름이 영원히 거룩한 여김을 받으시오며, 당신의 왕국이 우리에게 임하옵시며, 우리의 수많은 죄를 사하여주시옵소서. 우리의 보잘것없는 삶에 당신의 축복을 주시옵소서. 아멘.

기도문이 입에서 자연스럽게 흘러나온다. 조건반사에 가까운 것이다. 생각할 필요도 없다. 그 말 하나하나는 아무런 의미도 갖지 않는다. 그런 구절은 이제는 단순한 소리의 울림이며 기호의 나열에 지나지 않는다. 하지만 그 기도를 기계적으로 외우면서 그녀는 뭔가 불가사의한 마음이 된다. 경건한 마음이라고까지 할 수도 있다. 깊은 곳에서 무언가가 가만히 그녀의 마음을 울린다. 설령 어떤 일이 있었건, 나 자신을 손상시키지 않고 지나올 수 있어서 다행이다. 그녀는 그렇게 생각한다. 내가 나 자신으로서 이곳에—이곳이 설령 어디건—있을 수 있어서 다행이라고 생각한다.

당신의 왕국이 우리에게 임하옵시며, 아오마메는 다시 한번 소리 내어 반복한다. 초등학교 때 급식을 먹기 전에 그렇게 했듯이. 그것이 무엇을 의미하는 것이든 그녀는 진심으로 그렇게 바란다. 당신의 왕국이 우리에게 임하옵시며.

덴고는 아오마메의 머리칼을 손끝으로 빗어내리듯이 쓰다듬는다.

십 분쯤 뒤에 덴고는 지나가는 택시를 세운다. 두 사람은 잠시 자신의 눈을 믿을 수가 없다. 정체중인 수도고속도로를 손님을 태우지 않은 택시 한 대가 느릿느릿 지나가고 있는 것이다. 덴고가 반신반의하며 손을 쳐들자, 곧바로 뒷좌석 문이 열리고, 두 사람은 그 차에 탄다. 환영이 사라져버리는 것을 두려워하듯이 서둘러, 황급하게. 안경을 쓴 젊은 운전기사가 고개를 돌려 뒤를 돌아본다.

"차가 이렇게 막히고 있어서요. 바로 저 앞 이케지리 출구에서 내려가려고 하는데, 그래도 괜찮겠습니까?" 운전기사가 말한다. 남자치고는 높은 톤의 목소리다. 하지만 귀에 거슬리지는 않는다.

"괜찮아요." 아오마메는 말한다.

"사실은 수도고속도로에서 손님을 태우는 건 법률 위반인데."

"이를테면 어떤 법률에요?" 아오마메는 묻는다. 운전석의 룸미러에 비친 그녀의 얼굴은 아주 조금 찌푸려져 있다.

고속도로에서 택시가 손님을 태우는 것을 금지하는 법률의 명칭을 운전기사는 갑작스럽게는 생각해내지 못한다. 그리고 룸미러 속 아오마메의 얼굴이 그를 은근히 위협한다.

"뭐 됐습니다." 운전기사는 그 화제를 내던진다. "그래서, 어디까지 모셔다드릴까요?"

"시부야 역 근처에서 내려주면 돼요." 아오마메는 말한다.

"미터기는 꺾지 않겠습니다." 운전기사는 말한다. "요금은 밑에 내려간 다음부터만 받을게요."

"그런데 왜 이런 곳을 택시가 손님도 태우지 않고 달리고 있었죠?" 덴고가 운전기사에게 묻는다.

"그게 얘기가 복잡한데요." 운전기사는 지친 기색이 담긴 목소리로 말한다. "들어보실래요?"

"듣고 싶어요." 아오마메가 말한다. 아무리 길고 따분한 이야기라도 상관없다. 이 새로운 세계에서 사람들이 하는 이야기를 그녀는 듣고 싶다. 거기에는 새로운 비밀이 있고, 새로운 암시가 있을지도 모른다.

"기누타 공원 근처에서 중년남자 손님을 태웠는데요, 아오야마가 쿠인 대학 근처까지 고속도로를 타고 가자고 하더라고요. 일반도로로 가면 시부야 근처에서 너무 막히니까요. 그때까지는 아직 수도고속도로가 정체된다는 정보는 들어오지 않았지요. 쭉쭉 잘 빠진다고만 했어요. 그래서 손님이 가자는 대로 요가에서 수도고속도로를 탔죠. 근데 다니마치 근처에서 충돌사고가 났다나. 보시는 대로 이꼴이에요. 일단 위로 올라오면, 이케지리 출구까지는 내려가려야 내려갈 수가 없잖아요. 그럭저럭하는 사이에 그 손님이 아는 사람을 만났어요. 고마자와 근처에서 차들이 바짝 붙어 멈춰 서 있을 때, 옆 차선에 은색 벤츠 쿠페가 나란히 있었는데, 그 차를 운전하는 여자가 우연히 아는 사람이었더라고요. 그래서 창문을 열고 둘이서 대화를 하더니만, 이쪽으로 오라고 그 여자가 그러는 거예요. 그러니까 이 손님이, 미안하지만 여기서 계산하고 저 차로 건너가도 되겠냐고 하더군요. 수도고속도로에서 손님을 내려주다니, 생전 처음 듣는 소리지만, 뭐 사실 거의 움직이지 못하는 상태고, 가겠다는데 안 된다고는 못 하잖아요. 그래서 그 손님은 벤츠로 옮겨탔어요. 미안하다면서 요금을 조금 더 주긴 했는데, 그래도 저로서는 참 난감하죠. 아무튼 그 자리에

서 꼼짝을 못 하니까요. 그렇게 어찌어찌 겨우 여기까지 왔어요. 이
제 조금만 더 가면 이케지리 출구다, 하는 곳까지요. 그랬는데 손님
들이 저쪽에서 손을 들고 있는 게 보이는 거예요. 정말 믿기 힘든 얘
기죠. 그렇지 않아요?"

"믿어져요." 아오마메는 간결하게 말한다.

두 사람은 그날 밤, 아카사카에 있는 고층 호텔에 방을 잡는다. 그
들은 방을 어둡게 하고 옷을 벗고 침대에 들어가 서로를 안는다. 말
해야 할 일들이 아주 많지만, 그건 날이 샌 다음에라도 괜찮다. 그보
다도 먼저 해야 하는 일이 있다. 두 사람은 입을 열지 않고, 어둠 속
에서 시간을 들여 서로의 몸을 살핀다. 열 개의 손가락과 손바닥으
로, 무엇이 어디에 있고 어떤 모양인지 하나하나 확인한다. 비밀의
방에서 보물찾기를 하는 어린아이들처럼 가슴을 두근거리며. 그리
고 하나의 존재를 확인하면, 거기에 입술을 대고 인증의 봉인을 부여
한다.

시간을 들여 그 작업을 마치자, 아오마메는 덴고의 딱딱해진 페니
스를 오랫동안 손에 쥐고 있다. 예전에 방과후 교실에서 그의 손을
쥐던 것과 똑같이. 그것은 그녀가 알고 있는 어떤 것보다 딱딱하게
느껴진다. 거의 기적에 가까울 만큼. 그리고 아오마메는 다리를 벌리
고 몸을 붙여 그것을 자신 속에 천천히 이끌어들인다. 곧장 깊은 안
쪽까지. 그녀는 어둠 속에서 눈을 감고 깊고 어둡게 숨을 삼킨다. 그
러고는 시간을 들여 그 숨을 토해낸다. 덴고는 그 따뜻한 입김을 가
슴에 느낀다.

"이렇게 너에게 안기는 걸 줄곧 상상했어." 아오마메는 몸의 움직임을 멈추고 덴고의 귓가에 입을 대고 속삭인다.

"나하고 섹스하는 걸?"

"응."

"열 살 때부터 줄곧 이걸 상상했어?" 덴고는 묻는다.

아오마메는 웃는다. "설마. 조금 더 큰 다음부터."

"나도 같은 걸 상상했어."

"내 안에 들어오는 것을?"

"응." 덴고는 말한다.

"어때, 상상한 대로야?"

"아직 진짜 같지 않아." 덴고는 솔직히 말한다. "아직 상상의 연속 안에 있는 것 같아."

"하지만 이건 진짜야."

"진짜라고 하기에는 너무 멋진 것 같아."

아오마메는 어둠 속에서 미소 짓는다. 그리고 덴고의 입술에 입술을 맞댄다. 두 사람은 잠시 동안 혀를 서로 휘감는다.

"내 가슴, 별로 안 크지?" 아오마메는 그렇게 말한다.

"이게 딱 좋아." 덴고는 그녀의 젖가슴에 손을 얹고 말한다.

"정말 그렇게 생각해?"

"물론." 그는 말한다. "이보다 더 크면 네가 아니야."

"고마워." 아오마메는 말한다. 그리고 덧붙인다. "하지만 그뿐만이 아니라 오른쪽과 왼쪽의 크기도 많이 달라."

"지금 이대로 좋아." 덴고는 말한다. "오른쪽은 오른쪽이고, 왼쪽은 왼쪽이야. 아무것도 바꾸지 않아도 돼."

아오마메는 덴고의 가슴에 귀를 댄다. "나는 오래도록 외톨이였어. 그리고 여러 가지 것에 깊이 상처를 입었어. 좀더 일찍 너와 재회할 수 있었으면 좋았을 텐데. 그랬다면 이렇게 먼 길을 돌아오지 않았을 거야."

덴고는 고개를 젓는다. "아니, 그렇게 생각하지 않아. 이걸로 좋은 거야. 지금이 마침 적당한 때야. 우리 둘 다에게."

아오마메는 운다. 줄곧 참고 있던 눈물이 두 눈에서 떨어진다. 그녀는 그것을 멈출 수가 없다. 굵은 눈물방울이 빗방울처럼 소리를 내며 시트 위에 떨어진다. 덴고를 깊이 안에 담은 채, 그녀는 몸을 가늘게 떨며 내내 운다. 덴고는 두 손을 그녀의 등에 두르고, 그 몸을 단단히 받쳐준다. 그건 이제부터 그가 계속해서 받쳐줄 것이다. 그리고 덴고는 그것을 무엇보다 기쁘게 생각한다.

그는 말한다. "우리가 얼마나 고독했는지 아는 데는, 서로 이만큼의 시간이 필요했던 거야."

"움직여줘." 아오마메는 그의 귓가에 말한다. "천천히 시간을 들여서."

덴고는 이르는 대로 한다. 아주 천천히 그는 몸을 움직인다. 조용히 호흡을 하고, 자신의 고동 소리에 귀를 기울이며. 아오마메는 그동안 마치 물에 빠진 사람처럼 덴고의 큰 몸에 매달려 있다. 그녀는 울기를 멈추고, 생각하기를 멈추고, 과거에서도 미래에서도 스스로를 떼어내고, 덴고의 몸의 움직임에 마음을 동화시킨다.

새벽녘 가까이, 두 사람은 호텔 목욕가운으로 몸을 감싸고 커다란 유리창 앞에 나란히 서서 룸서비스로 주문한 레드와인 잔을 기울이고 있다. 아오마메는 거기에 살짝만 입술을 적신다. 그들은 아직 잠을 필요로 하지는 않는다. 17층 방 창에서는 달을 마음껏 바라볼 수 있다. 구름 떼도 이미 어디론가 사라지고, 그들의 시야를 가로막는 건 아무것도 없다. 새벽녘의 달은 한참 거리를 이동하기는 했으나 도시의 스카이라인 아슬아슬한 곳에 아직 떠 있다. 그것은 잿빛을 닮은 희뿌연 빛을 더해가면서, 이제 조금 뒤에 그 역할을 마치고 지평선 너머로 사라지려 하고 있다.

아오마메는 프런트에서 요금이 높아도 좋으니 달을 바라볼 수 있는 높은 층의 방을 달라고 부탁했다. "그게 무엇보다 중요한 조건이에요. 달이 깨끗이 보이는 게." 아오마메는 그렇게 말했다.

담당 여직원은 갑자기 뛰어든 젊은 커플에게 친절했다. 호텔이 그날 밤 어쩌다 한산한 탓도 있다. 또한 그녀가 두 사람에게 한눈에 자연스러운 호감을 품었다는 것도 있다. 그녀는 즉시 보이를 방에 보내 창문으로 달이 깨끗하게 보인다는 것을 확인하고, 주니어 스위트룸의 키를 아오마메에게 건넸다. 특별 할인 요금도 적용했다.

"오늘이 보름달이나 뭐 그런 건가요?" 프런트의 여직원은 흥미로운 듯 아오마메에게 물었다. 그녀는 지금까지 무수한 손님들로부터 온갖 다양한 요구며 희망이며 부탁을 들어왔다. 하지만 창문으로 달이 깨끗하게 보이는 방을 진지하게 요구하는 손님은 아직 만난 적이 없었다.

"아뇨." 아오마메는 말했다. "보름달은 이미 지나갔어요. 지금은 삼분의 이 정도 크기. 하지만 그걸로 충분해요. 달만 보인다면."

"달을 보시는 걸 좋아하세요?"

"그건 중요한 일이에요." 아오마메는 미소를 지으며 말했다. "매우."

새벽이 가까워져도 달의 수는 늘어나지 않았다. 단 하나, 눈에 익은 평소의 그 달이다. 누구도 기억할 수 없을 만큼 오랜 옛날부터, 지구 주위를 같은 속도로 충실하게 돌고 있는 하나뿐인 위성. 아오마메는 달을 바라보며 아랫배에 가만히 손을 얹고 그곳에 작은 것이 깃들여 있는 것을 다시 한번 확인한다. 아까보다 조금 더 불룩해진 것처럼 느껴진다.

이곳이 어떤 세계인지, 아직 판명되지는 않았다. 하지만 그것이 어떤 구조를 가진 세계이건 나는 이곳에 머물 것이다. 아오마메는 그렇게 생각한다. 우리는 이곳에 머물 것이다. 이 세계에는 아마도 이 세계 나름의 위협이 있고, 위험이 숨어 있을 것이다. 그리고 이 세계 나름의 수많은 수수께끼와 모순으로 가득 차 있을 것이다. 어디로 가는지 알지 못하는 수많은 어두운 길을 우리는 앞으로 수없이 더듬어가야 할지도 모른다. 하지만 그래도 좋다. 괜찮다. 기꺼이 그것을 받아들이자. 나는 이곳에서 이제 어디로도 가지 않는다. 어떤 일이 있어도, 우리는 단 하나뿐인 달을 가진 이 세계에 발을 딛고 머무는 것이다. 덴고와 나와 이 작은 것, 셋이서.

타이거를 당신 차에, 에소의 호랑이는 말한다. 그는 왼편 옆얼굴을 이쪽으로 향하고 있다. 하지만 어느 쪽이건 좋다. 그 커다란 미소는 자연스럽고 따스하고, 그리고 똑바로 아오마메를 향하고 있다. 지금은 그 미소를 믿자. 그게 중요하다. 그녀는 똑같이 미소를 짓는다. 매우 자연스럽게, 다정하게.

    그녀는 공중에 가만히 손을 내민다. 덴고가 그 손을 잡는다. 두 사람은 그곳에 나란히 서서, 서로 하나로 맺어지면서, 빌딩 바로 위에 뜬 달을 말없이 바라본다. 그것이 이제 막 떠오른 태양빛을 받아, 밤의 깊은 광휘를 급속히 잃고, 하늘에 걸린 한낱 회색 오려낸 종이로 변할 때까지.

(BOOK3 끝)